T0270124

PSIQUE Y EROS

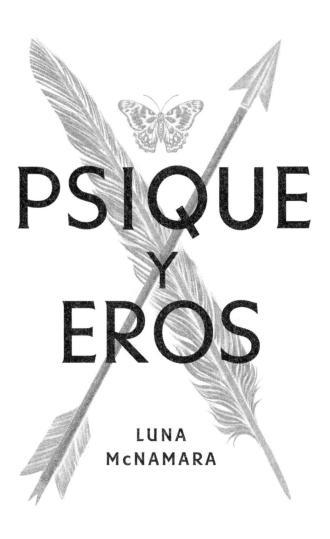

PSIQUE Y EROS

LUNA McNAMARA

Traducción de José Óscar Sendín

⚙ UMBRIEL

Argentina • Chile • Colombia • España
Estados Unidos • México • Perú • Uruguay

Título original: *Psyche and Eros*
Editor original: Orion
Traductor: José Óscar Sendín

1.ª edición: julio 2023

ISBN: 978-84-19030-45-0
E-ISBN: 978-84-19497-73-4
Depósito legal: B-6.816-2023

Fotocomposición: Ediciones Urano, S.A.U.
Impreso por: Romanyà Valls, S.A. – Verdaguer, 1 – 08786 Capellades (Barcelona)

Impreso en España – *Printed in Spain*

Para mi padre y mi madre.

PRÓLOGO

EROS

Los griegos disponen de tres palabras para referirse al amor. La primera es *philia*, la clase de afecto que implica simpatía y que se desarrolla entre dos personas que disfrutan de su mutua compañía. La segunda es *agape*, el amor desinteresado de los padres por sus hijos o entre quienes se consideran entre sí como de la misma familia. La tercera es *eros*, la cual se explica sola: la conexión, la chispa, el deseo del cuerpo de buscar satisfacción en otro.

La mayoría de las personas, a lo largo de su vida, experimentan el amor en al menos una de estas formas. No obstante, es raro que encuentren las tres al mismo tiempo, entrelazadas como formando una trenza dorada. Era de lo que hablaba el dramaturgo Aristófanes en la historia que hilvanó muchos años después de los sucesos comprendidos aquí, en un intento de elucidar el origen del amor en su triple complejidad. Proclamaba que los primeros seres humanos nacieron espalda contra espalda, con dos caras, cuatro manos y cuatro piernas, cada boca parloteando incansable a su compañera mientras hollaban la tierra girando como ruedas. Zeus se volvió receloso del poder de estas criaturas y las dividió en dos con sus rayos. Se convirtieron en los seres humanos que conocemos hoy en día, los que caminan sobre dos piernas y hablan con una sola boca. Y así aconteció que el amor llegó a existir, manifestaba el dramaturgo, cada uno de nosotros buscando a nuestra otra mitad.

Me reí la primera vez que lo oí. Me hallaba presente en los comienzos del mundo y no fue para nada así. Es una bonita historia, aunque nada más lejos de la realidad para Psique y para mí. No cabe fingir que éramos dos partes de un todo cósmico; cuando nos conocimos, ella era una mujer mortal y yo un dios, feroces los dos, cada uno en su independencia. No éramos mitades cercenadas; éramos completos en nosotros mismos. Es posible que nuestros caminos no se hubieran cruzado jamás de no haber ocurrido un error fortuito.

Hay algo poderoso en ello, me parece. No éramos esclavos del destino ni de la suerte; simplemente estábamos sometidos al peso de nuestras propias decisiones. Cuando nos volvimos el uno hacia el otro como flores encarando el sol, no dábamos cumplimiento a ninguna profecía ni hacíamos honor a una antigua leyenda. Estábamos escribiendo nuestra propia historia.

I
PSIQUE

A pesar de mi insólito destino, inicié el sendero de la vida como un bebé normal y corriente; nací igual que cualquier otro, entre un torrente de sangre y voces de alegría. Aunque, en mi caso, los siguió no poca confusión.

Mis padres eran los soberanos de un reino de la rocosa Grecia llamado Micenas. Cuando mi madre, Astidamía, se enteró de que estaba encinta, mi padre, Alceo, abandonó la capital Tirinto y partió allende las montañas. Cruzó valles desolados y cabalgó bajo riscos escarpados donde anidaban grifos, hasta que por fin alcanzó las puertas que mostraban inscritas las palabras: CONÓCETE A TI MISMO. No era su destino lo que pretendía averiguar en el oráculo de Delfos, sino el de su vástago nonato. El mío. ¿Nacería fuerte y sano? ¿En qué se convertiría de mayor?

Cuando mi padre penetró en la sombría cámara subterránea del oráculo, le impresionaron dos cosas. La primera fue el olor del lugar, una mezcla de azufre y otros aromas menos reconocibles. La segunda, la visión de la mujer que se hallaba sentada en un trípode de bronce suspendido sobre un abismo. Llevaba un peplo que le envolvía el cuerpo en pliegues de una tela amarilla, y el cabello recogido en una pulcra trenza alrededor de la cabeza. Era la Pitia, la cual contempló a Alceo con ojos fuera del tiempo.

Mi padre se estremeció. Como rey, estaba acostumbrado a que la gente intentara sonsacarle favores, pero esa mujer no quería nada de nadie.

Un sacerdote de la orden que había emergido en torno al oráculo le susurró al oído la pregunta del rey. Ella se reclinó y absorbió los vapores que surgían de las grietas de la tierra; se decía que los enviaba el mismísimo Apolo, dios de la profecía, y que portaban visiones veraces del futuro.

Un temblor recorrió a la Pitia. Empezó a hablar con una voz sobrenatural, una que no pertenecía al cuerpo de una mujer tan delicada. Mi padre no logró identificar en qué lengua hablaba, pero los sacerdotes ya garabateaban en sus tablillas de arcilla, efectuando los complejos cálculos necesarios para interpretar los mensajes del oráculo. Los dioses no siempre hablan de una manera fácil de entender para los mortales, aunque por fortuna aquellos sacerdotes de barba blanca sabían traducir sus palabras.

Por fin, ofrecieron a mi padre la profecía.

—*Tu vástago conquistará a un monstruo temido por los mismos dioses.*

Mi padre entró en éxtasis. ¡Su hijo sería un héroe! Alceo había lamentado por largo tiempo no haber gozado de los dones heroicos de su padre, Perseo, pero a veces ese tipo de cosas saltaba una generación. Su hijo sería un cazador de monstruos, un héroe, y la gente acudiría de todos los rincones de Grecia a rendirle homenaje.

Qué lástima que no fuera yo un varón.

Cuando, el día de mi nacimiento, la partera me entregó a mi padre, el hombre no se habría quedado más impactado ni aunque le hubieran puesto en los brazos a un osezno. ¡Una niña! Una niña no crecería para matar dragones ni para adquirir renombre de héroe. Tejería lana en el gineceo con su madre y sus tías hasta que se trasladara a la casa de su esposo para tejer lana allí. Traería hijos al mundo y se ocuparía de las labores domésticas y, si era una buena mujer, moriría en penumbras.

Mi padre sopesó sus opciones. Siempre cabía abandonar al bebé en algún lugar remoto y volver a intentarlo. Tales cosas eran más frecuentes entre las familias campesinas, que bregaban por alimentar a todas las bocas que les nacían, pero no desconocidas entre las casas reales. Quizá la próxima vez los dioses tuvieran a bien concederle un varón.

Entonces ocurrió algo raro. Me miró a los ojos y se enamoró.

No hay otra palabra para describirlo. En aquel momento, mi padre supo que me quería con una fuerza capaz de derrumbar los cielos. Me quería no por quien era, sino sencillamente por existir; su mismísima hija de deditos diminutos y perfectos, en manos y pies. Ojalá pudiera decir que esa era la reacción natural de un padre al conocer a su hija, aunque la experiencia me ha demostrado lo contrario.

Alceo resolvió que yo recibiría la educación de un príncipe. Sabía que habría quienes cuestionarían su decisión, incluidos sus hermanos y juramentados, pero se mantuvo firme y lo calificó de acto de piedad. A la hija de Zeus, Artemisa, diosa de la luna y de las criaturas salvajes, se le concedió por herencia un robusto arco y se la veneró en todas las ciudades de los griegos. El oráculo había dicho que el vástago de Alceo sometería a un monstruo temido por los mismos dioses, y así habría de ser.

Mientras mi padre miraba mi cara diminuta y arrugada, se dio cuenta de que me amaba más que a los dioses, que a su esposa, que a sus juramentados, incluso más que a su propia alma. Por eso me llamó Psique, que en nuestra lengua significa *alma*.

Mi madre, por lo que me consta, jamás puso en duda el amor que sentía por mí desde el instante en que empecé a dar patadas en su vientre. Yo, bebé tardío, era su primogénita, nunca tuvo más hijos. La concepción había tardado tanto que los consejeros de mi padre le habían instado a que tomara una segunda esposa o incluso una concubina, pero él respetaba demasiado a mi madre para eso.

Era una mujer inusual, mi madre Astidamía. Se crio en la lejana Arcadia, donde los reyes lobo aún gobernaban los bosques, y podría haber recibido una educación no muy distinta a la mía de no haberse visto aquejada de una terrible enfermedad en su juventud. Mi nacimiento la lastró aún más y pasaba buena parte de su tiempo en el gineceo, en penumbra, recostada sobre cojines e hilando lana, rodeada de sus damas de honor. Mi madre era esbelta como un lirio a pesar de albergar hierro en el alma, y tan pronto como conté con edad para pensar cosas, recuerdo haber pensado que yo tendría que ser fuerte por las dos.

De mis cuidados se encargaba en su mayor parte mi ama de cría, una esclava de Tesalia llamada Maia. Era ancha y blanda como una cama, con una risa estruendosa que se desataba a la mínima provocación. Me enseñaba refranes y baladas sencillas y me vigilaba mientras aprendía a andar. Por las noches, Maia me llevaba junto a mi madre, que posaba una mano fría en mi frente y me daba un beso. Así transcurrieron mis primeros años de vida en los aposentos de las mujeres, un lugar que olía a velas de sebo y leche.

Todo ello cambió cuando cumplí los cinco.

—Tu padre ha mandado llamarte, pequeña Psique —me dijo un día Maia, el rostro solemne.

Me esperaba él en la antecámara del gineceo. Alceo era tan alto como una de las estatuas de los dioses, y ese día lucía la armadura de un rey guerrero junto con una expresión seria. De su madre medio etíope, Andrómeda, había heredado la piel cobriza, la cual me había transmitido a mí. Cualquiera nos reconocería como padre e hija, los dos de la misma cepa, y yo quería alargar el brazo y frotarle los bigotes, como a menudo hacía. En vez de ello, me dejé llevar por su solemnidad y lo seguí en silencio, mis piernecillas afanadas en igualar sus largas zancadas.

Mi padre me condujo al santuario del héroe, que es como los sirvientes llaman a la pequeña cámara ubicada en el interior del palacio. La pieza estaba prácticamente desnuda, salvo por una espada y un escudo montados en la pared, junto con un altar para impregnar de vapores de incienso el espíritu del héroe. El escudo, de bronce, estaba pintado en tonos esmeralda y carmesí, aunque la superficie se veía rayada en varios puntos a cuenta de lo que imaginaba que habrían sido garras de monstruos o las espadas de los bárbaros. En el centro estaba el semblante más aterrador que había visto en mi vida: el rostro de una mujer gruñendo, rodeado de serpientes con la boca abierta. Parecía lista para saltar de la pared y rodearme el cuello con sus garras. Quería huir, pero planté los pies en el suelo y me mantuve firme.

—Perteneció a tu abuelo Perseo —me indicó mi padre. Descolgó el escudo de bronce con aire reverencial y me lo tendió; me venció el brazo por el peso, sacándome una mueca de dolor, y golpeó el suelo con gran estruendo. Hube de reunir toda mi fuerza para sostenerlo, apoyado en mi pequeño cuerpo.

Mi padre me contó que Zeus el Tronador, rey de los dioses, había engendrado a Perseo, el héroe que dio muerte a la monstruosa Medusa, cuyo rostro aparecía representado en el escudo.

—Con el tiempo, Perseo se casó con Andrómeda, de la familia real de Micenas, y luego fue padre de Alceo. —Hizo una pausa, sonriendo como si guardara un tesoro dentro de sí mismo—. Alceo, que fue padre de Psique.

Al oírle pronunciar mi nombre, me invadió una oleada de orgullo. Era yo hija de héroes y dioses; de repente, el escudo me pareció más ligero. Me lo coloqué en una posición más cómoda y me bañé en el brillo de la sonrisa indulgente de mi padre.

—Mas tú llegarás a ser una heroína aún más grande que tu abuelo Perseo —añadió él—. La profecía del oráculo de Delfos no hablaba de Perseo, sino de ti. No habrá héroe que iguale tu grandeza.

El entrenamiento empezó al día siguiente. Mi padre mandó hacer un arco de tamaño infantil y me enseñó a tensarlo, sin escatimar paciencia. Me llevaba de cacería, sentada en la montura delante de él para que pudiera mirar mientras abatíamos a nuestra presa. Sus juramentados observaban con desconcierto, sin saber qué pensar de que una niña recibiera la misma educación que un varón, aunque con el tiempo llegaron a contemplarme como una rareza familiar. Mi padre me mostró cómo empuñar una lanza y blandir una espada, y mis destrezas florecieron.

Por entonces ya solo acudía a los aposentos de las mujeres por la noche; Maia chasqueaba la lengua al ver las costras de tierra en mis vestimentas y mi madre me preguntaba qué había aprendido ese día. Yo se lo contaba con entusiasmo, las palabras tropezando las unas con las otras, a usanza de los niños, hasta que Maia me obligaba a darme un baño y mudarme de ropas.

Pasaba las estaciones cálidas al lado de mi padre, en el campo de entrenamiento o de cacería, pero en invierno iba con los demás niños del palacio a sentarme a los pies del poeta ciego, que nos narraba historias de dioses y héroes. El hombre, ya anciano, había perdido la vista a temprana edad y, como resultado, había sustituido la espada y el escudo por la lira. No era de ciudad alguna, vagaba allá donde lo guiaba su voluntad y cambiaba sus baladas por refugio y comida. Dotaba de vida a sus narraciones sobre héroes y dioses en el salón de banquetes de Tirinto, a la luz del fuego, mientras afuera caían las lluvias invernales.

¿Cómo explico la relación entre mi pueblo y los dioses? Para nosotros eran reales, tan fácticos como una copa o una mesa, pero no había amor entre nosotros salvo el más innoble. Los dioses podían engendrar hijos con mujeres mortales u ofrecer bendiciones a sus predilectos, aunque también entramparnos en enigmas o matarnos para satisfacer un rencor inmortal. No cabía confiar en los dioses, si bien había que respetarlos.

Un día, el poeta se lanzó a contarnos la historia de la creación del mundo, el huevo del Caos y los dioses inmortales que emergieron de él, empezando con Gaia, la diosa de la tierra, y Urano, el dios del cielo. Entretanto, yo me rascaba una costra del nudillo, suspirando de aburrimiento. Los dioses no me importaban demasiado, con la única excepción de Artemisa, hija de Zeus y diosa de la caza y de la luna. Hermana del sol, que corría por las montañas con pies ligeros igual que yo hacía.

Me gustaban mucho más los relatos de gestas heroicas. Los dioses eran inmortales y no tenían nada que perder si fracasaban en su empresa, pero los héroes lo arriesgaban todo por la oportunidad de alcanzar una fama imperecedera. Los héroes perseveraban contra las limitaciones de su propia mortalidad y se erigían en faros que iluminaban el camino a otros seres humanos. Podrían incluso convertirse en divinidades si, con sus actos, demostraban su valía.

Me espabilé cuando el poeta ciego narró la historia de Belerofonte, que en un tiempo moró en esta misma ciudad de Tirinto. Se le encomendó la misión de derrotar a la temible Quimera, un monstruo que era a partes iguales león, cabra y serpiente, y que, para colmo, respiraba fuego. Belerofonte fue listo: le disparó una flecha con la punta de plomo, que se derritió en su abrasador aliento y la asfixió. Tomé buena nota de la estrategia por si me servía cuando yo misma me convirtiera en una heroína. Anhelaba la gloria que conllevaba, las historias que, durante generaciones, se narrarían sobre mí alrededor de una fogata.

Qué banales eran entonces mis ideas sobre el heroísmo. No había visto gran cosa del mundo y estaba segura de que un puñado de monstruos muertos era todo cuanto hacía falta para forjar a un héroe. No sabía nada de la guerra, ni de la muerte, ni del amor.

—Algún día los poetas también cantarán baladas sobre mí —les dije a los otros niños más tarde. Se quedaron mirándome con ojos de búho—. No habrá héroe que iguale mi grandeza —añadí—. Lo decía una profecía y todo.

Dexios, el de la cara pecosa, hijo del maestro de cuadra, me miró con mofa. Nunca me había tomado en serio después de haberme visto caer de un caballo a los seis años.

—Tú no puedes ser un héroe —me dijo—. Eres una niña.

Le di una patada en la espinilla y lo mandé llorando a refugiarse en las faldas su madre.

Con el tiempo, mi padre alcanzó el límite de lo que podía enseñarme. Alceo era rey, no un héroe, por mucho que hubiera deseado lo contrario. Había llegado el momento de mandar a buscar un maestro, mas ¿quién? Quirón era la elección obvia, aunque mi padre no estaba por la labor de colocar a su hija de nueve años como aprendiz de un centauro. Una amazona solitaria de las estepas podría haber servido, pero morían a menudo en cautividad, y contratar a una estaba descartado, pues esas mujeres salvajes no reconocían ninguna moneda civilizada.

A la postre, fue mi madre quien sugirió la candidata más prometedora. Al día siguiente, mis padres despacharon un correo.

Pasados unos meses, Atalanta se presentó ante las puertas de la ciudad.

Viajaba sola, sin séquito ni fanfarria, aunque la noticia de su llegada se propagó como el fuego. Atravesó la famosa Puerta de los Leones de Micenas, pero no dedicó ni una mirada a las bestias de piedra; ella había matado leones de verdad y aquellos no le causaban impresión alguna. Vestía con la túnica polvorienta y los pantalones de un cazador y cabalgaba a lomos de una yegua alazana con malas pulgas que lanzaba dentelladas a cualquiera que se arrimara demasiado. La mujer parecía una criatura hecha de madera de deriva y tendones, o quizás una ninfa de las profundidades del bosque, aunque las arrugas de su rostro curtido por la intemperie y las hebras grises de su cabello la identificaban claramente como mortal. Atalanta, la heroína.

De todas las historias que contaba el poeta ciego, mis favoritas eran las de Atalanta.

Había luchado al lado de Jasón, a quien acompañó en la expedición de rescate del vellocino de oro, y había sido la primera en herir al monstruoso jabalí de Calidón. Cuando le llegó el momento de contraer matrimonio, se negó a ser vendida como una vaca o una oveja y juró que solo se casaría con el hombre que consiguiera vencerla en una carrera a pie. Transcurrió largo tiempo antes de que apareciera alguien capaz de tal hazaña.

El día que Atalanta llegó a Micenas, mi padre no me llevó a los campos ni al bosque; aquella mañana, sin embargo, Maia y las sirvientas me lavaron y cepillaron como si fuera un cordero sacrificial. Soporté que me trataran así para poder escuchar sus chismorreos.

—¿Creéis que realmente es ella? —preguntó la chica que había traído el agua caliente, apoyada en el marco de la puerta.

—Tiene que ser ella. Es inconfundible —dijo Maia mientras me frotaba la espalda y las axilas—. En las ciudades de los griegos no hay ninguna otra mujer que cabalgue así.

Dexios me contó más tarde que fue él quien ganó las riendas de la montura de Atalanta, habiendo derrotado a sus hermanos mayores para ostentar tal honor. Intimidado por su presencia, dijo con voz chillona:

—¿Es cierto que te crio un oso?

Ella le dedicó una sonrisa maliciosa, los ojos relucientes.

—¿Por qué no vas a preguntarle al oso?

El chico se había alejado entonces a toda prisa, sujetando las riendas del caballo, que intentó arrancarle un mechón de pelo con sus dientes amarillentos.

Acudí a reunirme con Atalanta en el mayor de los patios del palacio, acompañada de mi madre y mi padre. Maia me había obligado a ponerme un quitón de un blanco prístino para que pareciera una doncella de templo, aunque yo no le encontraba sentido; las ropas elegantes no impresionarían a una heroína.

Atalanta entró en el patio con aire despreocupado y el garbo natural de un gato montés.

—¡Salve y bienvenida a Micenas! —dijo el rey, brindándole una profunda reverencia que ella no devolvió. Sentí una chispa de irritación por su impertinencia; que ella fuera una leyenda no le otorgaba derecho a mostrar descortesía hacia mi padre.

—No hay muchas razones por las que abandonaría mis bosques y fijaría mi residencia en una ciudad —replicó la mujer con frialdad—. Pero he leído tu carta y respeto la palabra de la Pitia. Nunca he acogido a una aprendiz, aunque quizá sea ya el momento. ¿Esta es la chica?

—Me llamo Psique —intervine, resentida por que hablaran de mí como de un perro o un caballo.

—Sea pues. Eres joven, veo —dijo Atalanta, y se puso en cuclillas de modo que sus ojos quedaran a la altura de los míos—. Mejor así. A mi hijo empecé a adiestrarlo cuando no era mucho mayor que tú. ¿Sabes montar?

—Sí —respondí.

—¿Sabes tensar un arco?

—Sí.

—¿Me aceptas como mentora?

Hubo entonces una larga pausa. Aun siendo tan joven como era, sabía qué significaba eso. Sabía que la mujer ante mí moldearía mi destino tanto como mi madre o mi padre. Quizás incluso más, pues allí donde ellos me habían otorgado la vida, ella me ayudaría a darle sentido.

Podría haberme acobardado, haberme apartado de ella y retornar al gineceo para vivir una vida tranquila. Mas yo aspiraba a ser lo que Atalanta era: una heroína que infundía respeto. Y aquí había una mujer capaz de guiarme hacia la brillante estrella de mi destino.

Por lo tanto, clavé la mirada en sus ojos gris tormenta y dije:

—Sí.

—Empezaremos mañana —replicó ella. Y, por vez primera desde que plantó pie en la ciudad, la heroína sonrió.

A la mañana siguiente, Atalanta me llevó a las honduras del bosque, una perspectiva que me imbuía de un grandísimo entusiasmo, pero también de una pizca de inquietud. Hasta entonces solo me había enfrascado en la espesura con mi padre y sus hombres, formando una bulliciosa procesión. Ahora me hallaba con la única compañía de esta casi desconocida. El bosque se me antojaba un lugar extraño, allí cualquier cosa era posible; una podía encontrarse con una manada de centauros, un grupo de ninfas bañándose o incluso algún dios dando un paseo solitario. Mas ese día ni unos ni otras se dejaron ver (para mi decepción) y enseguida me invadió el aburrimiento.

Empecé a hacerle preguntas a Atalanta.

—¿De verdad navegaste con Jasón?

—Sí —respondió mi maestra, sin volverse a mirarme. No menguó el paso.

—¿Viste el vellocino de oro? ¿Cómo era?

—Dorado. Y parecido al vellón de un carnero.

Aún me guardaba una última pregunta.

—¿Es cierto que mataste al jabalí de Calidón?

Atalanta redujo el paso por un instante, aunque no tardó en recobrarlo.

—Sí. Meleagro y yo nos repartimos el mérito. Y para ya de hacer preguntas estúpidas. —De repente, se sentó en un tronco caído y dio unas palmadas en el hueco que quedaba a su lado—. Ven aquí. Es hora de tu primera lección. Dime lo que oyes.

Me sentí desconcertada. Estaba segura de que habíamos ido allí para rastrear bestias salvajes o para descifrar los entresijos de la naturaleza, no para sentarnos en un tronco cubierto de musgo a escuchar. Eso podía hacerlo en cualquier parte. No obstante, yo quería aprender, de modo que cerré bien apretados los ojos. No oía nada y así se lo comuniqué a ella.

—¡Mal! —espetó mi maestra a voz en cuello, y alzaron unos cuantos pájaros el vuelo en las inmediaciones—. Si pretendes cazar monstruos y darles muerte, has de ser consciente de tu entorno en todo momento. Si en verdad escucharas, percibirías que el viento sopla del noreste, lo cual significa que cualquier criatura que se encuentre al sur y al oeste podría captar tu olor. Oirías el gorjeo de los pájaros cantores, lo cual significa que se creen a salvo y no hay peligro. Estate atenta a cuando las aves callen: significa que algo las ha asustado, algo que podría venir a por ti.

Lo medité unos instantes.

—No oigo ninfas ni centauros ni leones —sugerí, y Atalanta dejó escapar un bufido.

—Algo es algo. Tal vez consigas ser una heroína después de todo.

Pronto comprendí que la educación que recibí de mi padre no pasaba de ser un mero juego; lo que hacía ahora con Atalanta era una ocupación en sí misma y al principio no me gustaba. Aun con mi destreza natural, seguía siendo una niña consentida de la realeza y no estaba acostumbrada al trabajo. A pesar de que me deleitaba observar que mis flechas acertaban en el blanco, me disgustaba que me dijeran dónde apuntar.

Me ejercitaba de sol a sol con el arco, la lanza y la espada. Atalanta era una tutora inmisericorde y me ganaba no pocos moratones cuando no lograba esquivar sus golpes. En aquellos primeros días llegué a odiarla y creo que ella empezó a odiarme a mí también a cuenta de mi tozudez. Las cosas entre nosotras podrían haber acabado mal de no haberse producido una circunstancia, que resultó decisiva, un día en que las frías lluvias invernales encharcaron las llanuras de Micenas. No tenía sentido estropear un buen bronce bajo la lluvia, de modo que me mandó correr, bordeando las murallas de Tirinto, para desarrollar resistencia.

Me sentía miserable. A cada paso que daba, los pies descalzos se me hundían en el barro y la fría lluvia me empapaba hasta las prendas íntimas. Pese al esfuerzo físico, temblaba incontrolablemente, calentada tan solo por mi rabia incandescente hacia la figura que me vigilaba: Atalanta, cruzados los brazos, el semblante crítico, como la estatua de un dios inmortal.

Completé una vuelta alrededor de las murallas. Cuando retorné a donde se encontraba apostada aquella figura solitaria, me planté y le sostuve la mirada.

—No pienso seguir haciendo esto —dije, dando un fuerte pisotón al suelo. El pie se me hundió en el barro y tuve que dar un tirón para sacarlo, con un sonido de succión, lo cual mermó en cierto grado la actitud desafiante que había pretendido adoptar—. Quiero ir adentro.

La expresión de Atalanta se ensombreció. Por un instante no se oyeron más que los jirones de mi respiración y los cántaros de lluvia. Aquella mujer que había matado a monstruos y combatientes enemigos avanzó hacia mí con paso airado, esbelta y rápida, como un puñal rasgando el velo de agua.

Me armé de valor. Atalanta me echó la clase de mirada que un lobo echa a un conejo, pero yo me negaba a ser el conejo. ¿Qué iba a hacer, pegarme? Eso no me asustaba. Ella ya me había atizado con espadas de madera decenas de veces, en los brazos y el torso, cuando entrenábamos. Mantuve la espalda recta y aguardé.

Atalanta se erguía ahora imponente justo delante de mí.

—Los monstruos que caces no te lo pondrán fácil, y yo tampoco —dijo despacio mientras el aguacero le aplastaba los cabellos oscuros—. ¿Crees que las criaturas salvajes se toman un descanso cuando llueve? Insensata. Es el mejor momento para dar caza a ciertas presas, en especial a los grandes felinos o a los osos, puesto que no pueden captar tu olor. Maté a mi primer león un día igual que hoy.

Mi determinación flaqueó, la intriga ocupó su lugar.

—¿Ah, sí?

Un leve atisbo de sonrisa asomó en su rostro.

—Sí. Y si das una vuelta más alrededor de las murallas, te lo contaré mientras tomamos una taza de leche caliente en el salón de banquetes. Tampoco es que me apetezca estar aquí fuera con este tiempo espantoso.

Me sentí más animada. Atalanta se guardaba con celo sus historias, aunque de vez en cuando me las apañaba para sonsacarle alguna y siempre me quedaba con ganas de más. Si bien su estilo no era tan refinado como el del poeta ciego, me gustaban más los relatos de ella, porque eran ciertos.

Corrí el resto del recorrido sin rechistar.

2

EROS

Mi historia da comienzo antes de que hubiera historias que contar, cuando no existía más que la tierra y un cielo que se extendía hasta el infinito. El mar aún no se había inventado. En aquel entonces éramos menos de una docena, los primeros dioses elementales que surgieron del abismo insondable del Caos (lo cual, supongo, no es sino otra forma de nombrar la nada). La hierba de ese mundo recién nacido me hacía cosquillas en los pies al dar mis primeros pasos. Bajé la mirada. En la mano derecha tenía un arco elegante y, atado a la cintura, un carcaj lleno de flechas emplumadas de oro. Su existencia estaba inextricablemente vinculada a la mía; eran una parte más de mi cuerpo como lo eran los dedos de las manos y de los pies. Rasgueé la cuerda del arco y percibí el zumbido incesante del poder que contenía.

Estiré los brazos, notando cómo se me tensaban los músculos bajo la piel, e inspiré las primeras bocanadas de aire. Unas alas con grandes plumas se arquearon por encima de los hombros, rozando el vientre del dios del cielo Urano. Hundí los dedos de los pies en la marga, maravillado.

El mundo estaba dibujado con líneas simples, sin adornos, vacío y expectante. Aún no existían dríadas que levantaran bosques sobre la faz de la Tierra y la brisa no transportaba el aroma de flor alguna. No había mucho más en el entorno: unas cuantas rocas, un poco de hierba.

—¿Qué lugar es este? —pregunté en alto.

—*Creo que se llama Tierra* —respondió una voz que parecía provenir de todas partes—. *Bienvenido. Yo soy Gaia.*

Tembló el suelo bajo mis pies. Sentí que centraba en mí su atención una entidad titánica, algo más grande que las llanuras que se elevaban a lo lejos, perfilando una cadena de montañas, pero no tenía miedo. Una risa me llegó a los oídos, dulce y juguetona.

—Gaia —repetí, torneando el nombre en la lengua.

Fui consciente de que unos ojos me observaban, arrugados por la diversión. Advertí los rasgos escuetos de un rostro: nariz altiva, boca generosa, cabellos que fluían como los ríos que empezaban a deslizarse entre los riscos del terreno.

—*Es bonito, pero un tanto solitario* —comentó Gaia. Desvió su atención—. *Aunque no para ti, por lo que parece. Viene alguien.*

La vasta conciencia se desvaneció y su ausencia me dejó casi tambaleándome. Cuando alcé la cabeza, en efecto, divisé una figura que se aproximaba. A diferencia de Gaia, formada de la tierra, aquella se asemejaba a mí. Tenía manos de cinco dedos y dos piernas que la transportaban velozmente por el suelo. Era mi vivo reflejo en femenino: cabellos dorados, piel de bronce y ojos verdes, aunque los suyos centelleaban con la astucia de una serpiente.

Era Eris, la diosa de la discordia, de las desavenencias, de las cosas hechas añicos. Mi gemela cósmica, aunque me gustaba no más de lo que la mano izquierda gusta a la derecha.

—Por fin —dijo ella al acercarse—. He estado buscándote por todas partes. Tenemos mucho trabajo que hacer, querido hermano. Vamos.

Contemplé el paisaje que estaba empezando a tomar forma. Montañas escarpadas a lo largo del horizonte, las primeras franjas finas de nubes en el cielo. El mundo estaba vacío, aunque no permanecería así largo tiempo. Recordé lo que había dicho Gaia. «Es bonito, pero un tanto solitario».

Notaba ya su peso agónico, la presión de un futuro nuevo que ansiaba nacer.

—Creo que rehusaré —le dije a Eris, que se quedó mirándome, boquiabierta, como si hubiera anunciado que me tragaría todo el cielo azul de Urano. La disensión era algo nuevo y se mostraba ofendida por el hecho de que no se le hubiera ocurrido a ella primero.

—Somos dioses. Nosotros creamos y nosotros destruimos —insistió—. Es nuestra obligación.

—Si somos dioses —repliqué—, podemos hacer lo que nos plazca.

Y para predicar con el ejemplo, me tumbé en la cálida roca y cerré los ojos. Al cabo de un rato, oí que Eris emitía un bufido de frustración y se marchaba.

No sé cuánto tiempo dormí. No es que los dioses tengamos necesidad de ello, pero conlleva un gran placer y no escatimamos los placeres. Me despertaron los dedos del viento, que me acariciaban las mejillas, me alborotaban el pelo. Abrí los ojos y me encontré mirando un rostro anguloso de ojos tan azules como el cielo despejado.

—¿Cuánto tiempo vas a quedarte ahí? —preguntó el recién llegado.

Supe que era Céfiro, uno de los hermanos que regían los cuatro vientos.

—Lo que me apetezca —repliqué. En sus ojos claros observé un reflejo de mí mismo: rizos dorados, piel bronceada, ojos verdes como la hierba. Me vi muy atractivo.

Asintió él con la cabeza, perdiendo ya el interés; más adelante llegaría a saber que Céfiro era tan veleidoso como los vientos que gobernaba. Su mirada se desvió al arco y la aljaba que descansaban a mi lado.

—¿Para qué sirve eso? —inquirió.

Me incorporé al fin y los sostuve en la mano, apreciando su peso.

—¿Qué te parece si lo averiguamos juntos? —propuse, con una sonrisa asomándome en el rostro.

Saqué una flecha de la aljaba. La madera del astil se notaba pulida, de una tersura casi perfecta; la punta se había trabajado en bronce. Me dio la impresión de que estaba hecha para volar, pero permanecía obstinadamente inmóvil. Examiné entonces el arco. Los dos objetos parecían llamarse el uno al otro, dos piezas de un todo anhelando unirse, de modo que apoyé la varilla en la cuerda tensada.

Me inundó la férrea certeza de cuál era el propósito del arco. Una herida que cose dos lados, un arma dotada del poder de sanar. Pensé en la soledad de Gaia y supe de inmediato qué debía hacer.

Dirigí la punta de bronce al inmenso vientre azul de Urano, el dios del cielo. Sostener el arco de esa forma creaba una tensión agradable, una que solo podría satisfacerse al soltar. Relajé los dedos y la flecha salió volando. Céfiro emitió un murmullo de aprobación y conjuró una ligera brisa para impulsar el proyectil hacia su destino.

El viento era fuerte, y mi puntería, certera. La mirada de Urano se posó sobre Gaia, la tierra, y así, por vez primera, el amor ingresó en el mundo.

El amor de una cierta clase, claro. Puede que los griegos dispongan de tres palabras para designar el amor, pero los dioses solo poseen una.

Yo era el dios del deseo y no tardé en comprender qué significaba eso. Las flechas, imbuidas de mi voluntad, encendían el anhelo dondequiera que se clavaran. Al principio, pensé que se trataba de algo bueno.

Gaia se sintió encantada con las insinuaciones de Urano y pronto lo tomó como esposo. De su unión nacieron las deidades que gobernarían el mar, la memoria y el tiempo, y su alegría impregnó el mundo.

Repartía flechazos con generosidad y yo mismo bebía de vez en cuando del pozo del deseo; me solazaba con alguna ninfa o con algún sátiro, aunque me cercioraba de no experimentar nunca el aguijonazo de mis propias flechas, reacio a prendarme demasiado. Había un cierto encanto en el coito, como trepar a un árbol en verano y jamás alcanzar su cima. Pensaba que eso constituiría mi dádiva al mundo, un placer que yo otorgaría a los demás, gozando de su beneplácito.

Ignoraba entonces cuán cruel podía ser el amor.

Observé cómo el afecto entre Urano y Gaia se agriaba. Aquel le prohibió a ella engendrar más progenie, pues temía que uno de sus descendientes llegara a superarle. Cuando ella desobedeció, él se puso violento. Cronos, hijo de ambos, se alzó en defensa de su madre y logró derrocar a su padre. Sin embargo, llevó la victoria un paso más allá: castró a Urano a la vista de todos y arrojó su falo al océano.

Alegó que había sido un acto de venganza en nombre de su madre Gaia, pero la diosa de la tierra sintió repulsión ante tamaña atrocidad. Se le quebró el espíritu debido a la crueldad de su marido y la brutalidad de su hijo, se aisló del mundo y cayó en un sueño sin fin. Dejó de ser ella misma y se hizo tierra. Tierra y nada más.

Mis acciones desenfrenadas habían traído una cosa nueva y fea al mundo. Me percaté, entonces, de que el deseo podía ser motivo de dolor más que de júbilo. Mis flechas podían enconarse en un corazón herido, propagándose como una infección. O quizás el amor mismo había estado podrido desde el principio.

Después de este suceso, me retiré del mundo de los dioses. Rehuía a las deidades que, ciegamente enamoradas, me hostigaban, susurrando mi nombre con una intensidad que yo no comprendía. Olían el deseo en mí, el poder que dominaba, y las atraía como la sangre atrae a los tiburones. No obstante, me constaba lo rápido que el afecto que reflejaban sus ojos derivaría en odio y me constaba que para ellas yo no era sino una conquista. No quería verme involucrado en tales asuntos. Conque me aparté.

Solo conservé la amistad de Céfiro, que se reía de mi reclusión.

—Será bueno visitarte y escapar de la chusma —me dijo cuando le informé de mis planes.

Lejos del monte Otris, sede de los primeros dioses, localicé un soberbio acantilado que presidía el mar. Era un lugar remoto y desolado; tan solo se oía el sonido de las olas que batían contra las afiladas rocas.

Mis únicos vecinos eran las aves marinas que construían sus nidos en lo alto de las escarpadas paredes y se ocupaban de sus cosas sin prestarme atención alguna. La vida transcurría austera e inmutable en este rincón al borde de la tierra, donde nada verde crecía. Bien podría ser que el mundo empezara, o acabara, allí.

Era perfecto. Crucé la playa de pizarras y posé una mano en las piedras blanqueadas por el sol, tan cálidas al tacto como un ser vivo. Cerré los ojos y llamé a Gaia. Mi hermana, mi amiga más antigua.

Aun en su delirio, ella respondió. Se oyó un crujido, un rechinar de rocas, en lo alto de los acantilados y, al levantar la mirada, observé como se desplazaban y reorganizaban las estructuras de la tierra. Sin esforzarse más de lo que se esforzaría una mujer mortal para acicalarse los cabellos, Gaia esculpió para mí un hogar en la pared del risco. Una elegante escalera de piedra me invitaba a alejarme de la orilla y ascender hacia la aguilera, dando paso a terrazas cargadas de flores de colores vibrantes y aromas dulces.

Gaia había sido generosa. No me cabía duda de que todo cuanto encontrara dentro se adecuaría a mis gustos. En la mesa aparecería comida cuando se me antojara y en mi mano las copas se rellenarían de divina ambrosía. Mis ropas reaparecerían lavadas y remendadas; las manchas se limpiarían solas. En este lugar que Gaia había creado para mí, toda la realidad se plegaría a mis deseos. Así bendecía la diosa de la tierra a quienes gozaban de su favor.

Yo llenaría esta casa con toda suerte de cosas hermosas: copas de colores y joyas brillantes, tal vez una o dos mascotas. Los pavos reales siempre me habían gustado, y también los gatos. Sería este un lugar de alegría.

—Gracias —susurré a Gaia antes de desplegar mis alas doradas y alzar el vuelo hacia mi nueva morada.

Ni siquiera este apartado rincón del mundo me aseguraba soledad. Recibía un flujo constante de mensajes de los demás dioses; algunos solicitaban el uso de mis flechas y otros requerían favores de índole mucho más íntima. A veces, si el trato era bueno, accedía a lo primero, pero jamás concedía los segundos. No olvidaba lo ocurrido con Urano y Gaia, por lo que no me arriesgaría a verme atrapado en un amor que se hubiera vuelto amargo.

Un buen día, llegó a la casa del acantilado mi hermana gemela Eris. La encontré plantada en mi jardín abalconado, acariciando una de las columnatas con aire sugerente y mirándome con ojos escrutadores por debajo de sus pestañas. Me fijé en que vestía con telas muy finas, drapeadas para resaltar su figura, y en que llevaba el pelo rubio trenzado, formando una compleja diadema que en otra persona quizá hubiera quedado elegante.

¿Qué hacía aquí? Mi hermana prefería normalmente la compañía de otros dioses, con quienes mejor partido sacaba de sus talentos. Eris esparcía su veneno como un diente de león esparcía sus semillas sobre la tierra, vertiendo cotilleos maliciosos en oídos ávidos.

—Queridísimo hermano, ¿sabes una cosa? —dijo Eris en un tono de voz que pretendía ser sensual, aunque a mí me chirriaba como si una uña estuviera arañándome los tímpanos—. Todos los demás dioses se han apareado para engendrar hijos y poblar la tierra, pero tú no. Yo podría ponerle remedio.

Aunque fuera mi hermana, no tenía nada de raro que los dioses se casaran. De hecho, éramos un buen partido el uno para el otro. Al igual que Gaia y Urano, éramos extremos opuestos: deseo y discordia, tan paralelos como la tierra y el cielo. Y, sin embargo, me vi embargado por la incómoda sensación de que, si Eris y yo nos uníamos, nuestros poderes quizá se anularían entre sí; o quizá provocáramos el surgimiento de algo mucho peor.

La posibilidad no parecía preocupar a Eris, observé.

—Eris, hermanita —repliqué con dulzura—. Preferiría clavarme una flecha en el ojo antes que yacer contigo.

Su rostro palideció de ira. No volví a verla hasta pasados varios miles de años.

Con el tiempo, se desencadenó una segunda guerra en los cielos. Cronos había tomado la costumbre de devorar a sus propios vástagos con la idea de que así prevendría un alzamiento, mas uno de ellos consiguió escapar.

Este hijo olvidado de Cronos llegó un día a mi puerta. Era Zeus el Tronador, tan solo un dios menor en aquella época. Irrumpió en mi casa sin llamar y se sentó a la gran mesa de roble, donde se sirvió una copa de ambrosía y la bebió con sorbos ruidosos.

—Necesito tu ayuda —me dijo Zeus, con regueros violetas chorreándole por la larga barba blanca. Si bien era varios siglos más joven que yo, presentaba el aspecto de un anciano severo de pelo cano; los dioses adoptan la forma que mejor les representa—. Mi padre, Cronos, es malvado. Hay que destruirlo —concluyó.

Me eché a reír.

—Cronos acudió una vez a mí y me dijo prácticamente las mismas cosas acerca de su padre. Así que ahora mi duda es esta: ¿cuándo calculas que alguno de tus hijos aparecerá llamando a mi puerta?

La sonrisa jovial de Zeus se le derritió en el rostro, la mandíbula se puso tensa. Fuera, nubes de tormenta cubrieron el cielo antes soleado, extendiéndose como hematomas, los relámpagos enhebrados entre ellas. Un estruendo sordo barrió el paisaje. Mis pavos vocearon despavoridos y mis gatos se escondieron detrás de los muebles, pero yo me mantuve impasible.

Zeus se levantó de la silla y permaneció en pie, erigiéndose imponente ante mí, con una expresión tan oscura como el firmamento.

—Muy bien. Si no quieres ayudarme, al menos no te interpongas en mi camino. Mas no olvidaré tu insolencia una vez que ocupe mi lugar como rey de los dioses.

—Dale recuerdos a tu esposa Hera de mi parte —dije dulcemente.

Hecho una furia, Zeus se marchó como un huracán, en todo el sentido de la palabra. La lluvia y los relámpagos azotaban el cielo.

Un día mi amigo Céfiro entró de sopetón en la casa, desorbitados los ojos, para comunicarme la noticia de que Zeus había salido victorioso de su batalla con Cronos. Había desterrado a su padre y establecido una nueva sede de poder en el monte Olimpo.

Quienes habían servido con lealtad a Zeus se vieron recompensados con un puesto en el Dodecateo, el panteón de los doce dioses. Por entonces contaba tan solo con cinco miembros, pero Zeus estaba seguro de que no le resultaría difícil llenar las vacantes. Los dioses mayores que se opusieron a él serían conocidos en lo sucesivo simplemente como «titanes». Era un nombre ingenioso, lo bastante grandilocuente como para que nadie a quien se le aplicara pudiera quejarse, si bien los diferenciaba de los nuevos dioses. Zeus no trataba a todos los titanes por igual; castigaba a quienes lo desafiaban con el destierro o la destrucción, mientras que permitía que otros continuaran existiendo, mermados en cierta medida.

Tras su victoria, Zeus descendió a los abismos marinos, donde la sangre de su abuelo Urano llevaba siglos fermentando. Por medio de la alquimia del océano y su propia magia divina, las partes cercenadas del dios primordial se transformaron en una nueva y bella entidad. Zeus instruyó a la deidad que tomaba forma a partir de aquel antiguo crimen, susurrándole al oído quién era y qué tipo de poder ejercería. Con el tiempo ella terminaría en las cumbres del Olimpo, uniéndose al Dodecateo, pero antes habría de encontrar a alguien.

Surcó ella las aguas durante una temporada, a merced de las mareas, turbando a los bancos de peces de colores brillantes que fueron los únicos testigos de su breve infancia divina. Contempló el vaivén de las praderas de algas y se dejó crecer el pelo hasta que rivalizó con ellas. Se abrió paso hacia la superficie reluciente del mar, impulsándose con unas piernas largas y torneadas que se habían trenzado solas, y con su primer aliento musitó su propio nombre: Afrodita, diosa del amor y la belleza.

Puso entonces Afrodita rumbo a la isla de Chipre y emergió de las aguas. Era de noche y la playa reflejaba el blanco resplandor de la luna llena. Las colinas ondulantes imitaban las caderas de una mujer y el aroma del jazmín flotaba en la brisa nocturna. Estoy seguro de que Afrodita se imagina que habría un séquito de ninfas esperándola con vestidos de lino y una alfombra de pétalos de rosa, quizás una banda de músicos rasgando con delicadeza sus instrumentos a la luz de la luna. En cambio, solo estaba yo, portando una pieza de tela y una expresión especialmente abatida.

Sin molestarse en disimular su decepción, Afrodita me arrebató la tela y la utilizó para secarse los cabellos húmedos, indiferente a su desnudez. Al terminar, me estudió con mirada escrutadora.

—Debes de ser mi criado.

No dije nada. Al igual que el resto de los dioses mayores, tenía que aceptar mi lugar en el nuevo orden de Zeus, por mucho que me irritara.

—Es la voluntad de Zeus que compartamos el dominio sobre los reinos del deseo y la belleza, aunque naturalmente yo ejerceré una mayor influencia. Por lo visto lo desafiaste en cierta ocasión, así que decidió crearse su propia diosa del amor. Has de entenderlo. —Esgrimió una sonrisa que volvería locos de pasión a otros dioses, pero que a mí me provocó unas leves náuseas.

Guardé silencio.

Afrodita se envolvió la cabeza con la toalla y se quedó mirándome, con las manos en las caderas, la luz de la luna dorando su cuerpo desnudo. Dio un paso hacia mí, luego otro, hasta situarse lo bastante cerca como para sentir su aliento, cálido como el aire nocturno. Percibía el olor de su piel, solo tocada por el agua y la luz de la luna, una piel que suplicaba otras caricias. No estaba seguro de si me besaría o si me comería vivo.

Resultó que no pretendía una cosa ni la otra; en cambio, pegó la boca al pabellón de mi oreja y susurró:

—Zeus opina que los lazos familiares garantizan la armonía. Creo que quiere que selle una alianza matrimonial contigo.

El terror me hundió sus garras en el corazón. Afrodita retrocedió de repente y me quedé tambaleándome en el espacio que había dejado.

—Pero, perdona que te diga, preferiría un esposo no tan desgraciado. —Su risa tenía una tonalidad musical y desenfadada—. Creo que te adoptaré como hijo.

Torcí los labios.

—Yo no soy hijo tuyo.

—Ah, pero ahora sí —dijo ella—. A menos, claro está, que quieras enfrentarte a la ira del Tronador.

Todo el aire escapó de mis pulmones y me encontré desamparado, sin amigos, a la sombra de un tirano. Aunque yo era mayor que él, mi fuerza no podía medirse con la suya. Me habían llegado rumores de la suerte corrida por Nereo, el viejo titán dios de las olas, que había protestado cuando Poseidón, hermano de Zeus, reclamó para sí el reino de los océanos. Los rayos de Zeus habían abrasado a Nereo tan a conciencia que el dios marino cayó convertido en cenizas carbonizadas. Falto de fuerzas para mantener su forma física, se disolvió en las olas que antaño habían constituido su hogar. Ahora solo existía en racimos de espuma de mar y en el flujo de las mareas y ya no recordaba ni su propio nombre.

Afrodita acababa de llegar al mundo, pero no por ello carecía de astucia. Comprendía que amenazándome con la ira de Zeus podría obligarme a permanecer en esta playa, lo cual no garantizaría mi obediencia por el resto de la eternidad. Por lo tanto, probó con otra estrategia.

—¿Sabes qué? Se avecina algo nuevo —dijo en tono cómplice—. Zeus me lo contó. Se llama «humanidad», una raza de mortales que nos adorarán y nos servirán de entretenimiento. Va a ser divertidísimo, ¿no crees?

Sentí una chispa de curiosidad. Nada fascina más a los dioses que una novedad y ser objeto de veneración sonaba intrigante. Al ver su oportunidad, Afrodita añadió:

—Si no te interesa, supongo que podría pedirle a Zeus que te cediera a otro dios. No me cabe duda de que Hestia estaría encantadísima de tener a alguien que la ayudara a ordenar la casa.

No podía aceptar tal destino. Me arrodillé de inmediato y ofrecí lealtad a Afrodita. Y, entretanto, soñaba con formas variadas de vengarme de los olímpicos.

En el transcurso de los siglos actué siempre con cuidado. Nunca rompí mis promesas ni dejé rastro alguno que pudiera conducir hasta mí con un mínimo grado de certeza. Sin embargo, descubrí ciertas artimañas para resistir mi subyugación.

Para ser una diosa del amor, Afrodita tenía una extraordinaria mala suerte en las cuestiones del corazón. Mi fingida madre se casó con Hefesto, el dios herrero, que era feo como él solo; una decisión precipitada por parte de Zeus en un momento en que la competencia entre quienes pretendían su mano amenazaba con derivar en un baño de sangre. Pero Afrodita se enamoró del apuesto dios de la guerra Ares, aparte de tener otros varios romances. Todos acabaron mal.

Zeus, rey de los dioses, no gozaba de mejor fortuna. Sus innumerables escarceos amorosos enfurecían a su esposa, Hera, que a duras penas conseguía llevar la cuenta de todas las ninfas y diosas con las que se acostaba. Aunque él no podía evitarlo, o eso parecía. Supongo que se diría para sí que las satisfacciones sensuales formaban parte de sus prerrogativas como rey. A Zeus le gustaba creer que controlaba sus apetitos, aun cuando todos los indicios sugerían que era al revés.

Yo no daba ninguna pista sobre mi implicación en el asunto y tenía siempre mis flechas a mano. Cronos y Gaia me habían enseñado que el amor podía ser un arma de doble filo y no dudaba en utilizarlo para mis propios fines cuando la situación lo exigía.

Si el amor era un arma, yo aprendería a manejarla.

3

PSIQUE

uando contaba trece años, viajé con mi familia a través de
las colinas y los valles de Grecia para asistir a la boda de
Helena y Menelao que iba a celebrarse en Esparta.

Yo no dejaba de apartar las cortinillas del palanquín que compartía con mi madre para escudriñar a los demás viajeros que transitaban el camino. Campesinos que llevaban sus cosechas al mercado, peregrinos en dirección a algún templo, incluso familias enteras que viajaban como nosotros. Al final, mi madre se hartó y me mandó con mi padre a la cabeza del convoy. Me recibió calurosamente, me sentó delante de él en el caballo, como cuando era pequeña, y llenó mis oídos con historias de la ciudad-estado de Esparta. Eran un pueblo guerrero, famoso por la fuerza de sus ejércitos. Incluso educaban a sus hijas en la caza y el combate, igual que a mí. Aprecié este último hecho con interés.

La ciudad apareció por fin en el horizonte. No disponía de una crisálida protectora de murallas, pues Esparta confiaba su defensa a sus guerreros más que a la piedra o el mortero, pero una guardia de honor nos esperaba a las puertas para escoltarnos hasta el palacio. Condujeron el convoy a un patio donde nos aguardaba un grupo de hombres. Uno de ellos voceó un saludo y se adelantó.

Se parecía bastante a mi padre, aunque hinchado. Mientras que Alceo era patilargo y flaco como un lobo, Agamenón tenía el tamaño de un oso y músculos bien marcados. El vientre le tensaba la túnica, que presentaba manchas de transpiración en las axilas. Se había roto la nariz al menos dos o tres veces, lo cual le confería un aspecto contrahecho, nudoso. Incluso en una tarde tan magnífica como aquella, apestaba a sudor y a la armadura de bronce.

—¡Alceo! —bramó—. Ignoraba que tuvieras un hijo.

Mi padre se removió incómodo.

—Esta es...

—Soy Psique —me apresuré a decir. Enseguida desmonté y me acerqué a saltos a mi tío Agamenón—. Me lo han contado todo de ti y...

—Ah, una hija —me interrumpió él, con la llama del interés apagándose rápido en sus ojos. Se giró hacia mi padre—. Alceo, llegas tarde. Menelao y yo queríamos saber tu opinión sobre la cuestión de los argivos...

Me dieron la espalda y me dejaron allí plantada, en el polvo del patio, junto al palanquín cubierto de mi madre y con la única compañía de los sirvientes. Al verlos alejarse, se me hundió el corazón en el pecho.

Mi madre alegó indisposición y se retiró a los dormitorios; el trayecto había supuesto una dura prueba para ella y necesitaba descanso. Yo, por el contrario, me vi arrastrada por otro pasillo. Un grupo de sirvientas me despojaron de las polvorientas ropas de viaje y me enfundaron en un viejo quitón tieso que olía a mosto y cedro añejo. Me alisé las faldas, que eran bastante más largas que el práctico atuendo de montar y las vestimentas cortas que solía ponerme. Luego las sirvientas me trasladaron lenta y pesadamente a una habitación en penumbras y a punto estuve de tropezar en más de una ocasión. En cuanto crucé el umbral, la puerta se cerró de golpe detrás de mí.

—¿A quién tenemos aquí? —preguntó una voz melodiosa.

Mis ojos tardaron un momento en adaptarse a la oscuridad. La estancia, sin ventanas, estaba situada en el interior del palacio, solo iluminada por unas pocas lámparas. El gineceo, comprendí con frustración. Me pregunté si me hallaría muy lejos de mi padre y mis tíos y si aún podría ir a buscarlos.

—Soy Psique —balbuceé, torpe, mirando hacia la mujer que me había hablado. Quería presumir de mi destreza con el hacha, no sentarme en tinieblas con unas extrañas—. La hija de Alceo.

—La princesa de Micenas —dijo gentilmente la mujer, inclinando la cabeza—. Bienvenida. Yo me llamo Penélope y soy la reina de Ítaca.

En la penumbra alcancé a ver sus grandes ojos oscuros y la melena rizada de cabellos castaños, peinado severamente hacia atrás. No es que fuera un prodigio de belleza, pero había una cierta consideración en su mirada y una rara nota de confianza en su voz que la hacían intrigante. Muchos años después, cuando conocí a su marido, Odiseo, no me sorprendió en absoluto enterarme de su conexión con la diosa Atenea. Penélope, dotada de unas manos ágiles y una mente aguda, era el reflejo mortal de aquella.

—Esta es Clitemnestra, esposa de Agamenón —continuó, señalando a una mujer de semblante avinagrado—, y esas son sus hijas, Ifigenia y Electra. Ifigenia ha demostrado ser ya una hilandera experta y no es mucho más joven que tú.

La niña, que contaba pocos años menos que yo, me miraba con ojos inocentes, llenos de fascinación. Tenía un rostro dulce y cándido, las mejillas como las mitades de un melocotón cortado en dos y la piel de un tono cobrizo que delataba nuestro parentesco. Su madre, por otro lado, parecía que estuviera mordiendo una rodaja de limón entre los dientes. Cerca de ella, la pequeña Electra dormitaba en una cesta de mimbre.

—¿Dónde está su madre? —inquirió Clitemnestra—. No se puede permitir que una muchacha respetable deambule ella sola por el palacio.

—No deambulaba —contesté, irritada—. Mi madre está descansando.

Clitemnestra dio un bufido de disgusto, pero Penélope se limitó a reírse por lo bajo.

—Te doy la bienvenida, Psique, y a tu madre le deseo un buen descanso. Y para terminar la ronda de presentaciones —hizo un gesto hacia una cuarta figura—, esta es mi hermana, Helena. Nuestra preciosa novia.

Tanta oscuridad reinaba en la estancia que en un primer instante no reparé en la radiante belleza de la mujer situada a la izquierda de Penélope. Llamar «preciosa» a Helena equivaldría a describir el sol como brillante; aunque estrictamente hablando era cierto, la palabra no lograba abarcar el auténtico esplendor de su sujeto. Una larga cabellera del color de la miel le rozaba los pómulos angulosos y le caía por debajo de su elegante cuello. Me fijé en el fino vestido que lucía y en la alheña ceremonial que le adornaba las manos, signos de la celebración de sus próximas nupcias. Me acordé de lo que cuchicheaban los guardias del palacio de Tirinto acerca de la concepción de Helena, de que el mismísimo Zeus se le había aparecido a su madre Leda en forma de cisne. En aquel momento esas historias se me antojaban fantasiosas, pero ahora dudaba de si no encerrarían acaso una pizca de verdad.

Solo después de que se desvaneciera el impacto inicial que me había causado la belleza de Helena observé la desdicha grabada en aquellas perfectas facciones. Se encontraba ella tan absorta en su sufrimiento personal que ni siquiera se volvió a saludarme. Sus dedos esbeltos manejaban la lanzadera del telar con desgana. Se me ocurrió que quizá tuviera dolor de estómago o alguna otra dolencia interna. ¿Cómo se podía estar tan triste en una ocasión tan feliz?

Penélope retornó a sus labores. «Hermana», había dicho. Al fijarme bien, supuse que advertiría cierto parecido familiar entre ellas, aunque era como comparar un pato con un cisne.

Me senté y, por primera vez en mi vida, me enfrenté a la desalentadora y desconocida perspectiva de un telar. Sabía hacer muchas cosas: determinar el tamaño de un animal por sus huellas, acercarme con sigilo hacia mi presa en el sotobosque, efectuar un disparo certero a pie o a caballo. Sin embargo, no sabía tejer. En retrospectiva, lo consideré una lamentable laguna en la educación de una niña de la realeza.

Miré de reojo a las otras mujeres para ver cómo procedían, pero me sirvió de poca ayuda. Las manos de Penélope se movían como si estuvieran forjadas para desempeñar esa tarea, empujando la lanzadera de un lado a otro con un traqueteo satisfactorio; incluso el trabajo de la mohína Helena era fluido. Sin embargo, cada vez que trataba de imitarlas, no obtenía más que un amasijo de hilos enmarañados. Y, en cualquier caso, ¿por qué las mujeres tenían que estar tejiendo todo el tiempo? ¿Cuánta tela se necesitaba realmente en una casa?

—Estás enrollando la urdimbre por debajo de la trama. —Una mano pequeña se deslizó junto a la mía para desenredar los hilos—. Hay que doblar esta parte por abajo, ¿ves? —Volví la mirada y el rostro dulce y confiado de Ifigenia me sonrió.

Le devolví el gesto.

—Gracias. Nunca lo había hecho.

—¿No? —Se le formó una arruga en la frente—. ¿Una chica que no sabe tejer? Eso es como un pájaro que no sabe volar.

Fruncí el ceño.

—¿Y qué si no sé tejer? ¡Soy capaz de abatir a un pájaro en vuelo! Me enseñó Atalanta en persona.

Me satisfizo observar cómo se le agrandaban los ojos.

—¿Conoces a Atalanta? ¿Y sabes disparar un arco? ¡Qué asombroso! ¿Querrías enseñarme?

El rubor me tiñó las mejillas. Desde hacía ya largo tiempo pasaba la mayor parte del día con mi maestra, separada de la chiquillería de palacio. Yo era demasiado ruda para las chicas y demasiado femenina para los chicos, que veían con desagrado que una princesa díscola les plantara cara en sus juegos. Nunca había tenido una amiga de mi misma edad.

—Será un placer enseñarte —le dije—. Pero ¿las espartanas no sabéis ya esas cosas?

Ifigenia bajó la voz.

—Yo no soy espartana. Siempre he querido aprender a tirar con arco, pero padre dice que no es propio de una chica. Aunque…

—Ifigenia —espetó Clitemnestra—. Deja de parlotear y compórtate. «El silencio es el mayor adorno de una mujer», nunca lo olvides.

El proverbio se lo había oído un par de veces a mi niñera Maia, normalmente a guisa de broma. Yo siempre lo había considerado una sátira, una burla, aunque Clitemnestra parecía hablar muy en serio.

Ifigenia enmudeció en el acto. Le aguanté la mirada a mi tía, poco dispuesta a dejarme intimidar, hasta que, por fin, lanzó un suspiro de reproche y retornó a sus labores.

Me sobresaltó entonces un sollozo quedo y levanté la vista. Helena estaba llorando, con gruesos lagrimones que le corrían por el rostro inmaculado y caían sobre la pieza del telar. Hipaba de forma histriónica y le goteaba la nariz.

Clitemnestra frunció los labios con desaprobación, aunque fue Penélope quien habló primero.

—Helena, tenemos invitados —dijo, sin apartar los dedos del tejido—. Haz el favor de calmarte.

—No puedo evitarlo —se lamentó Helena—. ¡Van a venderme como si fuera una vaca a un hombre que no conozco!

—Es tu marido, Helena, y ya lo conoces. De hecho, se te dio la oportunidad de escogerlo, acuérdate. —La voz de Penélope apenas encerraba un dejo de desprecio, pero denotaba que se le estaba agotando la paciencia.

—¡Solo pude elegir entre quienes vinieron a competir por mi mano! No sé nada de él. ¿Y si me pega? ¿O se pasa el día borracho como una cuba? ¿O acosa a las sirvientas?

—Deberías agradecer que se te haya pedido opinión sobre tu futuro marido —la atajó Clitemnestra—. La mayoría de las mujeres no tienen esa suerte.

Helena se enderezó en el asiento y la fulminó con la mirada.

—Para empezar, no me dejaron alternativa. Todos me presionaban para que escogiera marido y los pretendientes se tiraban a degüello unos a otros. Esparta necesitaba a un sucesor. —Helena puso cara de desdén, desnudando los dientes como un animal; y, no obstante, aún conseguía tener un aspecto más encantador que otras mujeres en sus poses más seductoras—. Yo estaba hecha para alcanzar metas mayores. Quería ver mundo y enamorarme, no malgastar mi vida encadenada a un patán peludo.

Dirigí la vista hacia ella. Al principio me había quedado tan prendada de su belleza que no había reparado en la chispa de inteligencia que le brillaba en los ojos. Me dio la sensación de que le ocurría con bastante frecuencia.

—Helena. —La voz de Penélope sonaba ahora dura, desaparecida toda indulgencia. Hizo una pausa en sus labores, clavando la mirada en su hermana—. Ninguna de nosotras tuvo alternativa. ¿Te crees que yo quería casarme con Odiseo y trasladarme a Ítaca, donde hay más ovejas que personas y más piedras que ovejas? Somos mujeres y hemos de cumplir con nuestras obligaciones. Al menos tú podrás quedarte en Esparta.

—Lo he dicho antes y lo repito ahora: «El silencio es el mayor adorno de una mujer» —declaró Clitemnestra con remilgo. Me entraron ganas de arrojarle el telar al río.

Helena encorvó los hombros. Habiendo aceptado finalmente que hallaría escasa compasión, regresó a sus labores. Sin embargo, no se molestó en restañar las lágrimas que continuaban fluyendo por las mejillas.

Mi mente se agitaba mientras yo añadía vueltas llenas de bultos al tejido. La apurada situación de Helena me turbaba y cada vez que intentaba sacarme la idea de la cabeza no conseguía más que arraigarla. Si bien el matrimonio siempre me había parecido un concepto lejano y nebuloso, yo tan solo era unos años más joven que Helena y pronto se esperaría de mí que me uniera a un hombre al que apenas conocería. Siempre había considerado las bodas como fiestas lujosas repletas de música y comida; nunca había pensado demasiado en qué les ocurría a las novias tras los festejos.

Venía observando desde hacía largo tiempo que las historias heroicas estaban en su mayor parte protagonizadas por hombres; Atalanta constituía una de las raras excepciones. Las mujeres, cuando desempeñaban algún papel, solo aparecían como madres o amantes; a veces como monstruos.

Yo contaba a mi favor con la profecía del oráculo, pero ¿de qué valía una profecía contra el silencio de las leyendas?

Comprendí, con creciente inquietud, que el abismo que me separaba de Perseo y Belerofonte no era una cuestión de linaje después de todo, sino de sexo. Los hijos de los dioses recibían un entrenamiento de héroes, dones divinos y fama imperecedera. Sus hijas, como Helena, eran premios que ganar.

Zeus se había aparecido ante Leda en forma de cisne, decía la gente, pero ahora no se comportaba como tal. Yo había visto a los cisnes que anidaban en los altos lagos de las montañas boscosas; eran padres entregados cuyos polluelos los seguían en fila a todas partes. Los dioses, por el contrario, dejaban que sus vástagos mortales se valieran por sí mismos hasta que les fueran de utilidad. La expresión en los ojos de Helena sugería que el matrimonio no era sino una fosa de posibilidades perdidas. Un grillete que la encadenaba a un hombre que no conocía, que controlaba su cuerpo y su futuro.

Si la hija de un dios no podía aspirar a nada mejor, ¿qué porvenir me aguardaba a mí, nacida de padre y madre mortales?

La boda se celebró con gran desenfreno. Los hombres estaban de buen humor, con la cara roja a causa de la bebida, y cantaban tonadas desafinadas a pleno pulmón. Existía una tradición en Esparta, me había advertido Ifigenia, que consistía en que el novio raptara a viva fuerza a la novia. Era una costumbre antigua, destinada a preservar la castidad de la mujer antes de que se la arrebatara algún espíritu maligno o algún pícaro atraído por los festejos; en estas tierras precedía incluso al culto a los dioses olímpicos. Al menos, eso me había contado Ifigenia en tanto me indicaba en susurros cómo corregir los errores que cometía tejiendo.

Clitemnestra se había burlado al oírlo.

—No, lo hacen por el bien de los hombres. No están acostumbrados a las mujeres que no gritan.

Aun así, cuando mi tío Menelao se echó al hombro a su novia Helena como si fuera un saco de grano y la sacó de la habitación, me descubrí con la mano flexionada en la cadera, deseando que empuñara un arma. Helena no se esforzó en contener las lágrimas y comprendí que sus ojos llorosos representaban un acto de valentía, una negativa a ocultar lo que opinaba de ese proceder. No obsequiaría a sus captores con una bonita sonrisa.

Los demás hombres salieron detrás de Menelao. Una vez que el vocerío se hubo apagado, Penélope nos indicó con un gesto que nos levantáramos y la siguiéramos.

Mi madre nos esperaba en el salón de banquetes, alegre a pesar de sus persistentes ojeras. Mi padre se encontraba con los hombres, en el otro extremo de la sala, sentado junto a una figura corpulenta, que reconocí como mi tío Agamenón. No había visto a Alceo en el grupo que se había llevado a Helena y traté en vano de convencerme de que mi padre nunca participaría en semejante barbarie.

No le conté a mi madre lo acontecido en el gineceo, aunque la observé por el rabillo del ojo, haciéndome preguntas. Débil como era, ¿habría llorado igual que Helena antes de su boda? ¿Se habría dejado arrastrar por mi padre, aceptando gritos y fanfarronadas? Ellos dos siempre habían parecido estar hechos el uno para el otro, pero ahora sabía qué secretos guardaban las oscuras sombras de los aposentos de las mujeres.

Menelao, sentado en el estrado de los recién casados, tenía los ojos vidriosos por el vino, aunque lucía una expresión de felicidad beatífica. Al fin y al cabo, había ganado una esposa y el reino que venía con ella. Helena, sentada a su lado, parecía presidir su propio funeral.

Hubo brindis y juramentos, de los cuales entendí muy poco. Mi mente se hallaba en otra parte. Le pregunté a mi madre:

—¿Me casaré yo algún día?

Astidamía esbozó una sonrisa bondadosa.

—Claro que sí, querida mía. Tendrás la boda más solemne que haya existido jamás.

La atención de ella se vio entonces atraída hacia Penélope, de modo que no se fijó en la expresión de pavor en mi rostro.

Me pusieron delante un plato de comida, pero había perdido el apetito. Había músicos y acróbatas, aunque era incapaz de concentrarme en el espectáculo. Lo único que percibía era el suplicio en los ojos de Helena, un destino que también me aguardaba a mí. Y lo único que deseaba era huir de ese mundo de hombres y mujeres, regresar al bosque donde podría volver a ser una criatura salvaje.

A la mañana siguiente, oí que tocaban a la puerta.

Despegué la cabeza de la almohada, sobresaltada. Los dedos rosados del alba empezaban a colarse por las ventanas. Mis padres dormían en la cama grande y los sirvientes seguían roncando, tumbados en jergones diseminados por el suelo. Crucé la habitación de puntillas y abrí la puerta.

Encontré a Ifigenia allí plantada, con un arco, una aljaba de flechas y una expresión traviesa.

—Me lo ha dejado mi hermano Orestes —explicó—. Solo tuve que amenazarlo con contarle a madre lo de esa sirvienta con la que anda.

—El desconcierto debió de reflejarse en mi rostro, porque añadió—: Dijiste que me enseñarías el arte de la arquería.

—¡Y era cierto! —susurré—. El arco es un poco grande para ti, pero nos apañaremos. Vamos.

Volví la vista hacia el interior de la habitación, donde todos dormían a pierna suelta. Me parecía injusto despertar a mis padres para pedirles permiso. Conque agarré a Ifigenia de la mano y juntas corrimos sin hacer ruido por el palacio, esquivando a los invitados nupciales que aún rondaban adormilados por los pasillos. El aire de la mañana era fresco y no había tenido tiempo de calzarme las sandalias ni de echarme un manto por encima, mas no me importó.

Localizamos un patio vacío sin ventanas, lo bastante amplio como para servir de campo de tiro. Encontré un saco lleno de arena y lo apoyé torpemente contra el borde de una maceta para que hiciera las veces de diana. Le enseñé a Ifigenia cómo colocar la flecha y tensar la cuerda del arco. Los brazos le temblaban por el esfuerzo, aunque tenía apretados los labios; la boca, un trazo recto feroz.

—Bien, bien —le dije—. Pero baja el codo, de lo contrario no conseguirás imprimir potencia al disparo.

Bajó el codo al momento. Ifigenia apuntó y soltó; la flecha repiqueteó inútilmente contra las losas del suelo. Abrí la boca para infundirle ánimos; sin embargo, mi prima no los necesitaba. Ya estaba sacando otra flecha de la aljaba, con el ceño fruncido.

Esta segunda se alojó en la tela áspera del saco. Ifigenia chilló de felicidad, aplaudiendo como una niña pequeña, aunque se cuidó de no dejar caer el arco.

—Posees un talento natural —le dije. Si bien Atalanta habría aprovechado este momento para evaluar su técnica, yo no podía más que sonreír con un orgullo desbocado.

Ifigenia me dirigió una mirada tímida.

—He visto practicar a los hombres de padre muchas veces. No es tan difícil como parece.

Me picó la curiosidad.

—Me contaste que no eras espartana. ¿Dónde está tu ciudad?

La chica se encogió de hombros.

—Aquí y allá. Mi padre lucha para quien le pague, conque vamos adonde requieren sus servicios. A algunas personas les parecería aterrador vivir con una banda guerrera y estar todo el tiempo viajando de un lugar a otro, pero no es tan malo. Los hombres de padre se portan bien conmigo, aunque casi nunca hay chicas con las que pueda jugar. Bueno, está mi hermana Electra, pero todavía no ha aprendido a hablar.

—Yo no tengo hermanos ni hermanas —dije, mientras me preguntaba cómo sería vivir con una banda guerrera. Sonaba emocionante—. A veces me gustaría no ser hija única.

—Entonces yo seré tu hermana —sugirió enseguida Ifigenia. Se colgó el arco del hombro, dejando libres las manos. Entrelazó los dedos con los míos, los suyos más suaves y pequeños, pero no menos fuertes—. Hermanas juradas. Prestaremos juramento, a usanza de los hombres de padre, y practicaremos con el arco en secreto para siempre. —Me iluminó con su sonrisa y no pude evitar sonreír en respuesta. Cada vez que Ifigenia sonreía, era como si el calor de una tarde de verano se instalara en tu alma.

—Y así será —asentí, apretándole fuerte la mano.

Ifigenia ladeó la cabeza como un pájaro, pensativa.

—Me contaste que te instruía la gran Atalanta, ¿verdad? Es una de las favoritas de la diosa Artemisa, que por eso debe de habernos reunido. —Mi prima bajó la voz a un susurro—. Sueño con el día en que pueda consagrarme a la diosa. Padre dice que me casaré con un rey y alumbraré a sus hijos, pero yo no quiero esa vida. Quiero ser sacerdotisa de Artemisa.

Se me hinchó el corazón. Las dos éramos en verdad hermanas, unidas no solo por la sangre que compartíamos, sino por las cosas que amábamos.

—Yo también —afirmé con feroz convicción—. Me haré sacerdotisa y luego seré una heroína errante como Atalanta.

Arrugó la nariz Ifigenia, con aire juguetón.

—No puedes ser las dos cosas, Psique. Tendrás que decidirte por una. Pero, elijas lo que elijas, te prometo que estaré contigo.

Me robó la respuesta una voz atronadora que quebró el silencio de la mañana. Plantado en la puerta estaba mi tío Agamenón. Tenía los ojos inyectados en sangre por los festejos de la noche anterior y un tremendo hedor emanaba de él, el olor del alcohol y la falta de higiene.

Ifigenia retrocedió cuando, con paso airado, él se nos echó encima.

—Padre, lo siento. Estaba…

Plaf. Ifigenia se tambaleó hacia atrás, a punto de caer de espaldas por la fuerza de la bofetada. Me quedé horrorizada; mi padre jamás me habría pegado así, y menos por una infracción cometida a la luz del sol. Por instinto, me vi impulsada a interponerme entre Agamenón y su hija, empuñando el astil de una flecha. La punta estaba tan afilada como cualquier cuchillo.

El hombre posó en mí su mirada teñida de rojo, sin perder detalle de la flecha. Brotó un ruido de las profundidades de su pecho y tardé unos instantes en identificarlo como una risita.

—¿Y qué pretendes hacer con eso exactamente? —Calló entonces por unos momentos, entrecerrando los ojos, observando mi rostro por primera vez—. Ah, ya veo... Eres la niña de Alceo.

—La misma —repliqué, temblando como la cuerda tensada de un arco mientras clavaba los ojos en los suyos. Se erguía imponente ante mí, una montaña de carne y músculos. Cada una de sus manos tenía el tamaño de mi cabeza y me mandaría por los aires de un sopapo.

Pensé en los grandes osos que vagaban por los bosques a las afueras de Micenas. Aún no había matado a ninguno, pero Atalanta había prometido que me enseñaría algún día. Si podía aprender a enfrentarme a una bestia así, ¿cómo no iba a poder plantarle cara a mi tío, que carecía de garras y colmillos?

Agamenón me contempló largo rato, con una mirada inescrutable. Por fin, volvió a centrar su atención en Ifigenia, que continuaba sujetándose la mejilla enrojecida.

—¿Qué te tengo dicho de jugar con armas, necia? Romperás algo valioso. Y en cuanto a ti —bramó, los ojos inyectados en sangre vueltos hacia mí—, mi hermano podrá educarte como le plazca, pero tú no metas a mi hija en ello.

Agarró a Ifigenia del brazo y se la llevó a rastras como si fuera un cachorro descarriado. La oí murmurar una vaga disculpa, a la cual Agamenón prestó oídos sordos. Al desaparecer por la puerta, alcancé a ver que levantaba brevemente la mano libre en un gesto desconsolado de despedida.

No me sorprende ahora, rememorando el incidente, que un hombre como Agamenón fuera codicioso de la poca autoridad que ostentaba. Su hermano mayor, Alceo, había heredado de su padre el estado de Micenas, y su hermano menor, Menelao, no solo poseía Esparta, sino también a Helena, la mujer más bella del mundo. ¿Y qué tenía Agamenón? Una esposa semejante a un limón amargo, una hija que no confiaba en él, otra demasiado pequeña para comprender nada y un surtido de mercenarios que le juraban lealtad. Ni siquiera disponía de un palacio propio en donde acuartelarlos. Un hombre triste, en resumen, triste y furioso, aunque eso no justifica sus actos, ni los de entonces ni los que vendrían después.

4

EROS

L a luna se ponía, el sol salía y el día seguía a la noche, tan cierto como que Zeus se dedicaba a perseguir a ninfas y diosas menores. Mi aburrimiento se volvió insoportable. Estaba convencido de haber visto ya todo cuanto merecía la pena ver, todas las maravillas que este mundo tenía para ofrecer.

Entonces llegó la humanidad.

Prometeo modeló a los primeros humanos en arcilla y se valió de su aliento divino para imbuirlos de vida. Eran criaturas frágiles, su apariencia una imitación de nuestras propias formas celestiales, pero mucho menos duraderas. La más leve enfermedad o herida o la simple falta de sustento podían aniquilarlos y despachar sus almas al reino de Hades como volutas de humo frío. Sus historias se escribían en la escala temporal de una mosca efímera, demasiado breves para que yo me mantuviera al tanto de ellas.

No obstante, muy a mi pesar, sentía una pizca de curiosidad. Largo tiempo había empeñado en esconderme de los demás dioses, temiendo que me exigieran usar mi don. Sin embargo, quizás el amor nunca debió haber sido otorgado a los dioses; después de todo, la inmortalidad significaba vivir para siempre con las consecuencias de nuestros actos. Quizá lo que había supuesto una maldición para los dioses pudiera convertirse en una bendición para los mortales. Una vida más corta tal vez conllevara alegrías más intensas. ¿Acaso Cronos y Gaia no habían sido felices una temporada?

Por lo tanto, disparé mis flechas a los mortales y esperé a ver sus efectos. Observé cómo el amor ensalzaba a los humildes y dotaba a los aburridos de un atractivo sin parangón, convirtiendo vidas frágiles en sublimes. Sin embargo, mis esperanzas se desvanecieron enseguida. Tal como ocurría en el caso de los dioses, el amor también tenía el poder de destruir con una caricia. Afligía a los humanos, los volvía celosos y violentos. Al final, solo les había proporcionado un nuevo tipo de locura.

No obstante, pronto me percaté de que, en manos de la humanidad, el deseo se propagaba como un fuego salvaje. El amor brotaba, persistente cual mala hierba, en lugares donde nunca había plantado mis flechas, en el corazón de mortales que nunca había visto siquiera.

Aquello me afectó. Había desatado algo sobre el mundo que no lograba controlar. ¿Me había creído realmente tan poderoso? ¿Era yo el portador del amor, o tan solo uno de sus súbditos? Si no me andaba con cuidado, también podría caer presa de él, un escorpión envenenado por su propio veneno.

En mi afán por comprenderlo, pregunté a Céfiro por la naturaleza de su poder y se quedó mirándome como si le hubiera preguntado cómo respirar.

—Los vientos son simples —respondió—. A voluntad mía, ellos soplan.

—Pero ¿cómo es posible que gobiernes todos y cada uno de los vientos que soplan en el mundo? —repliqué.

—Solo gobierno los vientos del oeste.

Fruncí el ceño.

—No me refiero a eso.

—¿Entonces qué estás preguntando?

Sacudí la cabeza, incapaz de explicar los pensamientos que me atormentaban: si en verdad era yo quien gobernaba esa fuerza que llamamos «deseo», o si simplemente se movía a través de mí como el viento que hace susurrar los árboles de un bosque.

A veces acontecía algo extraño: el frenesí inicial que mis flechas encendían se transformaba en algo más profundo, algo infinitamente más rico y pausado.

Veía como un hombre y una mujer ancianos se acostaban uno al lado de otro en la misma cama que habían compartido durante décadas, ella de espaldas a él, acurrucada contra su pecho, estrechada entre sus brazos. Se rendían al sueño con una sencilla y tranquila satisfacción inscrita en sus facciones. No era el calor palpitante ni el anhelo imperioso que infundían mis flechazos y, sin embargo, intuí que de algún modo habían constituido el origen. Los sentimientos que albergaban estas dos personas se parecían al deseo tanto como una hoja de papiro a un junco, pero comprendí no obstante que se cimentaban en él.

Me inquietaba pensar que mi poder quizá no fuera preeminente, que la humanidad hubiera descubierto un amor mucho más fuerte que el que yo pudiera brindarles. Más aún: detestaba que esas criaturas disfrutaran de algo para mí inalcanzable, una fruta de la que yo jamás comería.

Una tarde, Prometeo se presentó ante mi puerta. No vino exigiendo favores, tampoco trató de engatusarme ni me amenazó para obtenerlos, como acostumbraban los dioses que acudían en mi búsqueda, de modo que lo invité a pasar y le serví una copa de ambrosía. Su nombre significaba «previsión» y, aunque era un titán, entre los olímpicos gozaba de alta estima. Daba buenos consejos y derrochaba una simpatía natural que resultaba entrañable. Fue él quien insufló vida a los primeros humanos cuando estos no eran más que arcilla.

Prometeo agitó el contenido de su copa con aire distraído mientras yo aguardaba a que me explicara el motivo de su visita.

Por fin, dijo:

—He obsequiado a la humanidad con el fuego divino.

Casi dejo caer mi propia copa. Regalar lo que pertenecía solo a los dioses era un acto incalificable.

—Zeus no te lo perdonará —dije en tono serio—. Puede que te aprecie por haberle servido en el pasado, pero no mostrará piedad con alguien que infringe sus leyes tan descaradamente.

—Lo sé —replicó Prometeo, quien, pese a estar hablando de su perdición, conservaba una serenidad inquietante—. Me despojaron de mi libertad en el mismo momento en que entregué a los humanos esa pequeña llama. Estoy seguro de que Zeus hallará la forma de hacerme desear la muerte, aun inalcanzable como es.

No llegaba a entender cómo permanecía tan tranquilo, como si su propia eternidad no pendiera de un hilo.

—¿Por qué te la jugaste por ellos, por los humanos?

Prometeo esbozó una sonrisa cansada.

—Yo los creé. Somos responsables de nuestras creaciones. —Se miró las manos, girando las palmas hacia arriba y flexionando los dedos, como si no terminara de creerse lo que habían conseguido—. ¿Sabes cuál es la esperanza media de vida de los humanos, Eros? —continuó, con un vestigio de sonrisa en el rostro—. Solo de treinta y cinco años. Fueron creados, yo los creé, a imagen de los dioses y, sin embargo, a nuestro lado no son más que hormigas. Si ahora pueden irse a dormir con la barriga llena de comida caliente en vez de cruda, o caldearse los huesos doloridos en el frío del invierno, ¿en qué afecta eso a los dioses como tú y como yo?

—Te has vuelto loco —le dije—. Los regalos a los mortales pueden acarrear consecuencias que jamás pretendimos.

—Quizá tengas razón —admitió Prometeo mientras se servía una segunda copa de ambrosía. Probablemente sería la última que disfrutaría en largo tiempo—. Pero te sugiero que reconsideres tu opinión sobre la humanidad. No son tan distintos de nosotros. Quizá hasta podrían alcanzar ellos mismos la divinidad si se les concediera la ocasión. Me contento con haberlos ayudado a lo largo del camino.

La idea de estar emparentado con esas criaturas efímeras, movidas por unas pasiones tan fuertes, me hizo estremecer. «Pero nosotros somos mejores que ellos, qué duda cabe —quise decir—. Nosotros somos eternos, somos dioses».

El silencio se extendió entre nosotros, solo roto por el canto de las gaviotas y el bramido de las olas batiendo contra el esquisto.

—¿Entonces por qué has venido a verme? —pregunté al cabo.

Los ojos de Prometeo eran de un verde oscuro que se fundía en el azul. Del mismo color que el mar que se agitaba por debajo de nosotros e igual de profundos.

—Quería que oyeras la historia de mis labios, para hacerte comprender el valor que tiene la humanidad. Esgrimes un poder terrible, amigo mío, un gran poder, capaz de cambiar el rumbo de la vida de un mortal. Puedes ser su ruina o puedes ser su salvación.

Casi me eché a reír.

—¿Eso es lo que has venido a decirme en tus últimas horas de libertad? ¿Que trate bien a los humanos?

Prometeo se encogió de hombros.

—Es una manera de verlo. O podrías considerarlo una ayuda para prepararte para tu destino.

Previsión, significaba su nombre. Augurio. Me dieron escalofríos al pensar qué habría visto. Cambié rápido de tema.

—Bueno, parece que Zeus se ha encariñado con la humanidad. ¿Sabes que tiene un nuevo hijo medio mortal? Dioniso, se llama. Quizás el Tronador te perdone la vida.

—Quizá —respondió Prometeo con una triste sonrisa. En ella se reflejaba el augurio de lo que vendría: un peñasco rocoso, un águila hambrienta y un hígado devorado, día tras día, sin fin.

Una vez que se hubo ejecutado la sentencia de Prometeo, reflexioné largo y tendido sobre sus palabras y volví a concentrarme en la humanidad. Quería saber qué había visto Prometeo en estas extrañas criaturas para convencerlo de aceptar una tortura tan espantosa en su nombre. Además, tampoco tenía mucho más en qué ocupar el tiempo.

Me dejé llevar perezosamente hacia una de sus ciudades: Tirinto, la llamaban. Por entonces era poco más que una aldea grande, apenas un conjunto de casas en torno a un palacio central rodeado por una baja muralla. Los humanos se reunían allí para comerciar con las cosas que habían aprendido a fabricar tras recibir de Prometeo el regalo del fuego sagrado: tejidos bonitos, vinos suntuosos, elaboradas joyas de plata y oro.

Mi mirada se vio atraída hacia una procesión y, situado en su centro, un palanquín dorado. En el interior viajaba una joven mujer, en esa breve edad en que los mortales parecen poseer casi la belleza de los dioses. Lucía exquisitas galas, pero enredaba los dedos en los bordes del vestido, jugueteando con los finos hilos del bordado. Me invadió una oleada de compasión y me pregunté por qué una criatura tan encantadora ofrecía un aspecto tan triste.

Observé cómo transportaban el palanquín hasta el palacio, donde la muchacha iba a desposarse con un hombre de barba gris. Este llevaba una corona dorada ceñida a la cabeza y profería órdenes como ladridos a quienes tenía alrededor. Se celebraron diversos actos y discursos (ay, cuánto gustaban los rituales entre los mortales). Me encaramé a las vigas, oculto por mi esencia divina. Me enteré de que la muchacha se llamaba Anteia, y el hombre, Preto, el rey de esa ciudad. Cuando concluyeron los rituales y terminó el banquete, Preto la condujo a su alcoba. Echó su cuerpo viejo y pesado encima de ella y empujó con movimientos inexpertos hasta que descargó, temblando; luego se dio la vuelta y se quedó dormido. Anteia permaneció inmóvil, mirando fijamente el techo con los ojos muy abiertos.

Torcí los labios, asqueado. El deseo era mi reino; aquello, una perversión. Tanto los humanos como los inmortales parecían encontrar infinitas formas de convertir mis dones en algo despreciable. Aunque a lo mejor aún cupiera hacer algo.

«Puedes ser su ruina o puedes ser su salvación», había dicho Prometeo. Había querido que ayudara a esas criaturas. Y yo estaba seguro de que una muchacha tan encantadora debería conocer un amor más pleno, no reducirse a esto.

Y, por lo tanto, partí en busca de un candidato más interesante y digno de los afectos de Anteia. Lo hallé en Belerofonte: el hijo del dios de los mares Poseidón, nacido de una mujer humana. Había muchos niños así nacidos en aquellos días, mortales como su madre, pero poseedores de dones divinos. Era fuerte, guapo y solo unos años mayor que Anteia. Un partido mucho mejor.

Cuando Belerofonte acudió al salón del trono para arrodillarse a los pies de Preto y jurar su lealtad al rey, encajé una flecha en mi arco de oro y apunté a Anteia, que estaba sentada al lado de su marido.

Mis flechas nunca yerran. Vi cómo la muchacha se estremecía cuando el proyectil invisible acertó en el blanco, cómo se rizaba el velo con que se cubría el rostro al dejar escapar una brusca exhalación. Se inclinó hacia delante en el mismo momento en que Belerofonte se incorporaba. Aunque el velo le nublaba los ojos, creí notar que se quedaba mirando largo rato la figura del hombre mientras este se ponía en pie y se marchaba. Pensé que saldría corriendo tras él; sin embargo, permaneció sentada, inmóvil como una estatua. Una vez que ella hubo cumplido con sus obligaciones, observé como se retiraba a sus aposentos y se tumbaba en la cama como si tuviera fiebre.

Esperé a que mi don surtiera efecto; sin embargo, Anteia empezó a evitar totalmente el salón de banquetes y abandonaba el lado de su marido siempre que Belerofonte acudía a informar de alguna noticia. Rechazaba la comida y la bebida, cada vez más delgada y pálida. Yo estaba desconcertado. ¿Le habrían causado mis flechas alguna clase de enfermedad? Jamás había visto que ocurriera nada semejante, pero los mortales eran raros, y el amor aún más.

Una noche, para mi deleite, se escabulló de sus aposentos. Deambuló por los corredores del palacio hasta que encontró a Belerofonte en un pasillo vacío. Se quedó quieta, observándolo, con la respiración acelerada. Entonces dio un paso adelante, deslizó los delgados brazos en torno a su cuerpo y levantó el rostro, esperando un beso.

Belerofonte la apartó de un empujón tan violento que casi la derriba. Con una expresión de absoluta repulsa, gruñendo, le recriminó su deslealtad para con Preto y se marchó con paso airado.

Se me hundió el corazón al comprender que había cometido un error de cálculo de una magnitud tremenda. Había supuesto que un joven viril como Belerofonte no necesitaría ninguna ayuda para desear a una mujer tan hermosa. Mas yo no sabía nada de las costumbres de los mortales y menos aún de las restricciones del matrimonio.

Observé como Anteia corría a refugiarse en los aposentos de su marido Preto. Se postró a sus pies y expuso una versión embrollada del desafortunado encuentro, según la cual Belerofonte la había abordado en el pasillo en sombras. Me quedé perplejo; ¿por qué tendría que darle vergüenza su decidida acción?

El rostro arrugado de Preto enrojeció de ira y declaró que mandaría a Belerofonte a enfrentarse a la temible Quimera, un monstruo cuyo aliento era una llama al rojo vivo. Ningún héroe lograría sobrevivir a semejante encuentro.

Desde una alta torre del palacio, Anteia vio a Belerofonte partir a su misión. En cuanto hubo desaparecido tras el horizonte, fue a buscar una cuerda larga y la ató a una viga del techo. Mientras, yo observaba con curiosidad como ella hacía un nudo corredizo, luego arrastraba una silla hasta situarla debajo de la soga y se subía encima. Anteia se ajustó el lazo sobre la clavícula, a guisa de collar, y entonces, de un puntapié, volcó la silla.

El terror se apoderó de mí. Prescindí de ocultarme y me abalancé hacia ella, tratando de deshacer el nudo con dedos torpes. Para cuando lo conseguí, era demasiado tarde. Sostuve entre mis brazos el cadáver de Anteia mientras su alma abandonaba el cuerpo y volaba como una paloma extraviada hacia el Inframundo. Había querido brindarle el don del amor y, sin embargo, la había condenado a morir.

La muerte de Anteia fue como si se hubiera arrojado una piedra a un estanque en calma y no hubiera dejado ondas tras de sí. A los quince días, Preto tomó otra esposa, una princesa de Etiopía. No mucho después, Belerofonte llegó cabalgando a la ciudad, entre vítores y loas, y hubo celebraciones por su victoria sobre la Quimera. Lo desprecié con una intensidad que me hizo temblar.

Estaba seguro de una cosa. Prometeo había diseñado a la humanidad a imagen de los dioses; sin embargo, solo había logrado envolver todas nuestras peores cualidades en su endeble caparazón mortal. Los humanos eran intrigantes, avariciosos y crueles. Malgastaba mis dones en ellos y, además, no merecían ser salvados.

Le conté la historia de Anteia a Gaia, a la que visitaba de vez en cuando. Yo era el único que lo hacía; los demás dioses la habían olvidado, atrapados en sus insignificantes desventuras. Pero yo recordaba a quien había sido mi amiga cuando el mundo era joven. Aunque yaciera catatónica bajo el cielo vacío donde antaño Urano había ejercido su hegemonía, sabía que me escucharía.

—Y después de que Belerofonte se marchara, se colgó de las vigas —terminé—. ¡Qué desperdicio! No lo entiendo en lo más mínimo.

El silencio bostezó. Había aprendido a no esperar una respuesta, mas el silencio cayó como una losa. Normalmente disfrutaba de la oportunidad de hablar con libertad, sin interrupciones, aunque hoy el mutismo de Gaia me perturbó. Deseaba con todas mis fuerzas que ella dijera algo, cualquier cosa, que esclareciera en qué había fallado. Nunca sabría si Gaia añoraba a Urano o si lo odiaba; tan solo miraba fijo el cielo, inmóvil, insensible, lo más cerca de la muerte que podría hallarse un dios.

Y entonces lo comprendí: la muerte era una bendición.

La muerte era lo único que verdaderamente diferenciaba a la humanidad de los dioses. La muerte moldeaba sus vidas y les proporcionaba un propósito. El conocimiento de la muerte permitió a Belerofonte alcanzar una fama inimaginable, pues ¿qué inmortal ambicionaba convertirse en héroe? Y entendía ahora que la muerte había liberado a Anteia de su sufrimiento. En el Inframundo no había alegría ni dolor y las aguas del río Lete ahogaban todo recuerdo.

La muerte provocó un cambio, dio origen a incalculables posibilidades. A lo largo de su vida, un humano podía ser un niño, un guerrero, un padre, un sanador, un sabio y, por último, un cadáver. Un dios solo podía ser un dios, invariable, mientras cumplía con las funciones que le correspondieran, tan cierto como que un planeta gira alrededor del sol. La muerte, estaba seguro, había sido en cierto modo responsable del inquebrantable vínculo entre el hombre y la mujer ancianos que había visto largo tiempo atrás. Ahora eran polvo, pero su paz aún me atormentaba.

Quizá fue mi avaricia natural lo que me indujo a codiciar lo único que me estaba vedado. O quizá la persistente confusión que me embargaba por la muerte de Anteia, o una compulsión por catar lo que había experimentado ella. Sea como fuere, caí presa de una tenaz fijación: quería conocer la muerte.

Me abrí las venas con esquirlas de obsidiana, aunque la piel volvía a coserse sola al instante. Me arrojé desde grandes alturas y solo conseguí sentir cómo los huesos fracturados se soldaban y recolocaban en su sitio y la carne desgarrada sanaba. Ingerí venenos letales, pero despertaba de un sueño sin sueños con una palpitante migraña.

El dolor servía de contrapeso al placer, que había regido mi vida hasta ese momento en que perdió todo significado. Mis días se fundían unos con otros y no aprendía nada de ellos. Estaban salpicados de distracciones rutinarias y absurdas: una orden de Afrodita, una visita de Céfiro, las mezquinas puñaladas por la espalda entre los dioses menores. Reduje mi vida a lo esencial, al cielo, el mar y las rocas. Un año conducía al siguiente y seguía sin haber nada que me despertara el alma.

Mi vida por entonces era repetición. La aburrida sucesión de los años no dejaba huella en mí, como pisadas en la arena borradas por la marea creciente.

5

PSIQUE

A mi regreso de Esparta, ocurrieron dos cosas.

La primera, que falleció mi niñera Maia. Un día estaba levantada y trajinando de un lado a otro del palacio, al siguiente se desplomó de repente y murió antes de la puesta de sol. Algunas sirvientas murmuraban que un dios la había fulminado, pero mi madre, que era tan erudita como cualquier curandero después de haber tenido que consultar a tantos a cuenta de su mala salud, insistió en que el corazón de Maia siempre había sido débil. Y que un día, sencillamente, se había rendido.

Fuera cual fuere la causa, pasé de la boda de Helena al funeral de Maia y contemplé como la pira devoraba aquel corpachón al que tanto apego había tenido. Quizá por ello el amor y la muerte han estado siempre tan entrelazados en mi vida.

Esa fue la primera cosa que ocurrió. La segunda, que me volví bella.

Sucedió casi de la noche a la mañana. Cuando desperté y me miré en el espejo en penumbra de mi dormitorio, me impresionó el rostro de mujer que vi en el reflejo. Un mentón estrecho, unas mejillas llenas, unos ojos oscuros, un derroche de rizos. Antes era una fierecilla flacucha, pero ahora mis senos presionaban la parte delantera de la túnica y las caderas empezaban a ensancharse, lo cual dificultaba mi sentido del equilibrio y convertía las prácticas de arquería en todo un reto. Empecé a sangrar con la fase oscura de la luna, lo cual me parecía un incordio terrible.

No fui la única que advirtió estos cambios. Dexios se deshacía por ganar las riendas de mi potra y me echaba ojeadas furtivas cuando creía que yo no miraba. Los juramentados de mi padre, nunca solícitos, ponían aún más tierra de por medio.

Lo peor de todo fue que recibí mi primera proposición de matrimonio.

No me lo propusieron directamente; habría sido inapropiado. Me enteré por casualidad, porque una noche oí a mis padres cuchicheando sobre ello en el jardín. Yo había ido a pedirle a mi padre emplumados para unas flechas nuevas; sin embargo, me quedé paralizada detrás de una columna, conteniendo la respiración, mientras escuchaba la conversación.

—Reconocerás que no es un mal acuerdo —dijo él.

—Sí, pero ¡Psique es tan joven! —protestó mi madre—. ¿No tendremos al menos un par de años más con ella?

Yo solo contaba trece, aunque muchas chicas se prometían a esa edad. La sangre empezó a latirme con fuerza en los oídos y me aferré a la columna con unas manos que semejaban garras. Volví sigilosamente sobre mis pasos, con la pregunta muerta en los labios.

Después de aquello, me volqué en mi adiestramiento con un fervor renovado. Atrás quedaban los días en que me quejaba de las carreras en pendiente o del entrenamiento con la espada; ya no me fingía enferma cuando el calor del día apretaba con ganas. Ahora no solo completaba todos los ejercicios que Atalanta me mandaba, sino que aún pedía más.

Atalanta se dio cuenta. Atalanta se daba cuenta de todo. Era capaz de predecir el temperamento de un animal a partir del rastro vago de sus huellas y sabía interpretar las tracerías de descontento en el corazón humano. Me abordó a su manera lacónica una noche en que estábamos acampadas en los bosques de alrededor de Tirinto.

—Voy a contarte una historia —dijo, palabras que nunca dejaban de captar mi atención— que trata sobre la cacería del jabalí de Calidón. Rápido alcé la vista de las brasas de la fogata, que había estado atizando con un palo. A nuestro alrededor, la noche yacía como terciopelo sobre la tierra, los contornos negros de los árboles eran arcos que se recortaban en un cielo sin nubes rociado de estrellas. El aire soplaba frío, mas las llamas nos calentaban con sus lengüetazos.

Miré expectante a mi maestra. Atalanta llevaba años reservándose esta historia en concreto y yo estaba ávida de ella.

—Como sabes —empezó diciendo—, Artemisa envió al jabalí de Calidón para castigar al pueblo de Etolia. El rey de aquel país era Meleagro, que convocó a los cazadores más avezados para abatir a la bestia. Yo me contaba entre ellos. —La sombra de una sonrisa de orgullo recordado le cubrió el rostro, aunque enseguida se desvaneció—. Hubo quienes expresaron su desacuerdo con esta elección, quienes alegaron que la presencia de una mujer traería mala suerte. Pero Meleagro insistió en que era un honor que yo formara parte de la partida de caza, y su decisión resultó atinada. Cuando el jabalí embistió, fui la única que no se quebró ni salió corriendo.

Yo miraba fija a mi maestra, olvidándome casi de respirar. Podía casi saborear el acre olor a almizcle de la bestia, ver su mole agrandándose como una montaña que cobra vida.

Atalanta continuó.

—Trepé a un árbol para tener un mejor disparo. Le acerté en el ojo y, en tanto que el animal daba tumbos y gruñía encolerizado, Meleagro le cortó el cuello. Descendí del árbol y lo apuñalé también en el corazón. Con los jabalíes, toda precaución es poca.

»Como era imposible determinar quién había asestado el golpe mortal, Meleagro declaró que yo había derramado la primera sangre y recibiría la piel. Eso no gustó a los demás hombres. Había dejado de ser un presagio funesto para convertirme en la más afortunada de todos y por ello me odiaban. Cuando manifesté que entregaría la piel como ofrenda a Artemisa la Tiradora Lejana, me figuré que el asunto quedaría zanjado. ¿Quién podría criticar la devoción hacia los dioses?

»Pero entonces uno de los hombres intentó hacer trizas la piel. —Aun años después, tal sacrilegio seguía provocando una mueca de desprecio en mi maestra—. Me abalancé sobre él de inmediato. Desenvainó la espada, pero antes de que tuviera oportunidad de usarla, Meleagro lo ensartó. Más tarde me enteré de que aquel hombre era primo suyo.

Atalanta me miró por encima del fuego, ladeada la cabeza. Me ojeó como si yo fuera una red de pesca que tratara de desenredar. Al cabo de un largo momento, dijo:

—Cuando escojas esposo, y creo que se avecina el día en que tendrás que hacerlo, no te decidas por un hombre que sea simplemente guapo, rico o poderoso. Elige a un hombre como Meleagro.

Aparté la mirada, hacia la oscuridad, con el corazón hundido. No era el final de la historia que esperaba ni la moraleja que ansiaba oír.

—No quiero casarme. Quiero ser una heroína y una sacerdotisa de Artemisa como mi prima Ifigenia.

Atalanta parpadeó, los ojos desbordando confusión. Creo que se había hecho la idea de que le confesaría un enamoramiento infantil o el miedo a abandonar el hogar; no estaba prevenida para una negativa rotunda.

—Psique, eres la princesa de Micenas —repuso—. El hombre con el que te cases se convertirá en el próximo rey de tu país y tu hijo heredará el trono. Tienes un deber para con tu pueblo.

Pensé en Helena, cuya boda selló la tumba de todas sus ambiciones.

—Mi deber es convertirme en una heroína como tú —repliqué.

—Yo también estuve casada una vez, Psique —dijo Atalanta, directa como una lanza—. Cuando las cosas son como deben, el amor no supone ningún obstáculo. Es el motivo mismo por el que se erigen los héroes.

A pesar de que ya sabía que Atalanta tenía un hijo, nunca me la había imaginado como esposa. Jugueteé con una ramita mientras cavilaba en ello, retorciéndola entre los dedos hasta que se partió.

—¿Meleagro era tu marido?

Mi maestra volvió el rostro hacia la espesura del bosque, con la luz del fuego dibujando trazos nítidos en sus mejillas.

—No —dijo en voz baja—. Meleagro murió poco después de la cacería del jabalí de Calidón. La historia de cómo conocí a mi marido la dejaremos para otro día, tengo la boca seca de hablar. Mas quédate tranquila, no era menos valiente ni virtuoso que Meleagro.

—Tampoco es que importe —repliqué—. Las mujeres no pueden escoger marido.

—¿Quién te ha contado eso? —se mofó Atalanta—. Algunas muchachas son vendidas, es cierto, pero tú eres la hija del rey micénico. Podrás elegir al pretendiente que desees.

Exhalé un suspiró y me abracé las rodillas. Pensé en mi madre y en mi padre, inclinados uno hacia otro en el jardín, como dos árboles parejos. Quizás el matrimonio no sería tan malo una vez que me hubiera hecho a la idea, pero aún faltaban muchos años para ello.

—Bien. Aunque antes quiero terminar mi adiestramiento —declaré.

—Las dos habríamos dilapidado tiempo y esfuerzo si no —contestó ella con aspereza, y le arrancó una sonrisita a mi cara.

El siguiente paso, decidió Atalanta, fue demostrar mi valía como atleta en una de las competiciones regionales, las cuales se organizaban con el propósito de que las mujeres exhibieran sus habilidades tanto a los dioses como a los posibles maridos; la más importante eran los Juegos Hereos, celebrados en honor de Hera, reina de los cielos y diosa del matrimonio. Allí competiría por los laureles de vencedora.

No pude ocultar mi asombro cuando desembarcamos. Nunca había visto a tantos seres humanos en un mismo lugar, ni siquiera durante la boda de Helena. Había personas provenientes de Esparta, de Argos, de Tebas, de la lejana Creta, incluso de la pequeña Atenas, todas cociéndonos bajo el sol implacable. Atalanta, que aborrecía las multitudes, se refugió en su tienda como una gata huraña en cuanto los sirvientes terminaron de montarla. Yo, por mi parte, escudriñé la concurrencia en busca de un rostro conocido. Pronto lo localicé.

Ifigenia me saludó con la mano; se encontraba con un grupo de sacerdotisas que habían acudido a oficiar los ritos sagrados del evento. Corrí hacia ella y la fuerza de mi abrazo casi la mandó al suelo. Aunque habíamos planeado el reencuentro en las cartas que intercambiábamos con frecuencia, al volver a verla me invadió una alegría sin parangón.

—¡Mírate, toda una sacerdotisa de Artemisa! —exclamé nada más nos soltamos al tiempo que le tiraba juguetonamente de la túnica ceremonial y de las cintas de su pelo.

—No de pleno derecho, aún no he terminado el noviciado —me corrigió riendo—. No me creo todavía que padre accediera. Y mírate tú, ¡toda una atleta y una heroína!

Me disponía a decirle que guardara los elogios para después de que ganara, pero me distrajo la presencia imponente de una sacerdotisa superiora detrás del hombro de Ifigenia. Era ancha como una colina, más alta que Atalanta, quizá hasta más alta que mi padre. Su rostro severo bien podría haber estado esculpido en granito; se cruzó de brazos mientras nos escrutaba.

—Ifigenia, estás desatendiendo tus tareas —reprendió la sacerdotisa. A su espalda, alcancé a ver a las demás levantando tiendas y prendiendo lumbres—. ¿Quién es esta? —añadió, señalándome con un gesto.

—Psique de Micenas, mi prima —respondió Ifigenia con dulzura—. Y siento mucho no estar ocupándome de mis faenas, Calisto. Iré enseguida, en cuanto Psique se marche.

Dirigió hacia mí aquella mirada furibunda.

—Psique —repitió la sacerdotisa llamada Calisto, pronunciando despacio las sílabas de mi nombre—. Eres la discípula de Atalanta, ¿verdad?

Hice un gesto afirmativo, sin atreverme a hablar. Había pensado que mi maestra era la mujer más aterradora que había conocido en mi vida, pero Calisto la superaba.

La sacerdotisa asintió con la cabeza.

—Conozco a Atalanta por su reputación. Si eres su discípula, entonces vas a participar hoy en los juegos. Que la victoria sea tuya. Ifigenia, reúnete con nosotras en cuanto terminéis de conversar. —Y, sin más, giró sobre sus talones y regresó con el grupo.

Ifigenia me agarró las manos, embriagada de alegría.

—¡Viniendo de Calisto, es como un permiso para bajar a tierra! Venga, vamos a divertirnos un poco.

Aún faltaban varias horas para mi carrera; las pruebas se disputaban por la mañana y al caer la tarde, interrumpidas cuando el sol se encontraba en su cénit y el mundo parecía un baño de agua caliente. En ese momento, nada sonaba más apetecible que una aventura con mi prima.

Sin embargo, pronto descubrí, para mi consternación, que el concepto que tenía Ifigenia de la diversión consistía en charlar a escondidas con un par de chicos de alguna ciudad atrasada de Tesalia. Se llamaban Aquiles y Patroclo y eran uno o dos años mayores que nosotras. Daba la impresión de que Ifigenia fuera a renunciar a su condición de sacerdotisa de Artemisa para rendir culto al altar de Aquiles, clavados sus grandes ojos en él. Jamás habría imaginado a mi inteligente prima como una de esas chicas que rezaban a Afrodita y su hijo Eros para conseguir el amor, mas ahora, con una sensación de náuseas en el estómago, contemplaba las cosas de modo distinto. Confiaba en que no llegara al extremo de abandonar la orden de las sacerdotisas para perseguir a ese zopenco.

Le tomé antipatía en el acto. Poseía la belleza de un dios y la arrogancia de un príncipe, una combinación detestable. Además, no me gustaba ver a mi prima actuar como un perro mendigando las sobras.

—La gente siempre comenta que intimido —empezó diciendo Aquiles, arrastrando perezosamente las palabras—. Pero quien ha matado a alguien de verdad es Patroclo. Aunque fuera a un muchacho, matar es matar. —Le propinó un codazo a su camarada. Ambos estaban sentados en la misma banqueta y sus cuerpos se tocaban con una espontánea naturalidad.

El otro esbozó una sonrisa afable, en la cual no obstante se adivinaba la sospecha de una sombra. Era todo sal y tierra, más alto que Aquiles, y aun así parecía como si le hubieran invitado en el último momento, una persona que no llamaría la atención en ningún sitio.

—Es cierto. Ocurrió durante una partida de dados, pero fue un accidente. Psique, Ifigenia me ha contado que vas a competir dentro de unas horas.

Me ponía nerviosa estar en compañía de un asesino, aunque me alivió el cambio de tema.

—Sí, en la carrera a pie. Pero no me preocupa ganar, ya que he tenido la mejor de las maestras.

Aquiles se fijó por primera vez en mí, paseando los ojos por mi cuerpo.

—¿Ah, sí? ¿Quién? Desde luego se nota que te ha enseñado bien.

—La heroína Atalanta —respondí orgullosa, sin hacer caso al hormigueo que sentí en la piel bajo su mirada.

El muchacho ahogó una carcajada.

—En el mejor de los casos, no es más que una heroína de segunda categoría. A mí me entrenó el mismísimo Quirón, hijo de Cronos y mentor de héroes durante generaciones. ¿Qué ha hecho Atalanta? Embarcarse en una expedición y matar a un cerdo. Nunca ha combatido en una guerra ni ha triunfado sobre el campeón de un ejército enemigo. ¿Y sabes por qué? —continuó hábilmente, negándome la oportunidad de contestar—. Porque es solo una mortal. Todos los grandes héroes tienen como padre a un dios. Eso les da ventaja.

Me levanté de un salto.

—¡Mentira!

Aquiles no se inmutó.

—Mírame a mí, por ejemplo —insistió—. Mi madre es la ninfa del mar Tetis y eso se percibe en mi velocidad. Me muevo como la luz del sol sobre el agua. En cuanto a ti, parece que tienes parte de sangre inmortal, pero no es reciente. —Me observó con escepticismo.

—Mi padre es nieto del mismísimo Zeus —le espeté—. Corre a contárselo a tu ninfita madre. Y hoy ganaré, digas lo que digas. —Y, sin más, me marché de la tienda dando fuertes pisotones mientras Ifigenia me llamaba con voz consternada.

Más tarde, cuando el aire se hubo enfriado y las sombras se iban alargando, me encontré ocupando mi posición en la línea de salida junto a las demás corredoras. No nos dirigíamos la mirada entre nosotras ni, desde luego, mirábamos las gradas abarrotadas de espectadores, sino que manteníamos la vista fija en la marca blanca en la arena: la línea de meta. Me temblaban los tendones como cuerdas de arco y las palabras de Aquiles aún escocían, cual espina clavada en el corazón.

Sentía que, desde algún lugar entre el público, Atalanta no me quitaba ojo. Antes tan solo me había dado un consejo: «No pierdas».

Comenzó la carrera y salimos disparadas. El suelo estaba caliente como un horno, pero me movía tan rápido que no importaba. Cada vez que plantaba los pies descalzos en la tierra compacta, imaginaba que pisaba la cabeza del idiota de Aquiles. Otra corredora acortaba distancias, una chica alta con el pelo como el ala de un cuervo, pero mi obstinación innata se impuso. Inyecté una última ráfaga de energía a mi zancada y el mundo se plegó hasta verse reducido a nada más que el suelo y mi respiración.

Un grito se elevó desde las gradas. Miré atrás y divisé a mi espalda la marca blanca que señalaba la línea de meta.

Permanecí bajo la ardiente luz del sol, jadeando, y busqué entre el público hasta que mis ojos se posaron en Aquiles. Su ceño decepcionado me supo a gloria, mucho más que la corona de laurel.

Cuando contaba diecisiete años, Atalanta decretó que había llegado el momento de la prueba final. Puede que estuviera destinada a matar a un monstruo temido por los dioses, pero la bestia no parecía tener prisa en presentarse. Los grandes monstruos de la antigüedad, presas de héroes pasados, casi habían desaparecido del mundo. Incluso las manadas de grifos decrecían año tras año. Por lo tanto, cuando Atalanta se enteró de que habían visto a un dragón a solo unos kilómetros al sur, declaró que yo saldría en su busca.

Un dragón era una serpiente enorme, una amenaza enroscada de largos colmillos. Atalanta y yo analizamos diversas estrategias para enfrentarnos a ella, aunque algunas cosas solo podían decidirse en el momento. Salimos a primera hora de la mañana por la Puerta de los Leones. Cuando miré atrás, observé, para mi sorpresa, que nos seguía un grupo de micénicos de lo más variopinto. Guardaban una respetuosa distancia, pero su rumbo era un reflejo inequívoco del nuestro.

Atalanta no los ahuyentó.

—Quieren ver qué será de su insólita princesa. Nos vendrá bien; hace falta gente que cuente tu historia. Fomentar los cotilleos cuesta menos que contratar a un poeta.

El miedo revoloteó en mi estómago. Si no lo lograba, también difundirían el relato de mi vergonzoso fracaso a los cuatro vientos.

Mi maestra y yo acampamos no muy lejos del claro donde se había visto a la criatura. Para entonces caía la tarde y carecía de sentido ir tras la bestia. Nuestra cohorte se instaló a cierta distancia, lo bastante cerca como para oler sus fogatas y oír sus bromas.

Apenas mediamos palabra. No había nada que discutir; hechos ya todos los preparativos, la cuestión era si triunfaría o si fracasaría. Me tumbé en el jergón mientras el sol se escurría tras el horizonte. Dormí mal, acosada en sueños por imágenes de colmillos afilados y huesos rotos, y desperté al alba. Un par de ojos se cruzaron con los míos: al otro lado de la tienda, Atalanta también estaba despierta.

Gracias a ella, sabía que el dragón era una criatura de sangre fría y que estaría aletargado por la mañana. No dispondría de mejor oportunidad para atacar que ese momento, cuando el día nacía y aún no se había formado.

Mi maestra me ayudó a enfundarme la armadura, un conjunto de cuero hervido.

—¿No es demasiado endeble? —pregunté.

Atalanta estaba concentrada en apretar los cordones.

—Si el dragón te atrapa, dará igual qué tipo de indumentaria lleves.

Al terminar, me agarró por los hombros.

—No te aconsejaré que no tengas miedo —dijo con ferocidad—. No tendrás tiempo. Esa criatura se te echará encima antes de que puedas pestañear y más te vale no olvidar todo lo que te enseñé o nos traerás la deshonra. Que Artemisa la Tiradora Lejana te bendiga. —Y, sin más, me mandó afuera.

Me dirigí yo sola hacia el claro del monstruo. La suavidad de la luz matinal enmascaraba con una amable mentira la amenaza que rondaba allí y lo violento de la misión que me aguardaba. Mis botas rozaban la hierba aún húmeda de rocío y supe que había llegado al lugar indicado cuando percibí que el canto de los pájaros se había acallado. Tal como me había enseñado Atalanta, era la primera señal de peligro.

Ascendí una colina baja y vi al dragón enroscado perezosamente, bañado por los primeros rayos de sol de la mañana. Dioses, ¡era gigantesco! ¿Por qué nadie me había mencionado su tamaño? De hecho, parecía una serpiente común, pero cada una de sus recias espiras tenía el grosor de las murallas de Micenas y su enorme boca podría tragarme con la misma facilidad con que un hombre se come una aceituna. Observé los músculos ondulando bajo las escamas y supe con una certeza nauseabunda que se movería rápido como una centella, con toda la velocidad de sus primas pequeñas. La criatura acomodó la cabeza para empaparse de la luz del sol y dejó al descubierto unos colmillos de la longitud de mis brazos. Aquellos dientes, estaba segura, segregaban un veneno capaz de derretir la piedra y causar la muerte con una lentitud atroz.

El terror me heló los huesos. Me pregunté si mi leyenda tocaría a su fin antes de nacer, pero enseguida me quité la idea de la cabeza.

Trepé a un árbol cercano. Me sujeté al tronco con las piernas, saqué una flecha de la aljaba y apunté a uno de los ojos de la bestia, que parpadeó con pausada estupefacción. Solté y entonces se oyó un alarido espeluznante que sacudió las colinas y quebró en añicos la serenidad del claro. Con una flecha asomando del ojo, el dragón se retorció de dolor y resquebrajó con la cola unos frágiles árboles jóvenes.

Apunté y disparé de nuevo; la bestia profirió otro grito cuando la flecha le sacó el otro ojo. Me descolgué del árbol como pude y extraje la espada de la vaina, dispuesta a terminar lo que había empezado. Pero cometí un grave error de cálculo: al igual que una serpiente, un dragón no solo depende de la vista para cazar.

La criatura latigueó el aire con la lengua y giró la cabeza hacia mí, bloqueando la débil luz del sol de la arboleda. Vi tensarse aquellos músculos líquidos y ese fue mi único aviso. Me aparté rodando por el suelo justo cuando los colmillos del dragón hendían el aire en el lugar donde había estado apenas un instante antes.

Recordé mi entrenamiento y me puse en pie en un abrir y cerrar de ojos. Sabía, por las lecciones de Atalanta, que cuando una serpiente arremete, empeña todo lo que tiene en el ataque. Sin extremidades de ningún tipo, necesita unos momentos para replegarse y recomponerse. Yo disponía de apenas un suspiro para efectuar mi maniobra.

Blandí la espada y asesté un golpe que abrió un tajo en la carne blanda detrás de la cabeza. Sentí que la hoja rozaba el hueso antes de liberarla de un tirón y la resistencia me hizo tambalear.

Me empapó un manantial de sangre, caliente como el agua de un baño. Me retiré de un salto y me enjugué los ojos con el dorso de la mano, ignorando el sabor a cobre en mi lengua. Al tiempo que retrocedía, observaba a la criatura, que se retorció en el suelo durante unos minutos más hasta que, lentamente, sus movimientos se apaciguaron y los ojos se le opacaron como el bronce viejo. Quizá debería haberme sentido eufórica; sin embargo, solo me maravillé de cuán rápido había sucedido todo.

Regresé a la tienda, arrastrando la cabeza chorreante del dragón con las dos manos. Para entonces ya había más personas levantadas en el campamento de la cohorte, ocupándose aún somnolientas de la lumbre. Una gran ovación se elevó entre ellos cuando aparecí. Gente que no conocía de nada me daba palmadas en la espalda y me pasaban piezas de tela para que me limpiara la sangre de la cara y los brazos. Alguien sacó un odre de vino sin aguar, sin atender a lo temprano de la hora, y tomé un trago tan largo que me dolió la cabeza el resto del día. Bailamos y bebimos y nos dimos un festín con la carne del dragón, que tenía un ligero sabor a pescado.

Atalanta se me acercó durante la celebración. En su rostro, normalmente duro e inexpresivo, había irrumpido la expresión de júbilo más radiante que hubiera visto jamás. Me estrechó en un fuerte abrazo.

—Has sido la primera alumna que he acogido y serás la última —me dijo—. Retornaré a mis bosques, pues nada me queda ya que enseñarte. ¡Y no llores!

Su imagen se rompió en mil pedazos cuando las lágrimas me anegaron los ojos.

La gente del campamento me escoltó en mi regreso triunfal a la ciudad de Tirinto, portando la cabeza y la piel del dragón. Allí me esperaba otra celebración bajo la aureola de orgullo que irradiaban mis padres. Al atravesar la Puerta de los Leones, enfundada en mi armadura, en la cúspide de mi victoria, oí a personas compararme con múltiples diosas: Artemisa por mi destreza, Atenea por mi astucia, Afrodita por mi belleza.

De todas ellas, solo Afrodita mostró su disconformidad. Jamás toleró la competencia.

6

EROS

U n día, tras una interminable sucesión de ellos, llegó a mi casa del acantilado una carta impregnada del olor de lugares ocultos. El frío de un reino sin luz reptó por mis brazos al abrirla. Sabía quién la había enviado y supe en el acto que aceptaría sus condiciones sin importar cuáles fueran.

La petición provenía de Perséfone, reina de los muertos. Quería que le consiguiera el amor de un mortal, un desventurado cazador llamado Adonis que había sido en tiempos recientes el predilecto de Afrodita. Ambas mantenían una rivalidad que venía de largo a causa de algún insulto olvidado y Perséfone jamás perdía la oportunidad de desairar a la diosa del amor.

Leí las condiciones con interés. Aunque rara vez concedía favores a los dioses, Perséfone tenía la capacidad de satisfacer mi ferviente deseo de saborear la muerte.

Conocía las habladurías. El Inframundo estaba vedado a todos los dioses excepto a Hades y a su esposa (y a Hermes, cuando se dignaba a cumplir con sus obligaciones como psicopompo y guiaba las almas de los difuntos), pero no obstante circulaban rumores. Perséfone, raptada mientras recogía flores en un prado, había llegado al Inframundo en el carro de su tío Hades, sola y temblorosa. Mas, aun perdida y aterrorizada, era astuta. Al cabo de una semana, todos los sirvientes del palacio de Hades respondían ante ella; al cabo de un mes, se había granjeado la lealtad de sus magistrados. Con un golpe de estado, asumió el control de la burocracia del infierno mientras el inútil de su marido se quedaba mirando. Se decía que incluso el perro de tres cabezas Cerbero, guardián del Inframundo, se revolcaba panza arriba ante el susurro de sus faldas. Hades fue relegado a las sombras de su propio castillo.

Entonces su madre, Deméter, exigió su regreso. Perséfone estaba sentada a la mesa con su decaído marido cuando el mensajero le comunicó la noticia. Sin inmutarse, la diosa sacó una granada del cuenco de frutas y la partió por la mitad con sus propias manos, el jugo goteando como sangre entre sus dedos. Desafiando al mensajero, se comió seis de las semillas que, como piedras preciosas enterradas, nunca habían visto la luz del sol; de esa manera, quedó ligada al Inframundo para siempre. A la postre, Perséfone terminó volviendo con su madre, dejando a su paso una primavera desganada. Sin embargo, cada otoño, cuando retornaba al reino de los muertos, lo hacía con una sonrisa.

Un favor de ella tendría un valor incalculable.

Y así me encontré en un bosque de Anatolia, bañado por la luz de una primavera temprana, siguiendo a un hombre llamado Adonis que acechaba entre la maleza. Era bastante guapo para ser un mortal y no me costó entender por qué había atraído la atención no de una, sino de dos diosas. No parecía un hombre especialmente complejo, aunque, pensándolo bien, Afrodita no buscaba complejidad en sus amantes. Había adorado al zafio de Ares, que no tenía ni dos dedos de frente. En cuanto a Perséfone, no sabía tanto de sus gustos, pero no me cabía duda de que prefería hombres a los que pudiera meter en vereda. Los imbéciles resultaban más fáciles de controlar que los inteligentes.

Me descolgué el arco, encajé una flecha y apunté cuidadosamente a la espalda lejana del hombre. Mas, entonces, una repentina ráfaga de viento estuvo a punto de tirarme de mi posición elevada y desvió la flecha hacia las copas de los árboles.

Era Céfiro, con los ojos azul cielo luminosos a causa de las lágrimas.

—¡Eros! Por fin te encuentro. Ha muerto, mi dulce Jacinto ha muerto y necesito tu ayuda.

Para cuando volví a mirar, Adonis había desaparecido en el sotobosque. Me vi obligado a saltar a otra rama para avistarlo. Por suerte, el mortal centraba enteramente su atención en algo que había en el suelo: huellas de alguna clase, al parecer.

Céfiro me siguió, pertinaz como una pulga.

—¿No me has oído? ¡Jacinto ha muerto! —gimió, al tiempo que se rastrillaba la sensible piel de la cara y el cuello, dejando largos verdugones rojos que pronto se desvanecieron. Ningún dios lucía heridas de la carne largo tiempo, pero las del corazón eran otro cantar.

—Ese malnacido de Apolo lo ha matado —prosiguió Céfiro, derramando unas lágrimas que labraban sendos caminos gemelos en sus mejillas—. Estaba obsesionado con Jacinto y no soportaba el hecho de que me hubiera elegido a mí. «Si no es mío, no será de nadie. Y mucho menos de Céfiro». Eso dijo Apolo, ¡me lo contó una de sus ninfas! Hizo que el sol deslumbrara a mi dulce Jacinto en mitad de una prueba de lanzamiento y el pobre muchacho falló. El disco le rompió el cráneo como si fuera un huevo. —A esto sucedió un nuevo vendaval de llanto.

Identifiqué el nombre de Jacinto como perteneciente al último amante de Céfiro, un apuesto joven mortal. Mi amigo no cesaba de parlotear sobre él durante las visitas a la casa del acantilado.

—Lamento tu pérdida —le dije—. Pero debías de saber dónde te metías al enamorarte de un mortal. No sé qué esperas que haga con respecto a tu situación.

—¡Eres el único que puede arreglarlo! —gritó—. Ahora que mi precioso niño ha muerto, todo el amor que sentía por él no es sino una carga. Te ruego que deshagas tu obra. Extírpame tu flecha del corazón —concluyó Céfiro, que se echó a un lado la túnica para desnudar su pecho lampiño.

—Nunca he disparado contra ti —dije en tono cansino—. Ya lo sabes.

El amor de Céfiro era uno de aquellos que habían surgido sin mi intervención activa. Cada vez se producían más casos así: brotes de amor donde yo no había plantado ninguna semilla ni apuntado ninguna flecha. Había ahora en el mundo tantos mortales y dioses que me era imposible ocuparme de todos y, sin embargo, continuaban cayendo de cabeza en el deseo. Me desconcertaba el hecho de que, aun estando retirado del mundo, mi maldición hubiera echado raíces y no dejara de florecer. A pesar de ello, naturalmente, mortales y dioses por igual seguían culpándome de sus desventuras amorosas.

Céfiro me miraba con gesto de impotencia, el labio inferior tembloroso.

—No puedo hacer nada para ayudarte —insistí—. ¿Qué te ha hecho pensar, tras nuestros largos años de amistad, que poseo el don de sanar un corazón herido?

—Algo podrás hacer, digo yo. Eres el dios del deseo.

—Y lo que deseo en este preciso momento es que te calles. —Me giré para seguir el avance de Adonis a través del sotobosque. Por suerte, algo continuaba desviando su atención de los maullidos que profería mi amigo en las copas de los árboles.

Armé el arco y fijé la mirada en el objetivo. Al menos aún era capaz de concentrar mi voluntad cuando me convenía, apuntando flechas con resultado certero. Observé que el cazador mortal empuñaba un arma (una robusta lanza con largos gavilanes) y ponía toda su atención en algo que había en la maleza. ¡Un jabalí! A través de las hojas alcancé a ver los ojos negros del animal, redondos y brillantes como cuentas. Al detectar a su perseguidor, dejó escapar un chillido de alarma; la mole de su cuerpo se movió, las pezuñas escarbaron la tierra.

Era mi oportunidad. Solté, la flecha perforó la espalda de Adonis y al punto se disolvió en el éter. Una extraña expresión de nostalgia se dibujó en su rostro, como si hubiera ingerido demasiado vino. Debía de estar pensando en Perséfone, en cuán hermosa era, en cuánto la anhelaba, aunque nunca la hubiera visto.

El jabalí eligió ese momento para cargar contra él.

Lancé un grito de advertencia, pero ya era tarde. Se me crispó el gesto; había mucha sangre. Por lo visto, Perséfone daría la bienvenida a su nuevo amante antes de lo vaticinado.

Aquella noche, al regresar a mi casa junto al mar, encontré a Afrodita esperándome. Estaba sentada en uno de los sillones de felpa, llevándose una copa de ambrosía a los labios rojos. Uno de mis gatos estaba acurrucado en su regazo. La bestia tuvo la osadía de dirigirme una mirada somnolienta, a medio párpado, mientras ronroneaba bajo la delicada mano de mi madre adoptiva.

Ensayé mis excusas. No había sido mi intención matar al pobre Adonis, pero los mortales mostraban una desafortunada tendencia a morir sin previo aviso y quienes tenían aficiones peligrosas, como la caza de animales salvajes, morían aún antes. Afrodita no podía achacarme ninguna culpa.

—Necesito un favor —dijo con voz melosa—. Ya que has empezado a ignorar mis cartas, se me ocurrió hacerte una visita. Necesito que uses tus habilidades con cierta chica de Micenas.

Ni una palabra sobre Adonis. No debía de haberse enterado. Bueno, yo encantado de seguirle el juego.

—¿Una amante en ciernes? —pregunté, en tono relajado e inocente—. No sabía que te interesaran las mujeres, madre. Y menos aquellas que rivalizan en belleza contigo.

Observé con satisfacción cómo la expresión de falsa dulzura se derretía en el rostro de Afrodita, como la cera de una vela largamente consumida.

—No se trata de eso, necio insolente. Es una criatura arrogante que se cree mejor que los dioses; tiene que aprender cuál es su sitio. —Las manos se le tensaron como garras, provocando que el gato gris se removiera inquieto en su regazo—. No ha ofrecido ni un solo sacrificio en mis altares y eso es algo que hacen todas las mortales de su edad, todas.

—No me parece un crimen tan grave —comenté.

Estrechó los ojos, bordeados de pestañas espesas.

—Si permitimos que los mortales se extralimiten, lo perderemos todo. La apoteosis podría convertir a esos sacos de carne llorones en uno de los nuestros. ¿No has oído hablar del nuevo encargado de servir vino a Zeus, Ganímedes? Ese viejo lujurioso se encaprichó con un joven mortal y ahora el tal Ganímedes escancia vino en el Olimpo, eterno como cualquiera de nosotros. —Contrajo los labios carnosos y descubrió los dientes en una mueca de desprecio, como si prefiriera compartir la divinidad con una babosa.

Me acordé de lo que había dicho Prometeo. «Quizá hasta podrían alcanzar ellos mismos la divinidad si se les concediera la ocasión». Me dolió en el corazón la idea de que un mortal renunciara al regalo de la muerte en aras de este páramo de eternidad.

Exageré un suspiro.

—Qué típico de ti usar mis flechas como castigo y no como obsequio. Y si acepto, ¿qué gano yo?

Se hizo un tenso silencio. Aguardé mientras Afrodita evaluaba la situación, calculando hasta dónde podría presionarme antes de que me negara. Yo era su vasallo y nada le impedía ordenarme que cumpliera su voluntad sin recibir ninguna recompensa a cambio, aunque eso desafiaría el equilibrio de poder que se había establecido entre nosotros. Ella había elegido nombrarme hijo suyo, no hacerme su esclavo.

—Un favor —respondió al fin, recostándose en el sillón—. Haz esta labor por mí y la diosa del amor en persona te deberá un favor. Dentro de lo razonable —se apresuró a añadir.

Siempre venía bien que una diosa estuviera en deuda contigo. Perséfone ya me debía un favor, pero recibiría gustoso otro de Afrodita.

—Acepto tus condiciones —dije.

—¡Excelente! —exclamó Afrodita, recuperando su buen humor—. Dame una de tus flechas. —Extendió la palma de la mano, a la espera.

Saqué una de la aljaba que llevaba a la cintura y se la ofrecí. Hizo rodar el astil de madera entre los dedos y luego agachó la cara y susurró unas palabras al emplumado. Una nebulosa de oscuridad envolvió la flecha y sentí el frío de la magia en el aire. Todos los de nuestra clase practican la magia con la misma facilidad con que respiran. Sin embargo, no había visto un despliegue tan poderoso desde que Gaia esculpió mi hogar a partir de los huesos de su tierra, ni uno tan horrendo desde que Eris empezó a perpetrar sus crueles intrigas.

—¡Listo! —dijo, y me devolvió la flecha con un ademán florido. Su superficie se había ennegrecido y, al tocarla, experimenté una sensación de inquietud. Me apresuré a guardarla en la aljaba entre el resto de sus compañeras.

Afrodita sonrió, complacida con su obra.

—Ahora porta una poderosa maldición de mi creación. Cuando se clave en la chica, esta se enamorará sin remedio de la primera persona que vea. Y lo mejor es que, cuando por fin se acerque a su amado y se miren a la cara, quedarán separados para siempre. La maldición los alejará de igual modo que una llama repele la sombra. ¡Imagínate anhelar eternamente aquello que jamás conseguirás! —Alzó la copa de ambrosía y bebió un sorbo, satisfecha.

Asentí con la cabeza, indiferente. No me ilusionaba la idea de atormentar a los mortales como pasatiempo, pero un trato era un trato.

—¿Cómo encontraré a esa desafortunada chica? —pregunté—. ¿Cómo se llama?

—Se llama Psique, la princesa de Micenas.

—Psique —repetí, paladeando el nombre. El cual no era frecuente. Afrodita ladeó la cabeza.

—¿No te parece una maldición muy ingeniosa? Nunca tendrá la oportunidad de ser feliz.

—¡Hum! Veo que no me equivocaba, después de todo —repliqué secamente—. Esa chica debe de ser bellísima para ganarse tu cólera, incluso más bella que tú.

La copa voló por los aires y se hizo añicos contra la pared de piedra a centímetros escasos de mi cabeza. Afrodita se puso en pie; el gato escapó de su regazo con la velocidad del rayo y se escondió bajo la mesa. Permanecí inmóvil mientras ella se encaminaba como una furia hacia la ventana que, abierta de par en par, daba al mar.

—No me falles —advirtió, la voz tan negra como la flecha que había en la aljaba.

Afrodita se arrojó al vacío en forma de paloma y no miró atrás.

Esquivé los trozos de cristal roto, despreocupado. Gracias a la magia de la casa, se arreglarían solos al cabo de un rato.

Tampoco me preocupé por el gato. Ese pequeño traidor necesitaba una lección de lealtad.

En las silenciosas horas que preceden al amanecer, me acomodé en la rama de un árbol frente al palacio micénico. Había divisado a la mortal Psique a través de la ventana de su dormitorio. Era bastante guapa, supuse, aunque esa impresión la arruinaba en cierta medida el hecho de que dormía con la boca abierta y roncaba, y un reguero de babas manchaba la almohada.

El recuerdo de Anteia se coló en mi conciencia. Aquella era la misma ciudad donde antaño había vivido ella, aunque después de tantos años parecía irreconocible. Psique contaba casi la misma edad que tenía Anteia cuando acabó con su propia vida, un detalle que me sacó un hondo suspiro. Al final, todos los mortales eran iguales, indistinguibles unos de otros. Todos partirían hacia el reino de la muerte más temprano que tarde. Era una pena que Psique se hubiera convertido en objeto de la ira de Afrodita, mas no había razón para lamentar su suerte. Me descolgué el arco del hombro y eché la mano a la aljaba, buscando a tientas la flecha maldita.

En todos mis milenios de vida, nunca había manejado una flecha con torpeza; ni una sola vez, jamás. Nunca el metal me había rozado siquiera la piel. Sin embargo, aquel día sentí una punzada de dolor. Bajé la mirada, sin entender cómo había podido cerrar la mano en torno al extremo afilado en lugar de asir el astil ennegrecido. Al retirarla, observé que la punta me había producido un corte fino en la yema del dedo.

Una única gota de icor dorado supuró de mi piel y cayó sobre una hoja. La flecha maldita, cumplido su propósito, se desvaneció como si nunca hubiera existido.

La herida sanó en un instante, mas el daño ya estaba hecho. Alcé la vista y mi mirada se posó en la figura dormida de Psique. ¿La había considerado simplemente guapa? No, era la criatura más radiante que jamás hubiera contemplado, ya fuera diosa o mortal. Sus cabellos enmarañados se abrían en abanico como los rayos del sol e incluso el charco de saliva en la almohada se me antojaba más dulce que la miel más rara que...

—Ay —musité—. Joder.

Hui de inmediato del palacio micénico, aunque no logré escapar del horror que me consumía. Conocía los síntomas de haberlos causado tantas veces en otros. Pensamientos obsesivos, corazón acelerado, malestar general. Todos los elementos del mal de amores. Nunca hasta entonces los había experimentado por mí mismo y eran peores de lo que jamás hubiera imaginado.

Lo comparaba con la inanición, aunque yo no había conocido el hambre en mi vida. Se asemejaba a un picor que no alcanzaba a rascarme, como añorar un lugar que nunca había visitado. Cada instante me perforaba el alma con agujas de lo más perversas. Mi soledad autoimpuesta había traído su propio olvido y esa frágil paz se resquebrajaba ahora. Con la intensidad de un relámpago, la maldición había destruido la crisálida protectora que había construido a mi alrededor a lo largo de los siglos. Ahora vagaba por una tierra baldía inhóspita, completamente expuesto.

Esperaba, conforme transcurrían los días y las semanas, que la sensación desapareciera. Así ocurría a veces con el deseo, que se evaporaba como las gotas de rocío sobre la hierba. Mas los días pasaban y el maleficio que me corroía por dentro no hacía sino extenderse.

Me hallaba en un aprieto peligroso. No cabía ninguna posibilidad de que mi afecto se viera correspondido, pues el encantamiento nos separaría a Psique y a mí si alguna vez nos encontrábamos cara a cara. Era un destino terrible, máxime para un dios susceptible de sufrir de amor durante toda la eternidad sin que hubiera esperanza de alivio. Quizá terminara como Narciso, que se enamoró de sí mismo tan perdidamente que hubo de ser metamorfoseado en flor para valer algo.

Dado que ignorar la maldición no funcionó, intenté ahogarla. Seducía a las oceánidas de los mares más allá de mis acantilados y a las dríades de los bosques, y me las llevaba a mi lecho con risitas y sonrisas coquetas. Se sentían halagadas por recibir las atenciones de un dios primordial; sin duda, se jactarían de ello ante sus hermanas, presumiendo de los brazaletes de oro que les regalaba. Estas diosas menores estaban siempre compitiendo por su posición y aprovecharían rápidamente cualquier ventaja que se les presentara. Pero yo solo encontraba frío en sus abrazos. La perfección de su belleza inmortal no me excitaba y copulábamos de forma mecánica, poco estimulante. Cerraba los ojos durante buena parte del acto, conjurando el rostro de Psique.

Era como contentarme con agua cuando únicamente ansiaba el rico sabor de la ambrosía, aunque incluso las más finas añadas me dejaban en la lengua un gusto insípido. Aquellas pálidas imitaciones tan solo agudizaban la sensación de carencia. Al final me resigné y renuncié a tener otras parejas de cama. Sin concesiones, el deseo me asfixió como si me hubiera puesto un nudo corredizo en la garganta.

Pasaba la mayor parte del tiempo durmiendo, que era el único momento de gracia que podía encontrar en este vórtice de deseo. Llegué a retirar las ventanas de mi alcoba para que el sol no me despertara. Solo en el vacío del sueño lograba olvidar el maleficio que me consumía.

Mas entonces la imagen de Psique empezó a acosarme en sueños, su cabello oscuro, la curva de sus caderas, el brillo de sus ojos, y me vi arrastrado una vez más al mundo de la vigilia.

Su presencia me atraía como una piedra imán y me dejé llevar hasta Micenas y sus inmediaciones, con la esperanza de vislumbrarla.

Alcancé a verla durante sus prácticas de arquería, toda su atención centrada en la diana. Los músculos se movieron como agua bajo la piel al tensar el arco, con sus preciosos ojos entrecerrados para afinar la puntería. Tenía los pies firmemente plantados en la tierra, las sandalias ceñidas a sus delicados tobillos.

Al posar los ojos en ella, el maleficio aplacó sus aullidos, sumido en un silencio bendito durante un instante, aunque enseguida volvió a rugir, ahora con una mayor brutalidad. Las miradas robadas no bastaban; quería conocer a Psique, sostener en las manos esos tobillos delicados, oír la melodía de su voz pronunciando mi nombre. Sin embargo, no me atrevía a ir más allá. Era una suerte que el hechizo estuviera únicamente activo a medias y me daba miedo solo de pensar en desatar todo su poder. Si Psique me miraba a los ojos, jamás volvería a verla.

Pasaron los meses y mi tortura persistía. Me pregunté si debería reclamar el favor que me debía Perséfone a cuenta de Adonis, pero la idea de morir había perdido el lustre. La muerte quizá hubiera brindado alivio a Anteia, pero no haría nada por mí. Era a Psique a quien anhelaba y seguiría anhelándola incluso en las tinieblas del Inframundo. Tal era la naturaleza de la maldición de Afrodita.

Había alguien a quien podría recurrir, alguien que brindaba ayuda a quienes ya estaban desahuciados. Hécate, diosa de la brujería y la hechicería, señora de las encrucijadas. Existía más allá de la vida y la muerte, moraba en lo más hondo del bosque, en una cabaña que descansaba sobre patas de gallina. Hécate sabría cómo erradicar el maleficio. Debía. Entonces pensé en lo que me exigiría a cambio y me entraron escalofríos.

Otra idea me iluminó. Afrodita había fraguado la maldición y, hasta donde ella sabía, la flecha emponzoñada había alcanzado el objetivo buscado. De modo que ella me debía un favor, ¿verdad? Quizá pudiera suministrarme una cura.

Visité la morada de Afrodita en las laderas del Olimpo, donde las agujas de las torres se perdían en una espiral de nubes plateadas. Me preocupaba que ella oliera mi mal de amores al momento, pero había agotado todas las opciones.

La diosa me recibió en su baño, donde reposaba resplandeciente entre la espuma. Me vi relegado a permanecer torpemente de pie a la orilla de la piscina mientras su séquito de ninfas le peinaba el cabello y le masajeaba los hombros, todo ello a la par que me lanzaban miradas furtivas por debajo de las pestañas y se reían como tontas entre ellas.

Afrodita aplaudió con regocijo cuando le transmití la noticia de mi éxito.

—¡Ay, cuéntame los detalles! ¿De quién se ha enamorado la princesa micénica? ¿De un porteador anciano? ¿De un mozo de cuadra cubierto de mierda? Ha debido de ser hace meses, pero quiero oírlo todo.

—No me quedé para averiguarlo —mentí con soltura, tratando de evocar el desinterés insulso que estaba acostumbrada a ver en mí—. Me dijiste que disparara a la chica, no que hiciera su panegírico. He hecho lo que me pediste y quiero reclamar el favor que me debes.

Se acercó hasta donde yo estaba y apoyó los codos en el borde de la bañera. Le brillaba el pelo, alisado hacia atrás para realzar los ángulos de sus pómulos. Me miró con ojos oscuros, las curvas de sus pechos elevándose sobre la espuma como imágenes gemelas de la luna llena sobre las colinas. Pensé en Psique y supe que, si Afrodita adivinaba lo que en verdad se cocía, la chica pagaría con su vida.

—¿Y qué favor querrías que te concediera? —preguntó.

No me tembló la voz.

—Necesito un antídoto para el mal de amores.

Afrodita enarcó una ceja perfecta, los ojos rasgados por la sospecha.

—¿Un antídoto? —replicó con una risa vacilante—. ¿Para qué lo quieres?

Mi mente galopaba.

—Para Céfiro —respondí—. Sigue enamorado de un mortal que murió.

Hubo un cambio, apenas un parpadeo, en el rostro de ella, mas desapareció enseguida.

—Qué pena. Pero entenderás que no puedo ir regalando antídotos contra el mal de amores así como así, ¿no? La agonía del amor es lo que hace que nuestro poder sea tan fuerte. ¿De qué serviría nuestra magia si cualquier necio pudiera sanar su corazón roto? —Torció la comisura de los labios en una mueca, tan siniestra como un anzuelo.

—Me prometiste un favor —repuse—. Cumplí con mi parte del trato. ¿Acaso vas a romper tu palabra?

Flotó de espaldas hasta el otro lado de la piscina, estudiándome con ojos estrechos. Me daba la sensación de que llevaba todos mis secretos garabateados en la piel. En cualquier momento, estaba seguro, ella descubriría lo que había hecho. La muerte de Adonis, el estado incólume de Psique, los sueños febriles que no remitían. De algún modo, se enteraría de mis engaños y me castigaría por ellos.

Pero, en cambio, Afrodita levantó un brazo grácil por encima del agua, sosteniendo en la mano un pequeño frasco de cristal. Me lo arrojó sin mediar aviso y vi como el único objeto capaz de salvarme describía un arco a través del aire perfumado. Me abalancé a atraparlo antes de que se estrellara contra el suelo de piedra, henchido de alivio cuando aterrizó en la palma extendida de mi mano.

Con el corazón palpitante, hice una reverencia de agradecimiento y me retiré. Sabía que debería esperar a refugiarme en la seguridad de mi hogar, pero la tentación se hacía irresistible. Conseguí llegar a la relativa soledad de un pasillo a cierta distancia de los aposentos de Afrodita y examiné el objeto que llevaba en la mano. El vial, reluciente y no más grande que un pulgar, estaba lleno de un líquido transparente como el agua y sellado con un tapón incrustado de joyas. En él residía el remedio para el tormento que me había perseguido durante meses, un bálsamo para calmar la fiebre. Tiré del corcho con dedos temblorosos e ingerí el contenido del frasco de un solo trago. Era dulce, con un final que efervescía en la lengua. Liberada la tensión de los hombros, me apoyé en la pared y…

No aprecié ningún cambio en el calor que florecía en el pecho cada vez que pensaba en ella. Psique.

Arrojé el frasco contra el muro de piedra, observando estúpidamente como estallaba en mil pedazos. Debería haber sabido que el antídoto resultaría inútil. Quizá habría surtido efecto si el dolor hubiera estado causado por un desamor normal y corriente, pero no rompería una maldición surgida de la misma mano de Afrodita. No había cura para mi sufrimiento.

Cabía que Afrodita no se hubiera percatado de la transformación que se había obrado en mí, pero mi viejo amigo Céfiro sí.

Se había colado en mi casa con la brisa del oeste y nos sentamos juntos en la amplia terraza desde la que se dominaba el océano, bajo un ocaso que pintaba el cielo de tonos feroces, rojos y dorados. Céfiro, sin embargo, no contemplaba la puesta de sol; me observaba a mí. Se encorvó en la silla a mi lado, los antebrazos apoyados en las rodillas, los ojos clavados en mí, mirándome con la intensidad con la que me miraban los gatos cuando me disponía a darles de comer.

—¿Qué te ocurre? —inquirió—. De un tiempo a esta parte estabas teniendo comportamientos extraños, pero jamás te había visto así. Marchito, como una flor moribunda. —Torció el gesto—. ¿Estás enfermo? Jacinto a veces se comportaba así cuando se ponía enfermo, aunque nunca imaginé que eso pudiera pasarle a un dios. No me contagiaré, ¿verdad?

La lancé una mirada cansina.

—No, es que… —Sacudí la mano. El maleficio era como una corriente de aire emponzoñado que me paralizaba los miembros; el anhelo frustrado, pesado como una rueda de molino.

El dolor era tan intenso que ya no podía soportarlo en silencio. Tenía que contarle a alguien lo sucedido. De lo contrario, me volvería loco. Conocía a Céfiro desde el principio del mundo. Podría confiar en él, ¿no?

—Estoy enamorado —le confesé.

Emitió un chillido de búho y a punto estuvo de caerse de la silla.

Le relaté la secuencia de acontecimientos que se iniciaron con la petición de Afrodita y culminaron con la destrucción del vial. Cuando terminé, Céfiro me dedicó una expresión digna de su hermano Bóreas, dios de los vientos gélidos del norte.

—Conque sí que tenías un antídoto contra el mal de amores —dijo muy despacio, enfriando el ambiente entre nosotros—. Y en vez de dármelo a mí, tu amigo del alma, en mi hora de mayor necesidad, cuando aún estoy llorando a mi amado Jacinto, te la bebiste tú mismo. A sabiendas de que habías sido maldecido por la mismísima diosa del amor y que no había remedio para ti.

—¿No has escuchado nada de lo que te he dicho? —imploré—. Vivo una agonía. No puedo dormir, ni saborear nada de lo que me llevo a la boca, ni sentir gozo con ninguna caricia que no provenga de ella. Y jamás podré tenerla, porque la maldición nos separará a la fuerza.

—Ah, ya —replicó Céfiro, de brazos cruzados—. Qué horror no volver a ver nunca más a la persona que amas.

Lo fulminé con la mirada, enfurecido por cómo despreciaba mi sufrimiento.

—No seas tan egoísta. Tú habrás perdido a tu mascota mortal, pero ella aún está viva. ¡Ayúdame!

Conocía bien los muchos humores de Céfiro, sus travesuras, sus frivolidades. De no haber estado tan consumido por la angustia, habría adivinado la procedencia de aquella chispa de picardía que ardía en sus ojos. Mas aquel día me hallaba distraído, pensando en Psique. De ahí que no me percatara de la sonrisa maliciosa que se le dibujó en el rostro cuando, con tono aterciopelado, dijo:

—Nada temas. Sé exactamente qué hacer.

7

PSIQUE

Transcurrido un año desde que hubiera dado muerte al dragón, la hazaña no había rendido los frutos esperados. De vez en cuando me tocaba limpiar un nido de grifos o salir a cazar ciervos para llenar las mesas de palacio, pero esas cosas no me convertían en una heroína. Me levantaba cada día para ejecutar mecánicamente los ejercicios que Atalanta me había enseñado y aguardaba el momento en que se presentara mi destino.

Un día, mis padres me invitaron a una cena privada en sus aposentos y nos sentamos a una pequeña mesa dispuesta solo para nosotros tres. Cada vez que daba un sorbo de vino, los observaba por encima del borde de la copa mientras intercambiaban rápidas miradas con disimulo, ocultando una sonrisa con la mano; parecían chiquillos nerviosos más que augustos gobernantes. Me intrigaba la razón de ese comportamiento. ¿Se habría avistado un monstruo? ¿Habría llegado por fin el día de cumplir mi profecía?

—Hija mía —dijo mi padre, radiante—. Tengo el placer de anunciarte que te hemos encontrado un esposo.

El vino casi se me resbaló de las manos.

—¿Qué?

—Un esposo regio —repitió mi madre, con una sonrisa que le avivaba el semblante pálido—. Néstor, el rey de Pilos. Lo conoces desde pequeña.

Me quedé boquiabierta y un pánico gélido me martilleó los oídos.

—¿Néstor? Pero si es viejo.

Mi madre torció el gesto, mas no discrepó. Néstor rondaba los cincuenta, mientras que yo solo contaba dieciocho. Lo había visto en varias cenas de estado a lo largo de los años y ya lucía barba y cabellos canos cuando yo solo era una niña. Puede que Néstor hubiera sido un hombre viril en su juventud (y tenía fama de hablar durante largas horas de sus proezas pasadas, recreándose en los detalles), aunque aquellos días de gloria ya habían quedado muy atrás.

—Además, ¿no está casado? —pregunté—. Tiene una docena de hijos.

Mis padres intercambiaron una mirada. Parecía claro que habían previsto una respuesta más entusiasta.

—La mujer de Néstor partió hacia el reino de Perséfone el año pasado —dijo mi madre al cabo—. Y él aspira a casarse otra vez para aliviar su soledad.

Me acordé de Helena y de las amargas lágrimas que vertía mientras la llevaban al lecho de su marido. Se me heló la sangre al imaginar los dedos arrugados de Néstor tocándome de ese modo.

—Me niego a ser el consuelo de un viejo que se siente solo —gruñí.

Mi padre puso cara larga.

—¡Psique, cuida tus modales! Néstor es famoso por su gentileza y sus sabios consejos. Ha prometido que te permitirá continuar tu entrenamiento después de la boda, siempre y cuando no interfiera con tus obligaciones como esposa. Y ya tiene un heredero de su matrimonio anterior, por lo que nada impediría que tus hijos ascendieran al trono de Micenas. Incluso podrías residir aquí en Tirinto durante parte del año. ¿No es estupendo?

Miré a mi padre con fijeza mientras contemplaba la disolución de mi mundo. «¿Es lo único que soy para ti? —quise gritar—. ¿Un eslabón en la cadena de sucesión? Me sostuviste en brazos nada más salir abandonar el vientre de mi madre, me diste el nombre de tu propia alma y me sentabas delante de ti en la montura durante las cacerías. ¿De verdad vas a obligarme a compartir cama con un viejo?».

Cerré los puños.

—No me casaré con Néstor —declaré.

Mi madre soltó un gritito de consternación y mi padre dejó de golpe la copa en la mesa, derramando el vino. Abrió la boca con intención de hablar, pero mi madre alzó una mano para atajarlo.

—Psique, hija mía —empezó diciendo ella—. Eres joven y sabes poco del mundo, pero Néstor es un excelente partido. No encontrarás a nadie mejor. Conoce la profecía y ha prometido que gozarás de una libertad en el matrimonio que pocas mujeres logran. Además, toda Micenas se beneficiará de la alianza con Pilos.

—Ah, ya veo cuál es la verdadera razón de que hayáis concertado este matrimonio —repliqué, sarcástica.

Mi padre dio una palmada en la mesa y los platos temblaron.

—¡Ya basta! —espetó—. El contrato está cerca de firmarse. Y tú cumplirás con tu obligación.

Comprendí que debía de haberlo presionado en exceso para provocar en él una reacción tan iracunda como rara, pero me daba igual. Eché atrás la silla y me fui hecha una furia a mis dependencias.

Esa misma noche me senté a mirar por la ventana. Más allá del palacio se extendía la ciudad de Tirinto y, pasando esta, el camino que conducía a Pilos. Traté de imaginarme recorriéndolo por última vez como una mujer soltera, sabiendo que nunca más podría emprender el viaje sin el permiso explícito del hombre que me llamaría «esposa», y apreté los dientes solo de pensarlo.

Al cabo de un rato, oí el chirrido de la puerta al abrirse, seguido de unos pasos que se detuvieron detrás de mi hombro.

—Sé que estás disgustada —dijo mi madre—. Pero has de entender que tu padre y yo solo buscamos lo mejor para ti.

No respondí. La ira me atoró la garganta como un hueso de pollo, aunque no dudaba del amor de mis padres.

—Yo también estaba asustada antes de casarme —continuó—. Aterrada, incluso. ¿Quién no tendría miedo de abandonar su hogar y a todas las personas que conoce? Pero mi casamiento me hizo mucho bien y mi único deseo es que tú tengas lo mismo.

Lo comprendía. Al ver a mis padres juntos, cabeza con cabeza, se diría que estaban hechos el uno para el otro. Incluso Atalanta había estado casada en una ocasión con un hombre al cual respetaba. Había cosas del matrimonio que cualquiera querría tener, un compañero que te diera calor por las noches, alguien con quien compartir penas y alegrías, pero la vida también ofrecía otras opciones que ambicionaba aún más. ¿Podía yo tener solo unas y no las otras?

El anhelo me retorcía las entrañas como si fueran un trapo, una resaca que tiraba de mí hacia un deseo insondable.

—Pero que no sea con Néstor —dije al fin.

Mi madre me posó una palma cálida sobre el hombro y esbozó una sonrisa cómplice.

—Tengo otros candidatos en mente. Todo irá bien, hija mía.

Después de que se marchara, permanecí un rato junto a la ventana, contemplando cómo la noche tendía su manto sobre la ciudad, donde un centenar de lumbres centelleaban como estrellas caídas del firmamento. Me imaginé huyendo del palacio y desapareciendo en las tierras salvajes. Quizá volviera a encontrarme con Atalanta. Quizá Ifigenia y yo pudiéramos escaparnos juntas, como soñábamos cuando éramos niñas.

Pero el destino tiene por costumbre alcanzarnos, de una manera o de otra. A la mañana siguiente, el mío acudió a por mí.

Los supervivientes relataron que el monstruo llegó en una ráfaga de viento como nadie había visto jamás, destruyendo una de las aldeas situadas a las afueras de Micenas. Arrancó casas de cuajo y las lanzó por los aires como si fueran de juguete. Las familias corrieron despavoridas y se desperdigaron. Sin embargo, cuando los supervivientes, tambaleándose, atravesaron las puertas de la capital, ninguno supo describir el aspecto de la criatura. Era como si la bestia estuviera hecha de aire.

Al poco, un halcón mensajero entregó en palacio una misiva, escrita supuestamente por el monstruo mismo. Una afirmación disparatada que habría producido incredulidad de no haber sido por el hecho innegable de que había casas arrasadas y campos devastados. Mi padre se encerró con la carta tras pesadas puertas de madera, pero me las ingenié para enterarme de su contenido sobornando a uno de los esclavos de palacio. Averigüé cuál era el precio exigido para librarnos de futuros ataques: que la princesa Psique se encontrara a solas con el monstruo en el pico de una montaña más allá de Tirinto.

Me dirigí a zancadas al salón donde mi padre se reunía con sus consejeros y abrí de golpe la puerta, que chocó con un ruido sordo contra la pared de piedra. Alceo y uno de sus hombres de confianza se enderezaron como dos niños a los que hubieran sorprendido jugando una partida de dados. El consejero me miró como si lo hubiera interrumpido en las letrinas, en su semblante se libraba una batalla entre el asombro y la indignación. Mi padre, por su parte, tenía cara de desolación. No habíamos hablado desde la discusión de la noche anterior sobre mi compromiso.

—Déjame enfrentarme al monstruo, padre —dije.

Alceo palideció.

El consejero parecía meditar mientras arriesgaba una mirada hacia mi padre.

—Convendría que nuestras tropas no se dispersaran en demasía —señaló—. En caso de que haya asaltantes dorios. Sería beneficioso para todos que lográramos eliminar esta amenaza sin perder guerreros.

—Desconocemos quién o qué es responsable de esta amenaza —empezó diciendo mi padre. Fruncía el ceño, acentuando las arrugas grabadas en su rostro por toda una vida de cuidados y preocupaciones—. Podría ser una trampa, o algo peor. No podemos ofrecer a un miembro de la familia real como quien sacrifica a un cordero en un altar, máxime habiendo pasado tan poco tiempo desde su compromiso. Además, ¿qué clase de monstruo escribe cartas?

—Algunas esfinges son increíblemente cultas. Y, padre —dije, tratando de no alterar la voz—, recuerda la profecía del oráculo.

Mi corazón redoblaba como un tambor de guerra. Aquí, por fin, estaba el monstruo cuya muerte me brindaría la fama; aquí, por fin, estaba mi destino. Lo sabía, tan cierto como que me llamaba Psique.

La comprensión empezó a despuntar en el rostro de mi padre, aunque carente de satisfacción. La sangre cantaba exultante en mis venas y ya oía las baladas que el poeta ciego compondría sobre mí. Sin embargo, mi padre me miraba con un desesperado pesar, como temiendo no volver a verme con vida.

Decidí ataviarme con la misma armadura que había llevado contra el dragón. Me había servido bien entonces y no parecía una mala opción para enfrentarme a este nuevo enemigo, aunque aún no supiera con certeza qué era. Asegurar bien las correas sin la ayuda de Atalanta supuso todo un reto, pero me las apañé. Me ceñí la espada al cinto y me dirigí hacia las grandes puertas del palacio.

Encontré a mis padres esperándome. Pese a que aún persistía mi enfado por los planes que habían tramado para mis esponsales, parecían tan llenos de ternura, tan considerados, que me invadieron las ganas de llorar. Ellos, siempre tan fuertes y férreos en mi mente, ¿cuándo habían envejecido? Mi madre se apoyó en el brazo de mi padre, frágil cual hoja de otoño, mientras que él, con gesto ansioso, se mesaba la barba, donde las canas empezaban a imponerse.

Antes de que tuviera oportunidad de hablar, me estrecharon en un abrazo. Cerré los ojos e inspiré hondo: mi padre siempre olía a humo de leña y a cuero; mi madre, a hierbas medicinales. Cuando me soltaron, Alceo me otorgó su bendición, posándome la mano en la cabeza.

—Que la victoria sea tuya, hija mía —dijo.

Me limité a hacer un gesto de asentimiento, pues no confiaba en poder articular palabra.

Para mi sorpresa, una multitud se había congregado en la escalinata del palacio. Había hombres jóvenes y viejos, niños curiosos y unas pocas mujeres recatadas que se cubrían el rostro con un velo, ocultándolo de las miradas de la gente. Cuando salí al patio, volvieron los ojos hacia mí, expectantes. Alcé una mano en saludo y estallaron en vítores.

La multitud me siguió cuando emprendí la marcha, a través de las puertas de la ciudad y por las llanuras desiertas de Tirinto. Al cabo, llegué al lugar donde la tierra empezaba a elevarse, dando paso a colinas boscosas. Me aproximé a un solitario pico escarpado que perforaba el cielo como los huesos de Gaia hendían la tierra. Ya había pasado por allí durante mis expediciones con Atalanta, pero ella siempre se empecinaba en evitarlo, alegando que no hallaríamos caza en un paraje tan yermo. En palacio se contaban leyendas más tenebrosas: se rumoreaba que allí, en las noches de luna nueva, mujeres ancianas sacrificaban perros a la diosa Hécate y que desde lo alto, de vez en cuando, se arrojaban al vacío doncellas enfermas de amor. Era allí donde me mediría con el monstruo, donde le plantaría batalla hasta las últimas consecuencias.

Bueno, pues yo no era una cachorra ni una damisela enamorada. Avancé con largas zancadas a enfrentarme a mi destino.

El sendero era estrecho y pedregoso, y durante el ascenso resbalé más de una vez al pisar algún guijarro suelto. El calor del sol me envolvía como un manto de oro fundido. El viento hacía traquetear las flechas en la aljaba y el pelo me azotaba el rostro. Me desilusionó comprobar que buena parte de la gente de la ciudad que me había seguido flaqueaba. Cuando por fin alcancé el borde del risco, me preparé para ver por primera vez a mi enemigo. ¿Sería una gorgona con un nido de serpientes por cabellera, o una gran esfinge con el cuerpo de una leona?

Sin embargo, tan solo me saludó el vacío. El viento soplaba desde el fondo del precipicio, me abofeteaba la cara. No había rastro de ningún monstruo.

Volví la mirada hacia los testigos desperdigados que esperaban detrás de mí, sintiéndome de repente cohibida. ¿Qué historias contarían del día en que un monstruo había desdeñado a la princesa Psique?

Desenvainé la espada y ahuequé la voz.

—¡Soy Psique de Micenas y vengo en respuesta a tu desafío!

Obtuve por toda respuesta el eco lejano de mis palabras. Bajé la espada, notando que el calor me subía a las mejillas.

Me frunció la ropa una ráfaga de viento que luego tornó en vendaval. Me revolvía los cabellos, me tiraba de las prendas y aún crecía en intensidad. Me arrancó la espada de la mano y salió disparada, girando. Una repentina sensación de ingravidez se apoderó de mí cuando noté que los pies se separaban del suelo. El viento me volteó en el aire como una piedra arrastrada por el oleaje. Al enderezarme, divisé los rostros horrorizados de la gente, reducidos a cabezas de alfiler, mientras la tierra se hundía por debajo de mí.

Un grito me trepó por la garganta, pero me mordí la lengua; gritar no serviría de nada. Me afané en evaluar la situación. Ninguna garra me apresaba la carne, ningún diente me atravesaba la armadura. Simplemente flotaba, como si estuviera en el agua. No sabía de ningún monstruo que poseyera un poder así, aunque, por si acaso, me concentré en sacar el puñal que ocultaba en la bota.

—Para ya de retorcerte. Es harto difícil llevarte así.

La voz parecía provenir de todas partes y de ninguna. Era masculina, cantarina, pero colmada de irritación. Giré la cabeza a uno y otro lado, buscando a la desesperada su origen.

—¿Quién eres? —inquirí—. ¿Quién te envía?

No hubo respuesta, solo aire vacío y silencio. Lo único que podía hacer era maravillarme viendo con qué velocidad se deslizaba la costa por debajo de mí. Por encima, nubes afelpadas moteaban el horizonte azul como un rebaño de ovejas en una pradera. El frío cortante me erizaba la piel, mas la euforia me calentaba. Pueblos enteros se sucedían bajo mis pies, diminutos como civilizaciones de insectos. A mi izquierda, la luz del sol centelleaba como estrellas sobre una extensión interminable de agua. Me sobrecogió el asombro; si aquellos iban a ser mis últimos momentos, al menos moriría habiendo visto cosas que ningún ojo mortal había contemplado jamás.

Después de unos minutos que se me antojaron horas, me vi cayendo hacia la tierra. El corazón me palpitaba acelerado y me preparé para lo que sería un golpe doloroso, pero, para mi sorpresa, fui depositada con suavidad en el suelo. Me encontré en una playa cubierta de guijarros de pizarra, arrastrados por el mar.

Entonces la voz incorpórea habló una vez más.

—Ve con el que te aguarda —dijo—. Llegará al anochecer.

No tenía la menor idea de dónde me hallaba, solo que estaba muy lejos de Micenas. Miré los acantilados y divisé una vivienda en lo alto. Las terrazas curvas casi parecían formaciones naturales que sobresalían de la piedra, aunque su factura impecable sugería que las había creado una inteligencia consciente, no las fuerzas de la naturaleza. Las verandas elevadas, desde las que se dominaba el mar, se fundían con el borde del acantilado y las ventanas, cuadrados perfectos, parecían haber sido recortadas en la roca pálida. Era como si hubieran tallado la casa directamente en la pared del acantilado del mismo modo que el agua del mar esculpe cuevas y ensenadas a lo largo de la costa.

¿Dónde me encontraba? ¿Qué clase de manos habían creado un lugar así? Me dio un escalofrío y empuñé la espada antes de recordar que la había perdido.

Una escalera conducía a la distante morada, los peldaños labrados en la piedra, desgastados por los siglos.

«Ve con el que te aguarda», había indicado la voz misteriosa. No gozaba de muchas opciones; no tenía otro sitio adonde ir. Sin saber qué esperar, ignorando si encontraría un monstruo o un milagro, inicié el ascenso.

La subida era empinada y larga; el sol de mediodía apretaba y el sudor me caía en los ojos. Me los enjugué con el dorso de la mano. El viaje se está haciendo eterno, refunfuñé para mis adentros. Quienquiera que viviera aquí debía de tener alas.

Cuando por fin alcancé la cresta, crucé un patio bordeado de macetas con plantas en plena floración y entonces oí un glugluteo a la altura del codo que me sacó un respingo. Al girarme, me topé con un precioso pavo real, de tonos verdeazulados, que permaneció mirándome con fijeza unos instantes antes de seguir picoteando las semillas esparcidas por el suelo. Arrastraba el ave tras de sí una cola larga y magnífica, cada uno de los ojos estampados relucientes bajo el sol. Había más deambulando por el patio y cavilé si no proporcionarían una pista sobre la identidad del dueño de esta casa extraña. Los pavos reales eran sagrados para la diosa Hera, pero, hasta donde sabía, ella residía en el monte Olimpo con su veleidoso marido, no aquí, en una playa desolada.

Al cabo, llegué a la entrada de esta grandiosa y misteriosa casa, una pesada puerta de roble reforzada con hierro y encajada en la roca. Probé a abrirla, pero estaba cerrada a cal y canto. El sol de mediodía caía implacable, me quemaba la piel y me secaba la garganta ya sedienta. Necesitaba refugio, no me quedaba otro remedio. Le propiné una fuerte patada que astilló la sección donde se anclaba la cerradura. Era una violación de la *xenia*, las leyes sagradas de la hospitalidad, aunque confiaba en que los habitantes de esta peculiar casa lo entendieran.

Una vez que mis ojos se adaptaron a la penumbra, me asomé a las profundidades de la vivienda y se me ofreció la visión de un gato atigrado que haraganeaba en un sillón de felpa. Emitió un maullido inquisitivo al verme y bajó de un salto para enroscarse entre mis piernas, ronroneando como una colmena de abejas contentas. Me agaché a rascarle la cabeza, sintiendo una rara tranquilidad. Un gato tan amistoso debía de estar acostumbrado a la paz y la seguridad. Quizás este fuera el hogar de un ermitaño bondadoso o de un místico enclaustrado.

Proseguí mi exploración, maravillada por la belleza del lugar. Las paredes encaladas se erigían a mi alrededor y se curvaban formando un techo abovedado que semejaba el vientre de alguna criatura enorme. Al atravesar una puerta rematada en arco, dejé que mi mano acariciara la jamba; la piedra era suave y lisa como la mejilla de un niño, impecable, sin que se apreciara la más mínima marca de herramienta. Pude ver otras estancias extenderse hacia el interior del acantilado como un rizoma. A mi derecha había amplias ventanas abiertas en la piedra, que atrapaban la brisa. Incrustados en lo alto, había cuadrados de cristal coloreado que iluminaban el interior de la casa-cueva, derramando cascadas esplendorosas de tonos azules, rojos y amarillos.

Cabría pensar que una casa excavada en un acantilado junto al mar sería húmeda y mohosa, mas esta, luminosa y acogedora, olía a frescura, a aire salado, al aroma tenue de las rosas plantadas en las terrazas exteriores. Los pies susurraban en las alfombras, de una calidad exquisita, entretejidas con diseños vibrantes que jamás había visto. No había fibras enmarañadas ni manchas que empañaran su perfección.

No se veía rastro alguno del residente de este lugar. Ni había ropa tendida a sacar, ni platos desechados a la espera de que los fregaran. Pasé por un salón que contaba con una mesa larga de madera colocada ante un gran ventanal con vistas a las aguas cerúleas, con las sillas arrimadas ordenadamente en torno a ella. En otra habitación, carente de ventanas y en penumbras, había una cama vestida con sábanas limpias de lino. En la pieza contigua, me encontré con un baño recién preparado; el vapor emanaba de su superficie, donde flotaban pétalos de rosa frescos.

Era una casa surgida de la imaginación de un poeta, un lugar que solo podría existir en el reino de los sueños. No advertí ni un solo defecto: ni una mota de polvo ni una grieta en el techo. ¿Quién vivía aquí? ¿Quién ostentaba tanta riqueza?

Cuando volví a pasar por el salón de la gran mesa, se me cortó el aliento. Apenas unos momentos antes aquella había estado vacía. Ahora se había dispuesto un festín: un cordero asado reluciente, hojas de parra rellenas, tres clases distintas de pan y verduras a la brasa de vivos colores. Semejante despliegue solo podía haber sido preparado por una numerosa servidumbre, en una cocina ruidosa, y servido por criados afanosos, pero nada perturbaba el silencio abismal de la casa del acantilado.

No había probado bocado desde la mañana. Mi estómago profirió un gruñido que sonó como el aullido de un lobo y miré en derredor. Bueno, si no había nadie que reclamara este festín abandonado, entonces lo aprovecharía yo. Al punto me abalancé sobre la mesa, partí el pan con las manos y lo usé a guisa de cuchara. Bebí agua fresca directamente de la jarra hasta que me goteó por la barbilla.

Cuando me hube saciado, me reacomodé en la silla y medité sobre mi situación. ¿Sería todo obra de Néstor? ¿Y si mi oposición al matrimonio había desembocado en mi secuestro? Aunque esto no era Pilos, desde luego, aparte de que ninguna morada real estaría desprovista de guardias o sirvientes.

Desanduve el camino por el que había deambulado con la intención de inspeccionar de nuevo el perímetro de la propiedad. Descubrí con asombro que la puerta que había echado abajo a mi llegada volvía a estar encajada en sus goznes, de una pieza y no astillada. Los pelos de la nuca se me pusieron como púas mientras deslizaba las manos por la madera de grano fino, sin dar crédito a lo que veía. Una reparación de tal envergadura, en caso de que hubiera sido posible, habría llevado días.

Tendría que haber estado aterrada, pero el lugar destilaba tanta calma que no me inspiraba ningún miedo. Aun así, no olvidaba que me habían atraído hasta aquí usando como cebo la amenaza de un monstruo. No podía bajar la guardia; debía permanecer alerta.

Me senté junto a la ventana y contemplé el sol hundiéndose en el horizonte distante. Las sombras se alargaban y los colores perdían su brillo. Me resigné a la realidad cada vez más evidente de que pasaría la noche en este lugar extraño. Mejor aquí que en las tierras salvajes, aunque ¿quién sabía qué traería la oscuridad?

Empecé a pergeñar un plan. Había visto un pequeño brasero en la terraza y, cerca de él, un atizador. Atravesé con pies ligeros los pasillos umbríos, me lo agencié y lo llevé conmigo al dormitorio sin ventanas. Al menos aquí solo tendría que preocuparme de un único punto de entrada.

Cerré la puerta y coloqué un baúl delante, que haría de tope si alguien intentaba abrirla. Y ese sería el momento de actuar.

Me senté en la cama, con los hombros rectos, la postura alerta y los ojos vigilantes. Saqué el puñal que me había guardado en la bota y lo empuñé en una mano, el atizador en la otra, los nervios excitados ante la inevitabilidad del conflicto. Cuando el amo de este peculiar sitio regresara, estaría lista.

EROS

Aquella tarde, a mi llegada, encontré a Céfiro esperándome, apoyado en la balaustrada de la terraza. La última luz del día retozaba en su rostro, resaltando la sonrisa petulante y ufana que exhibía.

—Te aguarda dentro una sorpresa —señaló con voz cantarina.

Arrugué el ceño.

—Dejar ninfas o sátiros desconocidos en mi cama no mitigará los efectos del maleficio.

Céfiro se llevó una mano al pecho en un exagerado gesto de indignación.

—¿Cuándo he sido yo tan torpe? No, no, amigo mío. Te he traído a la princesa en persona.

Me atenazó el pánico, que se me clavaba en las costillas como un cuchillo al rojo vivo.

—¿A Psique?

—¡Nada más y nada menos! —exclamó mi amigo, satisfecho.

No pude más que mirarlo, mudo de estupefacción; era el tipo de silencio que sobreviene entre la descarga de un relámpago y el rugido de un trueno.

—Céfiro —dije al cabo, y aunque me las arreglé para mantener un tono de voz ligero, transmitía frialdad—. ¿Está tu juicio tan perdido como tus vientos?

—Pensaba que era lo que querías —replicó él con una simpatía hueca.

—Si encontraras una mala hierba, ¿plantarías sus semillas en mi jardín? —masculló con los dientes apretados—. Si un alimento me enfermara, ¿me lo darías de comer? Dime entonces por qué consideraste que esto sería una buena idea.

—Oh, vamos, viejo amigo —protestó Céfiro—. ¿Acaso no merezco unas palabras de gratitud? Ya es tuya. —Una sonrisa maliciosa le cubrió el rostro y comprendí que no lo había hecho por error. Aún no me había perdonado que hubiera malgastado un antídoto que debería haber sido suyo.

Me pasé una mano por el pelo, exasperado.

—En el momento en que nos miremos a la cara, estaremos condenados. Y ella está ahora aquí, ¡en mi casa!

Céfiro agitó un dedo.

—Será en verdad un problema solo si uno llega a ver al otro, ¿correcto? ¡Pues visítala por la noche y problema resuelto! Me he tomado incluso la libertad de quitar todas las lámparas de la casa.

Me quedé boquiabierto y lo miré de hito en hito.

—¿Y por qué motivo requeriría Psique la compañía de una sombra? Ella ignora quién soy.

—No te preocupes —se jactó Céfiro—. Las mujeres mortales son harto fáciles de apaciguar y ya he pensado en una solución. Dile simplemente que eres su nuevo marido y dejará de estar molesta.

Lo cierto es que eso molestaría bastante a la mayoría de las mujeres mortales. Pero Céfiro poco entendía de las proclividades de las humanas y yo aún menos. Las especificidades del matrimonio variaban de una cultura a otra y me costaba llevar la cuenta de las diferencias. Eso le correspondía a Hera; lo mío era el deseo, y el deseo era igual en todas partes.

Céfiro me miraba expectante. Su trampa estaba tendida; no tenía otra alternativa que pisar el cepo.

Sin embargo, quizá no todo estuviera perdido. Pensé en Psique, en su cuello grácil, sus cabellos oscuros, sus tobillos esbeltos, eternamente inalcanzables. Tenerla aquí era un regalo que jamás habría esperado, una posibilidad que jamás había osado contemplar. Y aunque sabía que esto no podía acabar bien, me embargó un sentimiento peculiar. Tardé unos momentos en identificar lo que era: esperanza.

—Céfiro —dije sin prisa, al tiempo que cerraba los ojos y me pellizcaba la nariz—. Esta es la idea más estúpida que he oído nunca. Si tu ridícula estratagema fracasa, haré que te enamores de un erizo.

Lo aparté de un empujón y me encaminé hacia la casa.

PSIQUE

Muy a mi pesar, el calor persistente y la barriga llena me tentaban hacia el sueño. En más de ocasión me sorprendí cabeceando y con el puñal resbalándoseme de los dedos.

Entonces oí el repiqueteo rítmico de unos pasos moviéndose por la casa. Me incorporé y agarré con sendas manos el puñal y el atizador. A esa hora, la habitación estaba tan oscura que no alcanzaba a verlos. Pero la carencia de vista me agudizó los demás sentidos.

«Escucha», me había dicho mi maestra largo tiempo atrás, en aquella primera lección en el bosque micénico, y eso mismo estaba haciendo ahora.

Pude discernir el sonido nítido de unos pies descalzos moviéndose por el suelo de piedra; nada parecido a unas garras, ni a unas pezuñas, ni al reptar de una serpiente, tan solo unos pies humanos. De un hombre, a juzgar por el andar pesado. Avanzaban despacio y cada tanto se detenían, como buscando algo. Luego enfilaron el pasillo, acercándose a la puerta. Contuve el aliento y esperé.

La puerta chirrió al abrirse y chocó con el baúl que había detrás, lo cual provocó que el extraño mascullara por lo bajo. Calibré la estatura del hombre por el sonido y luego blandí el atizador hacia donde sospechaba que estaría su cabeza. Conectó con algo sólido.

Oí un gañido de dolor, inconfundiblemente masculino, seguido del ruido sordo que hizo su cuerpo cuando se desplomó en el suelo, a mis pies. Me agaché lo justo para enrollar los dedos en un mechón de su pelo, alzarle la cabeza de un tirón y ponerle la fría hoja del puñal en la garganta.

—Soy Psique, princesa de Micenas —declaré—. ¿Quién eres?

El extraño no contestó. Oí que tragaba saliva y noté cómo la garganta se agitaba bajo el metal del puñal. Presioné el filo contra su piel en señal de advertencia.

—Tu marido —respondió al fin.

8

PSIQUE

asi se me cayó el puñal de las manos.

—¿Mi marido? —repetí, mientras los pensamientos se me agolpaban en la cabeza. No era Néstor, de eso estaba segura; la voz sonaba demasiado joven y me era desconocida. Los sucesos de los últimos días se agitaron y los contemplé desde una perspectiva distinta. El extraño vuelo hasta este lugar adquirió un nuevo significado: la repentina partida de una esposa de su hogar natal.

Recordé las palabras de mi madre la noche que le dije que no me casaría con el viejo rey. «Tengo otros candidatos en mente. Todo irá bien».

¿Acaso ella, desafiando la voluntad de mi padre, me había concertado un matrimonio mejor? La ausencia de ceremonia no me preocupaba en exceso, pero ¿por qué no me había contado sus planes? Por otra parte, reflexioné, tampoco es que hubiera recibido con mucho agrado su elección original.

—Sí, tu marido —afirmó la voz—. Y te agradecería enormemente que me quitaras ese cuchillo de la garganta y me ayudaras a ponerme en pie.

Retiré el puñal, le solté el pelo y le ofrecí la mano para que se levantara. Yo sabía relativamente poco de los entresijos del matrimonio, aunque estaba segura de que no incluían causarle una conmoción cerebral al desposado. No cabía duda de que la mano era humana y, a pesar de que la completa oscuridad del dormitorio me impedía distinguir nada más que una silueta, intuí su forma cuando cruzó silencioso la habitación y se sentó en la cama. Hice lo propio, aunque guardé las distancias.

—¿Quién eres? —inquirí, mientras hurgaba en mi memoria en busca de todos los jóvenes disponibles a los que mi madre podría haber abordado—. ¿Cómo te llamas? ¿Quién es tu padre? ¿De qué ciudad provienes? ¿Dónde estamos?

—No tengo ciudad y la identidad de mi padre es irrelevante. —La voz era líquida y musical, pero sus palabras me dejaron atónita. Cabía la posibilidad de que no conociera a su padre; sin embargo, entre los griegos, un hombre sin ciudad era como un hombre sin cabeza.

—Al menos dime tu nombre —demandé.

—¿Mi nombre? —replicó la voz, y percibí una curiosa inflexión, como si le hubiera sorprendido que insistiera.

—¡Sí! —bramé, espoleada por un corazón acelerado.

Una larga pausa.

—Me llamo Cupido —respondió al cabo—. Soy un dios, uno insignificante, del mar y de los acantilados.

Me alegré de haber soltado el puñal, porque a buen seguro que se me habría caído de los dedos laxos. Me sentía como en un sueño. ¡Un dios! Por menor que fuera, una deidad no debía tomarse a broma. ¡Y yo acababa de ponerle un cuchillo en la garganta!

Sin embargo, se había identificado como mi marido. La cabeza me daba vueltas. ¿Cómo habría logrado mi madre concertar tamaña unión? ¿Qué dote se ofrece a un ser divino?

—Cupido, he de hablarte con franqueza —dije despacio—. No sé qué clase de esposa seré. Jamás en mi vida he cocinado nada excepto carne en la lumbre de un campamento. No poseo ninguna habilidad para tejer ni sé administrar una casa.

—Eso no me importa —repuso él—. Esta casa cuida de sí misma, como seguro que ya habrás comprobado.

El corazón, desbocado, amenazaba con reventarme en el pecho. Su voz permanecía inalterable; sus intenciones, inescrutables. Ojalá hubiera podido leer su expresión para comprender qué quería.

—No veo ni pizca —me lamenté, y agité una mano delante de mi cara. No capté ni un atisbo de movimiento—. Enciende una lámpara de una vez.

—¡No! —Lo sentí estremecerse, genuinamente alarmado—. En esta casa no se permiten lámparas.

—¿Por qué? —pregunté, desconcertada.

—Si me vieras la cara, arderías —respondió mi nuevo marido, y la intensidad repentina de su tono me dejó helada—. Así como Zeus redujo a Sémele a cenizas al mostrarle un destello de su auténtico ser, también tú perecerías si posaras una mirada en mí. Ojalá fuera distinto, pero esta es la única manera. Créeme.

Conocía la historia a la que se refería. Sémele, madre mortal del dios Dioniso, había exigido contemplar la verdadera forma de su misterioso amante Zeus. Al fin, cuando el rey de los cielos accedió, su esplendor calcinó a Sémele, y su hijo nonato hubo de ser cosido al muslo de Zeus para asegurar su supervivencia.

Sin embargo, Cupido no era el poderoso Zeus, portador del trueno, sino solo una deidad menor de la tierra. Aparte, los dioses siempre ideaban formas de revelarse a los mortales cuando así lo deseaban.

—De modo que me has tomado como esposa y me has traído a tu casa —dije despacio—, a sabiendas de que la visión de tu rostro me destruiría. No me parecen unos cimientos muy sólidos para un matrimonio.

EROS

Psique no estaba tan errada, tenía que admitirlo. ¿Quién aceptaría a un cónyuge al que ni siquiera podía ver? Un pobre comienzo, sin duda.

Aun así, no tenía el ánimo de confesarle la verdad a Psique, igual que me resistía a decirle mi nombre real. Tenerla aquí conmigo, hablar con ella, aliviaba la herida de mi anhelo como un bálsamo curativo. Si se enteraba del auténtico motivo de su presencia aquí, a buen seguro se marcharía. Se me encogió el corazón solo de pensar en ello. No, ahora no podía perderla.

—En ningún otro sitio estarás más a salvo que aquí —le dije. Eso, al menos, no era falso. Afrodita no nos dejaría impunes si descubriera que Psique había escapado a la maldición. Una mentira sería lícita si con ella la protegía de una amenaza mayor—. Te persigue un monstruo, uno terrible.

Me figuraba que mis sombrías palabras aplacarían a la chica, pero no tardé en comprobar que me equivocaba. Oí que se levantaba de un salto y luego el susurro de unos pasos frenéticos cruzando la habitación a oscuras, como si su cuerpo no pudiera contener la excitación. Hubo un ruido metálico, seguido de un bufido; debía de haberse golpeado en un dedo del pie. Después la cama se hundió a mi vera cuando ella volvió a sentarse y me asió las manos.

—Has de indicarme dónde encontrar a esa bestia —ordenó con voz desaforada—. Debe de ser la misma que destruyó la aldea de Micenas. Me han entrenado para luchar contra esas criaturas. Soy hija de una profecía, destinada a destruir a un monstruo que infunde terror a los mismos dioses.

Me estrujó las manos, como para enfatizar su discurso. Me sobresalté al descubrir cuán áspera tenía la piel. Yo no estaba acostumbrado a los callos y el entrenamiento había curtido sus pequeñas manos. En cualquier caso, el maleficio reaccionó al contacto con ella y me inundó de calor, un éxtasis que no había sentido en siglos, aunque bien conocía los peligros que entrañaba aferrarme a él. Quizá pudiera convertirla en un árbol durante una temporada, solo para cerciorarme de que no cometiera ninguna temeridad...

—¿Y bien? —La voz de Psique hendió la oscuridad que se interponía entre nosotros y sus manos se separaron de las mías. Al punto el calor abandonó mi cuerpo, el maleficio reanudó una vez más su aullido lastimero en las entrañas de mi alma—. Me llevarás ante ese monstruo, ¿verdad?

—Quédate conmigo. —Las palabras se me escaparon de la boca sin permiso y me horrorizó el tono suplicante de mi voz. Los dioses no imploran, en líneas generales, pero los últimos tiempos me habían deparado toda suerte de novedades desagradables—. Podremos hablarlo mañana. Quédate un rato —repetí—. Al fin de cuentas, es nuestra noche de bodas.

PSIQUE

—Nuestra noche de bodas —musité, con la boca seca de repente—. Y estoy segura de que has venido a cumplir con tus… obligaciones maritales.

Había oído lo que los dioses les hacían a las chicas mortales que gozaban de sus favores. Se rumoreaba que la propia Helena había sido fruto de un encuentro así. Me di cuenta de que podría estar en presencia de una entidad mucho más peligrosa que un simple monstruo.

Pero entonces pensé también en las sirvientas que se reían de sus amantes en susurros robados. Pensé en mis padres cuando, entrelazados los brazos, paseaban por los jardines de palacio al atardecer. Cupido no manifestaba crueldad y el miedo se batía con la curiosidad en mis entrañas.

—Confieso que se me ha pasado por la mente —dijo mi invisible esposo—. Aunque después del golpe que me has arreado en la cabeza, preferiría dormir un poco. —Lo sentí tenderse de costado y meterse bajo las sábanas.

Relajé los hombros y exhalé un suspiro de alivio.

—¿Te acuestas o vas a quedarte ahí sentada toda la noche? —preguntó él al cabo de un momento—. Si quieres prendas de dormir, la casa te las proveerá.

Bajé la mirada. Aunque la oscuridad me impedía ver, sabía que aún llevaba la maltrecha armadura de cuero que me había puesto aquella mañana. La idea de cambiarme de ropa delante de aquel desconocido, por mucho que proclamara ser mi marido, me encendió las mejillas de vergüenza.

—No las necesito —repliqué.

Con cautela, me tumbé sobre las mantas y me asombró notar que incluso eran de una calidad superior, mejores incluso que las de palacio.

—Tengo una petición más —dije, con los ojos dirigidos al techo—. Quiero escribirles una carta a mis padres para que sepan que estoy a salvo.

—Te proporcionaré útiles de escribanía y dispondrás de los más veloces halcones mensajeros. Me habré ido al alba, pero esta casa te proveerá de todo cuanto necesites. Regresaré al caer la noche. —Acto seguido, se dio media vuelta y no dijo más.

Nunca en mi vida había tenido menos sueño. Mi cuerpo bullía de emociones. No sabía qué pensar del dios que se había presentado como mi marido, pero ello me confería un rango que no hacía sino acercarme a mi heroico destino. Había encontrado el rastro del monstruo que me convertiría en una leyenda. Cupido afirmaba conocer a la bestia, de modo que lo obligaría a conducirme hasta ella.

No obstante, él también tenía sus razones para traerme aquí y me daba la sensación de que había acontecimientos gestándose más allá de mi comprensión.

Miré en la dirección de la cual provenía el sonido calmado de su respiración.

—No sé absolutamente nada de ti —comenté—. ¿Qué cosas te hacen disfrutar? ¿Y qué cosas te desagradan?

Percibí el frufrú de las sábanas a mi lado.

—Bueno —murmuró—. Soy un arquero diestro. Me gustan los gatos y los pájaros, pero los perros no...

Levanté la cabeza de la almohada, picada mi curiosidad.

—A mí también me gusta la arquería.

—Pues quizá podríamos practicar juntos alguna vez —farfulló él, palabras que se fundían unas con otras. Pasado cierto rato, se oyeron unos ronquidos débiles en su lado de la cama. No sabía yo que los dioses roncaran.

En tanto él dormía, me dediqué a idear posibles estrategias. Al día siguiente reanudaría la caza del monstruo que había destruido la aldea micénica. Había perdido la espada, pero quizá consiguiera encontrar una lanza o un arco. Buscaría a esa criatura y la mataría; entonces todo cobraría sentido.

Aunque estaba segura de que no podría volver a dormir, el agotamiento, la cama mullida y la respiración uniforme de Cupido acabaron por sedarme. Finalmente se me cerraron los ojos y me sumergí en un sueño sin sueños.

EROS

¿Qué sugiere acerca de la diferencia entre dioses y mortales el hecho de que, en la oscuridad, unos se confundan con otros? Me he planteado a menudo esa pregunta. La vista revela la verdadera naturaleza de los dioses, pues estamos dotados de una belleza tan desgarradora que no puede ser sino divina, pero en las sombras todos los gatos parecen pardos.

Me desperté antes del amanecer y me di cuenta, maravillado, de que había dormido toda la noche del tirón. Aguardé a que la maldición hundiera en mí las demoledoras garras del anhelo, pero en cambio solo saboreé la dulzura de un antojo saciado. Me incorporé y miré a mi lado; ella seguía conmigo.

La puerta había quedado entreabierta tras la confrontación de la noche anterior y una mortecina luz amarilla iluminaba el pasillo. Psique yacía en una postura poco elegante encima de las mantas, con las piernas arqueadas y los brazos en jarras, aún vestida con aquella ridícula armadura sucia, acaparando un espacio mucho mayor del que uno esperaría de una mujer. Con todo, poseía un encanto que me tenía ensimismado; y lo mejor era que, cuando ella durmiera, yo podría gozar del embriagador placer de la maldición cumplida sin preocuparme por tener que lidiar con sus preguntas. Apoyé la barbilla en la mano y la miré con fijeza.

Amaba a Psique, mas no sabía muy bien qué pensar sobre la chica en sí. Era escandalosa, impaciente, una niña consentida. Cuando algo captaba su atención, se mostraba insistente, implacable, como un terrier cazando a una rata. Su interés por las armas era de lo más peculiar. Sin embargo, ahora ella estaba conmigo, a salvo de la ira de Afrodita, y el maleficio ronroneaba como un gatito en su presencia. Bastaba de momento.

No obstante, la sensación de desasosiego me corroía por dentro. ¿Por qué había mentido? Cupido, dije que me llamaba. Había un lugar en la costa etrusca, una pequeña aldea enclavada en medio de siete colinas, donde la gente hablaba en una lengua tan uniforme y regular como el mármol trabajado. Era mi nombre en esta, la lengua latina, el que le había dado a Psique.

Si hubiera sido franco la noche anterior, ¿qué habría dicho ella? Un dios del amor condenado a sufrir su propio don. ¿Me habría aceptado como esposo? Por supuesto que no. Ella habría huido, un riesgo que no podía permitir, pues estaba seguro de que Afrodita la encontraría.

Perdí el hilo de mis pensamientos cuando Psique se agitó en sueños y se dio la vuelta. Corría peligro si permanecía allí tan expuesto como estaba. Salí de la habitación a toda prisa.

Fuera me esperaba Céfiro. Lo encontré apoyado en la fría piedra de los acantilados a la tenue luz de la mañana, justo donde lo había dejado el día anterior. Me pregunté si habría pasado allí toda la noche.

—¿Qué te ha parecido mi regalito? —dijo el dios del viento, con una sonrisa maliciosa—. Ya estarás curado de tu mal de amores, ¿no? ¡Qué maravilla! Por cierto, aún no me has dado las gracias.

Céfiro podía resultar tan irritante como un tábano, pero no tenía más remedio que admitir que su jugarreta me había proporcionado la primera noche de sueño tranquilo que había disfrutado desde que la maldición pesaba sobre mí. Me encogí de hombros con ademán evasivo.

—Bueno, cuéntame todos los detalles de tu noche de bodas. —Céfiro se llevó las manos a las mejillas, a la expectativa.

—Me pegó con un atizador —dije cansinamente, y él se rio.

—No me negarás que los mortales son una caja de sorpresas, ¿eh? Pero me interesa más lo que pasó después. —Le brillaban los ojos, que reflejaban una curiosidad lasciva, y agitó las cejas.

—Nada —respondí—. Nos fuimos a dormir.

—¿A dormir? —Céfiro puso cara de incredulidad—. ¿Y no consumaste el deseo? ¿No le hiciste el amor apasionadamente después de que por fin consiguieras estar a solas con ella? ¿Qué mosca te ha picado? A lo mejor deberías usar una de tus flechas, por si quieres asegurarte de que ella te corresponda.

Di un respingo ante la sugerencia, hastiado. Me remordió la conciencia el recuerdo de Anteia, la imagen de sus dedos delicados anudándose la soga alrededor del cuello.

—Jamás —masculló.

Céfiro ladeó la cabeza.

—¿Por qué no?

«Porque no quiero hacerle daño —quise decir—. Porque no forzaré lo que debería poder elegirse libremente». Pero tan solo era producto de la maldición, que una vez más hundía sus garras en mí.

—Basta ya, Céfiro —dije en cambio. Empezaba a perder la paciencia—. Psique estaba confusa y lejos de casa. No quería hacer nada.

Céfiro me miró como si yo fuera un oceánida de las fosas abisales o un sátiro de los bosques vírgenes, no un amigo al que conociera desde el principio del mundo.

—¿Cuándo te ha importado eso? —preguntó.

No le faltaba razón. ¿Cuándo se habían preocupado los dioses por los sentimientos o las opiniones de un mortal, aunque dijeran amarlo? A Perséfone le habían traído sin cuidado los deseos de Adonis cuando solicitó la merced de mis flechas. Tampoco Apolo había querido lo mejor para el joven Jacinto cuando lo mató en un arrebato de celos.

Quizá Prometeo se preocupara de verdad por los mortales, pero había infringido las normas y recibido un duro castigo por sus actos.

¿Qué deidad habría dejado a un lado sus propias necesidades para satisfacer las de un mortal? Pues yo, por lo visto. La idea me causó una gran inquietud.

Los dioses solo saben una palabra para referirse al amor, pero quizá puedan aprender otras.

9

PSIQUE

Al despertar, el otro lado de la cama se hallaba vacío y la luz se derramaba a través de la puerta abierta. No había ni rastro de mi misterioso marido y me debatía entre el alivio y la decepción.

Aún llevaba la armadura que me había puesto el día anterior, pero había un quitón limpio doblado pulcramente en una mesita cercana. Era de mi talla y también de mi color favorito: un tono de azul casi violeta. En otra estancia encontré dispuesto un baño caliente, colmado de pétalos de flores y perfumes que emanaban de la superficie como vapor.

Una vez que me hube aseado y vestido, me senté en el borde de la bañera y contemplé mi reflejo en el agua, sintiéndome como si me hubieran atizado a mí en la cabeza. Un torbellino me había depositado aquí, en una casa de fantasía. Un dios había proclamado ser mi marido. El monstruo que sellaría mi destino me acechaba. A la luz del día, estas afirmaciones exigían grandes dosis de credulidad. Sin embargo, las pruebas eran innegables, tan tangibles como los pliegues de la tela que me cubría el cuerpo.

No se habían celebrado nupcias, aunque quizá los dioses no observaban las mismas costumbres que los humanos. Tal vez, cuando regresáramos a Micenas, Cupido y yo podríamos casarnos según las tradiciones de mi pueblo. Aún no entendía cómo había concertado mi madre semejante matrimonio, pero al menos no me habían entregado a ese viejo feo de Néstor.

Me desembaracé de mis ensoñaciones y recorrí sigilosa los pasillos. Al aproximarme a la gran mesa de roble, vi que Cupido había cumplido su palabra. Había todo un surtido de utensilios de escribanía (papiro, tinta, pluma) ordenados junto al desayuno, consistente en pan y miel. Fuera, oí a los halcones mensajeros en las jaulas, llamándose unos a otros.

Después de haberme saciado, compuse a toda prisa una carta a mis padres bajo la mirada atenta de un gato blanco que mostraba una intensa curiosidad por el proceso. *Estoy ilesa y a salvo, instalada con toda comodidad en la casa de mi nuevo marido divino*, escribí. Tras meditarlo un momento, redacté también otra para Ifigenia. Aunque nos separaba una enorme distancia, nos habíamos confiado todos nuestros secretos a lo largo de los años. Sin embargo, di escasos detalles sobre mi nuevo marido, pues yo misma apenas sabía qué pensar de él.

En la terraza, até los mensajes a las patas de las aves rapaces. Luego solté sus ligaduras y las vi desaparecer en el cielo despejado.

¿Qué hacer ahora? Me senté, apoyando la barbilla en la mano. Me encontraba ociosa, una sensación que rara vez había experimentado. Estaba desesperada por localizar el rastro del monstruo, pero no valía la pena hasta que pudiera obtener más información de Cupido, que no regresaría hasta el anochecer. Me aparté del borde de la terraza y entonces reculé de un salto, alarmada.

Había un desconocido plantado en la entrada de la casa, observándome con detenimiento.

Tenía unos ojos de un azul pálido desvaído que se posaban ligeros en mí. Era de rasgos angulosos, todo huesos, músculos y tendones; avanzó como bailando sobre las bolas de los pies para investigarme de una manera que se asemejaba a los movimientos de los pavos reales que deambulaban por la terraza. Sabía que no era mi esposo; el recién llegado era más delgado que la figura que se había presentado ante mí en la oscuridad y, además, las llamas no me envolvieron al verle. Pero, de todos modos, estaba convencida de que el extraño era un dios.

Me resulta imposible explicar con exactitud cómo lo supe. Era guapo, sin duda, de facciones cinceladas con una precisión casi sobrenatural, pero algunos mortales rivalizan en belleza con los dioses. Quizá los seres humanos porten en la sangre la capacidad de reconocer la divinidad, un legado de Prometeo, aquel que nos creó. O quizá sea el mismo instinto que impulsa a un conejo a reconocer la sombra de un halcón.

Mas yo no era ningún conejo. Yo era la señora de esta casa y me mantuve firme.

—¿Quién eres? —inquirí.

—Ah, Psique —dijo el desconocido, inclinando la cabeza—. Me preguntaba cuándo despertarías. Desde luego, te gusta dormir hasta tarde, ¿eh? Me alegro de conocerte como es debido. Soy Céfiro —concluyó con una floritura y una reverencia.

A diferencia de Cupido, el nombre me resultaba familiar. Soberano de los vientos del oeste, objeto de odas por parte de venerables sacerdotes en los templos de Micenas. Sin embargo, mi asombro se vio eclipsado por la indignación.

—¡Reconozco tu voz! ¡Fuiste tú el que me trajo aquí!

Céfiro hizo un gesto afirmativo.

—Así es. Quería comprobar por mí mismo cómo te ibas adaptando.

Monté en cólera.

—¿Destruiste tú la aldea de Micenas? —demandé. Recordaba los ojos hundidos de los refugiados que llegaban en tropel a la capital Tirinto.

—Bueno, sí. Me costó un poco que todas esas casas volaran por los aires para llamar tu atención, aunque ya veo que funcionó. —Me dedicó una ancha sonrisa que no consiguió más que acrecentar mi ira.

—La aldea está arrasada y se acerca la estación de siembra —gruñí—. ¡La gente ha perdido sus hogares! —Combatí el impulso de tirarle una maceta. No lograría matar a un dios, pero a buen seguro le haría daño.

—¿Ah, sí? —Arqueó perezosamente una ceja.

—Ayudarás con las reparaciones para reconstruir la aldea. —Los venerables sacerdotes de Micenas me aconsejarían que no tuviera la osadía de exigirle nada a una divinidad, pero después de todo lo que Céfiro había provocado, me lo debía—. Eres un dios. No me digas que careces de medios.

Me dirigió una mirada vacía. Entonces, echando la cabeza hacia atrás, prorrumpió en ruidosas carcajadas y luego me dio una palmada en la espalda como si fuera una vieja amiga.

—Eres muy atrevida para ser mortal, ¿no? Bueno, supongo que te debo un regalo de bodas. Poseo no poca fortuna, que invertiré en la causa que me pides.

—Bien —convine, calmada en parte mi ira.

Apartó la mirada de mi rostro y contempló el mar.

—Además, no disfruto viendo sufrir a los mortales —añadió, hablando más al agua y al cielo que a mí, suavizándose ligeramente su rostro anguloso—. Una vez amé a uno de los tuyos. Se llamaba Jacinto.

«Se llamaba», eso había dicho. Un escalofrío reptó por mi piel.

—¿Qué le ocurrió? —pregunté.

—Lo mató Apolo. —La voz de Céfiro sonaba apagada y deprimida.

—Oh —respondí, sintiendo una peculiar oquedad en la boca del estómago. ¿Por qué me inquietaba tanto? Siempre había sabido que los mortales que se relacionaban con los dioses a menudo vivían vidas truncadas.

Y ahora yo pertenecía a ese grupo.

Céfiro se desprendió de su melancolía y se volvió hacia mí.

—Dime, ¿qué opinas de tu nuevo marido? —preguntó, recobrada su alegría inicial—. ¿Te parece guapo? ¿Atractivo? ¿Estás enamorada de él?

Noté cómo me ruborizaba, cómo el calor me subía a las mejillas.

—Acabo de conocerlo. Pero es… amable, parece —dije, recelosa—. Aunque no puedo saber si es guapo o no, porque no quiso dejar que le viera la cara. Solo acude a mí en la oscuridad y se niega a encender una lámpara. —Las palabras me brotaron de la boca antes de que tuviera la oportunidad de evaluar si era sensato pronunciarlas.

Céfiro asintió con gravedad.

—Ah, ya. La maldición. Me alegra saber que lo maneja bien.

—¿Qué maldición? —Fruncí el ceño. Cupido no había mencionado nada al respecto, pero tal vez eso explicara las peculiaridades de la noche anterior.

—Bueno, ya sabes —Agitó la mano, como restándole importancia—. La regla de no verse las caras. Seguro que lo entiendes.

No lo entendía ni por asomo, si bien no pensaba suplicar respuestas a este extraño dios. Me fiaba de él menos incluso que de Cupido.

—Dudo mucho que confinarme a las sombras cuente como manejar bien las cosas —señalé—. ¿Quién en su sano juicio se casaría con alguien a quien ni siquiera puede mirar a la cara?

—Alguien desquiciado por el amor —explicó él.

Parpadeé de estupor. Mi marido no había hablado de ello, aunque yo había percibido cierto afecto en su voz. Quizás el amor lo hubiera impulsado a arriesgarse a la ira de una maldición, aunque sería yo quien sufriría si nos veíamos cara a cara.

Volví a mirar a Céfiro. Recostado contra la balaustrada de la terraza en una postura relajada, aunque calculada, bullía de palabras mudas como un nido de abejas.

—Céfiro —dije de repente—. ¿Quién es mi marido? ¿Quién es en realidad? —Y él sonrió.

—Confiaba en que me lo preguntaras. —De pronto, entre los largos dedos de la mano, apareció un frasco de líquido, como surgido de la nada, y me lo tendió para que lo inspeccionara—. Esta poción te permitirá percibir la verdadera naturaleza de las cosas. Quien la beba podrá ver incluso en la noche más cerrada. Creo que bastará para satisfacer tu curiosidad. —Me brindó una amplia sonrisa, los ojos brillantes de regocijo.

Acepté el vial y lo examiné, inclinándolo a uno y otro lado para ver cómo se desplazaba perezoso el líquido en su interior. Arrugué la frente y observé a Céfiro con recelo.

Con un gesto de exasperación y un suspiro hondo, el dios del viento me arrebató el frasco y lo destapó. Me miró con intención mientras se echaba una fracción de su contenido al gaznate y lo tragaba. Luego me lo devolvió con una floritura.

—¿Ves? —indicó él—. No es un veneno.

Me crucé de brazos y alcé la barbilla.

—Tú eres inmortal y yo no —repliqué.

Céfiro me clavó los ojos.

—Si te quisiera muerta, te habría tirado desde lo alto del acantilado en vez de traerte aquí. Créeme, si murieras, tu marido nunca dejaría de restregármelo, y un inmortal puede guardar rencor durante largo tiempo.

Bajé la vista al frasco, aún medio lleno. La curiosidad picó sus espuelas como si fuera un caballo díscolo. Tenía que saber quién era mi pretendido esposo; la necesidad me consumía.

—Aunque, si eres una cobarde —me azuzó él con malicia—, me llevaré la tintura.

No hizo falta más. La fortuna sonreía a los valientes y, aparte, ¿cuándo había rehusado yo un desafío? Tiré a un lado el tapón y me bebí el contenido de un solo trago.

Al instante, me recorrió un escalofrío. El frasco se me cayó de las manos mientras las dimensiones de la terraza se expandían. Pero ni siquiera cuando los huesos empezaron a encogerse y reacomodarse, ni siquiera al comprender que había sido víctima de un engaño, experimenté dolor o miedo. Vislumbré los ojos pálidos de Céfiro, arrugados por la risa, mas para entonces mis pensamientos se reducían a un único mandamiento: volar.

Me elevé en el aire de la mañana, abandonando el quitón en el suelo, batiendo las alas y ganando más y más altura.

10

EROS

C uando, con las sombras del atardecer, regresé a la casa del acantilado, esperaba hallar allí a Psique. Quizá sentada a la mesa, pasando el tiempo, o quizá ya acostada. El maleficio palpitaba de excitación al pensar en oír su voz, en la posibilidad de sentir el roce de su cuerpo.

Jamás hubiera imaginado lo que encontré: un despliegue de muebles destrozados, platos rotos y, en el centro de todo, Afrodita.

La piel aceitunada había adquirido un matiz rojizo por el esfuerzo y el pecho se le inflaba y desinflaba aparatosamente. El cabello le enmarcaba el rostro, lacio como el de una mujer ahogada. En todos los siglos que hacía que la conocía, nunca la había visto así. Parecía disminuida, casi mortal.

Psique, ¿dónde está Psique? Afrodita no había dado con ella, eso estaba claro. De lo contrario, me habría recibido con el cadáver mutilado de la muchacha. Dondequiera que estuviera Psique, confiaba en que tuviera el buen juicio de permanecer en el sitio hasta que yo lograra echar a Afrodita.

—Lo has matado —gruñó. Las palabras parecían salir de ella arrancadas a la fuerza por el dolor. Tenía los ojos enrojecidos e hinchados.

Cerré la puerta detrás de mí y procuré ocultar mi desconcierto por su repentina aparición.

—Querida madre, no sé a quién te refieres.

—¡Adonis! —se lamentó. Al pronunciar su nombre, una nueva oleada de lágrimas le inundó las mejillas y se tapó la boca con el dorso de la mano. Tardé unos momentos en acordarme de aquel mozo, muerto pocos meses atrás. Mi regalo para Perséfone. No lo había matado yo, no exactamente: eso había sido obra del jabalí. Sin embargo, dudaba que Afrodita apreciara la diferencia.

—Mi amante —balbuceó con la voz estrangulada—. Llevaba un tiempo sin verlo y, cuando fui a echarle en cara su negligencia, descubrí que estaba muerto. ¡Muerto! —Lloriqueaba, pasándose las uñas por su precioso rostro—. Adonis se ha ido para siempre. Nunca volveré a tocarlo, nunca volveré a sentirlo a mi lado. Ahora que él no es más que una fría neblina en el Inframundo, me he quedado sola. —Las palabras desembocaron en sollozos.

Sentí una punzada de miedo, sabiendo que estaría perdido si le ocurría una desgracia semejante a Psique. Pero no podía desvelar mi papel en la muerte de Adonis, de modo que fingí despreocupación.

—Oh, qué pena. Es una lástima que los mortales no vivan mucho. Céfiro también perdió a uno hace poco. A lo mejor podríais daros consuelo mutuo.

Afrodita estrechó los ojos. Separó los labios, enseñando los dientes, y apareció un color subido en las mejillas.

—Siempre has sido tú, ¿no? El que movía los hilos desde las sombras —espetó—. Ares, Hefesto y ahora mi dulce Adonis. No toleraré más traiciones.

—De verdad, madre —insistí—. No sé a qué te refieres.

Debería haber sido más avispado. A pesar de mi habilidad para el engaño, nunca se me han dado muy bien las mentiras descaradas. El deseo no miente.

Afrodita se irguió en toda su estatura.

—Te juro —gruñó con una voz que sonaba como si se resquebrajara la tierra— que encontraré aquello que más amas en el mundo y lo destruiré.

Nada se movía en la casa, ni siquiera el más pequeño de los gatos. Con la cabeza alta, sin mirarme, Afrodita cruzó hacia una ventana. Un par de alas blancas afloraron en su espalda, arqueándose hasta rozar el techo. El cuerpo se plegó hasta adoptar la forma de una paloma y salió aleteando por la ventana abierta, no sin antes defecar deliberadamente en el suelo.

En cuanto se hubo ido, me puse en acción de inmediato. Psique. Tenía que encontrar a Psique. Corrí de habitación en habitación, frenético de terror, preguntándome si la hallaría colgada de una viga o desmembrada sobre el suelo de mármol, un regalo de despedida de Afrodita. Mas no encontré nada en absoluto, lo cual fue aún peor.

Una brisa irrumpió por una de las ventanas abiertas. Se solidificó en la figura de Céfiro, que sostenía una diminuta criatura entre las manos ahuecadas. Una mariposa.

—Ten cuidado, mucho cuidado —me dijo. La mariposa batía débilmente las alas—. Está agotada. Trae un vaso.

Obedecí. Céfiro efectuó la complicada maniobra de transferir el contenido de sus manos al vaso boca abajo. Una vez conseguido, los dos nos inclinamos para escudriñar a la diminuta criatura negra y dorada que revoloteaba en su interior.

—Céfiro —dije—. Esta no será mi mujer, ¿verdad?

Esbozó una sonrisa risueña.

—No te equivocas, mi querido Eros. Le di a probar un poco de tintura de moly, cortesía de Circe, y, como ves, parece que la forma de su alma es una mariposa. Es curioso, ¿no crees? Una fierecilla como ella, nada más que…

—Céfiro. —Estaba perdiendo la paciencia—. ¡Deshazlo ahora mismo!

Llevé el recipiente al dormitorio a oscuras, consciente del hechizo de amor. Envueltos por la negrura, sentí más que vi a Céfiro hacer un gesto en el aire.

Y entonces tuve a Psique en brazos, jadeando contra mi pecho. Se aferraba a mí, tratando de estabilizarse, y yo la sujetaba con desesperación. A pesar de toda su ferocidad, era de una delicadeza imposible, sus miembros como árboles jóvenes que podrían quebrarse con un viento fuerte. El maleficio me cantaba en la sangre, el miedo mudado en euforia. Psique, viva e ilesa, retornada a mí.

Vagamente, oí que el vaso rodaba hasta detenerse en algún rincón distante de la habitación.

—Eso... eso... —La voz sonaba pastosa, como si le pesara la lengua, mientras se afanaba en amoldarse de nuevo al cuerpo humano. Le acaricié la espalda, con la esperanza de calmarla. ¡Menudo suplicio debía de haber vivido! Vaya si no estaría asustada y confusa.

—Eso... ¡ha sido increíble! —logró decir al cabo—. ¡Increíble! ¿Puedo repetirlo?

Debía de haberla oído mal, estaba seguro, pero Psique hizo ademán de sentarse y pareció marearse por el esfuerzo. Volví a recostarla.

—No te lo recomiendo —dije enigmáticamente, percatándome de que la chica era aún más rara de lo que había apreciado en un principio—. La transformación resulta demoledora para un mortal. Podrías olvidar que una vez fuiste algo más que una mariposa, a la deriva en el viento. Necesitas descansar. Me quedaré contigo hasta que te duermas.

El entusiasmo de Psique se disipó al imponerse el agotamiento físico. La acomodé en la cama y la arropé con cuidado, acariciándole el pelo. Poco después, su respiración empezó a ralentizarse.

—¿Quieres que me vaya? —saltó Céfiro desde un rincón en penumbras.

Me irritó su despreocupación, pero comprendí lo distinta que podría haber sido esta noche si Afrodita hubiera encontrado a Psique sola. Un terror frío me corrió a raudales por el cuerpo como agua de mar.

—Todavía no —dije—. El truco del moly, por inaceptable que fuera, ha abierto nuevas posibilidades. Por lo visto, resulta que Psique y yo sí podremos mirarnos, después de todo, con tal de que uno de los dos luzca un rostro que no sea el propio.

—Nuevas posibilidades, así como nuevas limitaciones —comentó Céfiro—. Qué lástima tener una esposa y que no pueda contemplar tu hermosura. Lo único bueno es que no lo sabe, o su tristeza sería inconsolable.

Esgrimí una mueca.

—Creo que ya va siendo hora de que te vayas —le indiqué.

Céfiro se marchó en un remolino de aire que dejó la puerta oscilando adelante y atrás. Apoyé la cabeza entre las manos y consideré la situación. Psique nunca llegaría a conocerme en realidad, nunca vería el rostro que tantos adoraban, y me sorprendió descubrir que me producía un extraño alivio.

Pero ¿cómo conseguiría que se quedara? Algo debía ceder, algo debía cambiar. No podíamos caminar por el filo de esta maldición para siempre.

Amaba a Psique, un hecho sobre el que no tenía elección, mas en verdad no la entendía. Ya había demostrado ser indómita, que estaba dispuesta a aceptar pociones misteriosas de desconocidos con intenciones cuestionables. Y su pasión salvaje por la cacería de monstruos me parecía tediosa en el mejor de los casos y excéntrica en el peor. ¿Eran así todos los mortales? Qué poco sabía de ellos. Necesitaba hablar con alguien que los entendiera, alguien que me enseñara a mantenerla a salvo.

Me asaltó una idea con el ímpetu de un rayo de Zeus. Había un dios que conocía a los mortales mejor que ningún otro, que en cierta ocasión bebió ambrosía en mi terraza antes de su largo encarcelamiento.

Prometeo sabría qué hacer.

II

PSIQUE

Al despertar, me hallaba desnuda. Me sobresalté en un primer momento, antes de recordar los acontecimientos del día anterior: un misterioso desconocido que se hacía llamar Céfiro, un vuelo por el aire. Los colores mudando a mi alrededor, el ambiente colmado de sonidos cacofónicos. Mi mundo sumido en tinieblas y mis alas batiendo en vano contra las paredes de un vaso. Después me había encontrado en el suelo del dormitorio sin ventanas, falta de aliento, los brazos de mi marido invisible rodeándome y su voz susurrándome palabras de consuelo al oído.

Me desprendí de estos retazos de recuerdos. Me levanté y me dirigí a la gran mesa de roble, que volvía a rebosar de comida. La casa misma me proveía, por lo visto, un milagro de los dioses. Uno de los gatos maulló un saludo, pero ningún otro eco reverberaba en las paredes de piedra. Estaba sola como pocas veces lo había estado a lo largo de mi corta vida. Siempre había contado con mis padres, o con los sirvientes del palacio, y más tarde, con Atalanta. Sin embargo, ahora estaba verdaderamente sola, al menos hasta que Cupido regresara al caer la noche.

Contemplé el sol, que arrancaba destellos tentadores de las aguas como metal martillado. El día prometía ser seco y caluroso, y enseguida supe cómo quería pasarlo. La casa pareció conforme con la idea; reparé en una toalla doblada pulcramente sobre el asiento de una silla cercana. Estaba segura de que un instante antes no había estado allí.

Torcí el gesto mientras deslizaba los dedos por el tejido texturizado. Entrecerré los ojos en un afán de descubrir el momento en que los objetos de la casa aparecían o se arreglaban solos, como esperando ver unas manos invisibles en acción. Pero no, las cosas simplemente entraban y salían de la existencia en menos de lo que duraba un parpadeo, como si siempre hubieran sido así.

Me vendría bien un baño, decidí.

La escalera que serpenteaba por la pared del acantilado suponía una prueba; sin embargo, cuando llegué a la playa, la belleza de aquellos parajes me hizo olvidar los músculos doloridos. Las gaviotas pescaban almejas de las pozas de marea, alzaban el vuelo y las dejaban caer sobre las rocas para exponer la tierna carne. Era un truco ingenioso, que las aves debían de haber aprendido por su cuenta.

Había fragmentos de caracolas esparcidos por el terreno y hube de poner cuidado para que los bordes afilados no me hicieran tajos en los pies mientras salvaba las rocas de pizarra. Caminé hasta el lugar donde las olas lamían la orilla y dejé que se me enroscaran en los tobillos. El mar pertenecía al dios Poseidón, pero también era dueño de sí mismo y tenía estados de ánimo que divergían de los suyos. A veces se mostraba tempestuoso y desdeñoso, otras alegre y coqueto. Este era uno de sus momentos más felices. El sol brillaba en las aguas cristalinas, bañando el fondo arenoso, y las mantarrayas surcaban el azul como las sombras de aves gigantescas.

Me trencé el pelo y me lo recogí atrás. Eché un vistazo alrededor para cerciorarme de que nadie me observara, luego me despojé del quitón y me adentré en las olas.

Me sobrecogió la frialdad del agua, mas pronto se me calentó la sangre. Empecé a nadar con la brazada larga y fluida que me había enseñado Atalanta, envuelta en la feroz alegría de gobernar mis músculos como un auriga a sus caballos. El ejercicio brindaba un bienvenido respiro del cenagal de pensamientos que me inundaba la mente: la sorpresa por mi repentino cambio de condición, la incertidumbre persistente sobre la verdadera identidad de mi esposo divino.

Me di cuenta de que había perdido la noción del tiempo, o quizá la corriente me había arrastrado más lejos de lo que pretendía. Cuando levanté la mirada, la orilla era solo una astilla en el horizonte.

Me entró el pánico, pero enseguida lo sofoqué. Podría volver nadando y luego quitarme el cansancio durmiendo toda la tarde. A buen seguro que lo lograría.

Un ruido captó mi atención y me giré. Un rostro de cabeza bulbosa y hocico alargado me escudriñaba desde el agua; pertenecía a un delfín. Aunque nunca había visto uno en persona, reconocí su aspecto por las pinturas de las vasijas de cerámica importadas de Creta. Animal sagrado para varios dioses, se decía que rescataba a los marineros perdidos en el mar.

—Eh, hola —saludé a la sonriente criatura.

—Hola, Psique —respondió.

Después, no supe con certeza si nadé, volé o simplemente caminé sobre el agua, pero cuando me detuve para recobrar el aliento, la cabeza del delfín se encontraba a mucha más distancia que antes.

Una forma oscura se deslizó hacia mí y emergió a la superficie.

—¡Psique! —exclamó—. ¡Soy yo!

Reconocí la voz.

—¡¿Cupido?!

El delfín se puso de costado y me miró con un ojo de ónice.

—El mismo. Te vi aventurarte en aguas profundas y vine a ayudarte a regresar a la orilla.

Su ternura era entrañable a su manera, pero no permitiría que mi propio esposo me tratara como si fuera una cría. Me encendí de ira.

—¿Y qué te hacer sospechar que necesito tu ayuda? ¿Acaso eres mi nodriza? Ya no soy una niña. Me entrenaron para cazar y combatir monstruos. Una resaca no es nada para mí.

—Estás casi en mar abierto —comentó Cupido—. Perdóname por pensar que no eres inmune al ahogamiento.

Abrí la boca para responder y fue entonces cuando me impactó lo raro de estar discutiendo con un delfín parlante.

—¿Este es tu aspecto real? —interrumpí—. Creía que me convertiría en cenizas si te miraba a la cara. —Me mantenía a flote moviendo unas piernas largas que claramente no estaban carbonizadas.

Emitió un chasquido de reproche.

—No, pero tu incidente con el moly me dio la idea. Por lo que parece, si uno de nosotros luce un rostro que no es el propio, la maldición ya no nos ata.

Recordé ganar altura en un cielo empapado de sol con unas alas tan delicadas como el papiro, y los rasgos distorsionados de unos rostros más allá del vaso que me contenía. Céfiro me había hablado de una maldición, pero Cupido no la había mencionado hasta ahora. ¿Qué clase de conjuro era capaz de controlar a un dios? La misteriosa sensación de que estaba siendo víctima de un engaño se me alojó en la mente como una astilla.

La hice a un lado.

—¿Cómo lo has conseguido? —inquirí, señalando su cuerpo—. ¿Has poseído al delfín?

—Todas las deidades son cambiaformas y yo no soy una excepción. —Golpeó el agua con la cola, lanzando al aire gotas como estrellas brillantes.

Entonces, ¿por qué no se me aparece con el rostro de un hombre?, reflexioné. Recordé la figura ancha de hombros en la oscuridad. Preferiría toparme con ella, o con una similar, en vez de con un delfín.

—Ahora, si te subes a mi lomo —dijo—, te llevaré de vuelta a la orilla a tiempo para el almuerzo.

Le puse mala cara.

—Ya te lo he dicho, no necesito tu ayuda.

—Ah, no me cabe duda de que podrías llegar tú sola —replicó—. Pensaba más que nada en que te ahorraría tiempo. Además, ¿cuántos mortales pueden decir que han cabalgado sobre un delfín?

Recapacité, aplacada por su respuesta. Aparte, me rugían las tripas.

—Bueno, supongo que sería una descortesía negarse después de haber venido hasta aquí.

La piel del delfín era suave y notaba cómo los músculos se contraían y se relajaban debajo de mí. Cupido aceleró, convirtiendo el mundo en un caleidoscopio de espuma marina y sol. Tragué agua en más de una ocasión, pero no me importó. Solté una carcajada de puro gozo mientras saltaba como un guijarro sobre las olas y oí el grito de alegría que me devolvía él.

Cupido aminoró la velocidad al acercarnos a la orilla y lo dejé libre una vez que hice pie. Nos contemplamos durante un momento, mecidos por las olas.

Recordé entonces que estaba desnuda y sumergí los hombros bajo el agua en un repentino arrebato de pudor. Podía ser mi marido, pero aún me ruborizaba solo de pensar en que él me viera, en especial cuando lucía otra forma.

Gracias a los dioses, Cupido se alejó, nadando de espaldas, con la mirada fija en el cielo.

—Te veré después del ocaso. Cuídate, Psique.

—Tú también —respondí.

Se dio la vuelta y se zambulló en el oleaje. A través de las aguas como joyas, advertí la cuña oscura de su cuerpo acelerando hacia el horizonte. Solo cuando tuve la certeza de que se había ido, salí del mar y me enfundé a toda prisa el quitón.

EROS

El recuerdo de su tacto permaneció conmigo durante el resto del día. No había llegado a apreciar del todo cómo la maldición podía convertirse en una bendición ante el simple roce de su piel, cómo el aullido de mis anhelos podía traducirse en música. Sin embargo, esta satisfacción no hacía sino avivar otros apetitos, otras ansias: el deseo de sentir su cuerpo contra mí cuando pudiera corresponderla plenamente.

Al caer la noche, encontré a Psique esperando en el dormitorio sin luz, sentada en la cama.

—Ah, conque vuelves a tener forma de hombre —dijo—. No estaba segura de si vendrías a mí como un pez.

Pensé en recordarle que yo no era un hombre y que los delfines no eran peces, pero lo reconsideré. Había sido arrancada de su hogar y había experimentado toda suerte de sucesos extraños. Quería ofrecerle algo real.

—No puedo dejar que veas mi aspecto —respondí, arrodillándome en la cama—. Pero puedo dejar que lo sientas.

Busqué sus manos en la oscuridad y me las llevé a la cara. Los callos, ásperos como la piedra, empezaban a resultarme familiares. Sus dedos se deslizaron por los párpados y la nariz, me palparon el arco de la mandíbula. Oía la respiración entrecortada de Psique, absorta en su fascinación, y se arrimó para estar más cómoda. Disfruté del tacto de sus manos, que me rozaban la cara como lluvia de verano. Me imaginé tomando esas manos entre las mías, inclinándome hacia donde sabía que debía estar su boca y besarla.

Me encogí de repente, cerrando de golpe el corazón como una almeja sobresaltada. Todo era fruto del maleficio, que me clavaba sus garras; cuanto antes lo rompiéramos, mejor sería para los dos.

Psique se detuvo y despegó las manos de mi cara.

—¿Satisfecha? —pregunté.

—Sí —confirmó ella—. Gracias.

Me acordé de mi plan.

—He de pedirte un favor, Psique. Pronto emprenderé un viaje y me gustaría que me acompañaras. Hay alguien con quien quiero hablar, alguien a quien me gustaría que conocieras.

Le conté que buscaba a Prometeo y chilló de emoción.

—¡Iré contigo, por supuesto! Y el monstruo, ¿encontraremos también el rastro de esa bestia?

—Es posible —dije vagamente, pensando en Afrodita y en su amenaza de destruir lo que yo más atesoraba—. Me consta que te entrenaron en el combate para enfrentarte a monstruos.

—Bien —dijo ella, riendo—. Parece que por fin empiezas a entenderme.

Se oyó el frufrú de las sábanas cuando se deslizó bajo las mantas, disponiéndose a dormir. Yo la imité.

—¿De verdad no tienes miedo? —le pregunté.

—Ninguno —respondió, con la voz amortiguada por la almohada—. Después de todo, viajo en compañía de un dios inmortal. ¿Qué habría de temer?

Un montón de cosas, me dije, apesadumbrado, con la amenaza salpicada de lágrimas de Afrodita rondándome los pensamientos. Sin embargo, no le mencioné nada a ella, que pronto se quedó dormida.

Al tumbarme, noté que me dolía un poco la cara. Supuse en un principio que sería un vestigio del contacto de Psique, pero entonces me di cuenta de que estaba sonriendo.

Aquella mañana, tuve dudas sobre la forma que adoptaría. Podía presentarme como un apuesto joven mortal, mas no quería añadir otra mentira a la pila que ya pesaba sobre nuestra relación y me disgustaba la idea de que Psique mirara con afecto un rostro que no era el mío.

Al final me decanté por la forma de un espléndido gallo, con plumas doradas alrededor de un cuello orgulloso, en marcado contraste con las alas verdeazuladas. La cresta que me coronaba la cabeza evocaba el yelmo emplumado de Ares. Me paseé por la terraza con mis patas de tres garras, erizando mi magnífico plumaje. Incluso los pavos reales retrocedían con asombro reverencial.

Cuando salió Psique, observé que se había puesto la armadura ligera que había dejado para ella, mucho más fina que el incómodo conjunto de cuero hervido que llevaba al llegar: un peto delantero y otro trasero de bronce trabajado, con grebas a juego.

También mostraba una expresión de escepticismo y se le escapó una risita al verme.

—¿Ahora eres una gallina?

Ericé las plumas, consternado.

—Para tu información, soy un gallo. Esta forma cubre más terreno que un delfín —mascullé. Al parecer, la magnificencia de mi figura (plumas doradas que cambiaban a rojo fuego, mi porte regio y mi feroz pavoneo) le había pasado desapercibida a mi esposa mortal.

Ella echó una ojeada en derredor.

—¿Dónde están nuestros avíos? —preguntó.

Señalé un morral apoyado contra la pared de piedra del acantilado y me lanzó una mirada de alarma.

—Eso no puede ser todo. Ahí no cabrá más que un odre.

—¿Acaso no se han cubierto cada una de tus necesidades desde que llegaste aquí? —dije—. ¿Por qué crees que iba a ser distinto en el camino? Viajas con un dios. Todo irá bien.

Puso los ojos en blanco, pero recogió el morral e iniciamos el descenso de la larga y sinuosa escalera que llevaba a la playa. Luego enfilamos un sendero que discurría entre resecas colinas polvorientas y seguimos caminando hasta que dejamos de oír el mar estrellándose contra las rocas.

No transcurrió mucho antes de que una banda de forajidos nos tendiera una emboscada, surgiendo del paisaje escarpado como espíritus maléficos. Eran hombres apátridas que se ganaban la vida asaltando a peregrinos incautos y supongo que nosotros les parecimos presas fáciles: una mujer viajando con la única compañía de una mascota elegante.

Dos bandidos surgieron de entre los matorrales delante de nosotros. Me giré y divisé a otros dos en el camino a nuestra espalda. Todos esgrimían espadas picadas de óxido y gesto despiadado.

Yo no era un guerrero; mis flechas no estaban hechas para la batalla. Además, no contaba con que los mortales actuaran así. Yo era un dios habituado a que me adoraran, acostumbrado a humanos serviles u olvidadizos, que no entrañaban ninguna amenaza.

Sopesé los posibles cursos de acción, pero Psique se me adelantó. Sacó una flecha de la aljaba y disparó al hombre situado más cerca de mí. Le atravesó la garganta. Cayó al suelo, aferrando el astil, con una expresión de perplejidad absoluta. Un instante después, una flecha se alojó en el pecho de su compañero, que lanzó un breve grito de sorpresa.

Psique giró en redondo. Uno de los bandidos que venían detrás cargó, con la boca abierta en un gruñido de batalla, blandiendo un hacha. Era enorme, los hombros anchos como los de un buey, y por un segundo ella se quedó paralizada por el instinto animal que conlleva enfrentarse a algo de mucha mayor envergadura que uno mismo.

Retrocedió para esquivar el ataque y estuvo a punto de tropezar. Un grito afloró en mi garganta, pero ella rápido se recompuso. Aprovechando el hueco que la postura del hombre le ofrecía, se agachó, extrajo el puñal de la vaina y le rajó la parte exterior del muslo. El canalla aulló de dolor y arremetió como loco; sin embargo, ella, rodando por el suelo, ya se había puesto fuera de su alcance.

El último de los bandidos, un hombre larguirucho con la ropa más harapienta que había visto nunca, ni siquiera se molestó en desafiarla, sino que agarró al compinche al que acababa de apuñalar Psique y lo arrastró hacia el laberinto de rocas bajas y arbustos que rodeaba el sendero. Un rastro de gotas de sangre sobre la tierra seca era la única señal de su paso.

Había visto batallar a Ares y a Atenea, los dioses de la guerra, en las escaramuzas que surgían entre las deidades, pero Psique se movía con un estilo diferente. No tan perfecto y más lento, aunque con una gallardía que atraía las miradas. Atenea y Ares nunca habrían tropezado o estado a punto de caer al enfrentarse a un enemigo, aunque tampoco se habrían recompuesto tan bien. Era como comparar la belleza fría e inflexible de las estrellas con la apertura de una flor, algo transitorio e imperfecto, pero tanto más encantador por ello. Psique no luchaba porque hubiera nacido para ello; luchaba porque era su pasión.

Ahora respiraba fuerte, con el puñal ensangrentado en las manos.

—Ya entiendo a qué te referías al decir que te habían entrenado para combatir monstruos —comenté—. ¿Dónde aprendiste a moverte así?

Me echó una mirada y sonrió, convirtiéndose de nuevo en una joven mortal, no en una luchadora de extraordinaria destreza.

—Me enseñó una heroína, Atalanta —respondió—, para cumplir la profecía del oráculo de Delfos de que conquistaría un monstruo temido por los dioses. Pero nunca había matado a una persona. Nunca había tenido necesidad. —Se alisó los cabellos y advertí que le temblaban las manos, que le vacilaba la sonrisa en la comisura de los labios.

—Te habrían matado sin pensárselo dos veces de no haberlo hecho —le aseguré.

Volvió los ojos hacia mí.

—¿Sabes qué? —dijo, irónica—. La mayoría de los hombres se avergonzarían de no poder proteger a su mujer de unos bandidos.

Desplegué las alas en un gesto de fingida rendición.

—Pues qué suerte que no sea un hombre. ¿Y por qué iba a darme vergüenza tener a una mujer que sabe pelear como tú? Te mueves como un torbellino. Nunca he visto nada igual.

El rubor le tiñó las mejillas, filtrándose a través de su piel morena, y apartó la mirada.

—Debería dejarles un óbolo en la boca para pagarles el pasaje a través del Estigia —dijo, observando los cuerpos de los dos hombres abatidos por las flechas—. Pero no llevo ninguno encima.

Aún flotaba el polvo en el aire, levantado por el rápido movimiento de pies. Empecé a acicalarme las plumas para asegurarme de que la suciedad no opacara su brillo.

—Comprueba el morral —indiqué.

Ella me miró con una expresión de desconcierto, que solo se acrecentó cuando introdujo la mano en la bolsa y sacó un par de objetos que relucían a la luz del sol. Dos monedas, suficientes para dar descanso a las almas de los bandidos.

Reanudamos la marcha. El sudor perlaba la frente de Psique, cuya mirada se perdía en el camino. Me di cuenta de que cargaba con un gran peso.

—Siempre he pensado que algún día llegaría a ser una heroína —dijo al fin— y no un simple verdugo de ladrones. Me imaginaba que sería como Belerofonte o...

Se me erizaron las plumas al recordar a aquel supuesto héroe que había rechazado a Anteia de un modo tan cruel.

—Estás mejor como estás. Belerofonte era un grandísimo necio.

—«Y ni de lejos tan hermoso como tú», no añadí.

—¡Belerofonte era brillante! —replicó ella.

—Era un necio —repetí. No olvidaba la mueca de desprecio que esbozó al apartar a Anteia de un empujón.

—Si tanto sabes sobre Belerofonte —espetó Psique—, adelante, ilumíname.

Se lo expliqué.

Lo pinté como un hombre arrogante, ebrio de ilusiones de grandeza. Alguien que pensaba que todo cuanto había en el mundo le pertenecía. Un bravucón y un fanfarrón, demasiado estúpido para ocultar su ambición manifiesta, destruido por su avaricia sin límites cuando trató de alcanzar las cimas del Olimpo a lomos de Pegaso, el caballo alado.

—Y fue cruel con la mujer que lo amaba —terminé.

—Ya veo —respondió Psique, con el ceño fruncido.

Continuamos en silencio. El camino atravesaba un país desolado, lejos de cualquier ciudad amurallada o incluso de aldeas marginales. El paisaje no variaba, colinas bajas jalonadas de afloramientos rocosos y grupos reducidos de árboles nudosos. Las sandalias de Psique levantaban pequeñas nubes de polvo en la tierra seca y las uñas de mis patas no dejaban más que levísimas muescas.

Un pensamiento me rondaba y no me lo quitaba de la cabeza.

—¿Por qué se suicidó?

Psique se volvió a escrutarme, confusa, arrugando los ojos. Tardé un momento en darme cuenta de que había pronunciado las palabras en voz alta.

—Anteia —aclaré—. Después de que Belerofonte la despreciara. Nunca lo he entendido, con lo frágiles que son las vidas mortales. ¿Por qué acabar deliberadamente con la suya?

Consideró la pregunta, ladeando la cabeza en un gesto casi de pájaro.

—Creo que tenía el corazón roto. Amaba a un hombre que no sentía nada por ella y lo traicionó. Además, su marido no la habría dejado vivir después de haberlo deshonrado de esa manera.

La miré alarmado, aunque solo aprecié solemnidad en su rostro. No entendía por qué habría de suponer una deshonra para Preto, pero las sutilezas del matrimonio entre los mortales seguían siéndome esquivas.

Permanecimos callados hasta que el sol empezó a hundirse en el oeste.

—Es hora de acampar —señaló Psique, y vi que el cansancio se aferraba a ella como la suciedad del camino—. Aunque no sé cómo, ya que no tenemos pertrechos —añadió, dirigiéndome una mirada de reojo.

—Comprueba el morral —dije.

Se quedó mirándome como si le hubiera sugerido que se sacara una estaca de la nariz, pero hizo lo que le indiqué. Se descolgó el morral del hombro, introdujo la mano y dejó escapar un grito de sorpresa cuando extrajo una viga de madera diez veces más larga que la propia bolsa. Observó con asombro como aparecían tablones del diminuto trozo de tela. Grandes extensiones de lona se hincharon como las velas de un barco y, en cuestión de unos instantes, se alzó ante nosotros una tienda, con cúpula, digna de un emperador.

—Tendría que haberme figurado que un dios no dormiría a la intemperie —comentó Psique, admirando la estructura.

—Jamás lo soportaría. —Me estremecí solo de imaginarlo—. Y tampoco te pediría que lo hicieras.

Aquella noche, permanecí con la vista fija en el techo abovedado de lona y pensé en Anteia. Habían pasado largos años desde que tuve motivos para recordar a esa princesa demacrada y triste, pero mi conversación con Psique me devolvió a los salones de aquel viejo palacio. Una idea incómoda se había instalado en mi mente: ¿habría sentido Anteia lo mismo que sentí yo tras mi desliz con la flecha de Afrodita?

¿Habría suspirado por Belerofonte como yo suspiraba ahora por Psique? Ella también había sido víctima de un hechizo de amor, aunque por mi causa.

Pensé en cómo reaccionaría si Psique me rechazara como Belerofonte había rechazado a Anteia y mi alma se rebeló. No era capaz de imaginar el dolor. Y no obstante aquella había sido una ruptura limpia, antes de que sus vidas tuvieran ocasión de enraizarse una en otra. Yo, sin embargo, había acogido a Psique en mi casa, conversado con ella, compartido cama con ella. En ese mismo momento yacía a mi lado y le toqué la pierna con el dedo del pie solo para cerciorarme de que fuera real. Perderla ahora sería como arrancarme un brazo o una pierna.

El pensamiento me robó el sueño y pasé las largas horas de la noche agitado. Al día siguiente hablaría con un viejo amigo mío, el dios cuyo conocimiento de la humanidad excedía al de cualquier otro.

12

PSIQUE

Desperté aquella mañana con el corazón ligero, efervescente. Tardé unos instantes en localizar el origen de esa sensación. Entonces recordé los elogios de Cupido después de haber luchado contra los bandidos, su voz maravillada y gozosa. Siempre había deseado que me respetaran por mi entrenamiento, que me ensalzaran incluso, pero nunca había esperado que me quisieran por ello.

Otra voz sonó mi memoria. «Escoge a un hombre como Meleagro», me había dicho Atalanta en cierta ocasión. Alguien que no solo tolerara quién era, como habría hecho Néstor, sino que también lo apreciara. Aunque no había encontrado un esposo a la usanza tradicional, parecía que, por una ruta alternativa, había acabado en el sitio correcto.

Me sacudí los últimos jirones de mi sueño e hice a un lado la portezuela de la tienda. Vi un caballo blanco esperándome, con la perfección de una criatura surgida de las leyendas. Un sol flamante brillaba en sus ijadas como la luna llena.

—Es la hora —dijo Cupido, agitando la cola—. Ya casi lo hemos alcanzado. Monta.

Detrás de mí, la milagrosa tienda se plegó de nuevo dentro del morral. Lo recogí y subí a lomos del caballo.

Estaba acostumbrada a cabalgar a pelo desde las lecciones de Atalanta, sujetándome con las piernas mientras la montura ganaba velocidad, pero esto era diferente. El mundo mismo parecía girar a nuestro alrededor y apreté los ojos mientras el viento desgajaba lágrimas de ellos.

De repente, Cupido se puso al trote. El aire olía distinto y supe que nos hallábamos muy lejos del sitio donde habíamos acampado la noche anterior. Estaba a punto de reprender a mi marido por ocultar esta forma de viajar rápido cuando abrí los ojos y me olvidé de hablar. Nos encontrábamos en una fortaleza escarpada entre picos de montaña, que se erigían hacia el cielo. El aire estaba enrarecido y era frío. Divisé una única figura encadenada, con el torso desnudo y de una belleza inquietante.

Me quedé sin respiración. Desmonté y me acerqué al desconocido, sintiéndome como en un sueño. Cupido me había contado el propósito de nuestra búsqueda, pero no lo comprendí verdaderamente hasta que lo vi.

—Prometeo —musité.

Sabía por qué habíamos venido; sin embargo, una cosa era conocer un plan y otra muy distinta ver a un dios en persona.

Sus pies descalzos apenas tocaban la tierra y estaba desnudo salvo por un simple taparrabos y los eslabones de plata de las cadenas que le ceñían los brazos turgentes. Sus facciones exhibían la misma simetría afilada que había observado en Céfiro, aunque Prometeo tenía los ojos hundidos y una barba que le vestía el mentón. Rizos despeinados de cabello negro desordenado le caían sobre la cara y una herida le afeaba el costado, con costras de icor de un apagado color dorado.

—Saludos, viejo amigo —dijo Cupido, que dio un paso adelante y agitó las crines—. Quería presentarte a mi mujer.

Prometeo arqueó las cejas.

—¡Tu mujer! ¿Se ha casado contigo de esta guisa? —Señaló con la barbilla en dirección al caballo.

Me puse colorada, pero Cupido espetó:

—No seas absurdo. Mi forma actual se debe a una desafortunada necesidad.

Prometeo volvió la cara hacia mí, aunque al moverse noté que se encogía un poco de dolor por la herida que cicatrizaba en el costado. Me pareció ver estrellas en el fondo de sus ojos, pero quizá solo fuera un reflejo del sol.

—Perdóname, señora —dijo, y sonaba sincero—. No pretendía cuestionar tu virtud. Dime, ¿cómo te llamas?

—Psique —respondí—. Y lo siento, debería haber traído un regalo, un tributo. —Aunque ¿qué cabía ofrecerle al creador de la humanidad? No tenía ni idea.

—Ah, «alma» —comentó Prometeo—. Mi nombre significa «previsión». Vaya pareja hacemos, Previsión y Alma. Y en cuanto al tributo, no te preocupes. La compañía de una mujer hermosa es regalo más que suficiente.

El calor me subió a las mejillas mientras Cupido se ponía a piafar.

—He venido a hacerte una pregunta, no a dejar que flirtees con mi mujer.

—Habrá tiempo de sobra para preguntas —replicó Prometeo con tacto, como si estuviera en una de las salas de recepción del Olimpo y no amarrado con cadenas a la ladera de una montaña—. Tan solo disfruto del raro placer de la conversación. —Se volvió hacia mí—. Llegado el caso, si deseas un compañero menos arisco, querida, aquí siempre serás bienvenida.

Cupido soltó un relincho y se alejó. Yo me encaré con Prometeo.

—¡Basta ya! —ordené; el tímido placer que me producían sus halagos había derivado en enfado—. Mi marido es tu invitado y hemos viajado largo trecho para hablar contigo. No se merece tus burlas, aun cuando sus modales dejen que desear.

Quizá no fuera prudente regañar a un dios, pero las leyes de la hospitalidad las dictaba el propio Zeus.

Prometeo se rio por lo bajo.

—Quizá mi amigo haya aprendido algo, después de todo, si ha conquistado a una mujer como tú.

Cupido, que pacía a varios pasos de distancia, levantó la cabeza para lanzarnos una mirada amarga.

Me volví hacia Prometeo, mas su alegría se disolvió en una expresión de malestar al mirarse la herida. La costra se había abierto a causa de sus movimientos y rezumaba gotas de icor fresco. Cerró los ojos y dejó escapar un silbido entre los dientes apretados.

Conocía la razón por la cual este dios sufría semejante tortura. Una duda me roía las entrañas como un ratón obstinado, una pregunta que me había planteado desde el momento en que oí la historia de Prometeo de boca del poeta ciego.

—¿Por qué lo hiciste? —pregunté entrecortadamente, las palabras tropezando unas con otras—. ¿Por qué entregaste el fuego a la humanidad? Te damos gracias por ello, pero debías de saber que Zeus te castigaría.

Se encogió de hombros entre el tintineo de las cadenas.

—Supongo que por el mismo motivo por el que un inmortal hace cualquier cosa: quería ver qué pasaba. —Calló, como sopesando si revelar un secreto, y luego añadió—: Y porque he descubierto que una vida dedicada a proteger lo que uno ama proporciona la mayor satisfacción de todas.

¿Amas a la humanidad?, quise decir. Los dioses no amaban a los seres humanos, en términos generales, pero un artesano podía sentir cariño por aquello que creaba. Sin embargo, antes de que tuviera la oportunidad de preguntar, Prometeo alzó los ojos al cielo. Seguí la dirección de su mirada y divisé la mota negra que había aparecido en la interminable extensión de azul.

Exhaló un suspiro de cansancio tan antiguo como la propia tierra.

—Es siempre la misma águila, ¿sabes? —dijo—. Con el paso de los años, uno se fija en los detalles. A veces me pregunto cuál habrá sido el crimen de la pobre ave y si sueña con comer algo que no sea hígado todos los días.

—Hoy no comerá nada —dije con ferocidad, y saqué una flecha de la aljaba. «Un monstruo temido por los dioses»; quizá lo hubiera encontrado por fin. Aquella águila era temida por un dios al menos.

—¡Detente! —Su negativa fue como si una mano me hubiera tocado el hombro y casi se me cayó el arco del susto—. No mates al águila.

Solo conseguirías que Zeus te castigara por tus actos antes de buscar otra ave para ocupar su lugar. Eres joven y no querría que corrieras tal suerte por mi causa.

Tensé los dedos alrededor de la cuerda.

—Estoy destinada a ser una gran heroína. Así lo dijo el oráculo de Delfos.

Prometeo me clavó la vista. Era como si su mirada me traspasara, como si sus ojos lograran ver secretos que yo ni siquiera sabía que guardaba.

—Se te recordará no como una gran heroína, sino como una gran amante —concluyó.

Me recorrió un escalofrío. En sus palabras percibí el timbre de una profecía. Mas ¡qué cosa tan vana, máxime después de la gloria que prometía el oráculo! ¿Una gran amante? Preferiría que me levantaran un altar de heroína y que mi leyenda fuera de las que se cuentan en torno a un fuego.

Al ver mi expresión, un gesto de inquietud le arrugó la frente.

—Ignoras quién es tu marido, ¿verdad? —preguntó al cabo—. Quién es en realidad.

Se me pusieron los pelos de la nuca como púas. A cierta distancia, el caballo blanco levantó la cabeza para seguir el curso del águila a través del cielo.

—Lo conozco bastante bien —repliqué con vehemencia—. Y también sé algo más. Si no puedo librarte de tu tormento, al menos le daré a tu herida la oportunidad de que sane limpiamente.

Cuando el águila se lanzó a por el hígado de Prometeo, allí estaba yo apostada para recibirla. Hicieron falta tres flechas para ahuyentar a la bestia, disparadas en rápida sucesión. La última le pasó tan cerca que le arrancó un puñado de plumas del lomo, pero al final el ave profirió un chillido de suprema frustración y remontó el vuelo hacia el sol, sobrevolándonos en círculos antes de volverse por donde había venido.

Prometeo torció la boca, se abrió como una grieta en sus labios resecos, y me di cuenta de que sonreía. No pude evitar pensar que le faltaba práctica.

—Mi agradecimiento —expresó—. Me has brindado un gran servicio, muchacha, pese a privar al águila de una comida. Creo que tu marido arde en deseos de hablar conmigo, así que te ruego gentilmente que te retires. La Previsión le da las gracias al Alma y le dice adiós.

Acababan de despedirme, aunque con tanta amabilidad y cortesía que no cabía protesta. Con pies ingrávidos, me alejé. Mas la voz de Prometeo continuaba resonando en mi mente, las palabras colmadas de una triste comprensión: «Ignoras quién es tu marido, ¿verdad?».

EROS

Después de que Psique fuera a sentarse en un peñasco, donde se quedó con la mirada fija en el suelo, me acerqué a mi viejo amigo.

—¿El amor les causa dolor? —pregunté febrilmente, sin entretenerme en preámbulos—. A los humanos, quiero decir. La pregunta llevaba enervándome desde que recordé el incidente de Anteia. Tenía que saber si ella sintió alguna vez el mismo dolor que yo sentía ahora.

—¿Enamorarte de una mujer ha hecho que te dieras cuenta de su valía? —Los ojos le brillaban divertidos—. ¿Sabes qué? Cuando te pedí que cuidaras de la humanidad, no pensaba precisamente en el matrimonio.

—No seas tonto. Mi amor por Psique es fruto de una maldición.

—Pues en lo que atañe a maldiciones de amor, no da la impresión de que te haya venido mal —comentó con ironía—. En cualquier caso, respondiendo a tu pregunta, sí, la chica mortal a la que amas no es distinta de otras mil chicas mortales, todas las cuales experimentan dolor y felicidad. A veces el amor causa lo uno y a veces lo otro, al igual que ocurre entre los dioses. Me preocupa más el hecho de que estés mintiendo a Psique. —Parecía imposible que alguien engrilletado se mostrara tan adusto, pero de algún modo Prometeo lo conseguía.

Eché un vistazo a mi mujer, que apoyaba la barbilla en una mano, con la mirada perdida en la distancia. Nunca la había visto tan pensativa.

—Es más seguro para ella de esta forma —alegué.

—¿Así es como tratas de convencerte a ti mismo? Los vanos intentos de mantenerla a oscuras no te asegurarán que permanezca a tu lado. Las mentiras tienen las patas muy cortas.

Sus palabras encerraban una verdad amarga, una verdad que yo conocía desde el principio, mas que procuraba desoír. Cuanto más durara esta situación, más nos dolería a los dos después.

Me estaba desquiciando.

—Pero ¿qué puedo hacer al respecto? No existe remedio capaz de romper la maldición. Un antídoto de la mano misma de Afrodita no consiguió aliviar el tormento. ¿Qué hago?

Creía que Prometeo, amante de los mortales, me orientaría, si bien se lo tomaba con una calma exasperante.

—Supongo, sencillamente, que amarla lo mejor que puedas y durante todo el tiempo que puedas, hasta que su alma mortal descienda al Inframundo.

Las palabras permanecieron suspendidas en el aire entre nosotros. Siempre había sabido que Psique era mortal y que, por tanto, la muerte amenazaba con separarnos, aunque oírselo expresar en voz alta resultaba intolerable.

Sacudí la cabeza.

—Ni siquiera la muerte ofrece una garantía de que la maldición termine.

—En tu caso, eso es cierto —asintió Prometeo—. Pero al menos Psique quedaría libre. Las aguas del río Lete ahogan todo recuerdo.

Meneaba inquieto la cola a uno y otro lado. Era insondable, la idea de vivir eternamente mientras el alma de Psique vagaba sin sospechar nada, inalcanzable para mí.

—No obstante, os deseo felicidad —declaró—. Disfruta del tiempo que tengáis juntos, por breve que sea. Todas las esperanzas que albergaba para ti se han cumplido.

Lo ojeé con fijeza.

—¿Y qué esperanzas eran esas?

—Que fueras capaz de considerarte bienamado, de sentirte amado sobre la faz de la Tierra.

Extrañas palabras, como si citara un poema que aún estuviera por componerse. Aunque, por otra parte, Prometeo siempre había estado un poco loco.

No importaba. Al despedirme, y mientras me dirigía a recoger a mi esposa, la semilla de una idea arraigó en mi mente y empezó a germinar.

Mientras Psique y yo proseguíamos nuestra marcha por los senderos rocosos de las montañas, mi nuevo plan fue tomando forma.

Prometeo había mencionado el Lete, uno de los sinuosos ríos del Inframundo. Si un sorbo de sus aguas bastaba para borrar los recuerdos de una vida mortal, ¿qué le haría a un ser inmortal? Llevaba todo este tiempo buscando la forma de eliminar el maleficio cuando debería haber tratado de olvidarla.

El plan no carecía de defectos, me constaba. No existían garantías de que las aguas del Lete deshicieran el hechizo sin que mis demás recuerdos se vieran afectados. Sin embargo, se trataba de un pequeño precio a pagar si con ello lograba romper la maldición, liberarme de ese peso que me colgaba como un ancla del cuello. No podía vivir los incontables días de mi existencia inmortal con un espíritu envenenado de amor.

¿Cómo conseguir el agua del Lete? Los dioses tenían vetada la entrada al Inframundo, a excepción de Hades y de su esposa Perséfone, y a veces de Hermes. Sin embargo, este no me ayudaría mientras Afrodita me guardara rencor; llevaba siglos encaprichado con ella y no haría nada que pudiera contrariarla. Cabía también la opción de reclamar el favor que Perséfone me debía, pero no quería cambiar una dádiva tan valiosa por algo tan nimio como un vaso de agua. Entonces se me ocurrió otra idea.

Psique.

Ella, como cualquier otro mortal, podría viajar al Inframundo. Si lo hacía estando aún en vida, a buen seguro que no le resultaría muy difícil regresar. Ella podría traerme el agua del río Lete y romper la maldición de una vez por todas. Se lo propondría esta noche, decidí. Sabía que no rehuiría la misión. Desde que la conocía, siempre había mostrado un coraje inquebrantable.

¿Y qué sería de ella después? Quizá le pediría a Psique que bebiera también de las aguas y así se olvidaría de mí. Nos separaríamos y ella retornaría a su vida en Micenas. Afrodita no reconocería a Psique si esta no se reconocía a sí misma. Continuaría viviendo una vida ordinaria entre sus semejantes. Sería para bien.

Si me esforzaba, casi podía llegar a creerlo. El maleficio aulló en mi interior, pero lo repelí con firmeza. Tenía que liberarme, poner fin a esta demencia que me consumía.

PSIQUE

«Ignoras quién es tu marido, ¿verdad?».

La pregunta me obsesionó durante las largas horas de viaje, mientras serpenteábamos por senderos de montaña escabrosos, llenos de piedras desprendidas. Trepé, valiéndome de manos y pies, los obstáculos rocosos y, de una guisa similar en cierta medida, escudriñé a conciencia mis pensamientos, pasándolos por el tamiz. Estaba decidida a conocer mejor a mi marido.

Esa noche, cuando Cupido, en su forma de hombre, la de hombros anchos, se reunió conmigo en la tienda, yo estaba preparada.

—Juguemos a un juego —propuse, batiendo palmas—. Dijiste que eras un arquero diestro, ¿no?

—Sí, exacto —dijo despacio—. Pero ¿qué rayos estás tramando, Psique?

A ciegas, eché mano al arco y las flechas.

—Mide tu destreza conmigo —reté—. Gana quien acierte en el poste.

No aguardé a oír su desconcertado gruñido de asentimiento. Avancé a tientas en la oscuridad para determinar la ubicación del madero que sostenía la tienda. Lo toqué con el pie y luego desanduve mis pasos.

—No es lo que yo llamaría «justo» —arguyó él—. No cuentas con unos sentidos tan agudos como los míos. Estás en desventaja.

No contesté. En cambio, encajé el culatín en la cuerda, confiando en el conocimiento de mi cuerpo y en la precisión de mis instrumentos. Alineé la flecha sobre el pie, orientado hacia al poste. Solté y me vi recompensada con el satisfactorio *pum* del proyectil al impactar en la madera.

Di un grito de alegría y Cupido incluso farfulló un cumplido, impresionado. Noté cómo me quitaba la aljaba y el arco de las manos; luego, cómo crujía la cuerda al enfilar el tiro. Un momento después se oyó un *pum* similar, acompañado de un ruido de astillamiento. Crucé con los pies a rastras la oscuridad hasta el poste y lo recorrí con las manos, apreciando la curva de la madera como el despliegue de una flor. Me di cuenta de que su flecha había hendido la mía, dividiéndola en dos.

—Bueno, supongo que es lo que cabría esperar de un dios —comenté, restándole importancia, un poco picada por su puntería. Ni siquiera Atalanta lograría una proeza semejante—. Pero ¿no crees que lo he hecho bien?

—Claro que sí, lo has hecho muy bien —admitió, como quien da la razón a una niña. Me guio dentro de la tienda y lo oí acomodarse en la amplia cama en el centro del habitáculo.

Me metí bajo las sábanas a su lado.

—Lo próximo será probar a abatir pájaros al vuelo —le dije—. De noche quizá resulte difícil, pero no imposible.

—No —fue la respuesta—. Soy… soy reacio a disparar mis flechas contra seres vivos. Me desagradan las consecuencias.

—Ah —musité, con el ánimo mustio de la decepción. Había albergado la esperanza de salir de caza con él, imitando a Atalanta y a Meleagro—. Supongo que sería complicado, de todos modos. Dado que no podemos vernos las caras.

—He estado meditando sobre ello, Psique —dijo. Lo oí cambiar de posición e intuí que tendría apoyada la barbilla en la mano—. Quizá haya una manera de romper la maldición. Y necesitaré tu ayuda, aunque será una búsqueda larga y peligrosa.

—¿Cómo? —demandé, intrigada por la posible empresa—. ¿Dónde? Mis nervios trinaron de emoción ante la perspectiva de ver a Cupido a la luz del día. Quería posar los ojos en los planos de aquel rostro que había explorado con dedos danzarines en la oscuridad. Quería conocerlo, en todos los aspectos.

—La cura radica en el Inframundo —explicó—. Los dioses no pueden entrar, pero los mortales sí. Tendrás que traer agua del río Lete. Eso debería bastar para deshacer el hechizo.

El miedo me envolvió en sus zarcillos, pero me despojé de él. Se decía que los mortales que descendían al Inframundo no retornaban a la tierra de los vivos. No obstante, Cupido era un dios y poseía una extraña magia. Debía de haber descubierto una vía que me permitiera viajar allí y regresar con las aguas del Lete.

—¡Iré, por supuesto! —exclamé.

Rio él, vacilante a causa de mi respuesta entusiasta.

—¿No tienes preguntas? ¿Acaso entre tu gente el «Inframundo» es el nombre de unas fuentes termales apacibles o de un valle encantador? Estoy hablando de la tierra de los muertos, Psique.

—No, me ha quedado bastante claro —repuse—. Pero un viaje así es material de leyenda. Y si se rompe la maldición, por fin podremos vernos. —Y por fin sabría quién era en realidad.

—Naturalmente —dijo tras una pausa—. Me complace oírlo. Sabía que podía confiar en ti. Buenas noches, Psique.

Lo oí tumbarse de lado, ofreciéndome la espalda. Escudriñé la negrura, arrugado el ceño, perpleja por el tímido entusiasmo que mostraba ante la idea de no tener que camuflarse, pero también acalorada por sus palabras. Cupido confiaba en mí.

Ávida de algo que me veía incapaz de nombrar, alargué la mano y le acaricié la piel cálida del hombro. Al notar que su cuerpo se calmaba y se volvía hacia mí, lo rodeé con los brazos y apoyé la cabeza en su pecho. La oscuridad se prestaba para intimidades que a la luz del día se antojaban inconcebibles.

Cupido se puso tenso por un instante y luego se relajó. Me pasó un brazo por encima. Se me ocurrió que no debía de estar acostumbrado al contacto físico; los dioses eran criaturas solitarias, al parecer, como los tigres o los osos. Sentía su cuerpo contra el mío, mejilla contra pecho, muslo contra muslo, su brazo estrechándome; esbelto, fuerte, tan semejante a un hombre que, si no hubiera conocido la verdad, lo habría creído mortal. Qué bien encajábamos, cuán agradablemente se me arrimaba. Un vehemente deseo se avivó en mis entrañas, la esperanza de algo más.

Quería preguntarle qué le había dicho Prometeo, o contarle mi conversación con él. Y, en especial, la parte de que llegaría a ser una gran amante en vez de una gran heroína. Quería pedirle algo que nunca había conocido, nunca había experimentado, salvo en lapsos efímeros entre el crepúsculo y el alba, cuando yacía enredada en las sábanas, siempre a solas.

Pero las palabras se disolvieron como sombras engullidas por la noche. No quería arruinar el momento. No quería sentir a Cupido retirándose del abrazo como una tortuga que se agazapa dentro del caparazón.

Acunada entre sus brazos, me quedé dormida.

El día siguiente amaneció soleado y caluroso, llenándome la cabeza de pensamientos sobre relaciones carnales.

Sabía qué era el coito, vagamente. Había visto caballos en cópula, y también ovejas, y había oído a las sirvientas del palacio micénico cuchichear acerca de sus diversos devaneos. Entendía la mecánica básica, aunque las chicas de buena cuna, en teoría, debían permanecer ignorantes de esas cosas hasta la noche de bodas. Pero la mía ya había pasado y no sabía más que antes.

Observé a mi marido, que hoy había adoptado la forma de un león, andando por el sendero con paso de ambladura. Estaba muy callado, quizá concentrado en la empresa que nos aguardaba.

Se detuvo de improviso. Habíamos llegado a una caverna enclavada en la tierra, la boca abierta como un bostezo que se perdía en las tinieblas. No parecía distinta a cualquiera de las otras pequeñas cuevas que salpicaban este paraje montañoso, pero había algo en esta que me dio que pensar. Más allá de la entrada, las sombras se espesaban, negras como la brea, tragándose toda luz. Tuve la sensación de que si arrojaba un guijarro dentro, no produciría ningún sonido.

Existían lugares así en los confines del mundo, en los océanos más allá de donde abarcaba la vista y en regiones remotas, pedregosas como esta. Sabía dónde nos hallábamos. Mis entrañas lo sabían; me veía atraída inexorablemente hacia la boca de la cueva, el destino último de todos los mortales.

—Hemos llegado —anunció Cupido, moviendo la cola leonina de un lado a otro—. Esta es la cueva de Ténaro. Esta es la puerta al Inframundo.

13

EROS

I nsté a Psique a atarse una cuerda al tobillo antes de iniciar el descenso, lo cual la hizo reír y arrugar la nariz.

—¿Acaso soy una buceadora de perlas fenicia que se apresta a sumergirse en el Mediterráneo? —preguntó, juguetona—. ¿Me sacarás a rastras con los dientes si me meto en problemas?

—Si es preciso, sí —aseveré, batiendo la cola de lado a lado. Había un zumbido eléctrico en el ambiente, un escalofrío de ansiedad. Psique se disponía a aventurarse en un lugar al cual no se me permitía seguirla. *Pero los mortales han viajado al Inframundo y retornado continuamente,* me dije para mis adentros; allí habían estado el héroe Heracles, el trovador Orfeo y hasta el príncipe errante Teseo. Los seres humanos conocían toda suerte de trucos para esas situaciones y el entusiasmo de Psique sugería que tenía las cosas bajo control. Y en caso contrario, yo mismo la sacaría. No obstante, no lograba sacudirme de encima la sensación de que se me olvidaba algo.

—Para ser un dios, te preocupas demasiado —comentó ella.

—Me preocupo lo que tengo que preocuparme, ni más ni menos. Toma, llévate esto —añadí, y extraje a zarpazos un cuenco del morral. Era blanco, liso y se amoldaba perfectamente a la palma de la mano de Psique—. Úsalo para recoger el agua. Ve lo más rápido que puedas y no te alarmes si cuando regreses ya es de noche. El tiempo se mueve distinto en la tierra de los muertos.

Ella asió el cuenco y se paró a estudiarme, expectante, con sus profundos ojos castaños. Se mordió el labio mientras hacía girar el cuenco entre las manos, como esperando a que yo hablara. Pero ¿qué dice uno antes de ver a su cónyuge descender al Inframundo? ¿Cuál es el protocolo adecuado para una situación así?

—Ve con pies ligeros —dije con torpeza, y ella asintió con la cabeza.

—Te veré en breve.

PSIQUE

Acometí el descenso, ayudándome con las manos para franquear un amasijo de rocas hasta que alcancé el sendero propiamente dicho que conducía a las tinieblas. Aquí, al borde del Inframundo, sentí un escalofrío, pero enseguida lo reprimí. Yo era la mujer de un dios y este viaje lo emprendía bajo protección divina; no tenía nada que temer.

Entré en la cueva. Me sorprendió lo liso que se notaba el suelo bajo mis pies. La luz del mundo viviente pronto se desvaneció, mas la oscuridad, acostumbrada como estaba a ella, no me asustaba. La cuerda susurraba detrás de mí en el polvo.

No pasó largo tiempo hasta que divisé otra luz, más apagada y débil que la del mundo exterior. Al aproximarme, me maravillé de un lugar que impactaba con su extrañeza. El Inframundo.

Me encontré en lo alto de una suave pendiente que desembocaba en un camino vacío de tierra compacta bordeada de cipreses, cosas desecadas y marchitas que se alzaban hacia un cielo incoloro. Más allá se levantaba el arco de un pequeño puente y luego un vasto bosque de árboles invernales desnudos, desprovistos del menor atisbo de hojas. La escena que se mostraba ante mí estaba en su totalidad pintada de negro y gris, como si el mundo hubiera sido lixiviado para extraerle el color.

Una densa niebla se cernía sobre el paisaje. Ni la luz del sol ni la de la luna lograban atravesar su velo para iluminar este lugar infernal. Había tan solo oscuridad, cuya forma arqueada sugería que debía de ser el vientre de la tierra o el tórax de Tártaro, el titán caído para crear en su oquedad la morada de los muertos.

Más allá del bosque, divisé un palacio de mármol blanco ornado de torrecillas, que se erguían como agujas para perforar el cielo hundido. Había algo desafiante en aquella estructura regia, que tan abruptamente surgía del apagado paisaje. Representaba un desaire a la sensibilidad reprimida de los mortales fallecidos, que nunca más serían capaces de asir nada tan sólido como aquellos muros. Aquella debía de ser la residencia de la reina de los muertos, Perséfone, y de su esposo Hades.

Por detrás del palacio se extendía un mar ondulante de colinas. Conocía los nombres de algunas de esas regiones: los campos de Asfódelos y las islas Afortunadas, o de los Bienaventurados, donde reposaban las almas de los héroes. Pero más numerosos eran los lugares anónimos donde las sombras pálidas de los difuntos merodeaban por toda la eternidad, alejándose por momentos de los sueños efímeros que habían conformado sus vidas.

Una gruesa franja negra rodeaba el palacio. Sería el río Estigia, cruzando el cual el barquero Caronte entregaba a los recién fallecidos. Otros ríos serpenteaban por el paisaje como venas de tinta negra. Uno de ellos debía de ser el Lete, mi objetivo.

Hice ademán de empezar a andar en esa dirección, pero bruscamente me paré en seco. Era como si yo fuera un perro frenado de golpe por la correa que lo ataba. Tomé aire, templé mis fuerzas y traté de avanzar, si bien un gran peso bloqueaba el camino. Apliqué mayor presión hasta que noté que me liberaba, como si algo hubiera reventado. Di un traspié, sintiéndome de repente muy liviana.

Comprendí el motivo cuando miré hacia atrás y observé mi propio cuerpo desplomado en el sendero, con los brazos y las piernas de través. El fino cuenco blanco que me había dado Cupido estaba hecho añicos en el suelo.

14

PSIQUE

Cupido y yo, cada uno suponiendo que el otro tenía un plan, pasamos por alto un detalle importante: los mortales que acometen la *katábasis*, el descenso al Inframundo, deben portar una ofrenda. Heracles entregó su propia sangre, mientras que Orfeo se ganó su pasaje con una melodía. Sin embargo, yo había ido con las manos vacías, salvo por un cuenco para llevarme lo que nunca se había regalado, y ahora estaba pagando el precio.

Mi forma fantasmal ya no podía sentir la descarga de adrenalina que acompaña a un susto, puesto que ya no tenía glándulas suprarrenales ni corazón. Aun así, «susto» es el término que mejor describe lo que me embargó al contemplar el cascarón desechado de mi cuerpo mortal.

—De nada sirve quedarse ahí papando moscas —dijo una áspera voz femenina—. Ya no tiene remedio.

Me giré en redondo. Una mujer (o lo que en un principio tomé por una mujer) aguardaba a corta distancia. Presentaba un aspecto peculiar, demasiado llamativo para calificarlo de bello. Tenía unos pómulos prominentes, con rasgos felinos, y unos ojos estrechos, almendrados, que me miraban con desconfianza por encima de una nariz ancha y chata. Lucía una profusa melena de zarcillos negros; trenzas, o eso pensé en un principio, hasta que los cabellos se movieron y saborearon el aire con lenguas bífidas.

Una sacudida de reconocimiento. Recordé el escudo de Perseo, allá en el santuario del héroe del palacio micénico, y el rostro representado en él. Medusa.

—Me doy cuenta de cuán extraño es que me hayan escogido a mí para hacerte de guía en la tierra de los muertos —continuó Medusa—. En circunstancias normales, Hermes sería tu psicopompo y te escoltaría al Inframundo, aunque por lo visto has ofendido a su querida Afrodita. De ahí que la reina me haya enviado en su lugar. —Me miró con el labio torcido en una leve mueca de asco, como si yo fuera una letrina que le hubieran ordenado vaciar—. No sé por qué Perséfone me ha encomendado precisamente a mí la tarea de venir a buscar a la nieta de mi asesino, pero aquí estamos.

—Perseo no era un asesino —repliqué, vehemente. Aun cuando mi propio cadáver yacía a mis pies, no permitiría que tamaño insulto perdurara—. Fue un héroe.

Ella no parecía tan convencida.

—¿Entonces por qué me mató cuando yo estaba sola en casa y embarazada?

Me quedé demasiado azorada para responder. Aquella no era la versión que mi padre me había contado en el santuario del héroe hacía largos años.

—Eras un monstruo —remarqué, aunque se me antojó raro decírselo a su mismísima cara.

Medusa soltó una risa de mofa.

—Para que lo sepas, yo era ninfa de nacimiento. Me transformaron en una gorgona como castigo por el crimen de otra persona. Me han hecho cosas monstruosas. ¿Sorprende acaso que yo misma me convirtiera en una monstruosidad?

Contemplé su melena ondulante.

—No lo entiendo —dije, y ella exhaló un suspiro hondo.

—Cuando era joven, tenía la costumbre de llevar ofrendas al templo de Atenea todas las mañanas al amanecer. Un día, Poseidón me encontró allí sola y me violó.

Mostraba frialdad en los ojos. Miró hacia el camino de cipreses engalanados con niebla. Para ella, el dolor de aquella experiencia se había diluido, dejando solo amargura, pero para mí fue como un mazazo.

—Esa misma mañana, Atenea vino a mí —continuó—. La veneraba desde hacía largo tiempo y le había pedido multitud de cosas, pero aquel día solo tenía un único ruego, que musité con los labios agrietados: «Que esto no vuelva a ocurrir jamás».

»Atenea inclinó la cabeza. Las dos sabíamos que Poseidón aún no había terminado conmigo. Disfrutaba jugando con sus conquistas y yo, una deidad menor, no era rival para él. Conque Atenea me concedió una dádiva: el don de convertir en piedra a quien me mirara, fuera dios o mortal. Después de eso, Poseidón no me molestó más. Aunque pronto descubrí que estaba encinta, me hallaba a salvo. Al menos hasta que hombres mortales en busca de fama empezaron a darme caza. Las leyendas que hablaban de una gorgona espolearon a los aspirantes a héroes. Perseo solo fue el último de un interminable desfile.

Parpadeé, confundida. Los heraldos anunciaban a mi abuelo Perseo como un protector, un guardián del pueblo. El retrato que pintaba Medusa no coincidía con las historias que contaban mi padre o el poeta ciego.

—Pero los héroes protegen a su pueblo… —empecé.

—¿De qué protegían esos hombres a su pueblo? ¿De una diosa vieja y cansada que solo quería criar a sus hijos en paz? Habría dejado tranquilos a esos supuestos héroes si me hubieran concedido el mismo privilegio —añadió Medusa, con una voz que goteaba desprecio—. Y si los héroes miran por el bienestar de su pueblo, ¿por qué no dan de comer a los hambrientos o proporcionan cobijo a los desamparados? El hambre y el frío son más comunes que las gorgonas, y mucho más letales. No, «héroe» es un título que se otorga al que cuenta a su nombre con más muertes admirables. No veo en qué se diferencia de un criador de cerdos. Los dos son carniceros.

No se me ocurría cómo rebatirlo. Quería a mi abuelo Perseo (o lo que creía saber de él), mas no podía negar la verdad que percibía en las palabras de Medusa. Al cabo declaré:

—El oráculo de Delfos profetizó que llegaría a ser una gran heroína. Pero cuando conocí al titán Prometeo, me dijo que no se me recordaría como tal, sino como una gran amante.

—Bien —contestó Medusa. Me dirigió una mirada apreciativa, como si, a fin de cuentas, me considerara en verdad digna de su atención. Los cabellos se retorcieron, las lenguas azotaron el aire—. Puede que, después de todo, el linaje de Perseo haya dado algo que merezca la pena. Mejor ser una amante que una mercadera de muerte. Mas vamos, ya me has hecho perder bastante tiempo.

La gorgona echó a andar a zancadas por el largo camino bordeado de cipreses. La seguí, mientras lanzaba una mirada por encima del hombro a la triste forma de mi cuerpo mortal. Me invadió la comprensión: estaba muerta, realmente muerta.

—Pero ahora nunca seré nada —susurré, bajando los ojos hacia mis pies fantasmales. Veía la tierra compacta del camino a través de ellos, una visión inquietante—. Ni amante, ni heroína, ni siquiera una mujer viva. ¿Sabes que me casé hace solo unos días? Fue una unión rara y las circunstancias lo fueron aún más, pero creo que es posible que lleguemos a querernos de verdad. Aunque nunca hemos consumado el matrimonio. —La sinceridad de Medusa había estimulado la mía y a veces mi boca se adelanta a mis pensamientos.

La gorgona se detuvo y me miró con asombro descarnado.

—Heme aquí, en la frontera del Inframundo, con la nieta de mi asesino —dijo—, ¿y ella habla de consumar su matrimonio?

Un borboteo de risas brotó de su garganta. Echó la cabeza hacia atrás y se carcajeó a gusto, desenfrenada. Una vez que se hubo calmado, añadió:

—Eres audaz, nieta de Perseo, y también franca. Si lo que dices es cierto, acepta mis condolencias. Cohabitar con la persona que amas es uno de los grandes placeres de la vida.

Esta vez me tocó a mí poner cara de sorpresa.

—No olvides que fui ninfa antes que gorgona —apostilló, y me sobresalté al verla guiñar un ojo.

Antes de que pudiera formular una réplica, un temblor me recorrió el cuerpo y el paisaje se rizó como un reflejo en un estanque perturbado. A lo lejos, las formas lóbregas de las colinas y las torres del palacio blanco se disolvieron en la nada. Mientras observaba, el largo camino y sus cipreses empezaron a enrollarse como un pergamino, entre cuyos pliegues desaparecían aquellos.

Medusa chasqueó la lengua.

—Parece que tu alma no está lista para separarse del cuerpo. Imagino que habrá tenido algo que ver ese marido tuyo, ahora que se ha dado cuenta del error que cometió al enviarte aquí con las manos vacías. No importa. Tarde o temprano volverás y, para entonces, estaré esperando la respuesta a mi pregunta. —Me clavó la mirada y por primera vez me fijé en el color de sus ojos: castaños como los de mi padre, castaños como los míos—. ¿Qué es lo que forja a un verdadero héroe? —concluyó.

El Inframundo se esfumó, desmoronándose sobre sí mismo hasta que no quedó nada. Lo último que vi fueron los ojos brillantes de Medusa, como antorchas en la oscuridad.

EROS

Me paseaba intranquilo por el terreno rocoso, aún con la forma de un león, mientras el sol se deslizaba por el cielo. A mi lado, la cuerda se desenroscaba con la fluidez del agua a medida que seguía los pasos de Psique en el Inframundo.

Había estado inquieto desde el momento en que ella acometió el descenso, dándole vueltas a mi improvisado plan en busca de lagunas y fallos. Nada aseguraba que las aguas del Lete fueran una solución infalible a la maldición, pero era la mejor de mis limitadas opciones. Y Psique…

Me quedé petrificado, con una pata suspendida sobre el suelo. Desde que abandonamos la casa del acantilado me había perseguido la sensación de que olvidaba algo, una sensación que me roía las entrañas

158

como un ratón. Ahora lo recordaba: un regalo simbólico para los muertos, una señal como garantía de que el Inframundo le facilitaría un pasaje seguro de vuelta.

De repente, la cuerda frenó su avance sinuoso y el pelaje en la nuca se me erizó. Nada lograba detener a Psique una vez que se proponía algo.

No era demasiado tarde. No podía ser demasiado tarde. Atrapé la cuerda entre las fauces y empecé a tirar, pero me encontré con una pesada resistencia en el otro extremo. Me empleé con todas mis fuerzas, procurando no pensar demasiado en lo que podría haberle ocurrido a Psique, ni en la fricción de la arena contra la carne mortal.

Recuperé mi verdadero yo, corrí a la puerta del Inframundo y sentí cómo los límites del espacio y el tiempo tironeaban de mi forma divina. Los dioses no pueden entrar en la tierra de los muertos; sin embargo, en mi desesperación, me negué a ceder un ápice. Empecé a recoger la cuerda, alternando una y otra mano, sacándola a la luz.

Entretanto, los pensamientos se me agolpaban en la cabeza. Loco por librarme del sufrimiento, nos había abocado a los dos al mismo destino que temía. Me había precipitado a enviar a Psique a la muerte en vida, dando por sentado que su confianza en sí misma equivalía a una preparación real.

El tiempo se mueve distinto en el Inframundo, eso le dije. Desde su perspectiva, no habían transcurrido más que unos minutos; sin embargo, para cuando su cuerpo estuvo a la vista, las estrellas empezaban a motear por el oeste el azul del cielo.

Corrí a su lado, temblando. Estaba exánime y fría, los ojos abiertos miraban sin ver. Su carne pegajosa me recordó con desagrado a la arcilla con la que Prometeo había moldeado a su especie.

Durante unos segundos permanecí inmóvil. El maleficio se levantó dentro de mí semejante a un viento cruel, un torbellino que me recorrió la médula espinal. Psique estaba muerta, la había perdido por culpa de mi estupidez. Comprendí por qué Gaia se había refugiado en la fría oscuridad de la tierra tras perder a su marido, Cronos. Nada podía protegerme de la pena que amenazaba con ahogarme, como arrastrado por una fuerte resaca. Había amado a Psique desde el momento en que la flecha me laceró la piel, un hecho desagradable sobre el cual no ejercía ningún control. Pero lo cierto era que en los últimos días había empezado a gustarme de verdad.

Le sacudí el cuerpo con impotencia mientras un grito de desesperación se me desprendía de la garganta. Traté de insuflar un hálito de vida al cadáver de Psique, estimularle el corazón para que latiera. No tenía la menor idea de si alguna de aquellas técnicas funcionaría, ni de lo frágil que era en realidad la forma mortal. Pero yo era el dios del deseo y deseaba que ella viviera. Psique solo había estado ausente unos instantes según el cómputo que el mundo viviente hace del tiempo. Quizás aún lograra traerla de vuelta. Quizá.

15

PSIQUE

R espiré hondo, una bocanada larga y trémula, mientras mi alma volvía a encajarse en mi cuerpo. El aire nocturno era lo más maravilloso que había saboreado nunca, puro y dulce. No sabía dónde me hallaba, únicamente que estaba oscuro y que no estaba sola. Unas manos se enredaron en mi pelo, alzándome la cara.

Una voz familiar musitó:

—¡Estás viva! Ay, Psique, he sido un necio...

Mi esposo, Cupido. Me tanteaba con las manos, revisándome los brazos y las piernas en busca de rasguños. Había no pocos, aunque tampoco era que me importara. Su tono de ansiedad casi me hizo reír (¿desde cuándo hablaba así mi orgulloso marido?), pero en ese momento no quería risas ni recriminaciones, ni siquiera conversación. Quería otra cosa, algo salvaje y primario, algo conectado al pulso de la existencia misma. Pensé en lo que Medusa había dicho sobre los mayores gozos de la vida. Quería una antorcha que ahuyentara los últimos retazos de oscuridad.

Enrollé los dedos en los cabellos de Cupido y lo atraje hacia mí para darle un beso. Me vi recompensada con un grito de sobresalto que recordaba a los pavos reales que se paseaban por las terrazas de la casa del acantilado, pero al punto me devolvió el beso con una intensidad fiera. Era como un dique que hubiera desbordado sus márgenes, como un hombre que se ahoga y lucha por respirar.

Me aparté, ávida de más. Le tiré de la túnica y traté de quitársela por la cabeza. Con ello solo conseguí asfixiarlo, aunque enseguida se percató de mis intenciones. En un abrir y cerrar de ojos se había despojado de sus ropas. Seguidamente se ocupó de las mías, sacándome el quitón por la cabeza. Levanté los brazos para facilitárselo.

Volvió a besarme con una habilidad y una suavidad tales que me quedé encandilada. Notaba la excitación palpitándole bajo la piel y eso le granjeó mi afecto. Me tumbó en el suelo, procurando acomodarnos sobre el montón de prendas caídas, pero para entonces ya no me importaba. Me habían mantenido ignorante de las artes carnales toda mi vida, escudándose en las normas de la decencia, y ahora estaba presta a comprobar si realmente era para tanto.

El aire nocturno me hormigueaba la piel desnuda y recordé que estábamos a un tiro de piedra del borde del Inframundo. Sentí entonces la presión del pecho de Cupido contra el mío, caliente como un horno. Volvió a besarme, con mayor ternura esta vez, y luego me dejó desguarnecidos los labios para moverse más abajo. Sus cabellos me hacían cosquillas en los senos mientras se deslizaba por los planos de mi vientre hasta que se detuvo cerca de la pelvis. Le agarré del pelo, tratando de atraer sus labios de vuelta a los míos, pero se zafó. Debía de estar confuso; quizá pretendía explorarme en busca de heridas, pese a lo inoportuno del momento. Estuve segura de que se había vuelto loco cuando me rodeó los muslos con las manos y metió la cabeza entre mis piernas.

Ah.

¡Ah...!

Me trajinó con los labios y la lengua hasta elevarme a un estado de incoherencia, febril por el deseo. Entonces se colocó encima de mí. Temía que me lastimara, pero Cupido supo encender mi cuerpo cual fuego, de forma que el dolor fue breve y arrollado enseguida por un torrente de placer. La sensación de tenerlo dentro de mí era más dulce que la miel, más estimulante que montar un caballo salvaje. Lo envolví entre mis piernas, apretándolo hondo contra mí, clavándole las uñas en la espalda, deleitándome con su aliento entrecortado en mis oídos. El fuego de las estrellas se había vertido en mis venas y, al contacto con él, estalló en una explosión de luz.

Más tarde, ni siquiera nos molestamos en taparnos con las mantas, sino que nos apretujamos el uno contra el otro, compensando el frío de la noche con nuestro calor corporal. Pecho con pecho, frente con frente, cada espiración de Cupido me hacía cosquillas en las pestañas. Jamás me había sentido tan desnuda ante otro ser vivo, aunque no me parecía una sensación del todo desagradable. Era más bien como compartir un secreto que hubiera guardado toda la vida, como confiárselo por fin a un amigo fiel. Conocía a Cupido más a fondo de lo que había conocido a ninguna otra criatura viva, aunque nunca hubiera visto su rostro.

Traté de rellenar el silencio.

—No conseguí traer el agua del Lete —dije.

—Me he dado cuenta —respondió él, divertido.

Callé por un momento, notando en la piel el roce de sus pestañas, como alas de mariposas.

—Ojalá pudiera decir que lo siento. Pero si esta es la consecuencia de no haberlo logrado, no lo lamento en absoluto.

Más que verla, intuí su sonrisa.

—Yo tampoco.

16

PSIQUE

De pequeña, mi padre me llevaba a veces al barrio de los artesanos de Tirinto a ver a los sopladores de vidrio. Alceo gustaba de pasear entre su pueblo para poder conocerlo y, por consiguiente, gobernarlo mejor, y los artesanos inclinaban la cabeza a su paso en señal de respeto. A mí me maravillaban los diseños esbeltos que tejían con arena, fuego y aliento, vidrio fundido que se expandía como una burbuja.

A mi retorno del Inframundo, los primeros días fueron así: preciosos aunque imposiblemente delicados, de una dulzura que sabía que no perduraría.

Nos tomamos nuestro tiempo en el trayecto de vuelta. Aunque el viaje a Ténaro lo habíamos cubierto en solo tres días, el regreso se alargó más de un mes. Habíamos sido marido y mujer solo de nombre desde que me instalé en la casa del acantilado, pero los acontecimientos recientes habían marcado un antes y un después.

Cupido no volvió a hablar de la maldición y yo no mencioné a la bestia que estaba destinada a matar; él no hablaba de nuestra fallida empresa de recoger agua del Lete y yo no le preguntaba por su verdadera forma. Charlamos, en cambio, de otras cosas.

Le conté lo que había vislumbrado del Inframundo, ese lugar de bosques muertos, niebla y ríos serpenteantes. Al ser un dios, él nunca podría ir allí y le picaba la curiosidad. Le conté que había conocido a Medusa y lo que opinaba ella sobre los héroes. Él comentó que no le faltaba razón y solo se rio cuando le puse mala cara.

Las noches las empeñábamos en otras cosas.

Daba la impresión de que Cupido conocía una variedad aparentemente infinita de formas mediante las que dos cuerpos podían fusionarse para darse placer, las cuales yo estaba dispuesta a aprender con mucho gusto. Había momentos en los que me sentía como cuando había sido una mariposa: irreflexiva, cálida, flotando en la gloria.

Una noche, mientras yacíamos bajo las sábanas en la oscuridad, Cupido me habló, titubeante, de algo que había visto largo tiempo atrás.

—Un hombre y una mujer mortales —empezó diciendo—. De los arrugados.

Me mordí los labios por no reírme.

—¿Te refieres a ancianos?

—Creo que sí, pero esa no es la cuestión. Cuidaban con cariño el uno del otro, había ternura fluyendo entre ellos. Ya los había visto una vez, siendo más joven, pero esto era distinto. ¿Qué significaba?

—No tiene demasiado misterio —le dije—. Creo que simplemente estaban enamorados.

El amor. Un concepto que nunca me había servido de mucho, nunca había acudido a los altares de Afrodita o de su hijo Eros, el de las dulces mejillas, a suplicar que algún muchacho apuesto se fijara en mí. Ni siquiera ahora pensaba en el amor, al menos en abstracto; solo pensaba en Cupido y aguardaba con el alma en vilo a que cayera la noche para volver a acogerlo entre mis brazos.

Por fin regresamos a la casa del acantilado, donde encontré esperándome varias cartas de mis padres, a cada cual más preocupada. Se alegraban de que estuviera bien, pero se habían asustado al leer que tenía un marido. No sabían nada de Cupido.

Me aferré con las manos al canto de la mesa, blancos los nudillos. Después de todo, mi madre no había concertado el matrimonio. Traté de convencerme de que no importaba, de que todo se había resuelto para bien; sin embargo, no logré acallar el desasosiego que se me instaló en el corazón como un nido de moscas en un montón de basura.

Feliz como fui aquellas semanas que siguieron a mi retorno del Inframundo, sentía cierta apatía. A veces, resonaban en mi cabeza las palabras de Medusa; otras, pensaba intrigada en el mundo humano que había abandonado. El monstruo que supuestamente me perseguía no había llegado a materializarse; me constaba que no era el mismo que había destruido la aldea, pues aquel había sido Céfiro. El dios del viento había cumplido su promesa y pagado su parte de las reparaciones; según me enteré por la carta de mis padres, una lluvia de monedas antiguas de oro había caído misteriosamente del cielo sobre Tirinto.

Tras soltarle una diatriba a Céfiro por la artimaña del moly, acepté su disculpa sincera. A partir de entonces empezó a visitarme con regularidad y descubrí que su compañía acortaba las largas horas diurnas en las que mi marido estaba ausente.

—¿Es normal que las cosas sean así de fáciles? Me refiero a estar con él —le pregunté un día mientras bebíamos vino en la terraza, contemplando el océano.

—Deberían serlo siempre —respondió Céfiro—. No todos los matrimonios tienen por qué ser una parodia como el de Zeus y Hera. Antes de que Jacinto muriera, las cosas también fueron fáciles para nosotros. —Había en la curva de su boca un vestigio de melancolía, que pronto se desvaneció.

Incluso durante esta época dorada, las dudas acechaban agazapadas. Aún persistía el hecho de que yo era mortal y Cupido un dios. Él sería mi vida entera y yo solo un transeúnte efímero en la suya.

Aparte, estaba la cuestión de que seguía sin dejar que le viera la cara. Empecé a preguntarme si realmente me inmolaría al mirarlo o si me ocultaba algo más. Parecía demasiado conveniente que pudiera robar el rostro de un animal durante las horas diurnas y que solo viniera a mí en forma de hombre al ponerse el sol.

En las noches de luna nueva, salíamos a tumbarnos en las losas de las terrazas y contemplábamos las estrellas, no empañadas por la luz de aquella. Señalábamos las constelaciones con las que los dioses habían sembrado el firmamento y nos contábamos historias sobre ellas. Yo conocía las leyendas que circulaban entre los mortales, pero mi marido contaba los antiguos relatos como si en verdad los hubiera presenciado; de hecho, en algunos casos, se había hallado presente. Discutíamos acerca de qué versión era mejor.

Yo le echaba miradas furtivas a la luz de las estrellas, aunque nunca lograba distinguir bien sus rasgos. Traté de persuadirle para que saliera en las noches de luna llena, cuando estaba segura de que alcanzaría a vislumbrar al menos un esbozo de su rostro, mas siempre se negaba.

EROS

Empecé a fijarme en detalles que no había visto verdaderamente en mil años. Observé cómo jugaban los gatos y cómo se exhibían los pavos reales. Me percaté de la belleza intrincada de las flores que crecían a lo largo de la terraza, atendidas por la magia de la casa. Antes, los días se sucedían sin número, ingrávidos, pero ahora todo cobraba realce. El maleficio, extirpadas ya sus garras, cantaba en mi interior. Con Psique, la vida se guarnecía de oro.

Descubrí que me gustaba tener a alguien con quien hablar por las noches. Si durante el día presenciaba una visión especialmente deslumbrante o un suceso divertido, pensaba: *Esto tengo que contárselo a Psique luego*. Me imaginaba el sonido de su risa y me sentía como si planeara por encima de la tierra aunque los pies estuvieran firmemente plantados en el suelo.

Tenía la sensatez suficiente como para saber que mi felicidad transitaba por el filo de una navaja. Al amar a Psique, me estaba aprestando a la tragedia. Aunque de algún modo me las arreglara para mantenerla a salvo de Afrodita y burlar el hechizo, persistía el hecho de que ella era mortal y yo no, un abismo que se abría entre nosotros.

—Si pudiera volver atrás —dijo Céfiro—, me habría cerciorado de concederle a Jacinto su apoteosis. Si no por otra cosa, al menos por tenerlo conmigo. Tú aún dispones de tiempo con Psique. —Me lanzó una mirada—. No lo malgastes.

Me recliné sobre un tronco. Estábamos en mi bosquecillo favorito, donde la luz del sol se derramaba a través de los árboles como cristales de colores, veteando la maleza con las tonalidades del pelaje de un tigre. Venía aquí durante el día, mientras Psique deambulaba por la casa del acantilado, para asegurarme de que ella no vislumbrara siquiera un esbozo de mi rostro y desatara la maldición en su totalidad. Céfiro me acompañaba a veces.

—No todos los seres humanos pueden alcanzar la apoteosis —objeté, refiriéndome al proceso que deificaba a los mortales—. Solo aquellos que se hayan distinguido. Además, deben aprobarlo la mayoría de los dioses. ¿Y cuándo se han puesto todos de acuerdo en algo? Afrodita lo prohibiría, sin duda. —Había cavilado en ello más de una vez, dándole vueltas en mi mente, en engranajes dentro de engranajes, y no había hallado una solución al problema. Debía mantener mi amor por Psique en secreto.

Céfiro flotaba en el aire como un nadador en las aguas de un río, tendido de espaldas con una rodilla en alto y las manos enlazadas detrás de la cabeza.

—Bueno, no me culpes si su mortalidad resulta ser más frágil de lo que pensabas.

Pese a ello, seguía creyendo que todo podría salir bien. Al menos hasta el día en que descubrí a una intrusa hurtándome rosas.

Los rosales crecían en la terraza en abundante floración. No había estación en la que aquellos pétalos aterciopelados no engalanaran este lugar árido, un trozo de magia con la que me deleitaba. Mas ahora había alguien enredando con ellos, haciendo crujir las hojas y partiendo los tallos. El cabello dorado le caía por la espalda.

La figura se dio media vuelta y reconocí a mi hermana Eris. No había envejecido, naturalmente, si bien el paso del tiempo le había afilado los rasgos, tornándolos más crueles y enjutos. Más propios de ella, en otras palabras.

—Ah, hermano mío —me saludó con una sonrisa que no se extendía a los ojos—. Me preguntaba cuándo vendrías a recibirme. —Su falsedad me recordó a Afrodita; los dioses siempre se muestran corteses cuando se desprecian entre sí. Preferimos la venganza por poderes.

—¿Qué haces aquí? —Mi pregunta hendió el aire. Las rosas cortadas echaron brotes lúgubres por encima del suelo y los pavos reales levantaron la cabeza al oír de repente mi voz.

—¿Acaso necesito un motivo para visitar a mi hermano? Ay, he de contarte la broma que urdí hace poco. Verás, robé una manzana de las Hespérides y en ella grabé una inscripción: «Para la más bella». Luego la tiré rodando entre los olímpicos que se habían congregado para una boda y ¿sabes qué? Hera, Atenea y Afrodita se enzarzaron en una pelea. ¡Cada una se pensó que iba dirigida a ella! ¡A la más bella! —Soltó una risita, henchida de orgullo—. Los olímpicos no soportan que uno de ellos posea algo de lo que carecen los demás, pero al final ganó tu madre adoptiva, por supuesto. Se congració con el pobre mortal que eligieron para que hiciera de juez en la disputa, un infeliz de nombre Paris, de un lugar llamado Troya.

—No juegues con Afrodita —exhorté a mi hermana—. Nada bueno surgirá de ello.

Eris ladeó la cabeza, cubriéndose la boca con una mano delicada.

—No busco tu consejo, hermanito. Solo te estoy previniendo. Afrodita le prometió a Paris la mano de la mujer más hermosa del mundo, y no me gustaría que fuera esa muchacha humana que tienes como mascota. Psique, creo que se llama… Vigílala de cerca, hermano querido.

Me puse tenso y los ojos se me fueron directos hacia la casa. Antes de que pudiera responder, unas alas negras se desplegaron de golpe sobre los hombros de Eris y ella se arrojó al abismo del cielo, aún sosteniendo en los brazos el ramillete de rosas robadas.

17

PSIQUE

U na noche, un par de meses después de haber regresado de Ténaro, inquirió Cupido:

—Psique, ¿por qué tienes dos latidos?

No hacía mucho rato que se había puesto el sol y estábamos acurrucados muy juntos en la amplia cama. Yo recostaba la cabeza en su pecho y él me pasaba ociosamente los dedos por el cabello. Me aparté al oír la pregunta, volviendo la cara hacia él a pesar de que, en la oscuridad, no distinguía nada.

—¿De qué rayos hablas? —dije.

—Tienes dos latidos —respondió—. Lo normal es que solo tuvieras uno, pero ahora percibo otro, aunque mucho más débil. ¿Se trata de una condición común entre los mortales?

Poco a poco comprendí la procedencia de sus palabras. No me había venido la sangre con la luna nueva y había supuesto que se debía al esfuerzo del viaje. Entonces caí en la cuenta de que Cupido nunca había conocido a una mujer embarazada.

Titubeante, le expliqué lo que significaba. Noté moverse las mantas cuando él se incorporó y por un momento temí que huyera. Pero enseguida oí el rugido alegre de una risa y sentí sus brazos rodeándome.

—Nunca había tenido un hijo —confesó—. Nunca en todos mis siglos.

Me besó y se rio, sus labios dulces como el vino. Me relajé en sus brazos y dejé que la euforia me colmara. Un vástago, nuestro vástago. Mortal o semidiós, sería amado.

—Hemos de hacer una visita a Micenas —sugerí, emocionada—. He de contarles a mis padres que van a ser abuelos y, cuando llegue el momento, quiero dar a luz en mi ciudad natal.

Había aprendido a interpretar los cambios sutiles en el cuerpo y la voz de mi marido con la misma facilidad con que otros leían las emociones de un rostro y noté cómo el calor abandonaba a Cupido. Rehuyó mi contacto.

—No podemos —alegó—. Es demasiado peligroso.

Fue como si el suelo de piedra se hubiera derrumbado bajo mis pies.

—¡Viajar a Ténaro y descender al Inframundo conllevó muchísimo más peligro! —espeté, indignada—. Hablamos de mi hogar.

—Ahora tu hogar es este.

Me invadió la ira. No me convertiría en una especie de marrana, relegada a parir los lechones de mi marido en tinieblas.

—Yo no crecí aquí, en estos salones donde ninguna voz mortal rompe el silencio. Ven conmigo de vuelta a Micenas. Conoce a mis padres antes de que nazca el bebé. —Alargué la mano, pero él se retorció ante el contacto.

—No es que no aprecie el atractivo de tu plan —dijo, escogiendo despacio las palabras—. Pero no merece la pena arriesgarse. Las amenazas te persiguen como un cordero que corre a la zaga de su madre. Después de lo ocurrido en Ténaro, no quiero que te pongas en peligro innecesariamente.

Yo temblaba de rabia. Me habían contado que las mujeres embarazadas oscilan de una emoción a otra como un péndulo, mas era la obstinación de mi marido lo que ahora alimentaba mi furia.

—¿Qué soy yo para ti? —pregunté, cortante—. ¿Una esposa o solo otra de las mascotas que tienes encerradas en este lugar solitario?

Encajó las acusaciones con un silencio atónito. Se adivinaba que Cupido no había esperado mi reacción.

—¿Qué pasará cuando nazca el bebé? —demandé, las palabras manando de mí como sangre arterial—. ¿Acaso tendré que dar a luz aquí, sola, con una sombra como única acompañante? ¿O acaso será Céfiro mi partera? Y el bebé, ¿será un dios o será mortal?

El corazón me galopaba en el pecho y mis dedos asían las sábanas de igual modo que se aferra a un cabo un marinero que se ahoga. Otros temores se cernían en mi mente, demasiado pertinentes para despreciarlos.

—Cupido —empecé, trémula la voz—, ¿qué pasará cuando envejezca, cuando tú sigas siendo joven y yo tenga el rostro surcado de arrugas?

En un primer momento no respondió, se limitó a exhalar un suspiro hondo y se dio media vuelta. Oí el frufrú de las sábanas mientras se acomodaba. Cuando habló, su voz era vinagre rancio.

—Bastará con que me escuches, porque en la oscuridad nunca veré las arrugas.

Me encendí de indignación. Le di la espalda y me hice un ovillo, con la mirada perdida en la despiadada noche hasta que el sueño me venció.

EROS

No podía explicarle a Psique que una diosa había amenazado su vida. Solo insistiría en cargar a la batalla contra esta enemiga a pesar de mis intentos de hacerla entrar en razón y Afrodita la aplastaría sin la menor vacilación. No pondría en peligro las vidas de Psique y del niño por tamaña insensatez. Ni me arriesgaría a que cayera sobre nosotros todo el peso de la maldición.

La noche siguiente, me presenté ante ella con el principio de un compromiso.

—No es posible ir a Micenas, aunque quizá podrías recibir una visita aquí.

Esperaba un gesto de gratitud, pero en cambio ella dio un bufido.

—Qué generoso, permitirme una visita en mi propia casa. —Psique era perversa cuando se enfadaba, como un turón acorralado.

Retrocedí. Le había ofrecido una rama de olivo y había recibido el azote de una vara.

—¿Y cómo van a llegar aquí mis padres? —continuó—. Gobiernan un reino y no tienen libertad para viajar cuando les plazca. Y además, ¿qué les voy a contar de un marido que se niega a hacer acto de presencia?

Se me empezaba a agotar rápido la paciencia.

—Pues invita a otra persona —respondí, la desesperación deshilachando los bordes de mis palabras—. A esa prima de la que tanto hablas, por ejemplo. La sacerdotisa.

Psique soltó una risa amarga y no contestó.

—¿Y qué le cuento? ¿Que mi marido es un delfín, un pájaro, un caballo?

Ya solo quería zanjar el asunto y echarme a dormir.

—Cuéntale lo que te dé la gana —dije, acomodándome en mi lado de la cama—. Te quejas cuando te aconsejo qué hacer, conque lo dejaré a tu discreción.

Me tumbé, pero Psique permaneció muy tiesa, un pilar de resentimiento hirviendo en la oscuridad.

—¿Es que no lo entiendes? —preguntó al cabo de un rato. El tono altivo había desaparecido de su voz, sustituido por una nota lastimera que me perforó el corazón—. Ni siquiera sé si tienes madre, o padre, o hermanos o hermanas. Nunca me has contado nada al respecto. Hay muchísimas cosas que desconozco de ti, cosas que no quieres compartir conmigo. Pero ¿por qué no me permites que al menos comparta esto contigo? ¿No quieres ir a ver la casa de mi infancia, el sitio donde crecí?

—Ojalá pudiera —dije para aplacarla—. Pero veamos primero cómo se desarrolla la visita de tu prima.

Hubo un silencio expectante en el otro lado de la cama. No me explayé y, al cabo de un rato, ella dio un resoplido de impaciencia y se echó las mantas sobre la cabeza.

18

PSIQUE

Al ver a Ifigenia, lo primero que pensé fue que había cambiado. De entrada, era más alta, las curvas de la edad adulta le habían suavizado la complexión de adolescente juguetona. Sus rasgos eran más afilados, más sólidos. Me fijé en que vestía un quitón de mujer corriente en lugar de la túnica de una sacerdotisa de Artemisa, un detalle que decidí sacar a colación más tarde.

En el momento en que divisé el barco de su padre atracar en la cala en el fondo del acantilado, empecé a pasearme por los pasillos de la casa como un cachorro entusiasmado. Cuando Ifigenia ascendió la escalera sinuosa hasta la terraza delantera, con la cara roja y sin aliento, le eché los brazos encima. Mi amiga más antigua y querida regresaba por fin a mí.

Rio y se zafó de mi abrazo, mirándome con asombro.

—Cuánto me alegro de ver que estás bien, Psique —dijo—. Las circunstancias de tu desaparición eran... preocupantes.

—Te escribí cartas. Y, como ves, en mi vida he estado mejor —respondí jovialmente; luego me puse seria cuando se me ocurrió un pensamiento—. El rey Néstor. ¿Está enfadado?

Ifigenia sacudió la cabeza.

—No, solo perplejo. Ha seguido adelante; cuando se hizo evidente que no volverías, tomó como esposa a una princesa de Corinto.

Aflojé los hombros, aliviada.

—Gracias a los dioses —expresé, y la guie luego al interior de la casa, hacia la fina mesa de roble cargada de comida.

—Qué preciosidad de casa —suspiró Ifigenia, admirando los cristales de colores soleados, que dejaban entrar brillantes gavillas de luz—. ¡Háblame de tu marido! —pidió.

Me atenazó el pánico. En mis cartas le había contado lo menos posible. ¿Cómo explicarle que un dios me había tomado como esposa y que solo se acercaba a mí en la oscuridad? O bien creería que desvariaba, o bien se volvería loca de miedo.

—Es un noble príncipe que ha elegido vivir una existencia solitaria aquí a orillas del océano —dije, aunque me dolía mentirle. Nunca le había ocultado nada—. Por desgracia, hoy le será imposible acompañarnos, pero es apuesto, rico y muy amable. Y…

Callé, apagada la voz. No podía limitarme a hilvanar una vaga descripción tras otra. Tenía que pensar en algo más convincente.

—Le gustan la caza y la arquería, conque tenemos mucho en común —concluí torpemente.

Ifigenia me miró expectante, con ganas de oír más. Hice una exagerada floritura que cerca estuvo de volcar la jarra de vino y le pedí que me contara más sobre lo que acontecía en mi tierra.

Ella había estado aguardando ese momento. Una sonrisa pícara se dibujó en el rostro de mi prima y se inclinó hacia delante con aire de complicidad.

—Hay noticias de Esparta.

Helena había desaparecido, suceso que coincidió con la partida de una delegación de comercio troyana. Presa del pánico, Menelao organizó una búsqueda antes de que, pasados unos días, llegara una carta de puño y letra de la reina en la cual explicaba que se había ido a vivir con el príncipe Paris a la ciudad de Troya.

Pensé en la hermosa y desdichada mujer que había conocido hacía tantos años. «Aspiro a metas mayores —había dicho Helena la noche de su boda—. Yo quería enamorarme y ver mundo». Me la imaginé en la lejana Troya, colgada del brazo de un príncipe extranjero. Parecía que, después de todo, había hallado la manera de obtener lo que ansiaba.

Se lo comenté a Ifigenia y sus ojos relampaguearon con macabro entusiasmo.

—Pero aún está la cuestión del juramento —señaló—. ¿No te acuerdas del pacto que los pretendientes de Helena sellaron en la boda?

No me acordaba. Mis recuerdos del acontecimiento estaban empañados por la tristeza del ambiente. Por suerte, Ifigenia no tuvo reparos en aclararme los detalles.

—Juraron que cualquier hombre que se fugara con Helena se enfrentaría a todos los demás en batalla —recapituló—. Algunos de los pretendientes seguían amargados por no haber sido elegidos, conque el juramento se hacía imperativo para mantener la paz. Pero ¿quién iba a concebir que un extranjero raptaría a Helena? ¡Y encima un invitado! —Ifigenia sacudió la cabeza por lo sacrílego del hecho.

—No creo que hiciera falta mucho para convencerla —apunté, al tiempo que picoteaba un trozo de cordero envuelto en pan blando—. La mujer que yo recuerdo habría requisado un barco pesquero para huir.

—¿Es que no lo ves, Psique? —continuó Ifigenia, a todas luces encantada con estas conspiraciones—. Los pretendientes están obligados por el honor a ayudar a su marido Menelao a recuperarla, así como los aliados de Esparta. Incluso hombres como padre, que de entrada nunca compitieron por la mano de Helena, se han visto arrastrados a la guerra con Troya. El tío Menelao carece de la experiencia militar de padre, conque le ha confiado el mando de las tropas. ¡Ay, Psique, menudo ejército será! Han convocado a hombres de toda Grecia, jamás se ha visto nada igual. Ni los argonautas llegaron a ser tan formidables. Soldados de ciudades que durante años se han tirado a degüello entre sí ahora juegan juntos a los dados en los campamentos. Los poetas cantarán sobre ello en los siglos venideros.

—Necesitarán todos los hombres que puedan reunir si quieren arrancar a Helena de los brazos de su apuesto príncipe —bromeé. Al pensar en mi propia felicidad al lado de Cupido, me pregunté si

Helena sentiría una fracción de la misma alegría con ese tal Paris. Me pregunté si en verdad querría que la encontraran.

—Troya nunca ha caído —admitió Ifigenia, con los ojos brillantes—. Pero tampoco se ha enfrentado nunca a padre con todo un ejército a sus espaldas. ¡Ay, Psique! Que aún no te he contado lo más emocionante: ¡voy a casarme! ¡Con Aquiles! —exclamó con regocijo—. Se ha unido con sus hombres a las huestes que marchan hacia Troya. Padre explicó que el matrimonio entre el campeón de las tropas y la hija del comandante fortalecerá los lazos con el ejército. La ceremonia se celebrará en el plazo de un mes.

Recordé al príncipe tan bien parecido como irritante que había conocido largo tiempo atrás en los Juegos Hereos. Me alegraba ver a Ifigenia emocionada, pero me costaba imaginar a Aquiles en la figura de un marido decente.

—Creía que ibas a ser sacerdotisa de Artemisa —dije antes de que lograra reprimirme—. Que te harías sacerdotisa y no te casarías nunca.

Se le nubló el rostro. Las cejas se apiñaron como nubes de tormenta y la boca adquirió la dureza que recordaba de su madre Clitemnestra.

—Y yo creía que llegarías a ser una gran heroína —replicó.

Di un respingo, como si me hubiera propinado una bofetada. Por vez primera, percibí la sombra de Agamenón en su hija.

Pasó rápido. Sus manos volaron a los labios, recobrada su dulzura natural.

—Discúlpame, Psique. No soy quién para juzgarte. Es solo que todo ha cambiado tan de repente que apenas sé a qué aferrarme. Padre me ordenó que abandonara el colegio de sacerdotisas por este matrimonio, ¿y cómo podría negárselo? Necesitamos esta alianza. Y me gusta Aquiles, conque no está tan mal.

—Claro —contesté, insegura. Ignoraba dónde habría aprendido Ifigenia a hablar con tanta frialdad. De su madre o de su padre, quizá, o de las sacerdotisas de Artemisa, cuyas palabras son afiladas como flechas.

—Pero basta de parlotear sobre mí —dijo a la vez que agitaba la mano—. No me has contado casi nada de tu nueva vida.

—Hummm —empecé, mientras me inventaba frenética un pretexto—. Mi marido es viejo, conque está postrado en cama…

Ifigenia ladeó la cabeza.

—¿No habías dicho que era un hombre joven y que disfrutabais juntos de la caza y la arquería?

Me maldije por ser una tonta. No queriendo preocupar a Ifigenia, solo había conseguido despertar sus sospechas.

—Es un hombre de edad mediana —añadí con torpeza—. Ya sabes, ni muy joven ni muy viejo.

Me miró, con sus plácidos ojos ambarinos colmados de curiosidad.

—¿Cómo se llama? ¿De dónde proviene su pueblo? ¿Cómo concertó el matrimonio contigo?

Las preguntas asemejaban piedras lanzadas con una honda y las esquivé con presteza.

—Se llama Cupido —respondí. En eso no necesitaba mentir—. Y su pueblo lleva viviendo en estas colinas muchos años. En cuanto a la proposición de matrimonio, bueno…, fue un asunto bastante repentino. —Me eché un trozo de pan a la boca y me encogí de hombros.

La preocupación hendía la frente de mi prima.

—Psique —dijo, bajando la voz para que nadie más alcanzara a oírla—. ¿Es tu marido miembro de la tribu dórica?

Los dorios eran un pueblo bárbaro, jinetes desaliñados de las llanuras cuyas incursiones en las polis griegas se hacían año tras año más audaces. Ya habían caído bajo su dominio algunas de las ciudades más pequeñas y remotas. Agamenón había invertido buena parte de su carrera en combatirlos y también mi padre había salido a darles batalla cuando se aventuraron demasiado cerca de Micenas. En más de una ocasión los dorios habían secuestrado mujeres de las ciudades de los griegos para llevárselas a sus colinas.

—¡Por supuesto que no! —espeté.

Ifigenia alzó las manos en señal de rendición, aunque la incertidumbre persistía en sus ojos.

—Desapareciste tan de repente que me perdonarás que me preocupe por esas cosas. Máxime con todo lo ocurrido con Helena.

»No obstante, a modo de hipótesis, supongamos que tu marido fuera dorio —continuó sin interrupciones—. Podría acarrear graves consecuencias. El hombre con quien te cases será heredero al trono de Micenas y tus hijos irán detrás de él en la línea de sucesión. Si un enemigo de nuestro pueblo te ha tomado como esposa... entenderás las implicaciones.

Las entendía. Otorgaría a nuestro enemigo más atroz un sólido derecho a reivindicar una de las grandes casas de Grecia.

—Pues menos mal que mi marido no es dorio —repliqué con ferocidad. Me aparté de la mesa, con un chirrido de la silla, y me puse en pie—. ¿Cuándo has aprendido a comportarte como una política?

—Cuando empecé a dedicarme a servir a mi familia en vez de a mis propios intereses —declaró con frialdad. Permaneció sentada, mirándome sin inmutarse mientras yo echaba humo por encima de ella—. Quizá deberías considerar seguir mi ejemplo —concluyó.

Al no obtener respuesta, Ifigenia se levantó de la silla con fluida gracilidad.

—Tal vez sea hora de despedirme —anunció, el semblante ilegible—. Los hombres de mi padre han sido apartados de la campaña para escoltarme hasta aquí y no debería malgastar su tiempo innecesariamente. Les comunicaré a tus padres que estás bien.

Mientras observaba a Ifigenia descender por la larga escalera hacia la playa, contemplé la posibilidad de llamarla y explicarle todo, pero me acobardé ante la idea. Algunas cosas no podían explicarse, al menos sin suscitar aún más preguntas.

Observé como el barco se hacía al mar oscuro como el vino y me pregunté qué habría sido de la prima de ojos brillantes que conocí y de la muchacha valiente que fui antaño.

La duda es una semilla y, una vez plantada, a buen seguro que germinará.

No le achacaba la culpa a nadie. Ifigenia se olió una mentira y su consejo, basado en el conocimiento que tenía de la situación, era atinado. Yo estaba convencida de que mi marido no era dorio, pero sabía muy poco más de él.

Y por mucho que me esforzara, no conseguía olvidar las palabras de Prometeo. «Ignoras quién es tu marido, ¿verdad?».

Lo ignoraba, era cierto. Y ahora llevaba a su hijo en mi vientre.

Después de marcharse ella, me acomodé en uno de los sillones y contemplé el océano a través del amplio ventanal, absorta en mis pensamientos. Las sombras rodaban por el interior de la casa del acantilado, marcando la transición hacia el atardecer. Aun así, no me moví. Uno de los gatos se restregó contra mí a guisa de saludo y le rasqué las orejas con aire distraído, pero no aparté la vista del agua.

Me pregunté qué diría Ifigenia si se enterara de que nunca le había visto la cara a mi marido.

La duda floreció a medida que las sombras se alargaban hacia el ocaso. A decir verdad, ya no creía que ardería en llamas, como Sémele ante Zeus, al mirar su rostro. En todo el tiempo que habíamos pasado juntos, no había sufrido ningún daño.

Y mis hijos serían herederos al trono de Micenas, como tan descortésmente me había recordado mi prima. Un pensamiento se apoderó de mí del mismo modo que un búho atrapa a un ratón, clavándome las garras en el corazón: si daba a luz a un varón, al crecer se convertiría en el próximo rey de la ciudad-estado de Micenas. Ocuparía el puesto que ostentaba mi padre y dirigiría la nación en tiempos de paz y en tiempos de guerra.

Eso lo resolvía todo. Tenía que saber quién era el padre de mi hijo, por el bien de mi pueblo.

Mientras el sol se zambullía en el horizonte, pintando el paisaje de rojo sangre, fui a una alcoba cercana al dormitorio y empecé con los preparativos.

19

PSIQUE

Esa noche, cuando Cupido se acostó en la cama junto a mí, interpreté el papel de la esposa contenta y cariñosa. Le conté una versión abreviada de la visita de Ifigenia, luego apoyé la cabeza en su hombro y le hice una pregunta tonta para que se distendiera.

—¿Los gatos tienen algún nombre?

—Naturalmente —respondió Cupido, con una risa incierta—. Pero te sería imposible pronunciarlos. Tu boca no sería capaz de emitir todos los sonidos necesarios. Yo mismo solo los entiendo cuando estoy en forma de gato.

—Bueno, se me han ocurrido varias ideas —empecé. Acomodé la cabeza en el hueco del hombro y le acaricié el pecho, apenas rozándolo con la yema de los dedos—. El atigrado gordo de ojos grises es Glauco. Creo que le pega bastante, ¿no te parece? La hembra de color carey que se come la comida de los demás es Escila. Sabes que devoraría un barco entero lleno de marineros si tuviera la oportunidad...

Continué de esa guisa durante un rato, desenfadada y juguetona, mientras Cupido me pasaba la mano por el pelo. Cuando por fin sus movimientos se ralentizaron y lo oí respirar con la cadencia constante y regular que rubricaba el sueño, me levanté con sigilo y caminé a tientas por la casa a oscuras.

Los objetos estaban en la alcoba, donde los había dejado, dispuestos en una fila. Mis dedos bailaron sobre la concavidad de un cuenco lleno de aceite, perforado por un cordón de fibras trenzadas; luego, sobre los bordes duros de un pedernal y eslabón de bronce. Me temblaban tanto las manos que necesité varios intentos para hacer saltar una chispa. Una vez conseguida, la llama prendió rápido en la mecha del cuenco y la luz del improvisado candil cerca estuvo de cegarme antes de que mis ojos tuvieran la posibilidad de adaptarse a ella. Sostuve el pequeño cuenco entre las manos, con cuidado de no derramar el aceite ardiendo. Las sombras se escoraron mientras regresaba al dormitorio, caminando por pasillos que ahora me parecían ajenos. Nunca había visto la casa a la luz de una vela.

El corazón me latía en los oídos, una mariposa batiendo las alas. Estaba cometiendo traición y lo sabía. Era lo único que Cupido me había pedido, lo único que yo había prometido. Quizás estuviera condenándome por desafiar la maldición, sentenciándome a una muerte abrasadora, aunque ya no me creyera ese cuento. Necesitaba saber quién era mi marido, una necesidad que desterraba cualquier otra consideración.

Abrí la puerta.

No estallé en llamas cuando vi a mi marido tendido a sus anchas en la cama. Los cabellos eran de oro rizado, que brillaba a la luz de la lámpara; en la languidez del sueño, un brazo reposaba descuidado sobre la almohada. El pecho desnudo subía y bajaba con la respiración apacible de los soñadores. Cupido no era un monstruo ni un bárbaro. Era de una belleza desconocida para los mortales.

Me incliné hacia delante para echarle una mirada más de cerca, inconsciente de mis movimientos. Le di un vaivén al cuenco de aceite ardiente y parte del líquido se vertió por el borde y le goteó en el pecho.

Con un aullido de dolor, Cupido abrió los ojos.

Eran verdes, del color de las hojas en aquellos días de verano que había empeñado con Atalanta en el bosque. Verdes como praderas, tan raras en la rocosa Grecia. Verdes como pozos en los que podría caerme, perdiéndome. Se agrandaron, colmados de terror, al ver la lámpara, y supe con una certeza mórbida lo que había hecho. No sentí pánico, solo una vergüenza sorda. Al igual que Anteia, había traicionado al hombre que me amaba.

Excepto que él no era humano. Ningún hombre mortal habría podido soportar el hechizo que lo atenazaba ahora. Su columna se quebró como el mástil de una vela en un vendaval. Dejó escapar un grito, un sonido estrangulado y áfono. Alargué la mano hacia él, desesperada por ayudarlo y horrorizada por mi traición, pero sus dedos se escurrieron entre los míos. El tiempo y el espacio se plegaron para cederle el paso. La cama lo succionó, como si hubieran enhebrado una aguja, y me encontré mirando el hueco donde había estado apenas un instante antes.

El pulso me martilleaba los oídos. Una maldición, él había hablado de una maldición, y ahora comprendía lo que se avecinaba.

Retumbaron las profundidades de la tierra. Grité cuando cayó polvo de una fisura en el techo, donde la piedra se había partido en dos. Cercenada de su amo divino, la casa empezó a desmoronarse.

Otra grieta rajó el suelo como un relámpago errante y la puerta se abrió de un violento golpe. La única luz proyectaba sombras salvajes y fracturadas sobre la escena. Agarré a toda prisa una sábana de la cama antes de huir de la casa; no llevaba puesta más que una prenda de dormir.

Aún sostenía la lámpara en la mano mientras corría hacia la terraza y me lanzaba escaleras abajo. El aceite caliente me abrasaba la piel, pero no me permití frenar. Los gatos pasaban como dardos entre mis pies y los gritos estridentes de los pavos reales hendían el aire mientras flotaban, tratando de ponerse a salvo, desplegadas las anchas alas.

Por fin, alcancé la seguridad de la playa rocosa en el fondo del acantilado. A la luz mortecina de la luna en forma de hoz, vi como mi hogar se despeñaba en el mar, estrellándose en el agua como si no estuviera hecho de nada más sustancial que arena.

20

PSIQUE

La primera noche sola fue la más dura. Me había acostumbrado a dormir en una cama mullida con la cálida presencia de mi marido al lado. Ahora me hallaba completamente sola, revolviéndome mientras trataba de encontrar una postura cómoda sobre las rocas frías. Aun cuando en mi juventud había dormido en el suelo agreste de las tierras salvajes, Atalanta había estado allí conmigo. Ahora no tenía ni un cuchillo siquiera, ni los utensilios necesarios para encender fuego, solo la ropa a la espalda y la sábana; había sido lo bastante avispada para llevármela en el último momento. Había perdido la lámpara en algún punto del camino.

El mar lamía la orilla mientras la luna recorría su sendero en el firmamento y en mi interior se arremolinaban sentimientos tan profundos como el océano. Era imposible describir lo que sentía. Estupor en gran parte, aunque la pena y la rabia también estaban presentes. Supongo que sería más exacto decir que me sentía robada.

Robada, privada de mi marido, de la vida que habíamos empezado a construir juntos. De sus fuertes brazos ciñéndome la cintura, de su suave voz en mis oídos, de sus dedos entrelazados con los míos. Entonces, con implacable horror, recordé la forma en que la maldición había hecho presa de él y sepulté el rostro entre las manos.

La certidumbre de que yo misma me había buscado esta desgracia no conllevaba ningún consuelo; ardía de vergüenza y rabia. Había quebrantado la confianza de Cupido, pero él me había contado mentiras. Mentiras que aún trataba de digerir. Que hormiguearon en mi mente inconsciente, despertando una curiosidad invasora. Me había hablado de una maldición, pero jamás, ni en mis figuraciones más descabelladas, habría adivinado que ocurriría esto.

Las lágrimas se abrieron paso por mis mejillas, frías en el aire nocturno. Me sacudía en sollozos, descargando mi pena en la silenciosa indiferencia de la oscuridad.

Al cabo de un largo rato, mi respiración se ralentizó y recobré el control de mí misma. Me limpié la cara en la sábana que me envolvía y me dije severa que ahora el objetivo era la supervivencia y que no tenía sentido mortificarse por lo acontecido. Mientras las estrellas rodaban por el firmamento, enterré los fragmentos de mi corazón roto y procuré dormir un poco.

Una diosa se presentó ante mí en la espesura de la noche, cuando nada se movía y ningún viento soplaba. Rememorándolo, nunca supe con certeza si la conocí estando despierta o soñando.

Despegué la cabeza del suelo para divisar una figura posada con delicadeza sobre un afloramiento de piedra cercano. La piel desprendía un brillo tenue en la oscuridad, como una versión estirada de la luna, iluminada por su propio resplandor interior. El cabello se derramaba como tinta sobre los hombros.

—Conque era aquí donde te tenía guardada —dijo, contemplándome como una tigresa que evaluara su próxima comida—. Después de lo que le hizo a Adonis, juré que destruiría lo que más amara, pero parece que ya te has encargado tú sola. —Echó un vistazo hacia las ruinas de la casa del acantilado, resoplando con disgusto.

Me incorporé despacio, sosteniendo la mirada de la extraña. No me atreví a hacer ningún movimiento brusco. Me había topado con gatos monteses y osos en las tierras salvajes y sabía que no debía mostrar miedo. Recordé las advertencias de Cupido sobre el monstruo que me perseguía y especulé con si no sería precisamente la figura que se hallaba ahora ante mí.

—¿Te refieres a Cupido? —pregunté.

La extraña hizo una mofa.

—¿Ese es el nombre que te dio? Qué típico de mi hijo adoptivo mentir acerca de una cuestión tan vital. No, su verdadero nombre es Eros.

Eros, el dios del deseo. Había oído los himnos de alabanza: alado, de cabellos dorados, dispensando amor a mortales y dioses por igual. Recordé la visión que de él había tenido a la luz de la lámpara y supe con terrible certeza que ella hablaba verdad.

Miré fijo la figura plantada ante mí. Si Eros era su hijo adoptivo, entonces la extraña no podía ser otra que Afrodita.

—¿Dónde está? —demandé.

Afrodita se cruzó de brazos.

—¿Por qué habría de decírtelo? Ten por seguro que no quiere volver a verte nunca más.

Sus palabras me cortaron. A la luz de la luna creciente, la belleza de Afrodita poseía la perfección letal de una espada desnuda. ¿Por qué una criatura sublime como ella optaría por atormentar a una mortal como yo?

Afrodita inclinó la cabeza con gesto condescendiente, mirándome como si yo fuera una estúpida.

—No te contó la verdad sobre la maldición, ¿verdad? Parece que mi hijo está envuelto en una espiral de mentiras.

Se rio al notar mi expresión confusa, un sonido evocador de campanas. «Amante de la risa», llamaban los poetas a Afrodita, mas nunca se planteaban de quién o de qué se estaría riendo.

—Un hechizo de amor —dijo—. Destinado a ti, pero por lo visto cargó él con el peso de la maldición. Un accidente, no me cabe duda. Querida niña, ¿de veras crees que en otras circunstancias Eros se habría fijado en ti? Él es un dios. Tú no eres más que una pequeña mortal con las rodillas desolladas.

Me quedé sin habla. Se me hizo un nudo en la garganta, mas no lloraría delante de mi enemiga.

Apoyó la barbilla en la mano.

—En verdad, todo esto es para bien. Vosotros dos no podríais haber continuado así eternamente, rondando en la oscuridad. Aunque hubierais respetado los términos de la maldición (y el hecho de que estés aquí demuestra que no), ¿qué futuro tendríais? Con la edad te habrías marchitado mientras él se mantenía joven. Imagínate: un dios visitando a una bruja de huesos quebradizos en mitad de la noche. ¿Cuándo se ha visto cosa igual? Mejor que te haya abandonado ahora.

—¿Por qué estás aquí? —pregunté—. No tengo hogar ni marido. ¿Me arrebatarás también la vida?

—¡Por todos los cielos, no! —exclamó—. Ahora somos familia. Llevas dentro un hijo suyo.

Mi mano voló al vientre.

—Nadie me acusará de matar a mi propio nieto —continuó ella—. Jura que me servirás lealmente y cuidaré de ti hasta que nazca el niño. Quizá hasta te brinde una última visión de Eros.

Titiló en mi interior un atisbo de esperanza que al punto se apagó. Me percaté de que Afrodita no hacía mención de lo que ocurriría después del parto, si se me permitiría criar al bebé o si se me permitiría incluso vivir. No, se habían acabado los tratos con dioses.

Además, si Eros no me quería, entonces yo tampoco lo querría a él.

—Perdóname, señora —dije con amargura—. Pero he de declinar tu ofrecimiento. Nací en el mundo de los mortales y hallaré mi sitio allí de nuevo.

Afrodita se acomodó un mechón de pelo detrás de la oreja.

—Muy bien. Pero dudo que encuentres una oferta mejor. Llámame si cambias de opinión. Daré contigo dondequiera que estés.

Una promesa y una amenaza. La diosa se elevó entre un susurro de faldas y desapareció en la noche.

Volví a tumbarme en la dura tierra, envuelta en la sábana hecha jirones, sumiéndome en un sueño intranquilo. Cuando desperté, el cielo era del azul pálido que anunciaba la proximidad del alba, y advertí la presencia de una figura pequeña moviéndose a mi lado.

Me incorporé de un salto. Era Escila, la gata regordeta de color carey, sentada con remilgo encima de una roca. Se me cortó la respiración al verla. Al menos algunos de los animales habían escapado; algo del mundo que había construido con Eros sobrevivía.

Alargué la mano, con dedos temblorosos. Escila me olfateó, bufó y corrió hacia la maleza.

Por la mañana, me deslicé sobre los cantos de pizarra hasta que los pies volvieron a pisar tierra firme; seguí las ruinas de la escalera que ascendía por la pared del acantilado y terminaba en los escombros dentados de la casa. A partir de ese punto, escalé con ayuda de pies y manos hasta alcanzar la meseta más allá, la misma que Cupido (no, Eros) y yo habíamos tomado de camino a Ténaro. El recuerdo, antaño tan dulce, me resultaba ahora amargo como la cicuta.

Me moví con presteza, sin hacer apenas ruido. Pronto me refugié agradecida en un bosque, mucho más seguro que la llanura desabrigada, y recé por no cruzarme con ningún bandido.

Era por la tarde cuando una brisa me cosquilleó la piel, un bienvenido alivio del calor madurado a lo largo del día. Un par de dedos fantasmales resbalaron por mi brazo y una figura enjuta y nervuda se materializó junto a mí. Céfiro.

—¡Psique! ¿Qué le ha pasado a la casa? ¿Dónde está Cupido? Y tú, ¿estás herida? —Había una nota de pánico en su voz que nunca había percibido.

Una vez, cuando entrenaba con la espada, Atalanta me asestó por accidente un mandoble tan fuerte que me dejó varios segundos sin respiración. Volver a ver a Céfiro se me antojó similar: un recuerdo de un mundo perdido, un dolor tan agudo que me heló el corazón.

No había sufrido ningún daño físico, salvo por unos cuantos rasguños y quemaduras. Sin embargo, tenía en las entrañas una herida rasgada, salada por mi encuentro con Afrodita la noche anterior. Y también ira, una ira incesante tanto hacia mí misma como hacia Eros. Una ira que ahora se desbordaba por completo y descargaba sobre Céfiro.

Aparté la mano que me había puesto en el hombro y di un paso atrás.

—Lo sabías, ¿verdad? —recriminé. Apreté las manos, clavándome las uñas en las palmas con fuerza suficiente para dejar medialunas rojas—. Lo sabías y nunca me lo contaste.

Céfiro arrugó la nariz, perplejo como un cachorro.

—¿Qué?

—La maldición —gruñí—. Sabías que Eros, ese que me hiciste creer que era un dios falso llamado Cupido, estaba condenado a amarme. Y a desaparecer ante mis ojos si alguna vez nos mirábamos cara a cara. Ay, cuánto habrás disfrutado con tu broma. —Me había puesto a temblar, como si los huesos fueran a salir del cuerpo para arañarle.

El otro me miraba fijo, como si no me reconociera.

—La maldición —continué—. Era la única razón de que se preocupara por mí, ¿verdad? Y la razón de que solo pudiéramos encontrarnos en la oscuridad. Debería habérmelo figurado. Eros nunca me amó, solo me quería como… mascota, una distracción. Como tu Jacintito —añadí, escupiendo las palabras.

Céfiro me miró con la expresión de un hombre atravesado por una lanza.

—Jacinto nunca fue una distracción —fue lo único que consiguió decir.

—Eres un monstruo —bramé—. Debería haberme dado cuenta cuando destruiste la aldea micénica con la sola intención de hacerme salir. No eres un dios digno de adoración, solo un monstruo. Me imagino que Jacinto también lo vio.

La gota que colmó el vaso. Céfiro irguió los hombros y un viento iracundo le agitó el cabello.

—¡Entonces huye! —vociferó mientras los árboles empezaban a doblarse y mecerse en torno a nosotros—. No sé qué habrás hecho, ni qué mal habrás provocado que caiga sobre él y sobre ti misma, pero apáñate por tu cuenta. En cuanto a mí, iré en busca de Eros.

Una ráfaga de aire me cegó de igual modo que aquel fatídico día en la meseta cercana a Micenas. Alcé las manos para protegerme la cara mientras el viento me azotaba las ropas ligeras que vestía.

Pasado un instante, me hallé sola en el bosquecillo. La luz del sol brillaba a través de las ramas y el canto de los pájaros reverberaba en el ambiente, como si ningún dios hubiera estado aquí jamás.

21

EROS

U n relámpago de dolor me sacó sobresaltado del sueño. Alcé la mirada a unos ojos castaños cálidos como la tierra misma, un rostro enmarcado por cabellos que a la luz de la lámpara componían una melena leonina de rizos perfectos. Psique.

Una lámpara. Una luz.

Sentí una llamarada de ira (ella había roto su promesa, me había traicionado), aunque para entonces ya era demasiado tarde para hacer cualquier cosa que no fuera resignarme.

La maldición se desató con la fuerza de un maremoto y me arrastró hacia abajo. El martirio me atravesó el cuerpo inmortal con sus puñales y traté de gritar, pero el sonido se desgarró de mi garganta mientras me arrancaban del lecho conyugal. Caí a través del hielo y el fuego, a través de la roca y los velos arremolinados de la nada. Debería haberme imaginado que Afrodita idearía un proceso de separación lo más doloroso posible. Había conjurado lengüetas afiladas, en número suficiente para mutilar a un mortal. No bastó para destruirme, solo me dejó exhausto. Yo no podía morir, pero sí difuminarme hasta convertirme en no más que una chispa de atracción saltando entre dos pares de ojos. Podría volverme como Nereo, una colada de espuma que había olvidado que una vez fue un dios.

Entonces retorné a mi cuerpo y me encorvé, gacha la cabeza, débil. Anillos de fuego ardían en mis muñecas, formando unos grilletes que me sostenían en pie. Sin embargo, más cruel aún era el dolor que me producía la quemadura en el pecho, causada por el aceite caliente de la lámpara que Psique me había derramado encima. Recordé su rostro, sus ojos agrandados por el asombro y el temor dibujado en su boca, iluminados por la lámpara que yo le había prohibido encender. Saber que me había traicionado resultaba más amargo que la quemadura.

Creí que ella lo entendía. Creí que quería quedarse.

Abrí los ojos, sin apenas notar la diferencia. La oscuridad de la habitación se hacía opresiva, solo aliviada por un tenue rectángulo de luz cuyo brillo delineaba el contorno de una puerta. Percibía que no estaba solo.

—Tendría que haberme imaginado que algo se había torcido —dijo una voz familiar— cuando esa moza mortal desapareció tan de repente y no vi ninguna prueba de su humillación. Me convencí de que mi preocupación era infundada y que todo marchaba bien. Tendría que haber sabido que no eras de fiar.

—Afrodita— respondí—. ¡Ay!, perdona que en mi pobre estado actual no te salude como es debido. Dime, ¿dónde está Psique?

—La última vez que la vi, estaba cerca de las ruinas de tu casita, llorando a moco tendido. La verdad, querido muchacho, no entiendo qué viste en ella.

Afrodita llevaba todo el rato sentada en un rincón, una forma tenue en la penumbra. Ahora se puso en pie. Alcancé a oír sus pasos aproximándose y se detuvo cuando su cara quedó a escasos centímetros de la mía, tan cerca que sentía su aliento en la mejilla. Los papeles parecían haberse invertido, una horrible representación de mis noches con Psique; seguro que era exactamente lo que Afrodita pretendía.

No distinguía el feo gesto de su cara, aunque podía imaginármelo con absoluta claridad. Sabía cuánto le gustaba regodearse con sus conquistas, románticas o de cualquier otro tipo. Tiré de los grilletes, haciendo tintinear las cadenas.

—No te esfuerces, que no lograrás liberarte —comentó—. Son gemelas de las que retienen a Prometeo. Hefesto las forjó él mismo para mí, aunque te alegrará saber que no especifiqué para quién eran.

—Qué amable por tu parte —repliqué mientras trataba de averiguar hasta dónde era capaz de bajar el brazo—. A buen seguro mi amistad con tu marido se echaría a perder si se enterara de que forjó las cadenas de mi encarcelamiento.

—No estás en condiciones de hacerte el gracioso —dijo en tono enigmático—. ¿Sabes qué? Todo este asunto me recuerda una cosa que le ocurrió a mi amigo mortal Paris, príncipe de Troya. Sus padres trataron de abandonarlo en las tierras salvajes, pero lo acogió un pastor y lo crio. Aunque supongo que no guarda un paralelismo exacto con tu situación; tú, en cambio, cuando acogiste a la princesa en tu casa, decidiste fornicar con ella.

El corazón me martilleaba los oídos.

—¿Qué le has hecho a Psique? —demandé.

—Absolutamente nada. He decidido por el momento dejar a esa fulana a su suerte, aunque aún podría enviarla al Inframundo como venganza por lo de Adonis —respondió, su aliento rociándome la cara—. Pero ahora mi atención se centra en ti y pienso pedirte cuentas por tus numerosos crímenes.

Oí los pasos de Afrodita moverse en círculo alrededor de mí, como un buitre sobrevolando un cadáver, mientras enumeraba todos los desaires. La imaginé contándolos con sus dedos largos y elegantes.

—Mentir sobre el cumplimiento de tu cometido, aliarte con una de mis enemigas y esconderla durante meses, y exigir un favor a cambio de algo que nunca llegaste a hacer. Ese antídoto para el amor jamás habría funcionado, lo sabes, ¿no? —añadió—. Las madres han de mantener a raya a sus hijos y yo he sido demasiado indulgente contigo.

—¿Qué quieres de mí? —pregunté, derrumbado sobre los grilletes.

—Ah, nada más que tu sufrimiento —dijo con dulzura—. Una compensación por todas las veces que me has agraviado. Te he encerrado en una despensa bajo el monte Olimpo, un sitio al que no viene nadie. Dispongo de todo el tiempo del mundo para empeñarlo en tu castigo.

—Afrodita —titubeé, desencajado por momentos—. Esto es ridículo. Acudamos ante Zeus y que arbitre él.

Ella soltó una risita, larga y grave.

—Ay, hijo querido, ya he hablado con Zeus. Fue él quien me propuso que usara este cuarto. Está tan harto de tus travesuras como yo.

¿No bastaba con la maldición? —pensé—. *Atarme a una persona con el único propósito de prohibirme verla, ¿no era suficiente?*

—¿Qué tienes planeado? —pregunté en un tono de cierta indiferencia—. ¿Se comerá un lobo mi corazón día tras día? ¿Llenarás la celda de agua para ver como me ahogo una y otra vez?

—No. Sería demasiado bueno para ti; te proporcionaría algo que hacer, un método para llevar la cuenta de tus días —señaló Afrodita, con un placer perverso goteando de sus palabras—. No, me limitaré a dejarte aquí, sin nada que hacer, sin nada que comer y sin nadie con quien hablar, hasta el fin de los tiempos.

Y dicho lo cual se marchó, encerrándome en una oscuridad insondable.

22

PSIQUE

Al cabo de unos días, apareció a la vista una remota aldea de montaña. Era poco más que un racimo de casitas envueltas en el humo de las lumbres, aunque se me antojó tan grandiosa como un palacio. Aquí podría hallar descanso y proveerme de viandas antes de continuar trayecto hacia Tirinto.

Estaba fatigada en extremo. Las espinas me hacían jirones la ropa y tenía cortes y arañazos en las plantas de los pies. Atalanta me había obligado a entrenarme descalza, pero ni se le había ocurrido prepararme para vagar durante días y días por las tierras salvajes, sola, sin unos avíos exiguos siquiera.

Dejé atrás los campos y enfilé un camino de tierra que hacía las veces de calle mayor del poblado. Su gente vivía como lo habían hecho sus antepasados después de que Prometeo los modelara en arcilla, arañando de la tierra un mísero sustento y pastoreando rebaños de cabras flacas en las praderas altas. Era una vida plagada de penurias, y ellos, un grupo desconfiado.

Me acerqué a zancadas a la primera persona que divisé, un hombre joven que daba de comer a unas gallinas a la sombra de una casa desvencijada. Apelé a la antigua ley de la *xenia*, la hospitalidad ordenada por los dioses. El muchacho me miró boquiabierto al tiempo que el grano se le escurría entre los dedos como la arena de un reloj. Me imaginaba lo que veía: el fantasma de una mujer que había surgido del bosque. El color de la piel me delataba como forastera en estas tierras áridas y solo iba ataviada con prendas de dormir, sin mostrar siquiera el decoro de cubrirme con un velo.

El muchacho me llevó ante el jefe del poblado, cuya choza solo superaba ligeramente en tamaño al resto. Era un hombre mayor, de rostro granítico, tan inflexible como las montañas mismas, que me sobó el cuerpo con los ojos.

—¿Dónde está tu padre, señora? ¿Y tu marido? —preguntó.

—Quedé separada de mi marido durante un asalto a nuestra caravana —mentí—. He de volver a Micenas con mi familia. En nombre de la *xenia*, solicito vuestra ayuda…

El jefe me interrumpió con un gesto de la mano.

—La tendrás. No somos ajenos a las leyes de Zeus.

Apareció una mujer mayor para llevarme a otra pieza de la casa. Incluso entonces, él no apartó la vista de mis posaderas.

No me ofrecieron más que una tina de estaño llena de agua tibia y un trozo duro de jabón de sosa. Sabía que había gente que vivía así, pero nunca había experimentado tal grado de pobreza. Distaba mucho de los lujosos baños de la casa del acantilado; no obstante, conseguí apañármelas. No permanecería aquí largo tiempo.

La mujer era como una década mayor que yo, corpulenta como una mula, de tez pálida como el vientre de un pez y facciones duras. Resolví que debía de ser la esposa del jefe.

Tomó asiento a la cabecera de la bañera mientras yo me metía dentro y empezaba a frotarme.

—Se dice que el varón es el cabeza de familia —expuso—. La mujer está al servicio de su marido, pero sirviéndolo es posible hallar felicidad si te portas bien. Aunque él tenga mano de hierro o una lengua afilada, conviene mantener la boca cerrada y la mirada gacha. Es simplemente el orden de las cosas. Puede que el matrimonio sea duro, pero la vida se hace más llevadera compartida entre dos. —El trazo de su boca permanecía rígido—. Lo entenderás cuando tengas hijos.

Sentí una puñalada de pánico en el estómago y junté los brazos y las piernas en una postura protectora. Habían pasado menos de quince días desde que Eros comentó que oía dos latidos, pero quizás aquella mujer supiera interpretar los sutiles cambios en mi cuerpo que delataban el embarazo, ver la chispa que flotaba en mi matriz.

Ella me observaba con atención, y entonces comprendí qué era realidad lo que estaba insinuando.

—¿Crees que he huido de mi marido?

La mujer se encogió de hombros.

—A muchas chicas de tu edad les cuesta adaptarse a las exigencias de la vida matrimonial. Reconozco los signos. —La mujer hizo una pausa y añadió—: A menos que seas una esclava o una concubina, cosa que dudo. Hablas como si estuvieras acostumbrada a que la gente te escuche. Quizá por eso haya fracasado tu matrimonio.

—Tú no sabes nada de mi matrimonio —la atajé con tono seco—. Y guárdate tus consejos, no los necesito.

Por un momento no se oyó ningún sonido en la habitación. Me encontraba desnuda en la bañera y la mujer parecía inclinarse amenazadora sobre mí. Se me ocurrió que ella podría sumergirme la cabeza bajo el agua y mantenerla allí hasta que cesaran mis forcejos, y nadie se enteraría. Nadie se molestaría en vengar la muerte de una extraña que se había aparecido como un fantasma.

Le sostuve la mirada, impávida, hasta que ella apartó los ojos.

Se marchó y regresó con ropa. Era una túnica sencilla, carente de forma definida y raída por mil lavados, el tipo de prenda que en aquel remoto lugar usaban tanto hombres como mujeres, pero al menos me quedaba bien. Me llevaron a una mesa ocupada por tres niños pequeños, callados y bien educados, versiones en miniatura de su inexpresivo padre. El jefe del poblado y su esposa no se prestaban atención, y tampoco me la prestaban a mí. Las comidas familiares con mis padres siempre habían sido ocasiones alegres, llenas de conversación y risas, pero esta era tan deprimente como un funeral. Pensé en Eros y me pregunté por un instante cómo habría sido criar a nuestros hijos entre las maravillas de la casa del acantilado. El pensamiento me escoció como el agua del océano en una herida abierta, de modo que lo barrí de mi mente.

Esa noche, por primera vez desde que me vi expulsada de la casa del acantilado, me acosté en un colchón, aunque estaba relleno de paja y picaba. Aun así, me encontraba desvelada. La pesada respiración del resto de la familia, salpicada de ronquidos y pedos, me mantenía despierta. Si alguna figura sombría se me acercara con sigilo, no la oiría hasta que fuera demasiado tarde.

Al final me quedé dormida antes del amanecer y tuve un sueño intranquilo en el que caminaba por un prado de hierba alta moteado de flores silvestres y nunca alcanzaba mi destino. Horas más tarde, me despertó un gallo especialmente vociferante. Me levanté de un salto, con la certeza de que descubriría a Eros, pero no era más que una gallina corriente.

Aquella mañana, el jefe del poblado me recibió en el desayuno a solas, con un cuenco lleno de gachas delante de él y otro esperándome en el otro extremo de la mesa. No mencionó dónde estaban su mujer y los niños, aunque un par de hombres jóvenes merodeaban junto a la puerta, hombres corpulentos, de músculos voluminosos por años de arrastrar arados por la tierra rocosa.

—Te hemos dado ropa y alojamiento, cumpliendo de sobra con las exigencias de la *xenia* —dijo, sin quitarme los ojos del pecho—. Es hora de discutir el pago.

Fruncí el ceño y empezaron a sudarme las palmas de las manos. La ley de la *xenia* exigía claramente hospitalidad sin que mediara pago, pero ya había previsto esa circunstancia.

—Al pasar por los prados, vi marcas de garras en los lomos de las ovejas —señalé—. Estáis infestados por una plaga de grifos, ¿no es cierto?

Al hombre le tembló la mandíbula.

—Sí. Llevamos ya un tiempo ocupándonos de esas alimañas. —Se mostraba desconcertado por el aparente cambio de tema.

Asentí con la cabeza.

—Si me prestáis arco y flechas, además de un cuchillo y calzado recio, os libraré del problema. ¿Bastaría como pago?

El jefe del poblado se quedó mirándome. Creo que se habría reído a carcajadas si no hubiera estado tan impactado por la sorpresa.

—¿Dices que tú matarás a los grifos?

Le sostuve la mirada fríamente.

—Si fracaso, ¿qué habréis perdido? Un cuchillo, unas flechas, un par de sandalias. Un precio insignificante por librarse de un peligroso incordio.

Eso lo convenció. Aceptó el trato.

Me interné en las montañas con una rara ligereza en el corazón. Notaba el peso reconfortante de la aljaba y el arco en el costado y una alegría me bullía en el cuerpo. Con el calor del sol y el frescor umbrío del bosque, casi lograba olvidar todo cuanto había perdido.

Localicé el nido de los grifos en un afloramiento rocoso un poco más alto que las murallas de Tirinto, a un lado de un estrecho cañón. Me encaminé hacia allí con sigilo, manteniéndome entre la maleza seca que crecía en parches poco tupidos. Divisé a uno de los grifos, relajado, astillando un hueso con su pico afilado. De pronto, irguió la cabeza y dio un grito de saludo.

Una sombra sobrevoló el nido y al punto se posó otro grifo, portando un conejo muerto, y entre los dos despedazaron el cadáver. La criatura recién llegada era de mayor tamaño, una hembra. Deduje que debía de encontrarme ante una pareja apareada. Aun desde la distancia, pude ver el pelaje gris que enhebraba el lomo de la hembra y me fijé en que el macho favorecía su lado izquierdo, compensando alguna vieja herida. No me extrañó que hubieran recurrido a robar cabras y ovejas; presas más difíciles probablemente estarían fuera de su alcance.

Una pareja apareada. El recuerdo de la expresión afligida de Eros al llevárselo la oscuridad fue como un fogonazo detrás de mis párpados, pero me tragué el dolor. Tenía que completar la misión. No regresaría con las manos vacías.

En cuanto los grifos se calmaron, me puse en movimiento. Salí de repente de entre la maleza y tensé el arco con la fluidez de siempre. Un segundo después, el macho profirió un chillido. Una flecha le asomaba del ojo y él le daba zarpazos frenéticos. Su compañera emitió un grito de indignación y desplegó las alas, casi eclipsando el sol. Alzó el vuelo, tratando de abatirse sobre mí desde el cielo.

Retrocedí en el último suspiro y giré sobre mis talones para asestarle un golpe con el arco. La madera era de tejo, vieja y endeble, mas bastó para desviar a la hembra de su rumbo y mandarla contra la roca, donde se estrelló de cabeza. Los grifos tienen los huesos huecos, como las aves, y pueden quedar incapacitados por un golpe que solo conseguiría irritar a un dragón o a una hidra. La hembra estaba muerta antes de caer al suelo.

Un grito desde lo alto atrajo mi atención. Era el macho, que se incorporaba vacilante sobre las patas. Una cortina de sangre le cubría la cara y el cuerpo, pero se encaminó con pasos inseguros hacia la pared del risco. Me puse tensa; aunque aún me quedaban un puñado de flechas en la aljaba, el arco era ahora un despojo inservible. Extraje el cuchillo de la vaina, mas, para mi sorpresa, el grifo no se fijó en mí y corrió hacia el cuerpo de su compañera, dándole codazos y maullando lastimosamente. Ni siquiera se percató de que me aproximaba hasta que estuve lo bastante cerca para echarle la cabeza hacia atrás y rajarle la garganta.

Observé cómo se le apagaba la vida en los ojos, noté cómo su cuerpo se volvía inánime bajo mis manos y de pronto me invadió una oleada de repugnancia por lo que había hecho. Capté el color iridiscente de las plumas de su compañera entre el polvo y me entraron ganas de llorar por haber destruido tanta belleza. Me di la vuelta y vomité en la tierra.

Mientras recobraba el aliento, las palabras de Medusa resonaron en mi mente: «No veo en qué se diferencia un héroe de un criador de cerdos. Los dos son carniceros».

Cavilé sobre qué era exactamente lo que definía a un monstruo.

Enterré a los grifos como un último gesto de respeto, un honor reservado a un noble enemigo, escarbando en el suelo con las manos, usando una piedra afilada para cavar cuando las uñas empezaron a astillarse. Les arranqué sendas plumas antes de entregar sus cuerpos a la tierra, prueba inequívoca de mi victoria. Eran enormes; puestas sobre los pies, me sobrepasaban la cabeza. Las até a la aljaba y emprendí el descenso por la ladera.

Si había esperado una celebración a mi regreso, me llevé una gran decepción. En vez de ello, la gente de la aldea se asomaba a puertas y ventanas, escudriñándome con recelo, y se escabullían a mi paso. Me temían más que a los grifos. Aquellas criaturas al menos eran comprensibles, parte del orden natural de las cosas, pero yo era distinta, algo que les infundía mucho más terror.

Encontré al jefe del poblado esperándome ante la mesa de madera tosca de su casa y no vi ni rastro de su esposa. Varios hombres, al menos cinco o seis, se apiñaban en la sala.

Deposité las plumas encima de la mesa.

—He cumplido mi palabra y he matado a los grifos que acosaban a vuestro rebaño. Os agradezco vuestra hospitalidad y partiré en breve —dije.

Un hombre podría pasar toda una vida sin sostener jamás en las manos una pluma de grifo, pero el jefe no parecía impresionado. Me miró con ojos tan planos y fríos como la superficie de un lago en invierno.

—No has traído las pieles —dijo—. Las pieles de grifo son valiosas y nos pertenecían.

Me puse roja de irritación.

—Me pediste que matara a los grifos y eso he hecho. No mencionaste ni una palabra sobre las pieles.

El jefe levantó una de las largas plumas y la inspeccionó con aire de desdén.

—Entonces nos has robado algo de nuestra propiedad, a pesar de que te acogimos como si fueras una invitada de honor. ¿Y cómo sabemos que no arrancaste esta pluma de un cadáver ya muerto? —añadió—. O quizás engañaste a otra persona para que los matara por ti.

Me estaba enfadando de verdad. Ya le había tolerado demasiado a este hombre.

—¿A quién iba a engañar para que matara a los grifos si ninguno de vosotros daba la talla?

Se hizo un frío silencio, lleno de malicia. Los ojos de todos los hombres de la sala estaban clavados en mí. Mientras yo hablaba con el jefe, habían entrado más individuos en la casa. ¿Cuántos eran ahora, diez, doce? Me asediaban.

A una señal del jefe, los hombres avanzaron en tropel con una única voluntad. Sabía lo que me harían y que lo harían a sangre fría. Yo era una aberración en el orden del mundo, una mujer que había olvidado cuál era su lugar y necesitaba un correctivo.

Una risa desaforada inundó la sala y rebotó en los techos altos, paralizando a los hombres. Estaban preparados para las lágrimas, hasta para los gritos, pero no para las carcajadas. Tardé un momento en darme cuenta de que brotaban de mí.

—No sabes quién soy —gruñí, apenas reconociendo mi propia voz. No disponía de tiempo para empuñar un arma, pero mi tono retuvo a los hombres como insectos en ámbar—. No sabes qué soy. Soy nieta de un héroe e hija de un rey. Soy la esposa de un dios y llevo a otro en mi vientre. He venido aquí a poner a prueba tu comprensión de la *xenia* y has fallado, habéis fallado todos. El castigo del Tronador caerá sobre vosotros.

Mi voz se había ido elevando por momentos. Al terminar, ya hacía temblar las paredes. Tuve la entereza suficiente para maravillarme de mí misma. ¿Dónde había aprendido a hablar así? ¿Cuándo me había vuelto tan audaz como para hablar a la manera de un dios?

Probablemente durante las muchas noches que pasé durmiendo al lado de uno, pensé con ironía. Eros se habría mostrado satisfecho.

Los hombres se quedaron mirándome como ovejas, congelados en un retrato de asombro. Y, conjurando una calma espeluznante, añadí:

—No os inflijáis más daño impidiendo mi viaje.

Di media vuelta y salí andando de la sala. No tenía comida, aunque al menos ahora vestía ropas nuevas y portaba un cuchillo. Esperé a recibir un flechazo entre los omoplatos, mas nunca llegó. Mantuve la espalda erguida hasta que desaparecí tras la linde del bosque.

Solo cuando me hallé a salvo, oculta a las miradas de la aldea, me detuve. Frené mis pasos, me acuclillé en el suelo y apoyé los antebrazos en las rodillas. Me clavé las uñas en el cuero cabelludo, con la respiración entrecortada, mientras todo el miedo que había estado conteniendo se desbordaba como un río en primavera.

23

PSIQUE

L a mañana siguiente a mi huida de la aldea, me encontraba tumbada en la especie de nido que me había construido en el suelo del bosque, apenas un manojo de ramas cortadas de un árbol bajo. Me desperté con la luz del sol y me estiré sin disimulo. Entonces divisé un pajarillo posado en una rama cercana. Iluminado por el sol mañanero, daba la impresión de estar hecho de oro.

Por un momento, se me desbocó el corazón. Mi marido estaba aquí, me había encontrado, la pesadilla de nuestra separación había tocado a su fin...

Y entonces el pajarillo alzó el vuelo, aleteando entre los árboles, y me di cuenta de que no era Eros, sino un simple abejaruco.

Fue una revelación que me robó el aliento de los pulmones, que hizo emerger la profunda pena que sentía. Antes, mi dolor había sido un anhelo persistente, el cual palidecía al lado del tormento de la inanición física que me mordisqueaba las entrañas. No me había permitido llorar de verdad hasta ese momento, tan concentrada había estado en la mera supervivencia. Ahora mi pérdida se desnudaba en la quietud de la mañana.

Había perdido a mi compañero en la oscuridad, a mi amante, al padre de mi hijo, al dios que no había sabido que era mío hasta que fue demasiado tarde. ¿Acaso había sido mío alguna vez? Afrodita afirmaba que, sin el hechizo, Eros nunca se habría fijado en mí. Yo no dudaba de mis encantos, pero, a la postre, no era sino una muchacha mortal. ¿Qué había sido yo para él, una pipa para el adicto al opio, una flor de loto para los lotófagos? ¿Me había amado por mí misma o solo por lo que yo le daba?

Y en cuanto a mí, ¿lo amaba a pesar de todas sus mentiras?

De pequeña, Atalanta me había mostrado el rastro de un oso en el bosque. Una sucesión de huellas de zarpas, más grandes que mi mano, que se adentraban en la maleza. La criatura a la cual pertenecían se había ido largo tiempo atrás y solo se definía por la impronta que había dejado. El amor era así, perceptible solo por su ausencia.

Las lágrimas me abrasaron los ojos, mas no me molesté en enjugarlas. El dolor era tan agudo que las manos, dotadas de voluntad propia, barrieron mi cuerpo para comprobar si tenía heridas; naturalmente, no hallaron ninguna.

Lloré la pérdida de Eros y lloré a los gatos y pavos reales perdidos durante la destrucción de la casa del acantilado, víctimas inocentes de una traición en la que no estuvieron involucrados. Me maldije por no haber tratado de aferrar a una de aquellas criaturas bajo el brazo, por no haber tratado de conservar algo de aquella vida peculiar y hermosa.

No existía ninguna razón por la cual debiera seguir queriendo a Eros. Estaba claro que él ya no me quería, si había de creer las palabras de Afrodita, y el hecho de que no hubiera venido a buscarme tras la destrucción de la casa parecía demostrarlo. Lo más sensato y práctico sería olvidarlo y no mirar atrás; no veía otra manera de garantizar mi supervivencia y la del niño que llevaba en el vientre. Y, sin embargo, no lograba olvidar el recuerdo de la voz de Eros en el oído, de su cuerpo apretado al mío. No lograba desprenderme de la delirante esperanza de que estuviera buscándome.

Pensé en la oferta de Afrodita, un juramento de servidumbre a cambio de la oportunidad de obtener una visión de Eros. Se me revolvió el estómago.

Me faltaban fuerzas para proseguir la marcha y volví a tumbarme. En una ocasión, la tintura de Circe me había transformado en una mariposa, pero ahora me sentía más bien como una oruga envuelta en una crisálida, sepultada en una muerte en vida.

Al despertarme, estaba anocheciendo. El sol rozaba el horizonte y una luna casi llena flotaba en el cielo. Me puse a andar y descubrí un arroyo, donde bebí hasta saciarme, y una zarza cargada de los frutos de finales de verano. Comí un puñado de moras y luego me senté sobre los talones mientras remitía el dolor de estómago.

En torno a mí, las criaturas de la noche se desperezaban. Un zorro merodeaba por el sotobosque y un búho desplegaba las alas en lo alto mientras ratones y topillos correteaban por la hierba. El viento nocturno suspiraba entre los árboles. Había todo un mundo a mi alrededor, un mundo que no reparaba en mi pena.

Contemplé la luna naciente y pensé en la diosa Artemisa. Era a ella a quien Atalanta se había consagrado. La bienamada patrona de Ifigenia. Además de diosa de las tierras salvajes, se decía que era la protectora de las vírgenes, así como de las parturientas. Una cazadora de una destreza sin parangón, razón por la cual Atalanta la amaba. Yo misma le había ofrecido sacrificios de tanto en cuanto, aunque se me asemejaba a enviar regalos a un pariente lejano que nunca venía a visitarme. Ahora no tenía nada que ofrecer, nada salvo mi corazón y mi voz.

No amaba a la diosa. No estaba obligada. Para los dioses, el amor y el odio eran irrelevantes con tal de que se les rindieran los sacrificios propicios, o eso me habían enseñado.

No obstante, ¿acaso Prometeo no había actuado movido por el amor cuando entregó a la humanidad el regalo del fuego?

¿Acaso Eros no me amaba, aunque hubiera mentido?

Bajo la luna, con las manos vacías, elevé una imploración incoherente a Artemisa. No contenía palabras, solo un grito desesperado de socorro. Nada se movió excepto las hojas en el viento nocturno, pero después me sentí mejor.

Si Artemisa lo oyó, no sabría decirlo. Pero un día más tarde, mientras me abría paso entre los matorrales, percibí el rumor de unos pies humanos en el sotobosque. Me puse tensa, preguntándome si los hombres de la aldea me habrían encontrado o si un hatajo de bandidos me habría seguido el rastro. No era rival para ellos en mi estado actual; estaba desarmada salvo por el cuchillo y un puñado de flechas, aparte de cansada hasta la médula y medio muerta de hambre.

Empuñé el cuchillo, dispuesta a plantar cara. Para mi asombro, la figura que emergió de la maleza no fue otra que Atalanta.

24

PSIQUE

Sentada al otro lado de la fogata, mientras miraba a mi maestra, me sentí como si hubiera caído a través del tiempo.

Atalanta estaba más vieja; habían transcurrido casi dos años desde que la vi por última vez. La melena tupida contenía más blanco que gris y se movía con una rigidez que delataba su edad, pero en su presencia experimenté la misma sensación de seguridad que siempre. Quizás el campamento estuviera destartalado y solo contara con un pequeño refugio a un agua para guarecerse de los elementos, pero era suyo. La yegua alazana de Atalanta, de aspecto tan gris como el de su ama, dio un resoplido a guisa de saludo al verme.

—¿Dónde has estado? He oído que desapareciste durante una cacería —dijo Atalanta, rompiendo el silencio. Al encontrarnos, me había abrazado con una alegría desenfrenada, pero ahora su naturaleza huraña volvía a imponerse. Me miraba a través del fuego, los ojos brillantes en un rostro descarnado.

Me daba cuenta de qué pinta debía de tener. Vestía unas ropas de segunda mano, las que me habían dado en la aldea de la montaña, y era evidente que llevaba varios días durmiendo en el suelo. El cabello se me había enredado hasta quedar irreconocible, conque había usado el cuchillo para cortármelo. Ahora mi cabeza parecía un campo en temporada de cosecha, llena de trasquilones.

—¿Qué ha pasado? —preguntó—. Creía que te había enseñado mejor.

—Y me enseñaste bien —respondí. Di un sorbo del sustancioso estofado de venado, sazonado con zanahorias de monte, para ganar tiempo—. Pero una cosa llevó a la otra y, antes de que me diera cuenta, estaba casada.

Atalanta me miró fijamente.

—¿Casada? —repitió. Sonaba como un magistrado tratando de aplazar el juicio de un caso claro—. ¿Con quién? ¿Tú... accediste al casamiento?

Le conté a Atalanta la misma historia que a Ifigenia: que mi marido era un hombre acaudalado y misterioso que no me mostraba sino amabilidad y del cual me había visto separada a causa de un suceso fortuito. Una parte de mí quería confesárselo todo, poner la verdad a sus pies, pero el miedo me refrenó. Me había implicado en asuntos de los dioses y no me arriesgaría a arrastrar a Atalanta conmigo.

Mi explicación titubeante no sirvió para disipar sus sospechas.

—Si tan maravilloso es, ¿cómo has acabado aquí? —preguntó la vieja heroína.

—Un grupo de asaltantes dorios atacó nuestra villa y me dijo que buscara la seguridad de Micenas —mentí—. Me dijo que se reuniría conmigo allí una vez que la situación se hubiera calmado.

—Ya veo —comentó Atalanta. Entrecerrados los ojos, inquirió—: ¿Se portaba bien contigo?

Recordé el antiguo consejo de mi maestra: «Cásate con un hombre como Meleagro». Me acordé de las conversaciones que mantenía con Eros bajo las estrellas, de nuestros duelos con el arco. Me acordé del asombro que detecté en su voz después de que hubiera presenciado mi batalla contra los bandidos.

—Sí —me limité a decir.

Atalanta inclinó la cabeza. Ella discernía la verdad cuando la oía y mi bienestar era lo único que le importaba.

De pronto me sentí muy cansada. Extendimos los sacos de dormir uno junto al otro bajo el cielo nocturno y al punto me tumbé. Sin embargo, Atalanta permaneció sentada, contemplando el fuego, encorvada sobre las huesudas rodillas. Parecía anciana y salvaje.

—¿Te he hablado alguna vez de mi marido? —dijo al fin.

El corazón me dio un vuelco. Por el modo en que formuló la pregunta, reconocí el preámbulo de uno de sus relatos heroicos.

—No, solo me hablaste de Meleagro —respondí. Me acurruqué bajo la manta y sentí la familiar palpitación de una antigua felicidad.

—Se llamaba Hipómenes —empezó Atalanta, y al pronunciar su nombre se le dibujó una leve sonrisa—. Difícilmente se le podría llamar «príncipe», ya que su padre solo era el jefe de una pequeña aldea. No era muy fuerte, pero sí inteligente. Y capaz de hacer reír a cualquiera.

»Te he hablado de la caza del jabalí de Calidón, pero no te he contado lo que sucedió antes o después. Cuando nací, mis padres no querían una hija y me abandonaron en la cima de una colina yerma, lo cual no es inusual. Pero no morí. Me crio una pareja de cazadores que vivía en el bosque, que decían haberme encontrado en una guarida de osos con gotas de leche en los labios. El oso es un animal sagrado para Artemisa, de ahí que siempre haya honrado a la diosa por sus dones. También respetaba a los osos y creo que ella lo apreciaba.

Me estremecí al pensar en la desesperada plegaria que había dirigido a Artemisa en los bosques oscuros y en la aparición de Atalanta poco después. Parecía que los dioses (o al menos una diosa) aún me escuchaban.

El fuego crepitó y las chispas volaron para unirse a las estrellas.

—Después de que me granjeara fama de heroína, mi padre me reconoció y mandó llamarme a su casa —continuó—. Me reclamó como hija suya, un honor del que con gusto habría prescindido, y declaró que me casaría con un príncipe. Si yo hubiera tenido una pizca de sentido común, habría vuelto corriendo a mis bosques. Pero era joven y tonta, y ansiaba tener un padre que me quisiera. Así que acepté, con la condición de que solo me casaría con el hombre capaz de vencerme en una carrera a pie.

Lanzándome una mirada penetrante, añadió:

—No te lo conté cuando eras más joven porque no quería darte ideas estúpidas.

Hice un gesto con la cabeza. Había sido lo más sensato.

Regresó la mirada al fuego, su luz haciendo lunas gemelas en sus ojos.

—Llevaba persiguiendo ciervos desde que aprendí a andar. Nada con dos pies podía dejarme atrás. Aun así, hombres de toda Grecia acudían para intentarlo. La mayoría me veían como una rareza, o como un premio que deseaban reclamar, o como un complemento desafortunado de la generosa dote que ofrecía mi padre. Pero ninguno logró vencerme.

—Y luego llegó Hipómenes —apunté.

—Sí —asintió ella—. Luego llegó Hipómenes. Tenía algo diferente. No era hosco ni bruto. Pícaro, más bien. Danzaba ligero por el mundo y supe que jamás trataría de reclamar a otro ser humano como de su propiedad. Me buscó en el salón de mi padre, bajo la mirada fija de los demás hombres. «Ardo en deseos de salir de caza contigo», me dijo. «Soy un avezado corredor, pero un pésimo arquero». Me tomó desprevenida y, de hecho, me reí de sus palabras.

»Antes de la carrera, Hipómenes me dio un regalo: una manzana madura, dorada como el tesoro de una reina. No estaban en temporada y aún hoy no tengo la menor idea de cómo la consiguió. Dijo que había oído que era mi fruta favorita.

»Quedé medio cautivada, pero me atuve a mi juramento. Al día siguiente me enfrenté a Hipómenes en la pista y pronto abrí brecha. Entonces advertí algo brillante en mi camino y mi concentración flaqueó. Acorté la zancada y me apresuré a ver qué era. Delante de mí, en el suelo, había más manzanas, maduras y doradas. Al estar distraída con ellas, el cabrón de Hipómenes enfiló hacia la meta y la cruzó primero.

Atalanta se rio y yo la imité. Ignoraba que mi maestra hubiera conocido alguna vez la derrota.

—Siempre estuvo lleno de picardía, pero yo estaba contenta. Los dos estábamos contentos. Y así nos casamos. Más tarde di a luz a mi hijo —concluyó torpemente. Esperé a que añadiera algo más, pero se quedó contemplando el fuego con una expresión ausente de añoranza.

Me imaginé a mi maestra siendo una mujer joven, mirando a su marido con afecto y placer. Me costaba concebirlo, lo cual no significaba que no fuera cierto. Sabía lo que era verse sorprendida por el amor.

—¿Qué le pasó a Hipómenes? —pregunté al cabo.

Pareció como si Atalanta temiera la pregunta. Se encogió, los hombros a la altura de las orejas. Por primera vez desde que la conocía, mostraba el aspecto de una anciana.

—Murió unos años después de habernos casado. Mi hijo aún era un bebé y estaba en la lejana Arcadia, al cuidado de la gente de mi madre. Hipómenes y yo habíamos salido a la caza de una hidra que se había avistado en los alrededores de Tebas. Los dos… ofendimos a la diosa Afrodita y ella lo mató.

Afrodita. La misma diosa que se presentó ante mí y me ofreció la oportunidad de poder vislumbrar a mi marido con tal de que me convirtiera en su sierva. Ahora descubría que antes había sido enemiga de mi maestra.

—¿Y qué hicisteis para ofender a Afrodita? —inquirí, una pregunta que yo misma me planteaba a menudo.

La vieja heroína dirigió la vista al fuego, entrecerrados los ojos, evitando mi mirada. Hipómenes y yo… estábamos viajando. Buscamos refugio en un templo de Afrodita, como es costumbre entre los viajeros. Llegó la noche y… bueno, hicimos el amor y…

El bosque se inclinó y giró a mi alrededor. No podía creer lo que oía.

—¡¿Tuviste relaciones con Hipómenes en un templo?! —espeté. ¿Cómo pudo ser tan estúpida?

Para mi absoluta estupefacción, se le pusieron rojas las orejas y se tapó la cara con las manos. Parecía como si yo estuviera destinada a soportar un sinfín de mazazos. Mi anonadada incredulidad fue disipándose y me encontré riendo.

—Me extraña que Afrodita no lo viera como una ofrenda cortés —comenté.

El rostro curtido de Atalanta continuaba teñido de rosa.

—Cabría pensarlo. Sin embargo, mató a Hipómenes. A mí me perdonó la vida por razones que no alcanzo a entender. Cuando mi hijo tuvo edad suficiente, decidí renunciar al amor y echarme a los bosques.

Pensé en el feto que flotaba en mi vientre, ahora mismo un malestar matutino en forma de náuseas y un filo avieso espoleando mi apetito. Algún día sería una persona hecha y derecha. Me embargó una sensación de asombro a la par que de miedo. Confiaba en no propiciar que nos mataran a los dos antes de entonces.

—¿Dónde está ahora tu hijo? —le pregunté a Atalanta.

—Es el jefe de la guardia real de Arcadia. Es un buen cargo, que lo mantiene alejado de los problemas. Si intentara unirse al ejército que ese tío tuyo está amasando en Áulide, yo misma tendría que ir allí para meterlo en razón a bofetadas.

—¿Así que estás enterada de la expedición a Troya? —pregunté mientras pellizcaba un hilo suelto de la manta—. Agamenón no desistirá, según parece. Quisiera saber qué piensa mi padre al respecto.

Atalanta dio un resoplido.

—Tu padre debería espabilar y ponerle fin, pero el oro a veces ciega a los hombres. La guerra es una pérdida de tiempo. Yo misma iría a Tirinto a hablar con Alceo si no me faltaran las fuerzas.

Me surgió una duda. ¿Por qué no se hallaba en Arcadia, con su hijo, en vez de aquí, en las tierras salvajes? Atalanta adoraba los bosques; sin embargo, se estaba haciendo vieja y el pragmatismo exigía que llevara una vida más cómoda en la civilización. Y mi maestra, si algo era, era pragmática.

Titubeante, le formulé la pregunta. No respondió enseguida. En vez de ello, dejando escapar un gruñido, se levantó de las mantas y rebuscó en un hatillo de enseres bajo el techo del refugio. Sacó una pipa de arcilla, seguida de una bolsita que contenía una hierba de olor acre. Volvió a sentarse, introdujo una pizca de hierba en la pipa y la encendió con una ramita que extrajo del fuego. Tras una pausa, exhaló una nube de humo tan fuerte que me hizo llorar los ojos.

Pensé por un instante que no me había oído y a punto estaba de repetirme cuando me dirigió una larga y tendida mirada y dijo:

—¿Por qué crees que estoy aquí, pequeña tonta?

Mi mente se arremolinaba. ¿Por qué acudiría Atalanta a esta hondonada en la espesura, como un animal salvaje que se retira a un paraje tranquilo al final de su vida?

—Estás muriendo —musité.

La idea era insondable, inconcebible, pero Atalanta confirmó mis sospechas con un gesto brusco de la cabeza.

—Tengo un bulto, aquí —se señaló el pecho izquierdo—. No deja de crecer y mis fuerzas menguan día a día. Es una dolencia común, pero cuando la enfermedad está tan avanzada, el único desenlace es la muerte. Y no moriré como un perro entre la inmundicia de las calles de una ciudad —añadió con fiereza.

—Atalanta... —empecé diciendo antes de que el nudo en la garganta me incapacitara para hablar. No quería romper a llorar ahora. No estaba segura de poder detenerme.

—Bah, ahórrate las lágrimas. He gozado de una vida plena. —Azuzó el fuego con un palo largo, haciendo saltar chispas.

—Déjame buscarte un sanador, alguien que sepa tratar tu enfermedad —supliqué.

Otro resoplido.

—No consentiré que esos carniceros me toquen. Con Artemisa la Tiradora Lejana como testigo, acabará mal para ellos si lo intentan. Déjame vivir el resto de mis días bajo el cielo, entre los árboles. «No proclames feliz a ninguna mujer hasta que llegue su fin», reza el proverbio. Bien, la muerte a todos nos alcanza y yo no temo su encuentro.

—Déjame quedarme contigo —le imploré—. Cuidaré de ti en tus últimos días.

—¡No! —espetó Atalanta—. Tu sitio está con tu familia. Deja en paz a una anciana. Además, ya es hora de que regreses a Micenas con

214

tus padres. O mucho me equivoco, o estás preñada. —Desvió los ojos grises hacia mi vientre.

—¿Cómo lo has sabido? —pregunté.

Retornó la vista al fuego, con una sonrisa de satisfacción en el rostro.

—No lo supe con certeza hasta ahora, que acabas de confirmarlo. Pero esta noche te has levantado media docena de veces para ir a hacer pis y te has comido tu peso en estofado. Súmale el hecho de que estás recién casada y la conclusión es obvia.

—No voy a dejarte aquí sola.

La expresión de Atalanta se suavizó.

—Vete a casa, mi querida niña —dijo con una voz tierna que nunca le había oído. Debía de haberla usado con su hijo cuando era pequeño, cuando se rasguñaba las rodillas o tenía magullados los sentimientos—. Haga lo que haga tu marido, tus padres recibirán a tu vástago con los brazos abiertos. Si es un varón, será el nuevo príncipe heredero de Micenas —continuó—. Rebosas de vida y buscas la vida. Este es un lugar de muerte. Pronto necesitarás más ayuda de la que yo pueda proporcionarte.

—Tengo miedo —admití, trémula la voz—. Tengo mucho miedo. ¿Y si sale mal?

¿Y si el bebé muere en el parto? ¿O si muero yo y el bebé se queda huérfano?

Atalanta asintió sabiamente.

—Ese peligro siempre existe. Cazar monstruos no es ni de lejos tan aterrador como convertirse en madre. No te llenaré la cabeza de perogrulladas inútiles.

Aspiró otra calada de la pipa y exhaló una bocanada de humo maloliente; afirmaba que la hierba, una planta de Escitia, aliviaba el dolor de la enfermedad que le carcomía los huesos.

—¿Qué puedo hacer? —pregunté.

—Nada. —Depositó las cenizas sobre la tierra desnuda, dándole varios golpecitos a la pipa para vaciarla por completo—. El miedo nunca desaparece. Pero con el tiempo, el amor lo hace soportable.

Insistí en quedarme con ella tres días. Acopié reservas de comida y leña para Atalanta, poniendo numerosas trampas de caza menor para alimentar el ahumadero y apilando madera junto al refugio. Un ciervo o dos habrían venido bien, aunque no disponía de tiempo para emprender una cacería prolongada. Atalanta chasqueaba la lengua sin cesar, pero creo que en secreto se alegraba de mi compañía.

Antes de marcharme, insistió en darme una manta, un cuchillo y un fardo de carne seca.

—Tirinto no está lejos, pero no permitiré que pases hambre o frío durante el trayecto.

—¡Te estás muriendo! —exclamé—. No me llevaré tus provisiones.

—¡Pues precisamente por eso deberías llevártelas! —replicó Atalanta—. Las necesitarás más tiempo que yo.

Al final, acepté su criterio.

La mañana en que partí hacia Tirinto, Atalanta me sujetó por los hombros y me contempló durante largo rato, memorizando cada línea de mi rostro. Al cabo, la vieja heroína dijo:

—No eres como una hija para mí. Nunca descansaría tranquila si tuviera una hija; el mundo es demasiado cruel. Pero te considero mi hermana pequeña. Te he visto crecer y alcanzar la plenitud de tu fuerza, y has sido una de las grandes alegrías de mi vida. Me alegro de haber tenido la oportunidad de verte una vez más antes de morir.

Me marché antes de que Atalanta se fijara en las lágrimas que me resbalaban por las mejillas y no miré atrás.

25

EROS

Afrodita no me había amenazado en vano con encerrarme en esta prisión sin luz. En un principio, me convencí de que no era nada. Ya había elegido la soledad antes, cuando establecí mi hogar en el solitario acantilado sobre el mar, y esto no parecía diferente.

Me equivocaba. Transcurrían los días, mañana y noche, y nadie venía a aflojarme las cadenas. Descubrí que no podía estirar las piernas ni los brazos, lo cual provocaba que se me agarrotaran las articulaciones y sufriera espasmos. Un mortal se habría quedado lisiado y, aunque mi esencia divina me sustentaba, servía de poco para aliviar el dolor.

No podía morir, mas sí experimentar penurias sinnúmero. Se me secó la lengua hasta adquirir la consistencia del cuero y a la postre hasta mis lágrimas se evaporaron. El hambre me rebañó, dejándome vacío. Tenté las cadenas con toda mi fuerza divina, pero no se movían. Probé a pulverizarlas contra la roca, pero las había forjado un dios y se tardarían siglos en mellarlas.

Lo peor era pensar en Psique. Me la imaginaba vagando sola por las tierras salvajes, la piel raspada por las espinas y las zarzas, convencida de que yo me desentendía de ella. Aunque consiguiera fugarme de este lugar, jamás sería capaz de encontrarla; si posábamos los ojos el uno en el otro, el hechizo de la maldición se interpondría entre nosotros, separándonos.

Dormía tanto como podía, tratando de hallar un momento de paz por la vía del olvido. Pronto Afrodita ideó la manera de arrebatármelo también.

Más de una vez me despertaba sobresaltado el gruñido de su voz en mi oído. Ignoraba cómo se las arreglaba para ir y venir con tanta facilidad de este cuarto sin ventanas; sin embargo, lo haría a menudo en los días venideros para arrastrarme de un sueño apacible a la fría verdad de mis circunstancias.

En cierta ocasión, optó por reprenderme por el incidente con Tifón, un monstruo horrendo al que yo había maldecido para que la amara.

—Me persiguió durante un mes —bufó, el tintineo plateado de su voz desgarrado por la furia—. La criatura más fea que haya visto en mi vida, con la altura de una montaña y escamas como de platija, y no dejaba de acosarme. Me obligó a esconderme en una cueva en las colinas mientras la tierra temblaba bajo sus pies. «Afrodita, ¿dónde estás, amada mía?». No sé qué habría hecho si me hubiera tocado con esas garras costrosas suyas. Tuve que convertirme en un pez para escapar. Qué humillación, y todo por tu estúpida bromita.

Cuando desaparecía, mis nervios desollados esperaban su regreso en una agonía de dolor. No era capaz de relajarme en el sueño sabiendo que en cualquier momento me sacaría bruscamente de él. Peor aún, estaba desesperado por oír el sonido de otra voz viva. Llegué a preferir la presencia de Afrodita a la nada de la soledad. Llegué a preferir el goteo continuo de su bilis al silencio.

Al menos, así lo creía. Hasta el día que me habló de Psique.

Puede que fuera por la mañana o puede que fuera la noche más cerrada. El tiempo no existía en este pequeño cuarto iluminado únicamente por el rectángulo resplandeciente del contorno de la puerta. Tenía la cabeza caída sobre el pecho cuando una voz aguda como una lanza bañada en veneno me despertó de golpe.

—¿Echas de menos a tu mujer humana? —preguntó Afrodita—. La pequeña Psique. Fui a buscarla después de que la maldición os separara. Pensaba proponerle una oferta, tomarla como criada hasta que pariera a mi nieto.

—No —conseguí decir, croando como una rana. Quería escupirle a la cara, pero tenía en la boca una hoja seca en el lugar de la lengua. Ella sabía cómo hundirme un puñal en las tripas y retorcerlo, cómo torturarme con aquello que yo no podía cambiar.

—Al principio, lo único que vi fue devastación —continuó Afrodita, lamiéndome con su voz el pabellón de la oreja—. Aquella casa de piedra tuya se desmoronó cuando caíste presa de la maldición y ya no queda nada. Vi a tu mujercita llorando y luego vi que decidía hacerse cargo ella misma de la situación.

La satisfacción retorció la voz de Afrodita y supe que sonreía.

—Se colgó desde lo alto del acantilado, con una sábana atada al cuello. Supongo que no fue capaz de soportar la magnitud de tu engaño, la pobre muchacha. Psique ha muerto.

Creía conocer el padecimiento físico. La quemadura del aceite caliente, el dolor sordo de las articulaciones dislocadas, el aullido del maleficio. Pero lo que padecía entonces era una supernova que los eclipsaba a todos.

—¡Mientes! —Me abalancé a pesar de las cadenas y un rugido escapó de mi garganta reseca. Quizá me resultara imposible quebrar el metal forjado, pero en mi furia tal vez lograra fragmentar la roca a la que me sujetaban. Oí el rumor de los pies de Afrodita mientras retrocedía a toda prisa, sorprendida por mi reacción.

—Mienta o diga la verdad, no importa —replicó, manteniendo la compostura—. No volverás a ver a Psique jamás.

Las tinieblas me envolvían. Y, en mi delirio, las abracé.

No sabía si estaba de pie, si nadaba o si flotaba, ni qué dirección era hacia arriba ni qué dirección era hacia abajo. Iba a la deriva en una negrura azabache, aterciopelada como una manta. Los detalles se escurrían de mi mente desecada como la arena de un reloj. Me sumergía en las profundidades de la añoranza como un jornalero sin suerte en los pozos de una mina de sal. Siempre había poseído una mente que se fijaba ágilmente al mundo cambiante, mas ahora, sin Psique, no existía nada.

Recordé la demencia de Gaia: la mirada perdida, inexpresiva, desprovista de pensamientos o sentimientos. ¿Cómo sabría que estaba enajenado si no había nadie cerca para confirmarlo?

A lo mejor la locura resultaba preferible a un mundo en el que Psique estaba muerta y nuestro hijo había perecido antes de aspirar el primer aliento.

La nada, la nada infinita mientras giraba en el vacío. Me marchité de dolor y hambre como un cadáver bajo el sol del desierto.

Cuando no pude soportarlo más, cerré los ojos para que la nada fuera en verdad completa. En esta oscuridad moraban sueños y recuerdos: destellos de imágenes que aparecían y desaparecían como relámpagos en el vientre de las nubes. Un tartamudeo de luz y color antes de que volviera a reinar el olvido.

Vi una casa labrada en un acantilado, un todo indisoluble con la montaña, sus ventanas abiertas al cielo. Percibí la fragancia de las rosas y el olor salado del mar. Vi un águila, recortada su silueta en el disco brillante del sol, plegando las alas al cuerpo y cayendo en picado como una lanza.

Vi el rostro de una muchacha, circundado por una aureola de rizos negros, mirándome conmocionada a la luz de una lámpara.

Se me rompió el corazón como una ola que se estrella contra las rocas, arrojando una miríada reluciente de diamantes afilados que se me incrustaron en el pecho como puntas de flecha. La visión de la muchacha tiró de los anzuelos anclados en mi alma y me sumergí en las honduras del reino de los sueños, buscándola una vez más.

Crucé jardines y castillos, las ruinas de ciudades incendiadas, los sueños de un millar de dioses y mortales. Y por fin encontré a la muchacha, andando por una pradera salpicada de flores silvestres de azul y oro, cortando como una guadaña a través de la hierba. El viento azotaba la prenda informe que vestía y le agitaba los rizos alrededor de la cara. Se detuvo para enjugarse las perlas de sudor de la frente; su delicada mandíbula componía un trazo feroz.

Esta no era la Psique de mis recuerdos teñidos de rosa, una mera imagen demasiado perfecta para ser real. No, esta era una mujer viva; yo veía dentro de su sueño. A veces, las mentes en armonía se conectan en el mundo onírico. El deseo, a la postre, siempre atina con su objetivo. Un mortal puede caminar en los sueños de un dios, y viceversa. Sabía que esta era una de esas raras ocasiones, un regalo de Oniros que me mostraba el mecanismo de otra mente dormida; esta era la de Psique.

Casi reí de la alegría. ¡Estaba viva! Viva y empeñando las noches en sus ensoñaciones. Ahora discernía la mentira en las palabras de Afrodita. Psique, naturalmente, jamás se habría quitado la vida. Jamás admitiría la derrota tan fácilmente.

Intenté invocarla, pero el sueño tembló en torno a mí, haciéndose añicos como un espejo roto. Me encontré de vuelta en mi cuerpo, prisionero en los abismos del Olimpo.

Una risa se originó en la boca de mi estómago y reverberó en las paredes. Había hallado una forma, por limitada e imperfecta que fuera, de escapar de las garras de Afrodita y no dejarme engañar por sus mentiras. Psique estaba viva y me aferré al recuerdo de su rostro como a una estrella. De algún modo, volvería a encontrarla, aunque solo fuera en el mundo onírico.

Sin embargo, mi risa se extinguió al vislumbrar la tarea que me aguardaba. En mi estado, incluso soñar requería un esfuerzo, una fuerza de la cual carecía. Me pregunté cuánto tiempo pasaría hasta que mis poderes divinos se aletargaran y me sumiera en una eternidad de sueño sin sueños, mirando, ciego, la oscuridad.

26

PSIQUE

Al cabo de varios días, la ciudad de Tirinto apareció en el horizonte y solté un grito entrecortado de alivio. La familiar vista me apaciguó el corazón. Desde mi atalaya en las montañas, la ciudad parecía un fresco pintado en miniatura. Reconocí aquellas murallas orgullosas, el tejado redondeado del palacio real. Todo lo demás en mi vida había cambiado, pero la ciudad de Tirinto se conservaba igual. Con el corazón palpitante, empecé a correr.

Me hallaba por fin entre bosques y campos familiares. Ahí estaba el claro donde me había sentado con Atalanta aquel primer día de entrenamiento. Allá, el peñasco donde Céfiro me había transportado como por arte de encantamiento a mi nueva vida con Eros. Me hallaba por fin en casa y pronto me vi corriendo por las colinas que descendían hacia la llanura.

En un primer momento, el centinela de la puerta no me reconoció; de hecho, se rio cuando me identifiqué como la princesa Psique. Fue solo cuando otro rostro familiar se asomó por encima de la muralla cuando se le informó de su error.

—¡Dexios! —voceé al recién llegado.

Al punto mi amigo de la infancia estaba bajando las escaleras, mirándome asombrado. Nos habríamos abrazado de no haber sido porque no convenía a nuestra diferente posición social. En vez de ello, me hizo una torpe reverencia.

—Bienvenida de vuelta, Psique —saludó—. Te escoltaré hasta el palacio. —No me preguntó qué había ocurrido ni dónde había estado y sentí un alivio tal que no se me antojó raro.

—Antes tienes que explicarme qué llevas puesto —dije al observar su armadura, no de cuero hervido, sino de buen metal—. ¿Dónde se han agenciado los mozos de cuadra una armadura como esa?

—¿Te gusta? —sonrió y se echó una ojeada de arriba abajo—. Me la dieron cuando me uní a los mirmidones.

Pasamos bajo la mirada de los felinos de piedra que adornaban la Puerta de los Leones, aunque parecían mucho más pequeños de lo que recordaba.

—¿Los mirmidones? —pregunté mientras seguía a Dexios al interior de la ciudad. «Mirmidón» significaba «hombre hormiga», lo cual me suscitaba varias preguntas.

—La fuerza de combate personal del príncipe Aquiles —aclaró el muchacho—. Nos llaman mirmidones porque nos movemos con la coordinación de una colonia de hormigas. Aquiles acepta a cualquier hombre que demuestre destreza, no solo a los nacidos en familias de guerreros. Pronto zarparemos hacia Troya. ¡Adiós a limpiar las caballerizas!

El triunfo en su voz me sacó una sonrisa, mas pronto me distrajeron las vistas y los sonidos de la ciudad. Tirinto se aprestaba para la guerra: los fuegos de varias forjas tendían un velo espeso sobre las calles y las casas, y el repique de los martillos de los herreros reverberaba en las paredes. Pertrechos para las tropas de Agamenón, supuse. No pocos soldados, enfundados en armaduras como la de Dexios, se paseaban por las calles. Los escasos ciudadanos de a pie que nos cruzábamos parecían atribulados y alicaídos. Ninguna persona me reconoció, lo cual me intrigaba. ¿Estarían absortos en sus propias preocupaciones o en verdad había cambiado tanto que mi propia gente no me conocía?

—Partimos dentro de una semana para sumarnos a la flota en Áulide —me contó Dexios.

223

Me condujo a través de una sucesión de callejones sinuosos hasta una de las puertas estrechas del palacio, una entrada para los sirvientes. Desde allí, me encontré en un reducido patio ajardinado. De los favoritos de mi madre, bien sombreado y colmado de flores. Astidamía cuidaba ella misma este jardín cuando se sentía bien, canturreando mientras podaba las hojas marrones de las plantas. Sin embargo, hoy advertí varias de ellas muertas; quizá los preparativos para la guerra la habían mantenido apartada.

Detrás de mí, oí decir a Dexios:

—Mandaré avisar a la señora de la casa.

Me volví para preguntarle por qué me había introducido a escondidas por la entrada para los sirvientes, como si fuera un fardo de contrabando, en vez de llevarme por la puerta principal para ser recibida como correspondía, pero ya se había ido.

Me senté en el familiar banco de piedra y examiné el mosaico que bordeaba el patio. En él se representaban dríades que correteaban entre árboles y flores, persiguiéndose juguetonamente. Presentaba el mismo defecto que recordaba: una tesela se había desprendido de la mejilla de una ninfa, dejándola medio descabezada. Ese pequeño detalle me convenció de que la vuelta al hogar era real, no un frágil sueño, y el alivio me desentumeció los miembros como el vino dulce.

Estaba en casa y ya podía soltar los miedos y la incertidumbre con los que había cargado tan largo tiempo. Dentro de los muros del palacio, mis problemas se redujeron a cabezas de alfiler y el dolor de la pena remitió como una marea baja. En cuestión de unos momentos, mis padres me arroparían entre sus brazos protectores y me pregunté cómo les describiría todo cuanto me había ocurrido. ¿Debería hablarles ya de mi embarazo o esperar hasta después de haberles explicado el resto?

—¿Psique? —Era la voz de Ifigenia y, al girarme, la vi en la puerta, con un vestido deslumbrante de tela finísima. Se llevó las manos a los labios, pero no acudió corriendo a abrazarme.

—¿Qué haces aquí? —La miraba boquiabierta. Me habría sorprendido menos la repentina aparición de Medusa—. ¿Dónde está mi padre? ¿Y mi madre?

Abrió la boca y luego la cerró.

—¿No te lo ha dicho nadie? —balbuceó al cabo—. Tratamos de mandar recado, pero el halcón mensajero regresó con la carta sin abrir.

Busqué a Dexios con la vista, mas no había rastro de él.

La señora de la casa —pensé con espanto—. *Dexios dijo que iría a avisar a la señora de la casa. No dijo que avisaría a mi madre.*

—Psique —empezó diciendo Ifigenia, que parecía seleccionar las palabras con la prudencia de un chiquillo que cruza un río saltando de una piedra resbaladiza a otra—. En ausencia de un heredero varón directo, el trono pasa al marido de la princesa o a su hijo, si lo tiene. A falta de ese hombre, recaerá en el pariente masculino más próximo del rey... —Se quedó callada, mirándome con terrible compasión.

—¿Qué intentas decir? —demandé.

Clitemnestra apareció como una sombra detrás de su hija. A diferencia de mi considerada prima, ella no trató de suavizar el golpe.

—Psique, tus padres han muerto.

27

PSIQUE

P arada ante el mausoleo de mis padres, sentí que el dolor me constreñía el corazón como una serpiente.

La tumba era una estructura preciosa, de columnas elevadas y mármol blanco, aunque lucía las marcas de una terminación apresurada. La mayoría de los gobernantes, si ostentaban una autoridad real, ordenaban sus sepulcros cuando aún contaban una edad relativamente joven. Mi madre y mi padre no habían supuesto una excepción. Los constructores debieron de pensar que disponían de largos años para concluirlo, pero el mausoleo estaba sirviendo a su propósito antes de lo que nadie preveía.

La enfermedad se había llevado a Alceo y Astidamía. Me lo contó Ifigenia el día anterior mientras yo lloraba, derrumbada sobre las baldosas del jardín de mi madre. Primero se había ido ella, consumida por la fiebre, lo cual no era de extrañar, dado su frágil estado de salud. El deterioro de mi padre se había producido de manera inesperada, pero al enterarse de la muerte de su esposa, pareció perder el apego a la vida.

No habrá sorprendido a nadie que los conociera de verdad —pensé, tragándome la pena—. *No quería vivir sin ella, eso es todo.*

Yo debería haber estado junto a ellos, aunque no pudiera hacer más que secarles el sudor febril de la frente. Ay, si solo me hubiera

marchado antes de la cada del acantilado. Ay, si no hubiera perseguido al monstruo aquel fatídico día, la última vez que vi a mis padres
con vida.

Por un breve instante me planteé si no habría sido obra de Afrodita,
pero enseguida deseché la idea. La diosa del amor no habría optado por
una muerte tan limpia como la fiebre.

Siguiendo la costumbre, el mausoleo servía de santuario a los gobernantes fallecidos. De ello daban testimonio las ofrendas: media ba-
rrita de incienso ardiendo, un puñado de monedas de cobre. A veces la
tumba de un rey se convertía en un lugar de culto permanente, pero
sabía que no sería el caso de mis padres. Pese a haber servido fielmen-
te a su pueblo largos años, aparecerían tan solo como notas a pie de
página en los tomos polvorientos de los cronistas, si es que llegaban a
nombrarlos. La guerra que se avecinaba con Troya lo eclipsaba todo.

Una mano delicada se posó en mi hombro.

—Psique —dijo Ifigenia—, es hora de irse. Odo quiere verte.

Me enjugué las lágrimas. Sabía una cosa con certeza: mi padre jamás habría querido que se sacrificaran las primicias de Micenas por
una guerra absurda.

Odo resultó ser Odiseo, el rey de Ítaca y el consejero de confianza de
Agamenón. Yo no adivinaba el motivo que habría incitado a Ifigenia a
idear ese apodo, pero de alguna manera ella había conseguido gran-
jearse las simpatías de todos los generales de su padre.

Recorrí el palacio sin verlo realmente. Muertos mis padres, ya no
era un hogar, solo un techo colocado sobre muros de piedra, entre los
cuales deambulaba como un fantasma.

Odo había ocupado una pequeña pieza en el ala administrativa
del palacio, la cual usaba como despacho privado. Se puso en pie
cuando abrí la puerta. No era un hombre corpulento y, de hecho, medía unos dedos menos que yo. Caminaba con una leve rigidez, reliquia
de una vieja herida de caza, y así supe que se trataba de una persona

peligrosa. Agamenón nunca se haría acompañar de un hombre cojo si no fuera un asesino.

Me saludó como si nos conociéramos de tiempo atrás y me rogó que tomara asiento y me pusiera cómoda. ¿Y me apetecía una copa de vino aguado? Sabía que su cortesía era tan hueca como un tronco podrido, pero tuve el tacto de aceptarla. Durante la hora siguiente, Odo me acribilló a preguntas, un aluvión por lo visto interminable, todas variaciones sutiles de «¿Quién es tu marido?» y «¿Dónde está ahora?». Una vez que me percaté de sus intenciones, me eché a reír.

—Intentas averiguar qué probabilidades hay de que mi marido atraviese esas puertas y reclame su derecho al trono.

Odo, como interrogador experimentado que era, no contestó directamente a mi aserción, pero la tensión en su mandíbula me demostró que había acertado.

—Agamenón está a punto de librar una guerra —alegó—. Lo que menos necesita es preocuparse por cuestiones de sucesión en su reino. Tu marido…

—Es un individuo muy reservado. No mostraría ningún interés en gobernar —repliqué. El corazón me retumbaba en el pecho; llegó el momento de mover ficha. Apoyé las manos en la mesa, extendiendo los dedos para afianzarme.

—Entregadme la corona y gobernaré en su lugar. Pertenezco al linaje real y me crie aquí. Conozco esta tierra.

Disparó las cejas hacia arriba. Me cuadré de hombros. Era mi derecho de nacimiento, como única descendiente del anterior rey de Micenas, y había crecido en este palacio. Podría ocupar el trono hasta que mi hijo alcanzara la mayoría de edad y hallar de nuevo mi sitio en el mundo de los mortales.

Un ladrido de incredulidad escapó de la boca barbada de Odo.

—¿Tú? Imposible —se rio entre dientes—. La ley lo establece claro. Tal vez una mujer podría gobernar en un país bárbaro como Egipto, pero no aquí. Agamenón se sienta ahora en el trono del reino de Micenas, al menos hasta que ese marido tuyo, ¿cómo lo has expresado?, atraviese estas puertas.

Casi me cegó la rabia. Consideré decirle a Odiseo que mi marido no se rebajaría a reclamar un mísero título de rey, que él era un dios, pero me lo pensé mejor. Agamenón ocupaba ahora el trono por derecho de sucesión. El suelo temblaba y giraba bajo mis pies y comprendí que, a pesar de mi linaje, tan solo era la hija del anterior gobernante, tolerada a discreción. Me sentí atrapada en una trampa que me robaba el aliento de los pulmones.

Odo pareció ablandarse cuando dijo:

—¿Entiendes lo que está en juego en esta guerra? ¿Por qué Agamenón marcha hacia Troya?

El repentino cambio de tono me desarmó.

—Por Helena —respondí— y los votos que juraron sus pretendientes.

Me dedicó una sonrisa de condescendencia, de las que se reservan a los infantes precoces que aún desconocían cómo funcionaba el mundo.

—No, no, querida niña, eso es solo un pretexto. He aquí la verdad: Troya es el punto de paso obligado de todas las caravanas que cruzan Asia, África y Europa. No es ningún secreto que el rey Príamo, el padre del raptor de Helena, se sienta sobre un montón de oro y se limpia los dientes con cepillos cubiertos de joyas. Accede a los deseos de tu tío y serás una mujer rica. Todos seremos ricos al final de esta campaña.

La luz de ese oro brillaba en los ojos de Odo y me di cuenta de que ya había decidido cómo gastaría su parte del botín. Conocía a los de su calaña: había visto esa misma hambre impaciente en los ojos de los chacales que merodeaban al filo de las sombras alrededor del fuego después de que Atalanta y yo hubiéramos abatido una presa. Hambrientos pero astutos, aguardando el momento oportuno.

—Agamenón es el heredero legítimo al trono y su hijo Orestes será nombrado regente en su ausencia —continuó—. A menos que tu marido reaparezca, lo que creo improbable. Dices que desapareció luchando contra los dorios y ambos sabemos que esos salvajes no hacen prisioneros. Tu marido ha muerto y tú estás aquí.

Abrí la boca para contestar, pero se me adelantó. Su gesto severo se diluyó, reemplazado por una mirada de complicidad, como si estuviéramos escamoteando pasteles de la cocina.

—Solo me importa tu bienestar —insistió suavizando la voz, de modo que tuve que inclinarme para oírlo—. Percibo que eres una elegida de los dioses, igual que yo: he gozado de los favores de la dama de ojos grises desde que era joven. Los mortales a quienes aman hemos de ayudarnos entre nosotros, pues el amor de los dioses es hermoso a la par que temible.

No me sorprendió que afirmara pertenecer a Atenea (en cuanto lo conocí, intuí una presencia que olía a papiro viejo y bronce desnudo), aunque me desconcertó que calificara a los dioses de hermosos a la par que terribles. Mi marido era hermoso, cierto, mas nunca había sido temible. A pesar de que al final me hubiera mentido y me hubiera abandonado.

—A la luz de nuestra conexión divina, te brindaré un consejo: no te opongas a esto —continuó Odo—. La ley de Micenas está del lado de tu tío, así como la opinión popular. Coopera y se te guardará todo el respeto que mereces debido a tu condición de viuda sin hijos y descendiente del antiguo rey.

Me percaté de que no mencionaba lo que ocurriría si yo no cooperaba.

Sin embargo, yo no era una viuda sin hijos y ahí radicaba el problema. Reprimí el impulso de tocarme el vientre y entonces noté que Odo me observaba con detenimiento. Había estado poniéndome a prueba, buscando ese mismo gesto, un indicio de que llevaba en mi matriz un futuro príncipe de Micenas, un obstáculo en la ordenada línea de sucesión. Me cuidé de mantener las manos cruzadas sobre el regazo.

Finalmente, Odiseo se puso en pie, señal de que yo también debería levantarme.

—Te agradezco tu tiempo, dama Psique. No te entretengo más. Vuelve a los aposentos de las mujeres, pues estoy seguro de que aún estás cansada del viaje.

Y así me despachó, sin que pudiera hacer nada para impedirlo. Con la bilis subiéndome por la garganta, regresé a las sombras.

Durante mi juventud, había empeñado muy poco tiempo en el gineceo; pasaba la mayor parte de mis días en compañía de mi padre o de Atalanta, en los campos y bosques. La sección del palacio designada para las mujeres de la casa se organizaba en torno a un largo pasillo y, al enfilarlo, oí el eco de la voz de Ifigenia.

—¿Estás ciega? ¿Esto te parece púrpura? En el mejor de los casos, es un carmesí apagado...

Suspiré y abrí la puerta de un empujón. Vi que mi prima, con las mejillas rojas de ira, estaba reprendiendo a una joven sirvienta aterrorizada y a una matrona mayor que tenía el aspecto competente de una costurera. Las dos mujeres parecían querer que se las tragara el suelo de piedra.

Examiné la tela, ladeando la cabeza.

—Yo creo que es un tono bonito.

La costurera y su ayudante aprovecharon la oportunidad que les brindó mi llegada para huir, pasando a mi lado con murmullos respetuosos.

Ifigenia dio un suspiro desgarrado.

—Lo siento, Psique —dijo mientras se desplomaba sobre la cama y se tapaba la cara con el brazo—. En realidad no se trata de la ropa. La boda es dentro de dos días. ¡Dos días! Sé que tengo suerte de casarme con Aquiles. Al menos me gusta. A Electra probablemente la casarán con un príncipe troyano para sellar un tratado de paz y yo me llevo al campeón de nuestro ejército. Pero, los dioses me asistan, extraño ser sacerdotisa, Psique. No te imaginas cuánto. —Respiró entrecortadamente y pensé que se pondría a llorar.

Envolví a mi prima en un abrazo, embriagándome del aroma, antaño familiar, de sus cabellos rizados. Se reclinó sobre mí, los brazos serpenteando alrededor de mi torso.

—Una cosa era hacerme sacerdotisa cuando padre era un simple mercenario —continuó Ifigenia—, pero ahora es rey y comandante en jefe del mayor ejército que Grecia haya visto jamás. Y tengo miedo, Psique. ¿Qué clase de marido será Aquiles? ¿Cómo será la noche de bodas? —Titubeó y luego preguntó—: ¿Cómo fue la tuya, Psique?

Sonreí al recordarlo.

—Se me acercó sigilosamente en la oscuridad y le pegué con un atizador.

Ifigenia ahogó un grito y se apartó para mirarme. Cuando se convenció de que hablaba en serio, se deshizo en risas tan puras como el deshielo primaveral. Me contagié de ellas, sin poder evitarlo. Por un momento volvíamos a ser aquellas niñas que se escabulleron para practicar con el arco en un patio abandonado.

—¿Amabas a tu marido? —inquirió cuando nos serenamos.

La pregunta me sobresaltó y me aparté de Ifigenia. Bajé la vista al suelo, frunciendo el ceño, cavilando la respuesta. Me acordé de las noches que Eros y yo habíamos pasado bajo la luna nueva, de las historias que nos habíamos susurrado el uno al otro. De los duelos con el arco en estancias a oscuras, de su constante presencia a mi lado en forma de diversos animales durante nuestra expedición. ¿Era amor esto que sentía, estas chispas de felicidad? Con repentino asombro, supe la verdad.

—Sí, lo amo —respondí—. Aún lo amo. No es cosa del pasado.

—Naturalmente —dijo mi prima, que desvió la mirada. Ella, como todo el mundo en Micenas, creía que mi marido había muerto.

Eros no estaba muerto, no podía morir, aunque eso carecía de importancia. Cualquiera que fuera la verdad de mis sentimientos, los suyos no habían sido más que un accidente, causados por una maldición. Además, con su ausencia durante mis andanzas por las tierras salvajes había demostrado su indiferencia. Me quité de la cabeza el recuerdo de Eros, doloroso como era, y me volví hacia Ifigenia.

—Psique —empezó diciendo, sus ojos castaños líquidos y centelleantes—. ¿Vendrás a mi boda en Áulide?

Le así la mano.

—Por supuesto —respondí.

Ifigenia dejó escapar el aliento que había estado conteniendo y me estrujó la mano con tanta fuerza que amenazó con dejármela entumecida.

—Gracias —musitó.

Le apreté la mano en respuesta y traté de no dar ninguna pista de la idea que bullía en mi mente: que una vez que Agamenón zarpara hacia su guerra insensata, quizá podría ocupar el trono de Micenas, aunque fuera de manera oficiosa. Aunque ello supusiera abrir una brecha entre Ifigenia y yo para siempre.

—No te imaginas cuánto me alegro de que vengas —continuó—. Será un alivio que me acompañes. De lo contrario, aparte de Electra, solo estaría madre, y ya sabes cómo puede llegar a ser.

En efecto. Era como si Clitemnestra temiera que dejaría de existir si no se quejaba de algo.

—No te preocupes —tranquilicé a mi prima—. Tu madre no empeñará todo el trayecto hasta Áulide en regañinas. No aguantará.

28

PSIQUE

Me horrorizó descubrir que Clitemnestra de hecho aguantó y empeñó todo el trayecto hasta Áulide en regañinas. Regañó a Ifigenia por encorvarse, por bostezar, por hablar demasiado y luego por hablar poco. Viajábamos apiñadas en un carro que avanzaba dando tumbos sin orden ni concierto y notaba el rocío del aliento de Clitemnestra mientras proseguía con sus diatribas implacables.

Fue Electra quien finalmente la interpeló. Apenas un bebé la última vez que la vi, la hermana de Ifigenia contaba ahora unos seis años. Era pequeña y seria, una versión en miniatura de su reprobadora madre, una de esas niñas que parecen haber nacido ya adultas.

—Madre —la interrumpió—, Ifigenia sabe sentarse y hablar. Pronto será una mujer casada y tendrá su propia casa. Déjala tranquila.

Por un momento pensé que Clitemnestra le propinaría una bofetada a la chiquilla; sin embargo, dio un resoplido y giró la cara hacia las cortinas polvorientas.

—Solo pretendo asegurarme de que esté preparada como es debido, nada más —espetó la otra—. Hoy es un día muy difícil para mí.

Ifigenia parecía agotada, como si le hubieran drenado alguna esencia vital. Alargó la mano y la posó sobre la de su madre, entrelazando los dedos, y la dura expresión de Clitemnestra se derritió. Electra exhaló un suspiro hondo y clavó la vista en el suelo, pero para mi alivio nadie volvió a hablar hasta que llegamos a Áulide.

Cuando nuestro carruaje dio una última sacudida que marcaba el final del trayecto, levanté una de las cortinas y escudriñé el campamento griego. Vi cientos de barcos atracados en el puerto, galeras y trirremes, con ojos pintados en los cascos para que cada nave viera su camino.

Había hombres por doquier. Se batían en duelo o engrasaban los escudos mientras el sol les bronceaba las espaldas desnudas. La masculinidad flotaba como neblina sobre el campamento. Clitemnestra se estiró y cerró de un tirón las cortinas.

Un aire abrasador viciaba el habitáculo cerrado y empezó a resbalarme el sudor por la espalda. Quise apearme, pero Clitemnestra se negó.

—Aguardaremos a que mi esposo nos reciba —declaró con remilgo, las manos en el regazo—. Es lo apropiado. —El sudor le perlaba el labio superior y le goteaba por las sienes.

Cuando por fin llegó alguien, no era Agamenón, sino Odiseo.

—¡Por lo visto, seré vuestro anfitrión! —exclamó entre risas, todo ufano ahora que servía a su propósito—. Tu esposo envía sus disculpas, reina Clitemnestra, pero le retienen sus consejos de guerra.

Me pregunté si «consejos de guerra» no constituiría una fórmula educada de decir «jarana y bebida». Me pregunté qué clase de hombre no acudía a recibir a su mujer y a sus hijas en vísperas de la boda de la mayor. Sin embargo, todas estábamos impacientes por abandonar el estrecho interior del carruaje y no perdí el tiempo haciendo preguntas.

Soldados itaquenses crearon un perímetro a nuestro alrededor y nos escoltaron a una tienda de grandes dimensiones en el centro del campamento, erigida cerca de otra aún más imponente que sin duda debía de pertenecer a mi tío Agamenón, aunque no había rastro de él. Me percaté de que un buen número de soldados nos observaban, los ojos ardiendo de curiosidad y quizá también de otros deseos, pero entonces mi campo de visión quedó bloqueado por la caída brusca del faldón de la tienda.

La noche anterior a la boda, la tradición dictaba que las parientes de la novia la bañaran en agua de rosas, le trenzaran el cabello, le decoraran las manos y los pies con henna y le llenaran los oídos con toda la información que una recién desposada necesitaba saber. Era el ritual que las mujeres habían practicado en la boda de Helena tiempo atrás, aunque aquella vez mi madre y yo habíamos llegado demasiado tarde para participar en él; el mismo ritual al que ahora se sometía Ifigenia.

No había bullicio. Clitemnestra tenía un aspecto ceniciento, como una mujer obligada a vender a su único hijo a cambio de pan. El resto seguía su ejemplo y se mostraban apagadas. Me dije que se debía a lo reducido del cortejo nupcial y lo cargado del ambiente. Con la guerra, sencillamente no había tiempo para mandar llamar a todas las parientes de Ifigenia y celebrar una ceremonia más esmerada. Las únicas asistentes éramos Clitemnestra, la pequeña Electra y yo, aparte de un par de esclavas mesenias cuyos nombres nunca me llegué a aprender.

Mientras aplicaba la pasta de henna en las manos de Ifigenia y las decoraba con intrincados diseños, se me ocurrió que yo misma nunca había experimentado estos rituales. Mi propio matrimonio con Eros (si es que podía denominarse así) había sido rápido e inesperado. Ni siquiera había tenido unos esponsales en condiciones; nadie me había pintado en las manos y los pies adornos tan maravillosos. Aunque, a la postre, eso no habría alterado el desenlace.

La pena me atravesó el corazón. Había perdido a Eros, a Atalanta, a mi madre, a mi padre. Y sabía que, por mucho que despreciara a Agamenón, por mucho que anhelara reclamar el trono de Micenas, como me correspondía por derecho de nacimiento, nunca podría hacer nada que me separara de Ifigenia. Era la única familia verdadera que me quedaba, aparte del bebé que crecía en mi vientre.

Supuse que Clitemnestra aprovecharía la oportunidad para explicar el comportamiento que cabía esperar de una novia joven o que al menos compartiría conversación con su hija. Sin embargo, para mi sorpresa, la madre de Ifigenia se metió en la cama después de cenar.

—Las bodas me agotan, ya lo sabes —espetó antes de acomodarse bajo las mantas.

Debido al tamaño de la tienda, si una persona quería dormir, no parecía lógico que las demás permaneciéramos levantadas. Un poco aturdidas por lo abrupto de la situación, apagamos las lámparas y nos acostamos.

Elegí un sitio junto a Ifigenia, tan cerca que llegaba a oler el persistente aroma del agua de rosas en su piel. Al cabo de un rato, percibí un susurro.

—Quiero saber tu opinión —dijo mi prima. Hablaba en voz baja para cerciorarse de que nadie más la oyera, aunque ya se elevaban ronquidos del jergón de Clitemnestra. Sentí sus palabras tanto como las oí, una vibración que me recordó aquellas noches a ciegas con Eros.

—He estado pensando en lo que puede salir mal con Aquiles y no en lo que debería hacer para asegurarme que las cosas salieran bien —susurró—. Después de la boda, empeñará un año o así en la campaña de Troya. Hasta ahora me figuraba que me quedaría en Micenas, pero… ¿y si me voy con él? Si la noche de bodas acaba bien, claro —se apresuró a añadir—. Si se porta como un bruto, me vuelvo a Tirinto.

—Una idea interesante —comenté. Las desposadas no solían ir a la guerra con sus maridos, pero estos no eran tiempos normales.

—Mi pregunta —continuó, con un repiqueteo de excitación en la voz— es esta: ¿vendrías conmigo, Psique? ¿Hasta Troya?

Me quedé sin palabras y, al percatarse, añadió apurada:

—Estando recién desposada, y si tú me acompañas, ni siquiera padre se atreverá a prohibirlo. Tendré que preguntarle a Aquiles qué opina, pero estoy segura de que no le importará. ¿Qué hombre no querría tener a su flamante esposa con él? Además, soy una sacerdotisa investida de Artemisa y los soldados me querrán allí para ejecutar los ritos sagrados. Y podrás combatir en la guerra si lo deseas. ¡Será estupendo! Seré la sacerdotisa que siempre he aspirado a ser y tú te convertirás en la heroína que estabas destinada a ser.

Lo medité un rato. Mi plan para usurpar el trono de Micenas se me antojaba ahora un ardid ingenuo; nadie lograría detener el ímpetu de la guerra. Sin embargo, quizá yo pudiera alterar su dinámica. Ejercería cierta influencia sobre Agamenón si me distinguía en el ejército. Mis habilidades de lucha se adaptaban a las circunstancias, como había averiguado al enfrentarme a los bandidos. Al principio, los soldados quizá rechazaran la presencia de una mujer, pero cambiarían de opinión. Y tenía razón Ifigenia: lejos de casa, los guerreros agradecerían la reconfortante presencia de una sacerdotisa.

Me vino otro pensamiento a la cabeza. En mi breve idilio en la casa del acantilado y durante el largo y brutal viaje posterior, casi había olvidado la profecía que el oráculo de Delfos pronunció sobre mi nacimiento. Quizá mi destino descansara al otro lado del mar, en Troya. Quizá fuera allí donde me convertiría en una verdadera heroína.

Aunque eso significara abandonar cualquier esperanza de volver a ver a Eros.

—¿Y bien? —Notaba su aliento caliente en la mejilla, su tono esperanzado.

Esbocé una sonrisa.

—Déjame consultarlo con la almohada, Ifigenia. Acabo de llegar a casa, y no sé si estoy lista para volver a partir tan pronto.

Lanzó un suspiro teatral y se dio la vuelta. Pronto su respiración se relajó con un ritmo pausado, característico del sueño.

Yo yacía despierta, la mirada perdida en la oscuridad. Incluso cuando el jolgorio empezó a apagarse en el exterior, seguía contemplando el arco de la tienda. Un instinto me impedía descansar. Al final me levanté, me eché un manto por encima y, tras meditarlo un momento, me até un largo cuchillo de caza al cinto. Necesitaba aire y cielo abierto.

Caminé con pies silenciosos hasta la entrada de la tienda, con cuidado de no despertar a las demás mujeres. Mi esfuerzo se malogró cuando retiré el faldón de la tienda y a punto estuve de chocar con una figura enfundada en una armadura. Debería haber sospechado que habrían apostado centinelas. Al fin y al cabo, se trataba de un campamento militar.

—Dama Psique, ¿qué te trae por aquí fuera a estas horas de la noche? —inquirió uno de los guardias.

Tardé unos instantes en ubicar la voz, así como el rostro que me miraba fijo bajo el casco emplumado.

—¿Patroclo? —me sorprendí.

Inclinó la cabeza y se quitó el casco. El muchacho había crecido desde aquel día en los Juegos Hereos, hacía una eternidad, pero sus facciones conservaban la simpleza de antaño.

—¿A dónde te diriges? —preguntó—. Con gusto te escoltaré.

—A ningún sitio. Solo quería ver las estrellas y escuchar el océano.

Otro asentimiento de cabeza.

—Es impropio de una dama de tu posición pasear sola entre tantos hombres. Te acompañaré. Permaneced en vuestros puestos —ordenó en la oscuridad, y observé que ante la tienda se apostaban otros dos guerreros, cubiertos con sendas armaduras idénticas a la de Patroclo. Mirmidones, los hombres de Aquiles.

Arrancó a andar y lo seguí. Despuntó una idea: tal vez pudiera establecer una alianza con este hombre, formar juntos algún tipo de coalición para hacerle frente a Agamenón. Me percaté de que reinaba en el campamento una extraña calma y, aunque oía risas y voces que provenían del interior de las tiendas, nos topamos con pocos soldados. Le comenté este hecho mientras zigzagueábamos hacia los márgenes del campamento.

—Hemos tenido que instaurar un toque de queda —respondió Patroclo—. Las peleas causaron muchos problemas las primeras semanas. Hay menos heridos si todo el mundo permanece en sus tiendas después del anochecer. Siempre hay infractores, claro, pero nosotros hemos visto que si hago yo la primera guardia, soy capaz de persuadir a la mayoría de ellos para que desistan. Agamenón envía sus propias patrullas avanzada la noche y no son tan diplomáticos.

Me fijé en cómo recalcaba la palabra «nosotros», con qué naturalidad la pronunciaba, fruto de la costumbre.

—¿Aquiles y tú organizáis patrullas? ¿Ese cometido no atañe al comandante?

Coronamos una duna a las afueras del campamento y nos detuvimos. Sin el ruido y el hedor de los espacios humanos, era como si volviera a sentirme libre para respirar. Observé las aguas negras, que se abatían sobre una orilla bañada de plata por las estrellas.

Patroclo se encogió de hombros.

—Así es. Agamenón puede dictar todas las órdenes que le plazcan, lo cual no significa que se acaten. Al principio, intentó aliviar la tensión con arengas. No valían ni el papiro en el que estaban escritas.

—¿Y Menelao? —pregunté—. ¿No fue el secuestro de su esposa Helena lo que desencadenó todo esto? ¿Por qué no participa más activamente en las labores de mando?

Me echó una mirada fulminante.

—Menelao no está capacitado ni para comandar una partida de caza y ambos lo sabemos. Los espartanos, su propio pueblo, le tienen tanta antipatía que solo han aportado un número simbólico de hombres.

No me molesté en defender a mi tío, que era un desconocido para mí. Una conversación de esta índole rayaba en la traición, pero nadie nos oía, solo la arena y el viento nocturno.

—Patroclo —empecé diciendo, con la misma sensación de malestar que me había impulsado a salir de la tienda—. Has dicho que el ejército lleva aquí semanas. ¿Por qué no habéis zarpado todavía?

Frunció el ceño. La luz de la luna proyectaba extrañas sombras sobre sus facciones mientras el resto de su cuerpo parecía revestido de oscuridad, la armadura fundida con la negrura de la noche.

—Por el tiempo. El problema es la ausencia de viento. En concreto, los fuertes vientos alisios que suelen soplar en esta época del año; una flota de estas características no puede navegar hasta Troya impulsada por simples brisas. Por eso esperamos, pero los hombres se inquietan y Agamenón intenta en vano mantener el control.

—Pronto será el suegro de Aquiles —observé—. Los lazos familiares crean armonía, o eso se dice.

—Sí —reconoció él, vacilante—. Es algo que no entiendo. Este matrimonio coloca a Aquiles en la línea sucesoria del reino de Micenas y me cuesta imaginar que Agamenón quiera arriesgarse a cederle el trono. Se desprecian el uno al otro.

—Eso he deducido —dije, irónica—. Lo que me gustaría saber es dónde encaja Ifigenia en todo esto. ¿Aquiles la tratará bien?

—Por supuesto —respondió Patroclo—. Aquiles se conduce bien en todo lo que hace; el matrimonio no será una excepción. Además, Ifigenia es una chica encantadora que tiene una cabeza excepcional para la estrategia y está claro que ella lo adora. Y a él le gusta que lo adoren. —En labios de cualquier otra persona, esas palabras podrían haberse tomado como un insulto, pero Patroclo solo constataba un hecho. Me dio la impresión de que pasaba mucho tiempo observando las preferencias de Aquiles.

—¿Lo quieres? —pregunté de repente.

Me clavó los ojos y me miró sin pestañear durante unos segundos. Aun a la luz tenue de las estrellas su expresión podría haber marchitado las resistentes hierbas de las dunas. Me sentí como si me hubiera tropezado con una cita de alcoba, las sábanas echadas a un lado, los cuerpos entrelazados. Me sonrojé y desvié la vista. Patroclo ocultaba sus sentimientos tras unas defensas tan impenetrables como las falanges que dirigía. No revelaría nada que dejara a Aquiles en una posición vulnerable.

—Todo el mundo quiere a Aquiles —respondió con ligereza a la vez que apartaba los ojos de mí—. Yo incluido. Todos menos Agamenón, por ello no entiendo este matrimonio. Corren rumores de que la falta de viento es un castigo divino, enviado por Artemisa, en retribución por haber dado muerte a un ciervo sagrado. Pero, si Agamenón ofendió a Artemisa, ¿por qué intentar aplacar a la diosa de la virginidad casando a una de sus sacerdotisas vírgenes? ¿Y por qué precisamente con Aquiles? —Me echó una mirada de reojo—. Estoy impaciente por oír cualquier información de que dispongas.

Ahora comprendía por qué Patroclo me había traído a este lugar aislado, lejos de los oídos indiscretos del campamento. Los pelos de la nuca se me pusieron como púas y me di cuenta de que me encontraba en presencia de un hombre que, a su manera, era tan peligroso como

Aquiles. Me acordé de la mención al muchacho que había resultado muerto durante una partida de dados y especulé con la posibilidad de que, después de todo, no hubiera sido solo un accidente.

Ignoraba por completo las motivaciones de Agamenón y así se lo hice saber a Patroclo, que absorbió la información con ecuanimidad y rehuyó la mirada, apagada la luz del interés en sus ojos. No tenía nada más que ofrecerle y, sin más, me escoltó, cortés pero firme, de vuelta a la tienda de las mujeres. Sin embargo, la pregunta de Patroclo me reconcomía: ¿en qué pensaba Agamenón al concertar ese matrimonio? ¿Qué se me escapaba?

Me acosté en el jergón, al lado de Ifigenia, que roncaba por lo bajo, y me sumí en un sueño intranquilo.

29

PSIQUE

Era la mañana de la boda e Ifigenia estaba preciosa. Lucía un vestido de manga larga, de color azafrán, que proclamaba que era hija de un hombre poderoso, pues solo una mujer que nunca se hubiera encargado de las labores domésticas se ataviaría con una prenda así. Una de las esclavas mesenias se las había arreglado para conseguir flores, una rareza en un campamento militar, y Electra confeccionó con ellas una corona para su hermana. Bajo las flores, el oscuro y rizado cabello lo llevaba peinado hacia atrás y recogido en dos trenzas. Parecía la primavera misma, como la diosa Perséfone venida a la Tierra.

Vi que la gente se abría para recibir a mi prima. Los soldados estaban de gala, sudando y mascullando, pero enmudecían a su paso.

Vislumbré por primera vez a Agamenón en el estrado, más ancho y canoso, pero sin haber experimentado ningún otro cambio en todos los años transcurridos desde la boda de Helena. Clitemnestra se hallaba conmigo y el resto de las mujeres. Ni ella ni su marido se dirigieron el más mínimo gesto de saludo.

Aquiles también aguardaba en el estrado, más alto y aún más guapo y exasperante que cuando lo conocí en los Juegos Hereos. Advertí que se había situado tan lejos de su futuro suegro como permitía el

243

protocolo. No me sorprendía que se tuvieran una antipatía mutua. Puede que Agamenón fuera el comandante en jefe, pero Aquiles era el héroe querido.

Cuando Ifigenia se aproximaba al estrado, una mano me tiró de la falda.

—¿Me puedes aupar? No veo nada. —Era Electra, perdida en medio del alboroto.

Sostuve a la niña apoyada en la cadera mientras ella se quedaba maravillada ante la cantidad de gente. No pesaba más que unos pocos sacos de grano, aunque los brazos que me echaba al cuello me daban tranquilidad. Me pregunté si me sentiría así cuando cargara a mi propio hijo.

Al divisar a Ifigenia, me susurró al oído:

—No lleva igualadas las trenzas. La derecha es más corta que la izquierda.

Varios de los soldados que nos rodeaban se rieron entre dientes y noté que las mejillas se me ponían coloradas.

—¡Chitón! —le dije.

Ifigenia subió los escalones, de uno en uno, con un aire absoluto de dignidad. Al llegar arriba, se volvió y regaló una sonrisa deslumbrante a la concurrencia. ¿Dónde había desarrollado ese instinto para dominar a las muchedumbres? Yo nunca lo había poseído, desde luego.

Se acercó a los hombres y Agamenón la abrazó. Y entonces extrajo él una daga del cinturón y, de un rápido tajo, degolló a su hija.

Se hizo un completo silencio. No se movía ni una sola persona de los miles que había congregadas. Brotes de carmesí proliferaron siguiendo un patrón delirante, en descarnado contraste con el amarillo del vestido. Ifigenia se llevó las manos a la garganta, que aletearon impotentes, incapaces de contener el río rojo que manaba del corte. El blanco de sus ojos se tiñó de pánico.

Eso son flores, no sangre —pensé, mi mente zozobrada no dejaba de girar—. *Estamos en una boda.*

Ifigenia cayó de rodillas y la sangre salpicó la madera. Se desplomó sobre los tablones, rebotando con desconcierto el cráneo en el estrado.

Alguien gritó. Nunca supe con certeza quién fue.

Los allí congregados estallaron, enardecidos sus ánimos, fustigados por una muerte sangrienta. Eran un ejército sin batallas que librar, varado en una costa solitaria mientras el enemigo se regodeaba tras sus murallas en una orilla lejana. Una mujer había sido raptada por los troyanos, una mujer había sido sacrificada aquí, así debía ser. Ella era un mero aperitivo antes del festín.

Observé en anestesiado silencio como Aquiles corría hacia la forma inánime de Ifigenia, abierta la boca en un grito mudo. Apenas había cubierto la mitad del camino cuando uno de sus guardias personales, probablemente Patroclo, se lo llevó a rastras. Agamenón lo miró indiferente, con el cadáver de su hija a sus pies.

Debería yo haber actuado. Debería haber echado mano a una espada, haber saltado a la plataforma y haber ensartado a Agamenón allí mismo. Mas la venganza no devolvería la vida al cuerpo inmóvil de Ifigenia y la conmoción me había dejado paralizada. El mundo giraba como un torbellino en torno a mí, irreal como un sueño.

Un aullido se elevó de entre las filas del ejército, un millar de bocas dando rienda suelta a una sola voz, un canto despiadado, interrumpido por el entrechocar de escudos. Los hombres se habían reunido para una ocasión formal y habían presenciado un espectáculo inesperado.

Agamenón se dirigía a las huestes, mas yo era incapaz de oír lo que decía. Era incapaz de apreciar si sentía remordimiento, vergüenza o pena por haber asesinado a su propia hija. Era incapaz de ver nada aparte de la sangre que le salpicaba la cara y las manos. La sangre de Ifigenia. Con razón no se había molestado en visitarla antes de la boda. Pero ¿qué aspiraba a ganar matando a su hija?

Me afané en respirar y me di cuenta de que los brazos de Electra se cerraban en torno a mi cuello. La sentía temblar y supe con horrorizada claridad que ella lo había visto todo. Ni siquiera se me había ocurrido taparle los ojos.

Unas garras se me clavaron en la carne del brazo y una voz me siseó en el oído.

—No corras, pero muévete aprisa.

Era Clitemnestra. Eché una mirada atrás, hacia el estrado donde yacía la forma inánime de Ifigenia, pero mi tía me hundió aún más las uñas en el brazo.

—Ya no podemos hacer nada por ella —dijo al tiempo que me sacaba a la fuerza de allí.

Electra se aferraba a mí como una lapa mientras me abría paso a través de la arena. En torno a nosotras advertí soldados de Ítaca, agrandados los ojos, desenvainadas las espadas. No eran ajenos a la locura que se propagaba por las tropas congregadas, mas se atuvieron a su deber de protegernos. Fui vagamente consciente de que se vieron obligados a derramar sangre más de una vez durante nuestra retirada, que pasó como un borrón.

Al alcanzar la entrada de la tienda, miré atrás y me quedé atónita al apreciar que una atmósfera de celebración envolvía el campamento. No le encontraba sentido. Algunos hombres se habían dispersado para echarse un trago de alcohol barato o jugar a los dados, pero otros cargaban los barcos, peleaban y se gritaban. Y aun otros practicaban el terrible deporte que mi gente llama «pancracio», un género de lucha libre donde valía todo.

Vi el estrado, vacío salvo por una única forma inánime. Ifigenia.

Empezó a soplar un viento que atravesó el campamento, enfriándome el sudor de la frente y agitando la tela de la tienda. Se disipó el miasma penetrante. Se hincharon las velas de las naves griegas, causando que tiraran de sus anclas con la impaciencia de un poni. El viento había retornado, un viento favorable para que la flota navegara hasta Troya.

Más adelante, algunos porfiarían con que Ifigenia había sido un sacrificio a Artemisa, ofrecido por su padre para suplir al ciervo sagrado. Discrepo. Matando a la sacerdotisa de la diosa el día de su boda, creo que Agamenón pretendía enviar una amenaza. Quería demostrar a sus huestes que no le asustaban ni dioses ni hombres, que las murallas de Troya le traían sin cuidado. Los guerreros que ya adoraban a Agamenón lo amaron aún más a raíz de eso y aquellos que lo aborrecían empezaron a temerlo. Los déspotas de todas las épocas saben que el miedo constituye un arma más poderosa que el amor.

Por qué Artemisa permitió que soplaran los vientos me resulta menos claro. Quizá simplemente les soltó las riendas, impactada al ver lo que Agamenón había hecho.

El cadáver de Ifigenia, cuando finalmente nos lo devolvieron, era harto más pequeño de lo que ella había parecido en vida. Descubrí que la tarea de preparar el cuerpo para el entierro se hacía más fácil si fingía que se trataba de una muñeca de arcilla con la cara de Ifigenia, si procuraba no pensar demasiado en las manos frías que aún lucían los imperfectos diseños de henna con los cuales las había adornado yo la noche anterior.

Su madre y yo limpiamos la sangre lo mejor posible, aunque la puñalada se abría como una segunda boca en la garganta. Clitemnestra la cosió con dedos temblorosos, pero poco más cabía hacer. Las esclavas mesenias trajeron cubos de agua fría del mar para ayudar en la labor, aunque ignoro cómo se las apañaron para abrirse paso entre las tropas.

En el campamento reinaba el caos. Oía el ruido de hombres y caballos fuera de la tienda, casi como si estuviéramos en un campo de batalla. Agamenón debió de aprovechar el entusiasmo de sus hombres para ordenarles que aprestaran las naves.

No había madera suficiente para erigir una pira en esta playa desolada, aunque tampoco soportaba la idea de que las llamas consumieran a mi querida prima. Que la blanda tierra la acogiera. Alguien nos ayudó a cavar una tumba a la entrada de nuestra tienda, pero no recuerdo quién. En cierto momento, apareció Odiseo y, agarrándome los hombros, dijo algo; me acuerdo vagamente, aunque no pude oír sus palabras. Luego también él se fue.

Para cuando estuvimos listas para el entierro, el contingente griego se había esfumado. No quedaba ni un hombre en aquella playa barrida por el viento, solo montones de escombros esparcidos y las ruinas ennegrecidas de las fogatas. Se había congregado un reducido grupo de asistentes, incluidas las esclavas mesenias, a quienes se les había encomendado que nos acompañaran de vuelta a Micenas.

El blanco lejano de las velas se divisaba en el horizonte. Agamenón no tenía tiempo para ocuparse de algo tan insignificante como el funeral de una hija.

Clitemnestra y yo envolvimos a Ifigenia en el lino más limpio que logramos encontrar, la depositamos en la tierra y le pusimos un óbolo en la lengua para pagar al barquero del Inframundo. Recité las palabras que guiarían su alma hacia el reino de Perséfone y Hades, pues para entonces Clitemnestra ya no era capaz de hablar y Electra no contaba edad suficiente para conocer los versos.

Cubrimos a Ifigenia con cantos rodados, alisados por siglos de corrientes oceánicas, para que los cuervos y los perros salvajes no la devoraran. El siguiente paso habría consistido en tallar una inscripción, pero no disponíamos de tiempo. Quizá podríamos haber pintado el nombre de Ifigenia en una de las rocas para que cualquiera que transitara por esos lares supiera quién yacía ahí, pero no aguantaría los embates de la lluvia.

Terminado el sepelio, Clitemnestra se volvió hacia el mar. Atravesó las ruinas silenciosas del campamento y se adentró a zancadas en las aguas, como aturdida, hasta que la túnica se empapó hasta las rodillas. Se asió las faldas y profirió un aullido de pura angustia.

Los escarpados acantilados al final de la playa nos devolvieron el eco. Me puse rígida, presta a abalanzarme de un salto si Clitemnestra hacía ademán de ahogarse, pero mi tía se limitó a mecerse en el oleaje.

—Creo que madre lo está llevando bien, dentro de lo que cabe —dijo una voz. Electra se sentó a mi vera, doblando hábilmente las piernas.

Me acordé de la desdicha que padecía Clitemnestra la noche antes de la boda y me sentí mareada.

—¿Ella lo sabía? —pregunté—. ¿Agamenón le contó lo que planeaba hacer?

Electra arrugó la cara.

—Claro que no. Madre nunca habría traído aquí a Ifigenia si pensara que padre haría algo así. —Pegó las rodillas al pecho y apoyó en ellas la barbilla, ahogando la mirada en el mar.

—Padre no es su primer marido, ¿lo sabías?

Un viento helado me barrió la piel. Esta niña mostraba una madurez que trascendía su edad.

—¿Y quién fue su primer marido entonces?

—No sé cómo se llamaba, pero era el rey de Pisa. Oí como se lo contaba a Ifigenia un día, cuando creían que yo estaba dormida. A padre lo contrataron para luchar contra Pisa y ganó. Hizo prisionera de guerra a mi madre y luego decidió tomarla como esposa. Creo que cuando padre se la llevó tenía un bebé, aunque no estoy segura. De todos modos, él lo habría matado.

Me entró un escalofrío. Durante años me había intrigado por qué Clitemnestra trataba a su marido como a un perro rabioso. Ahora lo entendía.

Intenté imaginarme cómo debía de ser acostarse cada noche con el hombre que había asesinado a tu hijo. Cavilé sobre si ella había amado a su primer marido, ese rey sin nombre de Pisa, aunque en realidad no importaba. Aquel mundo se había perdido para siempre. Ahora entendía mejor por qué la mujer estaba tan obsesionada con la respetabilidad. Clitemnestra se había visto rebajada a la categoría de esclava en la casa de su marido, aun por breve tiempo, y no había olvidado la indignidad que ello conllevaba. Para ella, el mundo no consistía nada más que en una jaula elegante y únicamente la sostenía el afán de asegurarse de que al menos estuviera ordenada.

Las esclavas mesenias nos observaban, bien abiertos los ojos y alertas. Me pregunté de dónde provendrían, si Agamenón también las habría obtenido como botín en alguna campaña lejana. Pensé en todas las mujeres y niñas de Troya y me estremecí al imaginar lo que les ocurriría si su ciudad caía.

Clitemnestra dejó escapar otro grito, de esos que chorreaban sangre.

Electra no corrió hacia su madre, ni para pedir consuelo ni para darlo. En vez de ello, se limitó a observarla con ojos cansados y amoratados que parecían pertenecer a una persona mucho mayor.

—No sé cuándo padre volverá de Troya —apuntó—. Pero cuando vuelva, madre lo matará.

No había temor ni censura en su voz, como si señalara cuándo bajaría la marea o saldría el sol.

—Y cuando madre lo mate, mi hermano Orestes la matará a ella. Siempre ha sido el favorito de padre. Y cuando eso ocurra… no sé qué haré yo. —Un suspiro sacudió el cuerpo menudo de Electra.

Me invadió una sensación extraña. Alcé la vista para contemplar las velas que desaparecían en el horizonte y supe con absoluta certeza que no regresarían con vida ni uno de cada diez de los jóvenes hombres que aquel día se habían echado a la mar con mi tío. Agamenón comandaba el mayor ejército que Grecia hubiera visto jamás, pero palidecía en comparación con el tamaño de las huestes que los reinos orientales lograrían reunir cuando solicitaran el apoyo de sus aliados entre los hititas y los asirios.

Los soldados morirían de mil maneras: arrojados de los barcos por las tormentas, destripados por los guerreros troyanos bajo cielos implacables, abrasados por las fiebres que asolaban los hacinados campamentos militares, delirando a causa de heridas sépticas. Los pocos que sobrevivieran retornarían como cáscaras de hombres con ojos que reflejarían por siempre las hogueras de costas lejanas. Me pregunté cómo se amañarían los poetas para componer bellas epopeyas de esa carnicería.

Me interrumpió la voz de Electra, arrastrándome de vuelta a la playa azotada por el viento.

—Si tengo que elegir, creo que ayudaré a Orestes a matar a madre —dijo con aire pensativo—. Orestes es joven y fuerte. Sucederá a padre como rey.

La miré horrorizada.

—No digas tales cosas. Estás hablando de matricidio. Las Furias te atormentarían por toda la eternidad. —Hasta una niña conocería a esas temibles diosas, con alas de murciélago y garras de águila, que perseguían a los asesinos hasta los confines de la Tierra.

Electra dirigió la mirada al cielo despejado y luego de vuelta a mí; los ojos refulgían como brasas.

—Mi padre acaba de matar a mi hermana y no veo a las Furias por aquí.

Llevaba razón. Ifigenia yacía bajo la tierra mientras su padre partía a la guerra. Nadie la vengaría. Ni siquiera yo.

La niña se sacudió la arena y echó a andar hacia la tienda, farfullando que quería comer algo. La observé irse, pero la comida era lo último en lo que pensaba.

Dentro de mí algo se quebró. Me puse en pie antes de darme cuenta de lo que hacía y salí corriendo. Había huido de las ruinas de la casa del acantilado y ahora huía de aquí. De este horror, de esta tragedia, de la muerte de Ifigenia, a la que no logré salvar, de la atrocidad de la guerra de Troya. No soportaba quedarme ahí, igual que no permanecería inmóvil en medio de un incendio. Conque escapé.

Atalanta había sido una instructora inflexible, su entrenamiento implacable, y durante kilómetros corrí a paso largo, sin aflojar el ritmo. Solo cuando me detuve a recobrar el aliento me percaté de la distancia que había cubierto. La tienda de las mujeres era solo una mota oscura en la playa.

30

PSIQUE

No regresaría a Áulide. Clitemnestra y Electra tenían un séquito que las escoltaría de vuelta a Tirinto, pero allí ya no quedaba nada para mí. Mis padres habían muerto, Atalanta agonizaba y los herederos de Agamenón dominaban Micenas. Y luego Ifigenia...

No quería vivir en un mundo donde una hija poseía menos valor que un viento favorable hacia Troya. No quería criar a mi hijo en un lugar así.

Me encaminé hacia las colinas rocosas que rodeaban la playa hasta que coroné una pequeña meseta, a cierta altura sobre el nivel del océano. Aquí solo crecían las hierbas más resistentes, zarandeadas incesantemente por los vientos marinos, y los graznidos de las gaviotas eran mi única compañía. Me senté en una piedra, pensé en Ifigenia y, por primera vez desde su asesinato, me permití llorar.

Si hubiera vivido, podría haber aliviado las tensiones entre su padre Agamenón y su marido Aquiles, haber serenado las cabezas que habían de conducir las operaciones para romper las defensas de Troya. En vez de ello, sus huesos yacerían eternamente bajo aquella playa solitaria y el hijo de Tetis cabalgaría a la guerra a las órdenes del hombre que había matado a su esposa el día de su boda.

Las lágrimas me bañaban el rostro, lágrimas que no pude derramar estando al lado de Clitemnestra, cuando nos ocupamos de dar descanso al cuerpo de su hija. Mi preciosa Ifigenia, reducida ahora a polvo.

Qué desmesura de orgullo creer que retiraría a Micenas de la guerra o influiría en su curso. La ciudad se había empecinado en la conquista, uniéndose al esfuerzo bélico. En el este había oro esperando y la gloria de las tierras y pastos que haríamos nuestras. Jamás habría conseguido detener la rueda. Me habría arrollado.

Comprendí que nunca realizaría mi sueño de ser una heroína, no porque fuera yo tan poca cosa, sino porque el sueño en sí se había vuelto demasiado feo. «Los héroes son carniceros», aseguraba Medusa, y ahora apreciaba la verdad de dicha afirmación. Pensé en los grifos, muertos en el polvo. Pensé en Ifigenia, desplomada en el centro del estrado en Áulide.

Recordé con qué ingenuidad había creído, al escuchar las baladas del poeta ciego, que lo que forjaba a los héroes eran los actos gloriosos de muerte. Ahora, al cabo de tantos años, veía que las leyendas chorreaban sangre, la sangre de las mujeres.

A la postre, Agamenón sería honrado como un héroe por sus logros.

Cuando el sol inflamó el cielo occidental, me puse en pie. Me enjugué las lágrimas de los ojos y emprendí el descenso por los acantilados mientras las sombras empezaban a alargarse.

Llamé a la puerta de un templo a la diosa Hera ubicado a las afueras de un pequeño pueblo. Me atendió una sacerdotisa entrada en años, fornida y con el cabello pulcramente trenzado.

—Soy una viajera en busca de santuario —expliqué—. Soy fuerte de cuerpo y estoy dispuesta a trabajar a cambio de comida y un lugar seco donde dormir.

—Ya… entiendo —respondió la sacerdotisa. Mi aspecto pareció alarmarla, aunque era de buenas maneras y no mencionó nada al respecto. ¿Cómo culparla? Yo aún llevaba el vestido, andrajoso, que me había puesto aquella mañana para la boda de Ifigenia, ahora manchado de tierra y con las mangas salpicadas de sendos regueros de sangre.

Resultó que el templo había perdido en época reciente a su chambelán y agradecería mi ayuda. La mujer, cuyo nombre era Kharis, me ofreció pan y queso, así como una prenda más práctica para trabajar. Me presentó a las demás sacerdotisas, que me saludaron con una cortés inclinación de cabeza antes de regresar corriendo a sus obligaciones. Luego corté leña y acarreé agua mientras ellas hacían sus ofrendas y entonaban himnos en el santuario.

Por la noche, me alojé en el dormitorio de las sacerdotisas. El templo disponía de un espacio para los viajeros, pero en vista de que en su mayoría eran hombres, habían decidido por acuerdo tácito que convendría que me quedara con ellas. Observé cómo se relajaban tras una jornada de trabajo, trenzándose el cabello unas a otras y charlando con sus amigas. Pensé en Ifigenia y me invadió una oleada de dolor tan intensa que tuve que volver la cara a la pared.

Fui consciente de que se hacía una burbuja de silencio en torno a mí. La cháchara de las sacerdotisas se había extinguido y todas ellas me miraban. Notaba el picoteo de sus ojos sobre mí, aunque no era una sensación desagradable. Tan solo sentían curiosidad por la recién llegada que había en medio de ellas.

Al cabo, una joven de nariz estrecha preguntó:

—¿De dónde vienes, forastera? ¿Cómo has llegado hasta aquí?

Respiré hondo. No podía hablarles de la muerte de Ifigenia; no lo soportaría. En cuanto al resto, no me importaba contárselo.

—Me crie como princesa en la casa de mi padre —empecé diciendo—. Hasta que me barrió el viento del oeste, transportándome a una casa rebosante de magia…

Les relaté mi extraña historia y me sentí como si me despojara de una pesada carga al final de una larga jornada. Les hablé de la preciosa casa que presidía el océano; de cómo en una sola noche se convirtió en ruinas; de la sorprendente dulzura de mi misterioso marido divino.

Cuando les dije su verdadero nombre, hubo boqueadas de asombro reverencial.

En algún momento del relato, dejaron de escuchar mi voz, mi historia, y se imaginaron la suya propia. Se vieron a sí mismas en ella, protagonistas de sus propios anhelos de amor mortal o divino. Aquel día se plantó una semilla, el germen de un mito que se transmitió de boca en boca hasta que, al cabo del tiempo, encontró albergue en una novela de un dramaturgo latino. Pero eso lo desconocía yo por entonces.

Cuando me sumí en el silencio, las sacerdotisas se quedaron mirándome, sin moverse del sitio. Mostraban la misma expresión que yo misma había mostrado de niña, sentada a los pies del viejo poeta ciego.

—¿Qué ocurrió después? —preguntó Kharis, casi ahogada de ansiedad.

—No lo sé —admití, con una risa hueca—. Estoy tratando de averiguarlo.

Las sacerdotisas parecieron satisfechas con la respuesta, aunque un poco alicaídas por el final de la historia.

Juntas nos aprestamos a acostarnos. Aquella noche, por primera vez desde mi más tierna infancia, me dormí acunada por el sonido de voces femeninas.

Quizás el hecho de contarles mi historia a las sacerdotisas de Hera me abrió en cierta medida el corazón, porque esa noche soñé con Eros.

En mi sueño, me hallaba de regreso en la casa del acantilado, milagrosamente restaurada en toda su plenitud. Notaba el pelaje de Escila, que se me restregaba contra los tobillos, oía a los pavos reales llamarse unos a otros en la terraza exterior. El aire conservaba el sabor de antaño, mezcla de rosas y sal, una bruma levantada por olas lejanas que me impregnaba delicadamente las mejillas.

Había alguien sentado a la gran mesa de roble, de espaldas a mí. Supe quién era incluso antes de que se volviera a mirarme con aquellos preciosos ojos verdes, tan familiares aunque solo los hubiera visto una vez. Eros.

Un millar de palabras se me agolpaban en la lengua. *Me mentiste, me dejaste sola, nunca me amaste de verdad.*

Sin embargo, no había enojo en él, sino que lucía la expresión de un hombre en alta mar que acaba de avistar la costa de su patria en el horizonte.

—Psique —susurró.

Refrené mi ira, como un guerrero a caballo ante las altas murallas de una ciudad. Me había esperado excusas o más mentiras, quizás un espejo de mi propia rabia. No me esperaba que me echara de menos.

En su mirada se mezclaban la esperanza y el anhelo, y dio un paso tentativo hacia mí.

—Por fin te he encontrado —empezó diciendo—. Vengo con un mensaje de advertencia. Afrodita me tiene prisionero y también vendrá a por ti. Psique, tienes que…

Corrí hacia él, pero el sueño se resquebrajó en torno a mí y se desmoronó. Me desperté en el dormitorio de las sacerdotisas, rodeada por los sonidos del templo que señalaban el inicio de la jornada.

31

PSIQUE

Salí a contemplar el amanecer, envuelta en los pliegues de una gruesa manta. Me acordé del sueño con Eros y los pretextos que esgrimía para justificar mi añoranza de él quedaron abandonados como una piel de serpiente.

Veía ahora que cuanto realmente importaba eran las personas que te amaban. Había perdido a mis padres, a mi mentora y a mi amiga más querida, aunque dentro de unos meses ganaría un hijo o una hija. Había perdido también a su padre, mi marido, mas a lo mejor aún hubiera esperanza.

«No quiere volver a verte nunca más», había manifestado Afrodita y, tonta de mí, me había fiado de sus palabras. No obstante, quizá la cuestión fuera más complicada.

No había sido más que un sueño, pero ¿y si el Eros onírico había dicho la verdad? ¿Acaso me estaba buscando después de todo? Decidí que, dondequiera que él estuviera, lo encontraría. Si no por otra cosa, al menos para agarrarlo por los hombros y reprenderlo por su traición.

Al día siguiente, cuando hube terminado mi faena en el recinto del templo, me arrodillé ante la estatua de Hera, diosa del matrimonio. Tenía cinco veces mi altura, el semblante adusto y los ojos fijos en mí, como si contemplara un simple insecto. Incliné la cabeza y musité una plegaria ferviente.

—Tráemelo de vuelta. Tráeme a mi Eros de vuelta.

Repetí estas palabras desde la hora del mediodía, cuando el sudor me perlaba la piel y el aire era espeso como una sopa, hasta el fresco alivio del atardecer. Kharis, comprendiendo lo que intentaba hacer, me facilitó un poco de incienso y ahuyentó a las novicias para que no interrumpieran mi vigilia. Me dolían las rodillas de estar postrada en el mármol frío del suelo, pero no obstante permanecí allí hasta que las sacerdotisas mandaron recogerme en sus aposentos. Solo entonces, cuando el sol se hubo puesto en el horizonte occidental y la luz se hubo escurrido del templo, me incorporé, sacudiendo las extremidades a fin de devolverles la sensibilidad.

Tendida en el catre del dormitorio, entre los ronquidos de las demás mujeres, cavilaba sobre cómo podrían los mortales propiciar que los dioses escucharan. Los halagos no bastaban, ni tampoco las ofrendas. La conducta virtuosa rara vez captaba la atención divina.

Quizá —pensé— *la clave radique en incordiarlos tanto que no les quede otro remedio que hacerme caso.*

De modo que al día siguiente, y al siguiente, me planté ante la diosa, hincadas las rodillas en las baldosas de mármol, y repetí mi plegaria sin cesar. Observé como otros peregrinos acudían a rogar un buen marido para una hija o a dar gracias por el nacimiento de un bebé sano. Pero yo solo rogaba una cosa: la oportunidad de encontrar a Eros.

Tras varios días así, tuve un extraño sueño. Me hallaba en un jardín de intrincado diseño, prolijamente cuidado, un estallido deslumbrante de rosas, lirios y otras flores espectaculares que no supe nombrar. Un jardín semejante solo cabía pertenecer a una gran dama, pero cuando me volví hacia la figura sentada junto a mí, aprecié de inmediato que aquella mujer no era en absoluto humana.

No era joven, mas la plenitud de su beldad conseguía que la juventud se antojara estridente. Se cubría el rostro con el velo propio de una esposa digna y reposaba las manos en el regazo, pulcramente cruzadas.

No se parecía en nada a la estatua que presidía el santuario, aunque su semblante mostraba idéntica expresión de desaprobación severa, evocando el recuerdo vago de Clitemnestra. Me hallaba en presencia de Hera, reina de los dioses.

—¿Qué es lo que pides? —inquirió en tono desapasionado, como una burócrata que lidiara con una labor tediosa.

¡Había respondido! El alivio me inundó el cuerpo como la lluvia después de una sequía.

—Necesito tu ayuda para encontrar a mi marido —dije aprisa.

—Un caso de separación conyugal —asintió—. Un clásico, pero he de conocer los detalles para estar en disposición de ayudarte. ¿Se sintió atraído por otra persona o se marchó por su propia voluntad?

—Ni una cosa ni otra. Una maldición lo arrancó de mi lado.

Se le borró del rostro la expresión de cumplida neutralidad que había adoptado hasta entonces. Afinó los labios y respingó la nariz.

—Tú debes de ser la esposa de Eros —dijo con sorna, como si yo fuera algún tipo de bicho que hubiera surgido reptando de debajo de una piedra —. Afrodita mencionó a una mujer mortal que vivía con su hijo. Me temo que no podré hacer nada por ti. No ofenderé a la diosa del amor en tu nombre.

—Pero eres la patrona del matrimonio —protesté mientras mis esperanzas se diluían—. Tienes que ayudarme.

—Yo no tengo que hacer nada. Soy una diosa —espetó Hera—. ¿Y por qué debería ayudarte? Tu marido, con sus flechas, ha arruinado mi matrimonio. No ha sido más que una molestia constante para nosotros, una espina clavada en el costado. Además, por lo que cuenta Afrodita, difícilmente cabría decir que estás casada, puesto que no se celebraron los ritos pertinentes. Y dado que soy la diosa del matrimonio, no de las concubinas, no está en mi mano ayudarte.

La miré fijamente y me pregunté si en su vida habría conocido siquiera una fracción de la felicidad de la que había gozado yo con Eros. Hera y Zeus eran como dos bueyes desgraciados que, uncidos, araban el camino de la eternidad. Comprendí que yo poseía algo de lo que incluso la reina del paraíso carecía: un marido de cuya compañía disfrutara.

—Los crímenes cometidos por Eros, sean cuales fueren, pertenecen al pasado —señalé—. Y aquí estoy yo ahora, rogando humildemente tu ayuda. —Extendí los brazos, con las palmas hacia arriba, en mi mejor encarnación de la humildad.

—No soy yo quien puede arreglarlo —dijo con frialdad—. Si tienes un mínimo de valor, enfréntate a quien es responsable de la maldición. Llevas huyendo demasiado tiempo.

Con un sobresalto, me desperté en el dormitorio de las sacerdotisas, parpadeando al amanecer. Sin embargo, antes de salir del sueño, había vislumbrado algo en los confines del jardín: unos ojos verdes detrás de unas hojas verdes, una presencia familiar que hizo que mi corazón se pusiera alerta.

32

PSIQUE

Me deslicé fuera de las mantas y recogí mis magras pertenencias. Me marché antes de que las sacerdotisas se despertaran, aunque, mientras me alejaba del templo a Hera, me apenó no tener la oportunidad de despedirme de aquellas mujeres amables.

Me había visto zarandeada entre un deseo y otro como una hoja caída de un árbol en una fuerte corriente, entre mis sueños de heroína y mis recuerdos de Eros. Sin embargo, solo siendo una heroína lograría sobrevivir a los desafíos que tenía por delante, a pesar de que estos eran de una naturaleza distinta a la que en otro tiempo imaginé. A pesar de que ningún poeta cantaría jamás mi balada.

«Serás una gran amante, no una gran heroína», me dijo Prometeo una vez.

Se equivocaba. Sería tanto una como otra.

Mi corazón tronó por la audacia de lo que me disponía a hacer. Me pondría a merced de mi peor enemiga con la vana esperanza de que mantuviera una promesa improvisada en el momento. No tenía la menor idea de lo que me exigiría, de si aceptaría mi reto o me mataría en el sitio.

Encontré un risco desde el cual se oteaba el mar. El aire agitaba los bordes del sencillo atuendo que vestía, un quitón que me habían proporcionado las sacerdotisas.

«Acudiré si me llamas», dijo una vez Afrodita.

De modo que la invoqué.

La diosa cumplió, apareciendo en forma de paloma antes de transmutarse en una mujer alta. Miró el paisaje desolado en derredor, bajo el azote del viento, con una expresión de desagrado.

—Estas no son horas —comentó con sorna—. No me gusta que me despierten tan temprano.

La contemplé, preguntándome qué era exactamente lo que hacía de ella una diosa. Parecía casi humana, de igual manera que un caballo modelado en oro podría semejarse a un caballo modelado en arcilla; no había diferencia en los contornos generales, pero sí en la sustancia. Las facciones inmaculadas de Afrodita daban la impresión de brillar con la luz de otro mundo.

El mar rugía en torno a las rocas, un eco de la sangre que tronaba en mis oídos.

—Acepto tu oferta —declaré—. Te serviré como criada, pero debe haber límites y una recompensa clara. Si llevo a cabo para ti un número definido de tareas, quiero algo más que una simple visión de Eros. Quiero tu promesa de que nos reencontraremos.

Una sonrisa taimada le curvó los labios rojos.

—¿Y qué te hace pensar que Eros quiere volver a verte?

Me estremecí. Igual que una víbora, Afrodita sabía exactamente cómo atacar.

—Lo que él quiera o no —repliqué—, eso nos incumbe a nosotros decidirlo. Y tú no interferirás.

—Muy bien —dijo con ligereza—. Tres servicios me prestarás: irás a por mi lana, separarás y clasificarás los granos y semillas de mis cereales y me traerás un ungüento de belleza. Si completas cada una de estas tareas, te devolveré a tu díscolo Eros.

Sentí el poder del juramento asentarse sobre mí como un yugo sobre un buey. O quizá solo fuera la carga de la elección que había hecho. En cualquier caso, pesaba más de lo que esperaba.

Afrodita torció la boca, un gesto que una araña que hubiera atrapado una mosca en su tela habría envidiado.

—Ah, casi se me olvida mencionarlo —añadió con cruel deleite—. Mi lana proviene de los carneros del sol de la Cólquida. El grano está almacenado en el templo de Deméter y se acumula hasta el techo. El ungüento pertenece a Perséfone, conque tendrás que persuadirla de que te regale una porción, si es que te permite entrar en sus dominios.

Me quedé mirándola, enmudecida por la enormidad de los recados. Yo era una simple mortal y aquellas eran tareas cuya ejecución pondría en apuros a los mismos dioses. Afrodita bien podría haberme mandado bajar la luna del cielo y usarla para hacer queso.

—¿Qué ocurre si fracaso? —musité.

—Quebrantar un trato con los dioses se castiga con la muerte —respondió Afrodita, riendo—. Una pena por mi nieto, pero estoy segura de que Eros me dará otro muy pronto, uno que no esté mancillado por sangre mortal. Ah, debería mencionar también que dispones de una semana para completar todos tus cometidos. ¡Mucha suerte!

Y entonces me encontré a solas en lo alto del acantilado, con el estruendo del océano y el tartamudeo de mi corazón por toda compañía. Me pregunté si no habría saltado de la sartén para caer en las brasas. Tomé aire una vez y luego otra, tratando de sofocar el pánico creciente que me invadía al pensar en lo que me arriesgaba a perder exactamente. No era mi propia muerte lo que en verdad temía, sino la del hijo o la hija que llevaba dentro. Posé la palma de la mano en el vientre, esa vida diminuta que alojaba en mi interior.

Oí un susurro en el viento. Una voz parecía emerger de las rocas mismas, de la hierba y de la tierra, y de todo cuanto me rodeaba. «Que tu alma valiente no desfallezca —decía—. La tierra y todo cuanto hay sobre su faz se sentirán inspirados a ayudarte».

Quizá solo fuera mi imaginación, pero la voz me devolvió mi ser natural. No estaba enteramente sola. Aún contaba con un amigo que me escucharía, si hallara en su corazón el ánimo para perdonarme.

Me llevé los dedos a los labios y di un silbido, el cual había aprendido en la casa del acantilado cuando buscaba compañía. En respuesta, se agitó la brisa, se volvió corpóreo el viento, una figura familiar que dejó escapar un chillido de alegría al verme.

—¡Psique!

—Céfiro. —Respiré hondo, armándome de valor para afrontar las recriminaciones o una posible reanudación de nuestro conflicto—. Lamento lo que te dije, no eres ningún monstruo. Sé cuánto significaba Jacinto para ti, pero me sentía herida y, en mi dolor, también te herí a ti.

Me mordí el labio. No se me daba demasiado bien disculparme, mas nada percibí en los ojos brillantes de Céfiro sino felicidad por verme.

—Me han llamado cosas mucho peores —dijo al tiempo que con un ademán espantaba el recuerdo de aquellas amargas palabras como polvo en el viento—. Pero, cuéntame, ¿has averiguado ya el paradero de Eros?

—No —musité—. Confiaba en que me ayudaras en este asunto.

Arrugó las facciones angulosas en un gesto de consternación.

—He explorado todos los rincones habidos y por haber, pero no he hallado un solo rastro de él.

Hice un asentimiento de cabeza.

—Tengo un plan —anuncié—. He llegado a un trato con Afrodita y, si completo tres tareas para ella, me lo devolverá. No resultarán fáciles, pero con tu ayuda es posible que tenga una oportunidad.

Esperé con la respiración contenida a oír cómo se pronunciaba. Me pregunté si el dios del viento me abandonaría aquí, huidizo e inconstante como era.

—Cualquier cosa —dijo Céfiro aprisa—. Cuenta con mi auxilio para cualquier cosa que necesites.

33

PSIQUE

De niña, había escuchado con avidez las baladas del poeta ciego que narraban cómo Jasón y sus argonautas habían viajado hasta el rico reino de la Cólquida en busca del vellocino de oro. Atalanta me había contado su propia versión de los hechos, la cual era menos bonita, pero ninguna de ellas me preparó para el verde deslumbrante de la tierra al otro lado del mar. Se erguían montañas en el este, el océano relucía al oeste y, en medio, se extendía una región fértil de colinas onduladas y ríos serpenteantes: la Cólquida. El valle donde me hallaba distaba de cualquier ciudad, hacienda o granja, un lugar merecedor de que el dios del sol Helios lo eligiera para apacentar su rebaño.

Arribé al valle siendo aún de mañana, transportada por los vientos de Céfiro. Al advertir que ningún pastor cuidaba de los carneros del sol, supuse que mi tarea resultaría sencilla. No mataría a las criaturas; pertenecían a Helios, y no quería arriesgarme a incitar la animosidad de otra deidad. Sin embargo, estaba segura de que reunir un poco de lana de un rebaño de ovejas no entrañaría problemas, habida cuenta de que en el pasado había abatido ciervos y matado grifos.

Empecé a andar hacia uno de los animales que pastaba un tanto apartado de su grupo. Me fijó una mirada plácida mientras masticaba.

La lana resplandecía con un dorado bruñido, como iluminada tenuemente desde dentro. Me aproximé paso a paso, sin atreverme apenas a inhalar aire por miedo a sobresaltar a la criatura, pero esta se limitó a agachar la cabeza para tascar otro bocado de hierba.

Cuando me acerqué lo suficiente como para apreciar las alas afiligranadas de las moscas que se arrastraban por el lomo del carnero, me quedé quieta por completo. Abalanzándome de un solo salto, podría caer sobre la bestia, inmovilizarle la cabeza con los brazos y arrancarle unos mechones de lana para satisfacer a Afrodita.

No tuve la oportunidad. Un estremecimiento le recorrió el cuerpo y el animal profirió un balido de alarma. El carnero se alejó con brío, como si pesara no más que la flor de un cardo, moviéndose tan veloz que mis ojos apenas eran capaces de seguirle la pista. Dio brincos por el prado hasta que se detuvo a cierta distancia para luego bajar la cabeza y reanudar su pastar. Su balido provocó que los demás carneros salieran en desbandada, como pájaros revoloteando tras el ataque de un halcón. Bueno, no pasaba nada. Volvería a intentarlo.

Hacia media tarde, debía de haber hecho diez o doce intentos por capturar a una de las criaturas. Me encontraba sin aliento, empapada en sudor y no más cerca de mi objetivo de lo que había estado esa mañana. Cada vez que me aproximaba al rebaño, este se desperdigaba, poniéndose fuera de mi alcance, como un puñado de semillas de asclepias en el viento. Tan difíciles de asir como la felicidad, me figuro. Presa de la frustración, me entraban ganas de empezar a arrancar la hierba a manojos.

Traté de sorprenderlos reptando sigilosa por el suelo, pero me detectaban y huían a saltos. Intenté tenderles una emboscada mientras pacían entre las piedras erosionadas de un afloramiento rocoso, pero me burlaron sin esfuerzo. A la postre conseguí arrebatar unas pocas hebras del vellón dorado a uno de los carneros más lentos antes de que se escapara como una flecha de mi agarre, aunque sabía que jamás bastaría para contentar a Afrodita. Contemplé consternada el mechón minúsculo que aferraba en la mano, pasmada por mi ineptitud.

De haber contado con útiles, habría cavado un hoyo o puesto una trampa de lazo, mas no llevaba nada encima salvo la vestimenta. Y tenía hambre, un hambre salvaje; sin embargo, no había en estas tierras nada que pudiera comer.

Ladeando la cabeza, lancé una mirada feroz al cielo.

—Supongo que no podrás hacer nada al respecto, ¿verdad? —le dije a Céfiro, al tiempo que señalaba a los carneros que pacían serenamente.

En la brisa que circundaba el cielo, intuí algo similar a un encogimiento de hombros.

—Ni siquiera el viento lograría atrapar una de esas sucias bestias. Además, si te ayudo directamente con la tarea, Afrodita alegará que no has respetado los términos de vuestro acuerdo.

Me clavé las uñas en el cuero cabelludo. El hambre y la desesperación me roían las entrañas. Había creído que el trayecto hasta la Cólquida desde la Grecia peninsular constituiría el aspecto más arduo de la tarea, aunque, por lo visto, los carneros del dios del sol no necesitaban de su intervención activa para protegerse. No era de extrañar que Jasón y sus héroes fueran en busca del vellón en posesión del rey de la Cólquida. Robar el vellocino de oro, aun cuando estuviera custodiado por un dragón insomne, parecía harto más fácil que tratar de obtener uno propio.

Observé como el sol se deslizaba hacia el horizonte, estirando las sombras de los carneros, y sentí un vacío donde debía estar el estómago. Una semana. Era todo el tiempo del que disponía para completar tres tareas imposibles. Y solo en el viaje al Inframundo podría empeñar quince días, si era que lo conseguía. Y en caso de que fracasara…

No sirve de nada martirizarse, me reprendí, severa. Me encaminé hacia un riachuelo que discurría por el centro del valle, con los carneros abriéndome paso acobardados. Ahuequé las manos y, bebiendo del agua cristalina de la montaña, sacié mi sed ardiente.

Me tumbé de espaldas en la hierba, demasiado cansada para hacer otra cosa. El comienzo del otoño se anunciaba distinto en la Cólquida. Allá en Grecia, los días seguían siendo cálidos, mientras que aquí en

las montañas notaba un frío persistente, cada vez más intenso conforme menguaba la luz del día.

El verano agonizaba. El tiempo transcurría.

Por encima de mí, un junco se mecía en la brisa. Me pregunté qué
habría visto y qué me contaría si tuviera boca para hablar. Aquí entre
los carneros, conjeturé, probablemente los días no se distinguirían
unos de otros. Como confirmándolo, el junco se dobló al viento,
orientando su larga sombra bajo el resplandor del sol poniente.

Giré la cabeza y advertí que el prado estaba hecho de oro.

Me incorporé sobre el codo, sin creerme del todo lo que veían
mis ojos. Pequeños mechones de vellón resplandecían como llamas a
la luz del sol poniente. Allá había una maraña de lana enganchada
entre unas rocas; aquí daba tumbos otra como una planta rodadora.
Cantidades insignificantes en sí mismas, pero que juntas podrían ser
suficientes.

No me había percatado porque no se me había ocurrido mirar, tan
absorta estaba en la caza del carnero. Pero ahora los últimos rayos de
sol inflamaban aquellas hebras de oro. Corrí a recogerlas, formando
una nube arracimada entre mis manos, riendo un poco con alegre incredulidad.

Había ganado. Había completado la primera tarea.

Afrodita se presentó cuando el sol desaparecía tras los picos de las
montañas, paseándose despreocupada por la extensa pradera verde
con la gracia y la soltura de una pastora. Renunciando a cualquier co-
mentario jocoso, inspeccionó la ofrenda de lana dorada. Me arrebató el
ovillo de pelusa de las manos, desenredó una hebra y la sostuvo a la
luz mortecina mientras entrecerraba los ojos como un viejo comercian-
te. Finalmente la guardó, con un aire casi de decepción. Quizá había
esperado que me matara al correr tras los carneros o que Helios me
aniquilara por la afrenta. Me sentí reconfortada, embargada por una
satisfacción arrogante.

—Dirígete al templo de Deméter en Eleusis —ordenó Afrodita—. Clasificarás el grano que he recaudado como diezmo. Y en cuanto a ti —se giró cual torbellino para encararse con Céfiro, que había decidido acompañarme para ser testigo de la reacción de la diosa—. No has de auxiliarla más. Si la transportas a Eleusis, declararé nulo su contrato.

Céfiro puso cara de susto, pero inclinó la cabeza en señal de conformidad. Se me cayó el alma a los pies. Eleusis estaba a muchos días de travesía por mar. Y solo me restaban seis.

Afrodita se marchó volando y nos quedamos solos él y yo. La noche se cernía y empezaban a asomar las primeras estrellas. Tenía un hambre voraz y un profundo cansancio. Gasté todo cuanto albergaba en mi interior para no sucumbir a la derrota.

Entonces de alguna parte apareció un pequeño frasco de cristal en las manos de Céfiro. Lo depositó en el suelo, en medio de los dos, y luego desvió la mirada y se cruzó de brazos, con aire de quedarse fascinado por la riqueza de colores en el cielo del oeste.

—Ay, por todos los dioses, me parece que he extraviado el frasco de tintura de Circe —se lamentó en voz alta, hablándole al crepúsculo—. Sería una lástima que alguien se la bebiera.

A pesar de mi fatiga, esbocé una sonrisa. Recordé cuán ligera me había sentido cuando me transformé en mariposa, la libertad de la que había gozado. Podría llegar yo sola a Eleusis si poseyera alas propias, por pequeñas que fueran.

—Pero no deberías ayudarme —le dije.

—No estoy ayudando a nadie —replicó—. Es solo que he extraviado mis pertenencias como el dios despistado que soy.

Me disponía a destapar el frasco cuando añadió:

—Tu última prueba te llevará al Inframundo. Mientras estés allí, es posible que te topes con Jacinto. Si vuestros caminos se cruzan, dile que Céfiro aún lo ama.

Experimenté una punzada de empatía.

—Lo haré —prometí.

—Esta noche soplarán vientos amigos —comentó Céfiro al cielo y la hierba—. Me cercioraré de que mi hermano Noto se ocupe de ello.

No sabe nada de esta empresa, de modo que Afrodita no podrá protestar.

—Gracias —dije con voz entrecortada.

—No hay nada que agradecer —se rio—. No soy más que un cabeza de chorlito que olvida dónde deja las cosas y que disfruta con una buena brisa meridional.

Quité el tapón del frasco y lo vacié de un trago. En los instantes previos a que la tintura surtiera efecto, se me ocurrió una pregunta.

—Céfiro, ¿por qué mi alma tiene forma de mariposa? Creo que encajaría mejor con una loba o una leona. Conque ¿por qué una mariposa?

—No puedo explicarlo —fue su respuesta—. Quizás alguien más sabio que yo lo sepa.

No contesté. A esas alturas, ya era incapaz. Volé hacia un cielo que se oscurecía por momentos, batiendo las delicadas alas con furor.

34

EROS

U na cierta cualidad vital se había esfumado del mundo.
Las gentes de Grecia lo percibieron, así como aquellas que
habitaban costas lejanas. Las cabras y las ovejas dejaron de
aparearse en los prados y su leche se secó. Cónyuges y amantes se tiraban tarascadas, enzarzados en discusiones banales. Los músicos descu-
brían que sus composiciones sonaban monótonas, destempladas; los
alfareros, que sus piezas no pasaban de ser meros objetos de arcilla sin
la chispa que los transformaba en verdaderas obras de arte. También
los dioses se sentían perdidos, apáticos. El pasatiempo favorito de Zeus
no conseguía concitar ningún interés en él y la propia Afrodita se mostraba temperamental y parecía inconsolable.

El deseo había desaparecido del mundo y no transcurrió largo
tiempo antes de que alguien decidiera preguntarse por qué.

—¿Eros? ¿Qué haces aquí?

Levanté de sopetón la cabeza al oír la voz. Era femenina, pero no
pertenecía a Afrodita. Traté de pedir auxilio, pero de mi garganta tan
solo brotó un susurro estrangulado.

—Supongo que no te habrá dado nada de comer ni de beber —suspiró la voz—. Ten.

Un odre apareció en mis labios y tomé un sorbo vacilante. Me vi premiado con un chorro no de simple agua, sino de la ambrosía de los dioses, la restauración de nuestra vitalidad y esencia divina. Bebí y noté que aumentaban mis fuerzas, aunque unas manos invisibles rápido me arrebataron el odre.

—Bien, ahora una respuesta. ¿Qué haces aquí?

Me relamí los labios, persiguiendo las últimas gotas de ambrosía. ¿Que qué hacía yo aquí? Los acontecimientos de las últimas semanas se agolparon en mi memoria a la vez que reconocía a mi interlocutora.

—Hola, Eris —saludé, con una voz rasposa que rechinaba como un hueso arañando un suelo polvoriento—. Ha pasado tiempo. Por lo visto, Afrodita me está castigando por cobijar a una enemiga y contar mentiras. Mi madre adoptiva es bastante severa.

—Eso parece. Este sitio está oscuro como el gaznate de una hidra. No veo nada. —Percibí el destello de la magia divina y una súbita chispa.

Una luz, una lámpara. El rostro de mi hermana mirándome con genuino asombro, la primera cosa que había visto en más de quince días. El resplandor me hirió los ojos.

—Quizá debería apagar la lámpara —dijo ella, y retrocedió con un mohín de asco—. Tienes una facha horrible.

—Te aseguro que, por mala facha que tenga, por dentro me siento aún peor —repliqué—. ¿Cómo me has encontrado?

—Somos dos caras de la misma moneda, Eros. Siempre sé dónde estás.

—Un pensamiento desconcertante. Dame más ambrosía, por favor. —El trago que había ingerido apenas llegaba para aplacar mi sed y hablar me dejaba exhausto.

Eris ladeó la cabeza.

—No —dijo al cabo de un momento.

Se me cayó el alma a los pies. Mi hermana, naturalmente, mantendría cualquier cosa que yo quisiera lejos de mi alcance.

Una sonrisa extraña le curvó la comisura de los labios.

—Sin embargo, te sacaré de aquí —concluyó.

Al tocar Eris su superficie, las cadenas se me desprendieron de las muñecas. Puede que los eslabones fueran irrompibles para cualquier otro ser, pero la diosa de la discordia poseía el poder de desunir las cosas, lo cual se aplicaba tanto a los objetos inanimados como a las relaciones vivas. Me estrellé al punto contra la piedra fría del piso, entre los gritos de agonía de los músculos y tendones agarrotados. Me revolví por unos instantes, hasta que mi esencia divina me sanó los minúsculos desgarros y dislocaciones.

—¿Por qué me has liberado? —pregunté jadeando. *¿Para ver cómo me retuerzo en el suelo como una cucaracha?*

—Porque me apetecía —contestó sencillamente—. Me debo a la discordia y ello implica en ocasiones dejar en libertad lo que tendría que permanecer encerrado. Además, pondrá furiosa a Afrodita —añadió con una sonrisilla pícara.

Me puse en pie y me froté las muñecas con asombro. Mi esencia divina había curado lo peor de las rozaduras producidas por los grilletes, aunque llevaba tanto tiempo encadenado que unos moretones negroazulados me circundaban las muñecas como pulseras. Con todo, era libre.

Miré a Eris. Allí de pie, con la lámpara en la mano, sus angulosas facciones difuminadas por la luz amable, casi me recordaba a Psique.

—¿Sabes qué? —dijo con voz suave, devolviéndome al presente de un sobresalto—. No debería sorprenderte tanto que quisiera ayudarte. —Su rostro era tan afilado como de costumbre, pero dulcificado por una expresión de melancolía que jamás había observado en la diosa de la discordia—. He intentado desde siempre portarme bien contigo. Solo quería ser tu amiga. En otro tiempo quise casarme contigo incluso. Tú eras quien insistía en distanciarse.

Con anterioridad, pensaba que todo cuanto Eris decía o hacía encerraba un significado oculto, una perversidad velada, alguna broma íntima que más tarde transmitiría a los peores destinatarios posibles. Pensaba que en su carácter no había nada salvo astucia y crueldad, pero ahora tan solo parecía una niña perdida que no tenía madre, padre ni hermano.

—Se avecina el día —continuó ella— en que los olímpicos no serán sino mitos olvidados; sin embargo, querido hermano, tú y yo persistiremos. Somos unión y disolución, día y noche. Y no te matará escribirme una carta de vez en cuando.

Alzó la mano y se abrió la puerta de golpe. La luz del corredor que se extendía más allá se derramó dentro del cuarto y alcancé a vislumbrar por primera vez en lo que se me antojaban siglos los pasillos enroscados del Olimpo, un recordatorio de un mundo no confinado entre las paredes de esta prisión oscura. Me anegó una sensación de alivio como el rayar del alba, seguida de una férrea determinación al pensar en Psique.

—Gracias —le dije a mi hermana, sin saber qué otra cosa añadir, y corrí hacia la luz.

Me deslicé por las laderas del monte Olimpo en la forma de un ratón de campo, resuelto a resguardarme de los ojos de los mensajeros que iban y venían de su cumbre. No me camuflaba exclusivamente por astucia; mi poder se encontraba en un nadir, marchito como una flor seca. Si no tenía cuidado, perdería la fuerza para mantener la integridad de mi forma física, lo cual me haría inútil en mi búsqueda. Llegando a las estribaciones más allá del Olimpo, retorné a mi verdadera forma, apoyado en un afloramiento rocoso mientras trataba de recobrar el aliento.

Una ráfaga de viento me agitó el pelo.

—¿Céfiro? —llamé.

Unos brazos desgarbados me envolvieron, un abrazo que casi me hizo morder el polvo.

—¡Eros, ahí estás, por fin! —exclamó—. ¡He estado buscándote por los cuatro puntos cardinales, pero no hallaba rastro alguno! Por todos los dioses, ¿qué te ha ocurrido? Tienes un aspecto horrible.

—Me consta —repliqué—. Pero me alegro de verte, Céfiro.

—Como yo de verte a ti —contestó mi amigo, con una mano en mi hombro y una calidez que casi me provocó el llanto—. ¡Ay, que he de contarte! Porto nuevas de Psique.

Se me desbocó el corazón de alegría, que rápidamente se truncó cuando Céfiro me habló del trato al que había llegado con Afrodita.

—Tres tareas imposibles —musité—. Mi madre adoptiva bien podría haberle mandado bajar el sol del cielo y hacer un colgante con él.

—Psique ya ha cumplido la primera —dijo Céfiro, con una amplia sonrisa—. Yo le eché una manita, aunque Afrodita me ha prohibido que volviera a ayudarla. Pero ¿qué deberíamos hacer ahora?

Lo medité. Yo mismo no podía correr en auxilio de Psique; estaba débil, no contaba con aliados y encontrarla solo conllevaría que volviera a caer presa del maleficio.

Necesitaba ayuda, mas ¿dónde obtenerla?

Me vino un único nombre a la mente: Hécate, señora de las encrucijadas. Ya me había planteado solicitar audiencia con ella en una ocasión, cuando el maleficio echó sus raíces, pero en aquel entonces había rehuido esa posibilidad por miedo. No estaba nada seguro de que ella fuera a auxiliarme de buena gana, ni de lo que demandaría a cambio de su favor. Hécate no era mi amiga, y puede que no se considerara amiga de nadie. Aun así, se decía que brindaba auxilio a quienes acudían a ella con el corazón abierto, mortales e inmortales por igual.

Mi mirada se posó en el bosque más allá de las estribaciones del Olimpo y supe que allí la encontraría. Hécate Soteira. Hécate la Salvadora. Se decía que, si uno se adentraba lo suficiente en la espesura de cualquier bosque, siempre la encontraría allí. Tenía que intentarlo, por el bien de Psique.

—Vigila a Afrodita —le ordené a Céfiro, al tiempo que me incorporaba sobre unas piernas temblorosas—. Asegúrate de que no pueda seguir mi rastro.

—¿A dónde vas? —preguntó a voz en cuello.

—A buscar a Hécate —contesté—. Ella sabrá qué hacer.

Con un paso agonizante tras otro, fui a buscar a aquella que ayuda a quienes han perdido toda esperanza.

Emprendí la marcha en forma de ciervo, mas descubrí que no podría mantenerla durante largo rato. A continuación me transformé en león, y luego en un gato, que si bien no cubría terreno con tanta rapidez, no me exigía tanta concentración.

Caminé a través de un escenario de árboles en apariencia interminable, lejos de cualquier morada humana, hasta que me hallé en el bosque profundo donde solo dominan las dríades. Oía a los antiguos espíritus de los árboles parlotear divertidos a mi paso, pero agaché las orejas y no les presté atención. En las alturas, muy por encima de mi cabeza, se extendía una bóveda de ramas entrelazadas que atrapaba la luz del sol, de modo que incluso al mediodía el fondo del bosque era fresco y umbrío. Las patas se me hundían al caminar en siglos de limo; el suelo fértil despedía el aroma de la tierra.

De repente, me detuve en seco. Olía algo nuevo: el humo de un hogar. Lo seguí y pronto me llevó al lugar que buscaba.

La cabaña estaba cubierta de musgo, era antigua y podría haberse confundido con la vivienda de un granjero humilde, salvo por el hecho de que se asentaba sobre un par de patas de gallina. Unas escaleras desvencijadas conducían a la casa en sí; culminaban en una puerta robusta de madera. Fuera, los cerdos hozaban contentos en un comedero y una vaca me mugió quedamente. Un par de perros negros, que semejaban manchas de medianoche con forma canina, me observaron con recelo y empezaron a ladrar.

El ruido la hizo salir. La puerta se abrió de golpe y Hécate descendió con paso vacilante las escaleras, agarrándose al pasamanos para mantener el equilibrio. Su piel era casi translúcida y los cabellos desgreñados del color del agua de fregar se desparramaban sobre los hombros encorvados. ¿Por qué se hacía esto? Podría elegir cualquier forma que ella quisiera, prerrogativa de una diosa, y sin embargo adoptaba la apariencia de una bruja. Se me erizó el pelaje a lo largo de la espina dorsal, la cola como una escobilla. Sabía que me hallaba en presencia de un poder divino ancestral, de una clase que incluso a mí me inquietaba.

Hécate enfiló hacia donde yo, aún en forma gatuna, trataba de recobrar el aliento, sentado en la tierra musgosa. Los perros se movían en torno a sus piernas, aguzadas las orejas hacia delante. Cuando estuvieron demasiado cerca de mí, arqueé el lomo, y aplanando las orejas les di un bufido, un siseo de serpiente. Cualquiera de los dos podría triturarme en sus fauces, una complicación que no necesitaba.

La diosa emitió un sonido de desaprobación al verme.

—Mírate. ¿Cómo te has permitido llegar a esto?

Me erguí, sacando fuerzas de flaquezas.

—Vengo a tu puerta a invocar tu auxilio, un suplicante a Hécate Soteira, Hécate la Salvadora.

Se echó a reír. Los perros seguían rondando en círculos en torno a nosotros, olfateando el aire.

—Ese es mi epíteto favorito. Has venido al sitio indicado, hijo del Caos. Aunque nunca imaginé que vería a nadie como tú a mi puerta. Pero pasemos adentro.

«Hijo del Caos», me había llamado, como si yo fuera un diosecillo de tres al cuarto y no uno de los seres primordiales. Me percaté de que no sabía exactamente cuántos años contaba Hécate. Parecía que llevaba aquí desde el principio de los tiempos, morando en los márgenes del mundo. Quizá hubiera estado observando cuando emergí junto con los demás dioses del abismo del Caos, con sus dos perros sentados a su vera.

Hécate recogió mi cuerpo felino en unos brazos dotados de una increíble fuerza. Maullé de consternación, pero ahí acabaron mis protestas. Estaba cansado, al borde del colapso, aunque aún logré reunir energías para enseñar los dientes cuando uno de los perros se arrimó demasiado.

Me llevó a una cocina de dimensiones reducidas, cubierta de una fina capa de hollín. Me quedé horrorizado; nunca había visto una morada divina que estuviera tan sucia. Los anaqueles se hallaban atestados de reliquias, ánforas, tarros de cristal y otros objetos más difíciles de ubicar. Hierbas de variedades irreconocibles colgaban en manojos del techo e impregnaba el ambiente un extraño olor medicinal que me dio dentera. Los dioses, por normal general, no necesitaban medicinas.

Hécate me depositó en una silla y me plantó delante una taza humeante. Revertí a mi verdadera forma y la envolví con las manos para absorber su calor. Tenía la piel reseca y los tendones sobresalían como las raíces de un árbol marchito. Comprendí que debía de parecer un esqueleto enfundado en una gasa fina de carne.

—Bébete eso —me indicó—. He de hablar contigo y no estás en condiciones de mantener una conversación.

Me pregunté si la taza contendría veneno, o tintura de moly, o algún otro brebaje nocivo. Bueno, ¿qué más daba? Si Hécate me quisiera reducido a piedra, no tendría que esforzarse mucho.

Vacié la taza de un trago. Era un líquido fuerte y dulce, que me quemó al bajar por el esófago, una sensación nada desagradable. Creí notar un gusto a ambrosía. Me sentí más sólido una vez que hube apurado la bebida, fortalecido mi agarre sobre el mundo físico.

Hécate tomó asiento y juntó las manos, clavándome una mirada que conseguiría estremecer al mismísimo Zeus.

—Y bien, ¿qué es lo que quieres de mí? —demandó—. Conozco todo el asunto relativo a Afrodita, conque no pierdas el tiempo en contarme eso.

No me molesté en preguntar cómo se había enterado. La diosa de la brujería no está obligada a nombrar sus fuentes.

—Si lo sabes —pregunté—, ¿por qué me ayudas entonces?

—Aún no he decidido que vaya a ayudarte —contestó—. Has causado un montón de problemas, lo sabes, ¿no? A más de uno y a más de dos les gustaría verte embutido en un tarro y que pasaras así varios miles de años.

Dejó las palabras suspendidas unos momentos en el aire antes de dispersarlas con un ademán.

—Sin embargo, como ya debías de saber cuando me llamaste por uno de mis títulos favoritos, Soteira, tengo debilidad por los desvalidos. Además, ¿qué se creerá Afrodita que puede hacerme a mí? —se carcajeó, despegando los labios agrietados para enseñar una dentadura llena de piedras astilladas.

¿Qué podría hacerle cualquiera a Hécate, diosa de la oscuridad y la brujería? El blanco de sus ojos se había tornado amarillo y la piel en carne viva que los orlaba parecía tener la desagradable textura de la carne picada. Alcanzaba a entrever el cuero cabelludo a través de su pelo ralo.

—Ayúdame a encontrarla —imploré—. Ayúdame a encontrar a Psique y concederle la apoteosis.

Me aferraba al borde de la mesa con unas manos como garras, los nudillos blancos, y el corazón retumbaba en mis oídos. Entendía la enormidad de mi petición; deificar a Psique era una elección que jamás podría deshacerse. Sin embargo, no había otra vía posible.

—Tú sabes elaborar la poción —insistí—. No me cabe duda. Nada excede a tus capacidades. Concede a Psique la apoteosis, es lo único que pido.

Hécate me contempló por unos instantes, su rostro nudoso como una visión más allá del tiempo.

—No —dijo finalmente.

Descargué los puños sobre la mesa, provocando que la taza saltara.

—¿Por qué? —inquirí.

—Vosotros dos no sabríais qué hacer con la apoteosis y, de todos modos, habría que convocar a los dioses y celebrar una votación antes de prepararla. Todo un engorro de principio a fin.

Solté una risa lúgubre.

—Conque no harás nada.

—Yo no he dicho eso —replicó ella con aspereza—. Aparte de convertirla en una diosa, existen otras formas de ayudar a la chica.

Uno de los perros negros se aproximó despacio y recostó la cabeza en el regazo de Hécate. Ella alargó la mano y se la acarició; la bestia se puso cómoda y cerró los ojos de gusto.

—¿La amas? —preguntó de repente; me echó una ojeada—. A esa mujer mortal tuya. Psique.

—Claro. No tengo elección —contesté—. La maldición de Afrodita ha cumplido su propósito.

Hécate dio un resoplido.

—Ay, joven ingenuo. El encantamiento se deshizo como una carreta mal construida justo después de que Psique llevara esa lámpara a tu dormitorio. Dentro de ti no queda la más mínima esencia de él.

35

EROS

«El maleficio ha desaparecido».

—Una chapuza —murmuró Hécate—.Afrodita nunca fue ducha en las artes de la magia; carece de la fuerza de voluntad necesaria. ¿Por qué crees que te retenía encadenado?

Me sentí como si, atravesando una capa de hielo, hubiera caído en aguas gélidas. Inspeccioné en mi interior el lugar donde el maleficio había fijado su residencia y no hallé nada más que una costra suavizada. El aullido en mis venas se había acallado. El terror, la culpa y el anhelo que ahora me invadían no eran fruto de ninguna magia negra. Sencillamente, echaba de menos a Psique, un sentimiento ordinario y poco envidiable.

Entonces lo comprendí. Si el maleficio había desaparecido, no existía nada que me alejara de Psique. Me encontraba a medio camino de la puerta cuando Hécate me llamó.

—No seas necio, hijo del Caos —espetó—. Si sales en busca de Psique, solo conseguirás ponerla en un peligro aún mayor.

Me quedé rondando cerca de la puerta, recordando lo que Céfiro me había contado.

—Afrodita ha tomado a Psique como criada y le ha encomendado tres tareas imposibles, prometiendo que yo sería su recompensa. Si ya no existe maldición alguna que me lo impida, he de ayudarla.

—No puedes alejar a nadie de las batallas que está destinada a librar, aquellas para las que ha nacido —declaró, la luz de las velas reflejada en sus ojos de lobo.

Me acordé de la profecía a la que tanto apego tenía Psique. «Conquistarás un monstruo temido por los dioses».

No terminaba de convencerme.

—Esto dista mucho de ser una batalla. Es harto peor.

—Quizá. Dime, ¿en qué consisten las tareas?

Enumeré las dos que le restaban.

—Clasificar el grano en el templo de Deméter y traer del Inframundo un poco del ungüento de belleza de Perséfone.

—Bonito dúo —comentó Hécate con tono seco. Deméter era la diosa de la cosecha y la madre de Perséfone. Pero un viaje al Inframundo conllevaría la muerte para un mortal. En una ocasión ya había estado a punto de perder a Psique en sus tinieblas.

Empecé a pasearme por la habitación, con la esperanza de que el movimiento agilizara mis pensamientos. En mi mente surgió el recuerdo de un bosque de Anatolia.

—Perséfone me debe un favor; le conseguí el amor de Adonis. Le pediré que le entregue a Psique cualquier cosa que Afrodita exija.

Me asaltó una oleada de euforia que me dejó mareado, aunque las siguientes palabras de Hécate me devolvieron a la tierra.

—Podrías, si fuera posible enviar un mensaje a la reina de los muertos —dijo; se mordió el labio con el muñón amarillento de un diente roto—. Pero ha llegado el otoño y Perséfone ha regresado al reino de su esposo, donde ni siquiera yo soy capaz de seguirla.

—Hermes puede llevar mensajes al Inframundo —puntualicé.

—Hermes se arrancaría los ojos antes que ofender a Afrodita. Está completamente obsesionado —comentó ella, con una mirada marchita.

Me desplomé sobre la mesa, la cabeza entre las manos. Casi había tenido el triunfo al alcance. Casi me había permitido creer que lograría salvar a Psique.

En voz alta, reflexioné:

—Nunca elegí a Psique, ¿sabes? Me fue impuesta por la maldición, como... —*Como mi inmortalidad, mi poder divino y todas las cosas que componen el arco informe de la vida inmutable de un dios.*

—La has elegido ahora, ¿verdad? —replicó ella—. Una vez que te zafaste de las cadenas de Afrodita, tuviste la oportunidad de irte a cualquier parte. Y sin embargo elegiste acudir a mí, sabiendo que yo era tu mejor baza para ayudar a Psique.

La diosa retiró su silla de la mesa. La observé mientras se ponía a revisar los tarros que descansaban en los anaqueles destartalados, para luego bajar algunos de ellos. Rebuscó en un cajón abarrotado y sacó una cucharilla de plata; después midió los ingredientes y empezó a machacarlos en un mortero. Los perros también la observaban con curiosidad.

—Hubo una época en que los envidiabas, ¿no? —continuó Hécate, sin mirarme—. A los mortales. Es típico entre los nuestros. Quizá creías envidiar su capacidad de saborear la muerte, pero sospecho que en realidad envidiabas su propósito. La mortalidad posee la costumbre de asignarte un propósito, te guste o no. ¡Los mortales tienen poquísimo tiempo que perder! —se rio para sus adentros.

Mi sensación de inquietud se intensificó. Recordé al hombre y la mujer ancianos que había visto largo tiempo atrás, iluminados por el amor que compartían. Puede que sí, que los hubiera envidiado, de alguna manera distante e incierta.

—Supongo que amar a una mortal también te ha dado un propósito —concluyó—. Al aprender a amar de verdad a otra persona, aprendes a amar al mundo. Y a ti mismo, lo cual a veces entraña más dificultades.

—No creo que la falta de amor propio haya sido nunca mi problema.

Hécate soltó una risita.

—No en el aspecto al que me refiero. Nunca te has sentido parte de algo, ni has sentido interés por el mundo. Psique te ha dado eso.

Su observación me pareció igual de intrusiva que un puñal entre las costillas. Pensé en el deseo de saborear la muerte que en otra época me había embargado, ahora un recuerdo lejano gracias a Psique, cuya presencia había reverdecido el mundo.

—No sé de qué estás hablando —mentí.

—¿Ah, no? —Hécate situó un pequeño caldero sobre el hogar y agregó los ingredientes. Con un giro de la mano, hizo florecer el fuego y luego se volvió hacia mí con los brazos en jarras—. Entonces olvídate de Psique y utiliza esas flechas tuyas para buscarte otra chica mortal que te ame. No escasean. Podrías encontrar una a la que Afrodita no odiase tanto.

Se adueñó de mí un sentimiento de repulsión.

—No —masculé—. No me aliviaré con una pálida imitación. —No permitiría que ni Psique ni el hijo que llevaba en su vientre (nuestro hijo) se consumieran mientras yo andaba detrás de las faldas de otra mortal.

—Bien —asintió con la cabeza—. Me alegra saber que no eres un cobarde ni un bellaco. De lo contrario, no te ayudaría a enviarle un mensaje a Perséfone.

Alcé la vista.

—¿Entonces me ayudarás? —pregunté.

—Es probable —respondió—. Si me das lo que te pido.

—¿Y qué pides? —Ya me figuraba qué tipo de cosas me exigiría: el corazón de una virgen mortal, mi primogénito, una flecha de mi aljaba.

—Solo dos de tus plumas, de esas preciosas alas que te gusta mantener ocultas. Nada más. ¡Ay, qué magia podré obrar con una de las plumas del dios del deseo! Quizá hasta me agencie un amante. Hace tiempo que no tengo a nadie que me caliente la cama. —Volvió a reírse, chasqueando las encías.

Saqué las alas de los pliegues entre los mundos y se abrieron a mi espalda, extendiéndose en dos formidables arcos. Arranqué un par de plumas; no me causó más que un pellizco pasajero de dolor y pasado un instante descansaban en la palma de mi mano, blancas como el mármol y ligeramente irisadas. Hécate, como por arte de encantamiento, hizo desaparecer una de ellas en los bolsillos de su túnica y la otra la arrojó al caldero, donde despidió una columna de humo denso.

Respondiendo a una pregunta no formulada, explicó:

—Es un elixir, el cual separará tu alma del cuerpo (temporalmente, no te apures) y te permitirá negociar el camino al Inframundo una vez que te hayas despojado de tu divinidad. Enviaré un mensaje a la madre y tú hablarás con la hija. No estoy dispuesta a ir yo misma a ver a Perséfone —añadió con una mirada perspicaz—. Pero esto, puedo hacerlo.

—¿Funcionará?

—Desde luego que sí —espetó Hécate. Levantó el caldero de la rejilla y vertió su contenido hirviendo a través de un colador. El líquido negro borboteó y siseó mientras goteaba—. Ahora elige una forma, algo que se preste para viajar. Te aguarda un largo trayecto.

Vacilé. En otra época había deseado saborear la muerte y ahora transitaría esos caminos sin luz que ningún dios tenía permitido pisar. Era cierto que no lo haría como una deidad, pero ese detalle no me tranquilizaba.

—¿Sobreviviré? —pregunté.

—Eso depende exclusivamente de ti, muchacho. —Hécate puso encima de la mesa una taza humeante, de cuyo contenido emanaba el vapor como espíritus que se arremolinaban inquietos—. Y ahora, bebe.

36

EROS

¿Cómo describir un alma separada de su cuerpo, un dios sin su inmortalidad? La mejor analogía sería una mariposa dorada, aleteando por los caminos tenebrosos del Inframundo.

Cuando emergí de aquel abismo, batí las alas contra las ventanas de la cabaña con patas de gallina. Hécate trabajaba en un telar a fin de pasar el rato, con los perros a los pies. Junto a ella yacía el cascarón de mi cuerpo inmortal, inmóvil en un diván, aparentando a todos los efectos que dormía profundamente. Resultaba un tanto espeluznante verme allí, no muy distinto de un mortal normal y corriente que estuviera descansando.

Hécate se levantó y abrió una ventana. Cuando el brillo alado de mi alma pasó al interior, me tomó con suavidad entre las manos y volvió a introducirme en mi cuerpo. Uno de los perros irguió la cabeza para olfatearme.

Respiré hondo, entrecortado el aliento, insuflando aire a unos pulmones sedientos de él. Abrí los ojos y estiré los dedos de las manos y los pies, riendo por lo bajo.

Hécate me arrimó una taza a los labios.

—Has conseguido volver. Bien hecho —comentó.

Tragué. Era el mismo brebaje que me había ofrecido a mi llegada y el líquido me restituyó la energía que había gastado. Un fuego frío me recorrió los miembros, ligando el alma de nuevo a mi cuerpo.

—La temible reina mantiene su palabra —murmuré con voz áspera y débil—. Perséfone ayudará a Psique. Hasta le pedirá a su madre que colabore.

—Bien —asintió Hécate, que regresó a sus labores. Cerré los ojos y empezaba a adormecerme cuando volvió a hablar—. ¿Ya lo has entendido?

La miré con cara de incomprensión.

—¿Entender el qué? —inquirí.

—Las similitudes entre dioses y mortales —especificó, sin levantar la vista del tejido. La lanzadera se deslizaba haciendo *clac*, con un ritmo constante. ¿Por qué lo hacía? No alcanzaba a adivinar por qué una gran diosa sentía la necesidad de tejer sus propias telas y ropas.

—Nuestras almas son como las suyas —explicó— una vez que nos despojamos de nuestra inmortalidad. Así es como te fue posible descender al Inframundo una vez que te despojaste de tu cuerpo. Quizá Prometeo incorporó algo de su naturaleza divina cuando modeló a los primeros humanos en arcilla, no lo sé. En cualquier caso, esa es la verdad. —Soltó una risa entre dientes, larga y grave.

Cerré los ojos. En otra época había deseado la muerte, pero ahora lo único que quería era a Psique.

—Dime —murmuré a través de unos labios agrietados—. ¿Saldrá victoriosa?

—Eso depende de ella —respondió—. En cuanto a ti, es hora de que descanses. Puede que seas inmortal, pero como continúes así no serás más sensible que un caracol. Hasta los dioses deben dedicar tiempo a recobrar las fuerzas.

Caí en la inconsciencia antes de que terminara de hablar, agotada toda mi energía. Después me enteraría de que había dormido durante cinco días enteros.

PSIQUE

Los últimos rayos de sol eran cálidos y la brisa soplaba a favor, tal y como había prometido Céfiro. El mundo era un candil de color y viento. Atrás quedaba el persistente dolor de la pérdida que me había atormentado desde la destrucción de la casa del acantilado; el cerebro de una mariposa carece de complejidad para enfrascarse en tales asuntos. Mi único pensamiento consistía en volar hacia el suroeste y por ello batía las alas diminutas con furor.

Entonces se puso a llover. Céfiro no había tenido en cuenta que el inesperado calor que traería su hermano Noto chocaría con el frío aire otoñal de la Grecia peninsular; y, en consecuencia, se desató una tormenta.

Me escoré a izquierda y derecha, esquivando los goterones que empezaban a precipitarse desde el cielo. Las gotas de lluvia podían desgarrar mis alas delicadas como una punta de lanza el papiro. Y entonces me vi cayendo, zarandeada por las ráfagas de viento.

Oscuridad y confusión. Ya no distinguía la diferencia entre la tierra y el cielo mientras daba vueltas, las antenas ora hacia arriba, ora hacia abajo. Agitaba las alitas, desesperada, sabiendo que el suelo embarrado me succionaría como en arenas movedizas. Y, a pesar de mis esfuerzos, caía y caía, girando en espiral...

Cuando abrí los ojos, me descubrí contemplando las vigas de madera de un tejado, un agujero abierto en el techo para permitir que se disipara el humo de la leña de una lumbre central. Me estiré y bajé la mirada a los cinco dedos de una mano humana, que se flexionaron cuando los moví. Estaba seca y había vuelto a entrar en calor, recuperada mi forma humana. Me llegó el olor de algo que estaba cocinándose y me rugió el estómago.

El pánico me clavó sus puñales. Disponía de solo unos días más para cumplir mi misión e ignoraba cuánto tiempo había pasado.

—¿Cuánto llevo aquí? —pregunté en voz alta.

—La noche y medio día —contestó una voz femenina.

—He de llegar a Eleusis —dije. Traté de incorporarme, aunque las náuseas me obligaron enseguida a tumbarme de nuevo.

Apareció una mujer de cabellos leonados, sueltos, que le caían alrededor del rostro.

—¡No seas tonta! Te encontré fuera, tirada en el barro bajo la lluvia, y necesitas descanso. Eleusis queda a una mañana de viaje a pie de aquí, si acaso. No va a irse a ninguna parte mientras te recuperas. Conque ten, cómete esto.

La mujer me tendió un cuenco de gachas espesadas con nata y miel. No tenía tiempo, pero llevaba más de un día sin probar bocado y tenía un hambre canina.

—¿Qué es esto? —pregunté.

—Gachas de *galaxia* —contestó—. Mi hija tiene pocos años más que tú y son sus favoritas. ¡Venga, come! Una mujercita como tú necesita alimentarse.

Mordisqueé las gachas, mirando con más detenimiento a mi anfitriona. Era fornida, la mujer de un granjero por su facha, y se movía con incansable eficacia. Por primera vez en largos años, me acordé de mi niñera, Maia, que había muerto antes de mi regreso de la boda en Esparta. Mi primera pérdida, aunque no la última.

Las gachas no solo estaban ricas; también me llenaron y, una vez que di buena cuenta de ellas, logré permanecer sentada sin bambolearme. Cuando la mujer vino a recoger el cuenco, le pregunté su nombre.

—Sera —respondió; al menos, sonaba parecido. Antes de que pudiera pedirle que lo repitiera, ya se había dado media vuelta para llevarse afanosamente el cuenco al área de la cocina. No oía ninguna otra voz humana cerca y me pregunté si la mujer estaría aquí sola.

Bajé la mirada y reparé en que tenía puesto un quitón rosa pálido. No había rastro de barro en los brazos ni en las piernas.

Sera removió una olla sobre la lumbre.

—Es de mi hija —señaló la prenda—. No creo que le importe que te lo preste.

—Gracias —contesté. Callé por unos momentos. El reloj de arena que marcaba el transcurso del tiempo me sacaba de quicio; tenía que llegar a Eleusis lo antes posible, pero esta mujer se encontraba aquí sola. La ley de la *xenia* obligaba a una invitada a mostrar respeto a su anfitriona. Me fijé en la pila raquítica de leña que había junto a la puerta. En esta época del año, el invierno le pisaba los talones a todo el mundo.

Me puse en pie.

—Te ofrezco mi agradecimiento de palabra y también de obra. Tus provisiones de leña empiezan a escasear, conque te traeré más.

Sera protestó, alegando que me hacía falta descansar, pero me escabullí por la puerta antes de que pudiera detenerme.

Las nubes de tormenta de la noche anterior habían escampado y, aunque la tierra seguía húmeda por la lluvia, hacía un día despejado y luminoso. Unas horas al sol con un hacha me sentaron bien; el aire olía a fresco y el esfuerzo me distrajo de la tarea que se cernía sobre mí: clasificar el grano en el templo de Deméter. Y después, las tinieblas de las cuales ningún mortal retorna…

Al terminar la faena, observé el entorno. La granja era pequeña pero próspera, con un rebaño de ovejas y cabras respetable; había incluso varias vacas, que me mugieron desde detrás de una cerca. Probablemente habían sido las que habían proporcionado la leche para las gachas de *galaxia*. Un campo modesto de tallos dorados señalaba el origen del trigo. A pesar de su belleza bucólica, el lugar tenía algo de enigmático. Una granja de este tamaño debería contar con media docena de mozos de labranza, debería haber niños y esclavos, amén de un marido y otros parientes adultos. Sin embargo, no divisé a nadie.

A mi regreso, ya era de tarde. Temblaba de impaciencia por partir hacia Eleusis, pero Sera no compartía mi premura. Insistió en equiparme con un manto y calzado resistente y rebuscó repetidas veces en un gran arcón de ajuares tras decidir que sus primeras opciones no me iban bien. Así continuó un rato, sin escuchar, a pesar de mis discretos ruegos para que me indicara el camino a Eleusis. Luego hubo que poner pan en el horno de piedra y después llegó la hora de otra ración de gachas de *galaxia*. Con toda el hambre que tenía (lamí el cuenco hasta dejarlo limpio), me tiraba de los pelos por el retraso.

En el camino, Sera avanzaba sin prisas a pesar de mi pánico creciente, hilvanando una conversación ininterrumpida sobre Eleusis y sus ritos. ¿Conocía yo la historia de los festivales que honraban a la diosa Deméter y a su hija Perséfone? Pero ¡ay!, las celebraciones de otoño habían tenido lugar unas semanas atrás y no sería hasta la primavera cuando Eleusis acogería los misterios que marcaban el regreso de Perséfone. Y continuó: ¿sabía yo que, según se decía, quienes se iniciaban en los misterios eleusinos perdían todo miedo a la muerte?

Escuché a mi anfitriona con ecuanimidad, sin asimilar nada. Puede que Sera quisiera sonsacarme mis razones para visitar el templo, pero yo no las divulgaría. Me negaba a permitir que esta amable mujer se viera atrapada en la red de conspiraciones divinas que me involucraban.

Me distrajo una estrecha hilera negra de hormigas que cruzaba el camino más adelante. Me detuve a mirarlas. Ocupándose de sus asuntos con eficiencia militar, las hormigas evocaban a los mirmidones en sus disciplinadas filas. Recordé la expresión de orgullo en el rostro de Dexios cuando me contó que era uno de ellos. Observando los meandros que describían las criaturillas, se me ocurrió que para ellas yo debía de parecer una diosa.

Llevaba una hogaza de pan duro que Sera me había dado para cenar. Partí un trozo y lo dejé en el camino, cerca de la ordenada procesión de hormigas. Algunas de las obreras, diminutas como letras de papiro, rompieron la formación para investigar el pan. Sonreí.

Cuando levanté la vista, descubrí que Sera me estaba contemplando. Me di cuenta de lo tonta que debía de parecer, saltando por encima de unos insectos y desperdiciando buena comida, pero no había burla en su expresión. Era una mirada apreciativa, como si yo hubiera resultado ser más de lo que ella esperaba.

—Qué considerada —rio entre dientes—. ¿Conoces personalmente a esas hormigas?

—No. —Me ruboricé—. Pero sé lo que siente siendo pequeña y que te pisen a la menor.

—Eres una buena chica —dijo, dándome una palmadita en el brazo—. Primero vas a buscarme leña y luego haces ofrendas a las hormigas. Una buena chica, ya lo creo.

Pronto llegamos al templo de Deméter. Para mi sorpresa, Sera saludó a la suma sacerdotisa con sendos besos en las mejillas, como si fueran hermanas.

Se volvió hacia mí la sacerdotisa, que bajó la cabeza.

—Dama Psique. Te esperábamos.

Luego se inclinó sobre Sera y le susurró algo que no alcancé a oír. La otra asintió en gesto de comprensión y me indicó con señas que la siguiera.

Fue ella, y no la sacerdotisa, quien me condujo por un largo pasillo mientras yo aligeraba el paso para aguantarle el ritmo. Me pregunté si mi anfitriona sería una iniciada en los misterios eleusinos, lo cual explicaría cómo sabía tanto sobre ellos.

Me acompañó hasta una pieza anexa al pasillo principal. Estaba vacía salvo por una montaña gigantesca de grano que descollaba imponente sobre mí, una pirámide precaria que rozaba el mismo techo. Se amontonaban en una espiral miríadas de semillas de diversas especies mezcladas: arroz, trigo, cebada, centeno, farro. Recorrí con los ojos toda su extensión y el mundo se me vino encima.

Noté que una mano se me posaba en el hombro. Era Sera, que me brindaba una sonrisa afable.

—No te apures. La faena estará terminada antes de que te des cuenta —dijo. Probablemente me tomaba por una penitente, de esas que se obligaban a hacer este tipo de tareas como ofrenda a la diosa Deméter. Su gesto de consuelo no sirvió para tranquilizarme.

Me senté y empecé a clasificar las semillas. La luz se colaba a través de las ventanas altas que discurrían a lo largo del techo. Quedaban pocas horas de sol y maldije el tiempo que había perdido en casa de Sera. Al principio iba barriendo los granos con la mano, apartando montones de colores afines, pero enseguida me percaté de lo imperfecto de la estrategia. Así no los separaba acertadamente por especie y Afrodita a buen seguro notaría la diferencia.

Cuando se hubo oscurecido el cielo, entraron varias sacerdotisas, discretas y sin ánimo de importunar, a encender las lámparas. No levanté la cabeza para saludarlas, decidida a que nada me distrajera de la faena. Me empleé a fondo hasta que se me entumecieron las rodillas y mis ojos apenas distinguían una semilla de otra. Estuve horas separando y clasificando granos, pero aun después de tanto trabajo cada uno de los montones tenía un tamaño ridículo; me cabían en la palma de la mano. Era una labor soporífera, una tarea de locos, como contar la arena de la playa.

Por supuesto, esa era precisamente la razón de que Afrodita me la hubiera asignado.

El tiempo pasaba y mi mente empezó a vagar por parajes tenebrosos y horrendos. ¿En qué había estado pensando al aceptar su desafío en aquel acantilado azotado por el viento? ¿De verdad me había creído capaz de engañar a la mismísima diosa del amor, de ganarle la partida? Demencial. No importaba que Sera me hubiera impedido iniciar antes la tarea con caprichos diversos, que yo hubiera malgastado demasiado tiempo en su granja. No lograría clasificar como era debido esta cantidad de grano ni aunque dispusiera de un mes entero. Iba a morir. No volvería a ver a Eros nunca más y mi hijo jamás nacería.

Y, no obstante, me resistía a rendirme. Desgranaba con febril afán la pila de cereales, una semilla tras otra. El ritmo en sí ofrecía una suerte de consuelo. Centeno, farro, trigo, arroz, centeno otra vez. Me dolían las manos de tanto moverlas, los ojos me ardían del esfuerzo y, así y todo, no cejaba.

Lo siguiente que supe fue que la luz del sol penetraba a raudales por las ventanas altas. Me erguí con sobresalto y me pasé una mano por la cara. Semillas de varios tipos cayeron al suelo. Debía de haberme desplomado de bruces sobre uno de los montones, vencida por el cansancio. Busqué con la mirada la torre de grano y descubrí que había desaparecido. En su lugar había cinco montones más pequeños de color homogéneo, perfectamente diferenciados.

—¿Has descansado bien? —Sera estaba en la puerta, sonriendo.

Hice un gesto apuntando a los montones.

—¿Cómo…?

—Las hormigas con las que te topaste en el camino —explicó mi anfitriona. Señaló la fila de marcas vivas de tinta que cruzaba el suelo de piedra.

Sera prosiguió:

—Mi hija me pidió que te auxiliara en la tarea, pero al principio dudaba cómo. No me era posible hacerlo directamente, pues Afrodita jamás me lo perdonaría. Sin embargo, cabía pedir la colaboración de otros y estas criaturas son tan humildes que nunca se fijaría en ellas. —Esbozó una sonrisa—. Querrás saber que las hormigas se prestaron voluntariamente a ayudarte, por cierto. Recordaban tu amabilidad para con ellas.

Observé los montones de grano, separados por especie, una tarea descomunal para un ser humano, pero bien fácil para un millar de hormigas cooperando todas a una. Luego volví la mirada hacia Sera y tuve la certeza de que no era lo que aparentaba ser.

Su rostro fluctuó, como un reflejo en la superficie de un estanque.

—Te di cobijo —continuó— porque mi hija me pidió un favor, pero no me imaginaba que fueras una chica tan educada, que cortaras leña para mí y consintieras todos mis caprichos tontos. Hacía largo tiempo que no tenía a nadie con quien hablar. Y me recuerdas muchísimo a mi hija de joven.

Mientras la miraba, la forma de Sera empezó a cambiar, despojándose de la ilusión que la rodeaba. Ya había visto antes algo parecido; una vez, estando con Atalanta de caza en las montañas, muy por encima de la línea de los árboles, habíamos sorprendido a un ciervo de un año que se quedó paralizado al oír nuestros pasos. Su pelaje se mimetizaba tan bien con el paisaje escarpado que en un primer momento casi no podía verlo. Fue solo al fijarme en sus ojos cuando apareció el resto del cuerpo como por arte de encantamiento: cornamenta, hocico, patas largas y gráciles.

La diosa se manifestó de una guisa similar. Su belleza sencilla se realzó, adquiriendo sus cabellos leonados la calidez dorada de un campo de trigo en verano. Sentí un escalofrío, heraldo de la llegada de una deidad.

—¿Quién eres? —balbuceé—. Creía que te llamabas Sera. Creía que eras la mujer de un granjero.

Volvió a sonreír.

—Sera, no. Ceres. Aunque solo es uno de mis nombres —aclaró—. En tu lengua, se me conoce como Deméter.

37

PSIQUE

A estas alturas, ya había luchado contra monstruos, presenciado tragedias y hablado con distintas deidades. Sin embargo, aún no lograba adaptarme a la íntima extrañeza de hallarme sentada junto a la diosa de la cosecha y contemplando la puesta de sol sobre sus campos de trigo.

Las ovejas se llamaban unas a otras en su redil mientras las gallinas murmuraban en su gallinero. El cielo era un prodigio de colores que teñía los prados de oro bruñido. Pero yo permanecía ciega a la belleza que se exhibía ante mí. No podía pensar en nada que no fuera el oscuro viaje que me aguardaba, la más onerosa de mis tareas. No habría juncos parlantes ni hormigas amistosas que me socorrieran en el Inframundo.

—¿Cómo acabaste en esta granja? —pregunté, desesperada por romper el silencio—. Nunca he sabido de ninguna diosa que viviera en un sitio como este.

Deméter no contestó enseguida. Había una cierta pesadumbre en ella que la distinguía de los demás inmortales con que me había topado, quizá porque había conocido la pérdida como pocas deidades lo habían hecho.

—Cuando desapareció mi hija, la busqué por toda la Tierra —explicó—. Acepté trabajar como nodriza para una familia mortal que vivía aquí y decidí quedarme después de averiguar que Hades había raptado a mi hija. La familia hace tiempo que se fue, pero yo he permanecido aquí. Vengo cada primavera para recibir a mi Core cuando asciende del Inframundo, y cada otoño cuando desciende de vuelta.

—El Inframundo —susurré, temblorosa. Sentí el frío de ese averno recorrerme la piel. Vi nuevamente mi propio cadáver yaciendo en el camino bordeado de cipreses. Observé el cielo y me pregunté si aquel sería el último atardecer que presenciaría en mi vida.

—No temas. Viajas como invitada de mi hija, que reina allí —reconvino Deméter—. Tu marido le pidió personalmente el favor, ¿sabes? —Me dirigió la mirada.

La esperanza floreció en mi interior, una flor de pétalos imposibles.

—¿Eros? ¿Eros mandó mensaje a Perséfone en mi nombre?

—En efecto —sonrió—, aunque no adivino cómo se las ingenió para entrar en el Inframundo. Debe de quererte mucho.

Se me contrajo el corazón. Conque el sueño había sido cierto después de todo. Eros no me había abandonado, sino que lo mantenían alejado de mí. Recordé la agonía en su rostro cuando lo vi por última vez a la luz de la lámpara, retorcido y roto por el maleficio, antes de que lo arrastrara hacia la nada, y me invadió una oleada de culpabilidad. Había faltado a mi palabra al llevar el improvisado candil al dormitorio. Los dos nos habíamos causado daño mutuamente, Eros y yo.

Me pregunté si alguna vez tendría la oportunidad de volver a verlo, de expresarle mis disculpas. El camino al Inframundo estaba plagado de peligros y, pese a la ayuda de Eros, quizá no regresara de allí jamás.

—Esa es la razón de que cuidara de ti —dijo la diosa—. Mi hija me lo pidió y no pude negarme. Pero, Psique, hay cosas que debo contarte antes de que te aventures en su reino.

Eché una mirada a mi anfitriona. Deméter estaba entregada a sus pensamientos, fruncido el ceño. No se diferenciaba mucho de cualquier madre preocupada, al menos hasta que uno se fijaba en la pureza de su beldad divina o en la forma en que la copa que sostenía en la mano se rellenaba por sí sola.

—Desde el principio —dijo—, fue como si mi querida Core albergara un mundo secreto dentro de sí, un mundo fuera de mi alcance. Era una chica rara. Cuando nació, no había en ella nada de la gloria severa de su padre ni de mi propia majestad dorada. Mi pequeña Core se alejaba cuando la llevaba de paseo por los campos de cereales, prefiriendo ir a indagar lo que crecía bajo los troncos podridos o en las hondonadas llenas de hojas en descomposición. Tonta de mí, aún la llamo Core, «doncella», el nombre que le puse de niña, aunque ahora responde al nombre de Perséfone, «portadora de muerte». Le gustaba coleccionar los esqueletos desarticulados de las criaturas que encontraba en guaridas ocultas; los pulía hasta darles una lisura nacarada y los colocaba a lo largo del alféizar de la ventana. Probé a reclutar ninfas para que cuidaran de ella, pero todas se marchaban en cuestión de días, murmurando crueldades inenarrables.

»Cuando Core desapareció (cuando Hades la secuestró, mejor dicho), me sentí angustiada. Era mi única hija y temía por su seguridad, pero en verdad también temía por el bienestar de cualquiera que se cruzara con ella sin estar prevenido. Mi niña siempre ha tenido temperamento.

La carne se me puso de gallina. Traté de convencerme de que simplemente se debía al frescor de la noche.

—La separación no mata el amor, como bien sabes —añadió la diosa—, pero no obstante es un tormento. ¡Ay, Psique! He aquí mi ruego: dile a mi hija que su madre aún la quiere.

Un nudo me apretaba la garganta. No mencioné que mi madre moraba en algún rincón remoto en los confines del reino de Perséfone, junto con mi padre. Y tampoco mencioné nada sobre mi hija o hijo, todavía un sueño a medio gestar que flotaba en mi interior.

Le así la mano.

—Haré lo que me pides —prometí.

Deméter y yo permanecimos sentadas en la penumbra, una hija sin madre y una madre sin hija, paladeando la frágil tranquilidad del momento. Observamos como desaparecían los últimos rayos de sol y las estrellas se esparcían como pienso para pollos por el firmamento.

A la mañana siguiente, llegamos las dos al templo de Eleusis cuando los pájaros aún se trinaban unos a otros. Había frío en el aire; el calor radiante del verano, tan envolvente, se había escurrido del mundo.

Detrás del templo en sí había un anfiteatro, con filas de bancos corridos desplegándose en abanico como la cola de un pavo real antes de descender hasta un óvalo poco profundo en el fondo. La luz sesgada de primera hora de la mañana proyectaba largas sombras sobre los anillos concéntricos, sombras que se empantanaban en los huecos diseñados para los pies. Durante los misterios, candidatos a la iniciación de todo el mundo griego acudían aquí a prepararse para los ritos sagrados. Deméter me había hablado de todo ello mientras andábamos; me pareció que estaba harto orgullosa de los rituales que los mortales hacían de su historia.

Enfrente de las gradas se erigía una pared rocosa cortada a pico, y encajado en ella, un agujero que parecía devorar toda la luz circundante. Eleusis difería en su estructura del desolado baldío de Ténaro, pero albergaba una oscuridad idéntica.

El Inframundo.

Tragué fuerte. Nos habíamos detenido en el extremo del anfiteatro. Llevaba un morral que la diosa me había proporcionado, pero iba desarmada, de acuerdo con sus instrucciones.

Yo al principio había protestado por ello.

—¿Qué clase de heroína seré si no porto armas? ¿Cómo me defenderé en el Inframundo?

Ella enarcó una ceja leonada.

—Las armas no te servirán de nada allí. El héroe Orfeo descendió por su amada Eurídice provisto solo de una lira. Y regresó. Y tú también lo harás.

De poco valió para tranquilizarme. Orfeo había regresado, sí, pero sin su amada.

En torno a nosotras el mundo cobraba vida. Oía a las sacerdotisas, que se ponían a sus obligaciones en el templo, y a los animales, que despertaban en sus establos y rediles. Sin embargo, mis ojos se mantenían fijos en el vacío oscuro de la boca de la cueva, que parecía engullir toda luz.

—Mira —señaló Deméter.

Seguí la dirección de su dedo para divisar una mariposa que cruzaba el anfiteatro en un improbable vuelo. Mi homónima, *psyché*, en la lengua de los griegos.

—La mariposa simboliza el triunfo sobre la muerte. Un buen presagio —añadió.

Una mariposa. Me acordé de la tintura de Circe y de la pregunta que le había formulado a Céfiro. Había intentado averiguar qué significaba la forma de mi alma. Ahora lo sabía.

Deméter se giró a mirarme, sus ojos color avellana clavados en los míos.

—Ve con mi bendición, querida mía —dijo—. No queda mucho plazo.

Tenía razón. El tiempo se mueve distinto en el Inframundo y el mío se agotaba. Disponía de cinco días mortales, pero ¿cuánto duraría esta incursión?

Tomé una bocanada temblorosa de aire y corrí gradas abajo, de dos en dos, para luego hacer una pausa antes de penetrar en el túnel que descendía hacia el interior de la tierra. Me asaltó un olor glacial, a viejo y a humedad, el olor del mundo de la muerte, y las fosas nasales se me ensancharon como las de una yegua que huele sangre. Las náuseas se encresparon en mi estómago, enviando bilis a la garganta.

Mas había venido preparada. Saqué del morral un tallo de trigo no más largo que mi antebrazo y lo deposité en el tenebroso umbral. Era la ofrenda simbólica a los dioses del Inframundo de la cual Eros y yo nos habíamos olvidado en el Ténaro durante mi primera *katábasis*. Démeter en persona lo había cortado para mí, usando su propia hoz.

Bastaba, tenía que bastar. No me derrumbaría. No se me negaría la entrada.

Di un paso adelante y me dejé tragar por las tinieblas, sintiendo el mismo escalofrío que había experimentado en Ténaro. La tierra bajo mis sandalias era lisa, apisonada por millares de pies. Allí, en la boca de la cueva, era donde la hierofanta de Eleusis guiaba a los nuevos iniciados y les permitía catar un soplo del mismísimo aire del Inframundo para revelarles la verdad de los misterios. Los iniciados accedían en grupos, con antorchas encendidas, aunque nunca llegaban muy lejos. Por el contrario, yo venía sola y no portaba ninguna antorcha, de modo que pronto me encontré caminando sobre una tierra que nunca había sido hollada por pies vivos. Enseguida divisé el círculo de luz que señalaba la salida, haciéndose más grande a medida que avanzaba. Y entonces la belleza dura y fría del Inframundo se manifestó ante mí, el lejano palacio elevándose por encima de la hilera de cipreses.

Bajé la vista; mis extremidades aún eran mías, aún eran carne viva. Me permití un suspiro de alivio. Había superado la primera prueba.

Esperándome, había un rostro familiar. Medusa.

38

PSIQUE

No había cambiado nada, como si, en vez de meses, apenas hubieran transcurrido unos instantes desde la última vez que nos vimos. Estaba cruzada de brazos y mostraba una expresión irritada, como si la hubiera interrumpido durante una partida de dados.

—¿Y bien? —dijo, sin hacer observaciones sobre mi llegada repentina—. ¿Puedes darme una respuesta? —Las serpientes de su cabello se retorcían y sacaban la lengua.

Recordé la pregunta con que me había dejado. «¿Qué es lo que forja a un verdadero héroe?».

Me quedé mirándola con cara de tonta. Había olvidado su reto en el frenesí de todo lo acontecido desde entonces.

—Eh…, bueno… Un héroe es aquella persona que se interpone entre la humanidad y los dioses. Aquella que actúa sin miedo.

Era consciente de cuán débil e insustancial sonaba eso, incluso a mis propios oídos. Sin vacilación, enfilé la larga avenida bordeada de cipreses, con un andar rápido y enérgico, confiando en que una acción tajante compensara la vaguedad de mi respuesta.

Medusa corrió detrás de mí.

—No está mal. Me complace no haber oído nada acerca de matar monstruos indefensos, aunque no me cabe duda de que sabes hacerlo mejor. Y sí, no dispones de mucho tiempo. Estoy al tanto de tus planes, la reina me ha informado. Pero hay cosas que debo explicarte, conque ¡frena un poco!

Medusa, al ser más baja que yo, tenía dificultades para seguir mi ritmo y resoplaba mientras daba sus instrucciones. A regañadientes, aflojé el paso.

—Dirígete a través del bosque hacia las riberas del río Estigia —dijo—. Allí encontrarás a Caronte, el barquero. Una vez que entregues el pago, él te llevará al palacio de Perséfone. No debes hablar con nadie con quien te cruces, aunque te digan algo. No debería hacer falta recalcar que no hables con extraños, pero...

—¿Y qué estamos haciendo ahora entonces? —señalé. Más adelante, alcanzaba a ver el puente que separaba las hileras de cipreses del bosque muerto que se extendía más allá.

—¡Ay, qué desparpajo! Yo soy tu psicopompo, cosa de la cual deberías estar agradecida. ¿Cómo podría prohibirse conversar con un psicopompo? Mi propósito consiste en guiarte. Perséfone también departirá contigo y te aconsejo que, si en algo valoras tu vida, la trates con respeto. Y no menciones a Adonis. Perséfone es muy posesiva con él; antes de ser el juguete de la reina, lo fue de Afrodita; o eso se rumorea, al menos. En fin. Bueno, hay otra cosa de la cual debo advertirte. —Los ojos castaños centelleaban; los cabellos se retorcían—. El Inframundo sabe que este no es tu sitio e ideará formas de arrastrarte a sus profundidades. Estate atenta y recuerda: no hables con nadie.

Respiraba el aire frío, notaba cómo trabajaban los músculos. La última vez que había recorrido este camino yermo, había sido un fantasma. Resultaba más fácil transitar los senderos del Inframundo con un cuerpo mortal.

—Cuéntame más acerca de Perséfone —insistí.

Medusa soltó una risa, un sonido hueco.

—Es una soberana justa, pero despiadada con quienes la contrarían. En una ocasión, su marido Hades quiso tener una amante, una ninfa llamada Mente. Perséfone zanjó el problema convirtiéndola en un arbusto. Y ahora, de vez en cuando, ella corta hojas de Mente para preparar té. —Sonrió, como si le divirtiera la idea—. Así se las gasta con quienes se le oponen.

—Es buena cosa entonces que yo goce de su favor. ¿Cerbero está ya cerca?

Me echó una mirada.

—No, está un poco más adelante. ¿Por qué? ¿Tienes un plan para matar al sabueso del infierno? ¿Un último intento de ganarte renombre de heroína?

—No —contesté—. Me gustan los perros, nada más.

—Le gustan los perros —repitió Medusa, incrédula, y luego se carcajeó—. ¿Crees que se tumbará en el suelo panza arriba? Apestas a mortalidad.

—He traído una torta de miel para distraerlo —repuse.

—Sí que le gustan —admitió ella. Parecía casi impresionada.

Habíamos llegado al final del camino de cipreses. Por delante había un pequeño sendero que serpenteaba a través de un bosque de árboles pelados, delgados como varas, donde ningún pájaro agitaba el silencio.

Medusa se detuvo.

—Solo puedo guiarte hasta aquí. Has de encontrar el resto del camino por ti misma.

Guardó silencio durante un momento, tiempo suficiente para que pudiera girarme hacia ella y estudiar su rostro. Se había transfigurado a lo largo de nuestra conversación y se parecía más a la ninfa que debió de ser durante la primera parte de su vida. Sus facciones eran suaves y uniformes; sus ojos, normales y corrientes, no las pupilas rasgadas de un gato, aunque aún lucían el mismo tono familiar de castaño. Sus cabellos ya no se retorcían y lanzaban dentelladas al aire, sino que le caían en torno a los hombros en una profusión de mechones.

—Has cambiado —me dijo la ninfa llamada Medusa—. Ya no eres la que fuiste en otro tiempo. La chica que se me apareció antes era impetuosa, testaruda y más que pagada de sí misma. Pero ahora hay en ti cierta bondad que solo puede provenir del dolor.

—¿De verdad? —pregunté.

—Sí. Me es familiar. ¿Por qué crees que me porté tan bien contigo la primera vez que nos encontramos, cuando solo te conocía por ser la nieta de mi asesino?

La miré con fijeza y estupor.

—En un principio —continuó—, no estaba segura de por qué Perséfone me había enviado a buscarte precisamente a mí, con todas las almas que tiene a sus órdenes, pero ahora ya lo entiendo. Tu abuelo me mató y yo ardía de odio hacia él, pero nuestro encuentro te ha cambiado para bien. Ahora puedes llegar a ser algo más de lo que podrías haber sido y yo puedo superar mi terrible dolor. Perséfone posee gran sabiduría. Si fuera simplemente despiadada, jamás reinaría aquí, en el reino de los muertos.

En el Inframundo, donde no se movía el aire, se levantó un viento que sacudió las ramas sin hojas. Medusa echó la cabeza hacia atrás y se dejó llevar por él, elevándose hacia el cielo incoloro. Su alma se disipó como el humo de un incendio y entonces me hallé sola.

39

PSIQUE

Me interné en el bosque, que era poco más que una maraña de ramas desnudas bajo un cielo de color blanco hueso. No había otros viajeros en el camino y me maravillé de cuán vacío se veía el Inframundo. Siendo el destino de todas las almas vivientes, no me esperaba unas soledades tan intensas. Aunque, por otra parte, también el mundo de los vivos podía ser un lugar solitario.

Alcé la mirada a las ramas y pensé en Eros. Si las palabras de Deméter eran ciertas, él había transitado estos senderos desolados y lo había hecho para allanarme el camino. Me dio un vuelco el corazón y aceleré el paso.

No transcurrió largo rato antes de toparme con un hombre, el cual tiraba infructuosamente de un burro cargado sobremanera que rehuía el contacto. Observé el sudor en la frente del arriero y los coletazos del animal, pero tenían una apariencia extraña, fuera de lugar. Eran igual de reales que cualquier otro elemento aquí; o, en otras palabras, efímeros como la niebla.

Me fijé en que el hombre no había atado correctamente los paquetes. Unos pocos nudos más en los sitios adecuados y lograría distribuir el peso de forma uniforme sobre el lomo del burro. Abrí la boca para indicárselo, pero recordé la advertencia de Medusa de que no hablara con nadie. Tendría que averiguar él solo la manera de sobrellevar sus propias cargas.

Entonces parpadeé y la escena cambió. Me di cuenta de que los fajos ya no se componían de ramitas para encender lumbre, sino de todos los pesares que abruman una vida humana. La pena, los agravios, la culpabilidad, las dudas, las enfermedades, las pérdidas...

Otro parpadeo y volvieron a ser nada más que fajos normales y corrientes. El burro casi hizo caer al hombre, que cubrió de una retahíla de improperios a la bestia y siguió tirando.

Los sorteé. De sobra sabía que era posible que unas cosas sustituyeran a otras, que el viento podría ser un dios juvenil o el marido de una el nexo de todo deseo. ¿Por qué no podría un tipo de carga simbolizar otro? En cualquier caso, no tenía sentido abarcar más de lo que uno era capaz de soportar.

Continué a través del silencio del bosque marchito. Los árboles estaban pelados y sedientos; la primavera nunca llegaba a este paraje infernal. El cielo, enguirnaldado de brumas, era de un gris lechoso, ni diurno ni nocturno. El único sonido que se oía era el crujido suave que producían mis pies sobre la tierra seca del sendero.

Al cabo de un rato, el camino se ensanchó. Los árboles delgados como varas menguaron, haciendo espacio a algo que había más adelante, un montículo oscuro que tomé por una ruina antigua o una pequeña colina. Hasta que vi sus orejas moverse.

Me había preocupado no encontrar a Cerbero, el perro de tres cabezas que guardaba el Inframundo, pero ahora me daba cuenta de que esos temores eran infundados. La enorme bestia dormitaba con las cabezas apoyadas en las patas, aunque se agitó al aproximarme. Se le crispó uno de los hocicos húmedos, haciendo que se alzara la cabeza de la cual formaba parte. Unos ojos amarillos, grandes como la palma de mi mano, se abrieron. Perturbadas de su letargo, las otras dos cabezas imitaron a la primera y contemplé cómo se desplegaba ante mí la mole oscura de una criatura de un tamaño imposible. Más grande que el dragón, más grande que cualquier monstruo que hubiera visto antes. Sus orejas aguzadas superaban las copas de los árboles. Cuando Cerbero se puso en pie, fue como ver erigirse una montaña.

Seis ojos se clavaron en mí.

El terror gélido rompió sus esclusas, inundándome, y un instinto cobarde me compelió a buscar el amparo de los árboles, pero sabía que no me convenía huir de esa bestia. Saqué del morral una de las galletas que Deméter me había proporcionado; tenía el tamaño y el peso de un disco. La había horneado ella misma con harina de cebada humedecida con miel, justo como le gustaba a Cerbero.

O eso había asegurado Deméter. Si Cerbero prefería la carne viva al pan, pronto lo averiguaría.

Arrojé la galleta al aire. Las orejas aguzadas de Cerbero giraron hacia ella y una de las cabezas, la situada más a la derecha, le tiró una dentellada, echando espumarajos por la boca. Las otras dos cabezas, sin prestarme atención, se abalanzaron sobre su compañera, mordiendo y gruñendo, un sonido que semejaba un trueno. Aproveché la confusión y pasé a hurtadillas.

Reanudé la marcha y, finalmente, el bosque empezó a ralear y apareció un río a la vista. Ancho, carente de color, sus aguas negras lamiendo sordamente la orilla. El Estigia, el mayor de los ríos del Inframundo. Al otro lado, se divisaba aquel palacio de majestuosidad preternatural, todo mármol blanco y torres altaneras, pero mi atención se vio desviada hacia la muchedumbre congregada a lo largo de la ribera.

Era la primera vez que avistaba humanos en el Inframundo; se contaban por miles y tapizaban la orilla como una colonia de hormigas. No eran sólidos como las personas vivas, sino impresiones efímeras, como los dragones que parecen danzar en el humo que se eleva del incienso en un templo.

Amén de griegos, más familiares a mis ojos, distinguía fugazmente gentes de pueblos muy diversos: persas, con sus pantalones anchos; bárbaros de los yermos del norte, con cabellos blondos; egipcios, de piel oscura. Me pregunté si vislumbraría entre ellos a los bandidos que había matado o, peor aún, a Ifigenia. Por ventura, no reconocí ninguno de los rostros que me rodeaban.

Algunos mostraban las heridas que les habían causado la muerte, las cuales goteaban sangre fantasma sobre las frías arenas, mientras que otros parecían enteros. Algunos de los difuntos se paseaban por la orilla y aullaban, mientras que otros se agazapaban en silencio, anonadados. Muchos de ellos gemían. Solo entendía a los que hablaban en griego, pero era suficiente para llenarme los oídos con un sinfín de letanías.

—*Yo quería a mi marido, pero creyó que me había acostado con el carnicero de la aldea* —gritaba una—. *Me estranguló hasta matarme.*

—*Mi hijo me dejó morir* —aullaba el fantasma de un anciano—. *Podría haber llamado a un curandero cuando me dio la fiebre, pero quería echar mano a su herencia.*

—*Morí de parto* —decía otra—. *El dolor fue terrible...*

Me retiré. Allí rondaban quienes no tenían un óbolo para pagar su pasaje, quienes nunca habían recibido debida sepultura. Combatí el impulso de hacer algo (cualquier cosa) para aliviar su amargo tormento, pero ante la enormidad de su pérdida me sentía impotente. Su aflicción era como una piedra de molino colgada de mi cuello.

En este mar de vidas deshechas, ¿qué esperanza abrigaba yo? Quería unirme a esas sombras solitarias y aullar mis propias pérdidas (mis padres, Ifigenia, el mismo Eros) hasta que no fueran sino lágrimas diluidas en el océano. Podría abandonarme en un dolor medio olvidado hasta que sucumbiera a la deshidratación o el hambre y mi sombra se desprendiera de mi cuerpo mortal del modo en que una persona viva se despoja de una túnica. Solo perduraría en la memoria de Eros, una muchacha mortal a quien había amado en otro tiempo, antes de su repentina separación y la ignominiosa muerte de ella, apenas un breve sueño que recordaría en las noches sin luna. Afrodita ganaría y mi hijo nunca sabría lo que es caminar sobre la verde tierra.

Exploté de ira. Mi naturaleza esencial volvió a imponerse. No, la insensatez y la autocompasión no me impedirían alcanzar mi objetivo.

Observé que solo una pequeña barca surcaba las aguas espejadas y determiné dónde debía de estar atracado el barquero. Eché a correr, abriéndome camino a empujones entre un maremágnum de fantasmas que me miraban estupefactos, apartándolos como si fueran nubes.

Al cabo me encontré ante Caronte, sacudiéndome el residuo frío de las almas ajenas.

El barquero me estudió. Era viejo como la oscuridad, incognoscible como la noche. Vestía una raída túnica negra con capucha, oculto el semblante bajo la pesada cogulla. Las manos que sobresalían de las mangas eran tan nervudas y esqueléticas que podrían haber pertenecido a un cadáver y me entró un temblor. Me pregunté cuántos siglos habrían transcurrido desde la primera vez que aquellas manos tomaron los remos que manejaban. Me pregunté por el rostro que se escondía tras aquella capucha, si poseería la simetría enigmáticamente perfecta de un dios o la sonrisa estropeada de un cadáver.

Saqué un óbolo del morral y se lo tendí a Caronte. Estiró las manos enjutas para recibirlo y el abismo bajo la cogulla me contempló pensativo.

—Tú aún estás viva —dijo una voz con la aspereza de un remolino de hojas secas.

Me aprestaba a exponer mis argumentos cuando me acordé de la advertencia de Medusa de que no hablara. Me crucé de brazos y planté los pies sobre la madera desvencijada del muelle.

Caronte soltó una risita; o quizás el sonido fuera tan solo el chapaleteo gentil del agua en la orilla. Se giró y empuñó los remos.

—Viva o no, has pagado tu pasaje. Vamos.

Subí a bordo y volví la vista hacia la ribera, donde los fantasmas erraban y gemían, encogiéndose gradualmente a medida que el barquero negociaba con la corriente. El Estigia semejaba cualquier otro río, salvo por sus aguas, negras como el ébano. La barca apenas perturbaba las profundidades en su travesía, dejando tras de sí una etérea estela de ondas en forma de uve. Mirando la espalda de la túnica desvaída de Caronte, me pregunté cómo sería su vida; si alguna vez descansaría; si tendría esposa o hijos propios.

No me atreví a plantear estas cuestiones en voz alta; en vez de ello, contemplé ociosamente las aguas. Me percaté de que un rostro me sostenía la mirada. A pesar de que la barca se desplazaba rápido, el rostro parecía seguirle el ritmo. En un primer momento creí que se trataba de mi propio reflejo; sin embargo, al escudriñar de cerca la extraña aparición, observé que llevaba un anticuado casco. Me incliné un poco más, preguntándome si sería un antepasado mío, un rey de la Micenas de antaño o un héroe, quizás el propio Perseo...

Un golpeteo seco me arrancó de mi ensoñación y me descubrí colgando de la borda con la cara casi rozando el agua. Me aupé dentro, valiéndome de manos y pies, que repiquetearon sobre la madera del piso, balanceando con mis movimientos la barca.

Había dado Caronte la señal de alarma, tamborileando sobre el casco con el remo como un tutor que corrige a un pupilo descarriado. No logré leerle el rostro, aún amortajado en oscuridad, pero percibí la regañina en su hilo agudo de voz.

—No te ensimismes en visiones —dijo mientras volvía a sumergir el remo en las aguas negras—. Las almas acaban en este río por diversas razones, pero les une a todas ellas su deseo de escapar. Se adueñarían de tu cuerpo vivo si pudieran.

Hice un gesto de asentimiento, cariacontecida. Medusa me había advertido que este lugar intentaría atraerme. Y he aquí que casi había caído al agua como una niña tonta, tentada con la imagen de la figura heroica que yo nunca sería.

Pronto arribamos a la otra orilla, donde Caronte amarró su barca a un muelle humilde. El castillo que había divisado desde la distancia descollaba sobre nosotros, imponente en su majestuosidad. Más allá se extendían los Campos de Asfódelos, donde las almas de los difuntos pasaban su eternidad, pero yo tenía un objetivo diferente. Desembarqué y le di las gracias al barquero con una inclinación de cabeza.

—Sé quién eres y por qué has venido. Incluso aquí llegan tales noticias —dijo Caronte con una voz que sonaba como el chirrido de la puerta de un sepulcro—. Si triunfas, te llevaré de vuelta. Tienes mi palabra—. Sin darme la oportunidad de contestar, Caronte empujó la barca hacia la corriente, de regreso a la otra orilla.

Lo miré mientras se alejaba y luego me giré para enfilar un camino de tierra hacia los imponentes muros blancos. El sendero rodeaba la perfección de alabastro del castillo, pero no vi puertas ni ventanas, ni siquiera un sirviente al que pedir indicaciones.

El tiempo avanzaba y ya me flaqueaban las piernas. Estaba segura de haber pasado antes por un árbol marchito en particular. Intuía que estaban jugando conmigo, como un niño que trata de echar mano a un caramelo colgado lejos de su alcance. Me invadió la frustración, aun cuando el aire frío me quemaba los pulmones y empezaban a dolerme los músculos. No había recorrido todo este camino solo para encontrarme ante unos muros indiferentes, andando en círculos alrededor de un edificio monótono hasta que mi tiempo expirara.

Doblé una esquina y un grupo de tres señoras mayores que tejían y charlaban apareció a la vista. En Micenas, o en cualquier otro sitio bajo el ojo del sol vivo, habría representado una escena cotidiana, pero su presencia aquí me llenó de inquietud. Las tres mujeres eran indistinguibles, todas ancianas, rostros arrugados entre mechones de cabellos blanquecinos. Me observaron con ojos como abalorios negros anidados en el centro de una tela de araña, aunque sus manos continuaron moviéndose, sin interrumpir el ritmo ni por un instante.

Me percaté de que en realidad no estaban tejiendo, sino cortando lana. Una deshacía la madeja, sujetando el hilo entre unos nudillos antiguos y retorcidos como las raíces de un tejo. La segunda lo medía, con una precisión que no se veía afectada por el temblor de su mano. La tercera usaba unas tijeras cubiertas de óxido para cercenarlo.

Se me erizó la piel. Aquellas no eran ancianas anónimas. Eran las Moiras, las Parcas, las hilanderas del destino, diosas que regulan la duración de la vida de los mortales. ¿Acaso habrían acudido a ser testigos de mi historia?

Cuchichearon las Parcas entre ellas al pasar yo por delante, con sus ojos legañosos reptando sobre mí. Capté retazos de su conversación, como palabras de una tonada prendidas en el viento.

— … menuda lástima lo de la guerra…

— … y ¿qué crees que hará cuando la niña…?

— … espero que no… su marido…

Me quedé helada. En ese momento, quise más que cualquier otra cosa dirigirme hacia ellas y suplicarles que me revelaran el desenlace de mi historia. Las Parcas conocían el futuro y podrían indicarme la manera de proceder.

Sin embargo, no me arriesgaría a deshacer mi progreso, ni siquiera en aras de conocer lo que estaba por venir.

Incliné la cabeza por deferencia hacia las mujeres y seguí andando. No había por qué oírlas tejer mi futuro. Estaba convencida de que conseguiría mi objetivo por una razón muy simple: me negaba a fracasar.

Consideré la naturaleza de los obstáculos surgidos en mi camino.

No dejes que el dolor y la pena te abrumen. No te abandones a ensoñaciones. No te resignes al destino hilado por las Parcas.

De improviso apareció ante mí una puerta, madera pesada engastada en los muros del palacio, la primera que había visto. Sabía quién me esperaba al otro lado con una certeza tan fría como las piedras bajo mis pies. Giré el picaporte, oí crujir las viejas bisagras y luego aguardé a que me condujeran hasta la reina del Inframundo.

40

PSIQUE

P erséfone.
Tenía unas mejillas tersas como pétalos de flor, de un blanco
que se sonrosaba y fundía en rojo a lo largo de las líneas impecables de su rostro. Semejaban las mitades perfectas de una granada,
aunque sus ojos eran afilados cual sílex.

Perséfone estaba sentada en un trono que parecía hecho a su medida. Se alzaba imponente al fondo del salón, con una corona de púas de
ónice descansando sobre su frente. A un costado había un asiento más
modesto, vacío, y no se veía rastro de Hades. No me sorprendió; incluso
los mortales sabían quién gobernaba realmente aquí. Cuando Odiseo y
sus hombres buscaron invocar los espíritus de los muertos durante la
larga travesía de regreso a casa desde Troya, rindieron tributo no a Hades, sino a Perséfone.

En un primer momento, confundí los diseños del trono con finos
ornamentos o incrustaciones de marfil. Mas entonces observé la extensión de un fémur a lo largo de cada reposabrazo y las cúpulas redondeadas de sendos cráneos bajo las manos delicadas. Y flores, por doquier
flores, incluso en este lugar falto de luz; las reales, brotando en las macetas que revestían las paredes; las falsas, engalanando los costados del
trono en una profusión de joyas.

Perséfone, la diosa de la primavera. La muerte da origen a la vida y los cadáveres en descomposición fertilizan el suelo y propician que crezcan las cosechas. En muchos sentidos, estaba mejor capacitada para regir los dominios de la muerte que su marido, quien había sido asignado al Inframundo por edicto de Zeus.

Perséfone, en cambio, había nacido para ello.

A los pies de la diosa se hallaba postrado un hombre desnudo, que recostaba la cabeza en el regazo de ella. Un pesado collar le ceñía el cuello, engarzado de joyas de ónice similares a las que adornaban la corona de la reina. Aquel debía de ser Adonis. No vestía un triste harapo, solo la sonrisa beatífica de quien se abandona a un sueño feliz.

Sentí que se me acaloraba la cara.

—¿No podrías echarle al menos un manto por encima? —sugerí.

Ella arqueó una de sus cejas perfectas.

—¿Una invitada en mi casa que osa darme lecciones de etiqueta? Eros tenía razón. Eres una chica de armas tomar.

—¿Has hablado con Eros? —pregunté, con el corazón en vilo.

—En efecto. Me impresionó que hiciera el viaje hasta aquí y con gusto le concederé el favor que me ha solicitado. Tengo ungüento de belleza de sobra.

—Gracias —suspiré. Al menos esta parte de mi búsqueda resultaría fácil.

Perséfone se inclinó hacia delante.

—No obstante, antes he de saber una cosa. ¿Lo amas de verdad? —demandó—. ¿A Eros?

Vacilé. Se trataba de una pregunta que me había planteado a menudo durante mis andanzas. Conocía la respuesta, pero tenía miedo de expresarla en voz alta ante la temible diosa.

Mis ojos parpadearon en dirección a Adonis.

—¿Y tú? ¿Lo amas a él? —repliqué, señalando al hombre dormido.

Desplazó la mirada hasta que descansó en el hombre arrodillado a sus pies.

—¿Se ama un cáliz precioso o un peine de fina hechura? Sirve a su propósito. —Adonis se removió en sueños, sonando los labios, y

315

acomodó la cabeza sobre los muslos de Perséfone. Las comisuras de la boca se ensortijaban hacia arriba, esbozando no exactamente una sonrisa, y ella le posó una mano tierna sobre los rizos.

Me quedé contemplándolos. En cierta ocasión había acusado a Eros de tenerme de mascota, igual que tenía Perséfone a Adonis. Sospechaba que los grandes dioses no entendían el concepto de amor si no implicaba posesión. Mas entonces me acordé de Céfiro, de su amor por Jacinto, no empañado por la muerte. Me acordé de cómo se había maravillado Eros al verme pelear contra los bandidos y de cómo habíamos intercambiado historias en la oscuridad. Nunca había pretendido convertirme en un objeto de su propiedad, solo en su compañera.

—Amo a Eros —me limité a decir.

—Fascinante. —Ladeó la cabeza—. Jamás me imaginé que esa pequeña sabandija se ganaría el amor de nadie —dijo—. Nunca había mostrado demasiado interés.

—Dama temible, lo único que te imploro es aquello que le prometiste a mi marido. —Hice una ligera reverencia.

—Ay, depón esa actitud afectada —contestó Perséfone—. No le pega a una persona de tu carácter.

Chasqueó los dedos y un esqueleto surgió de las tinieblas de detrás del trono. Caminaba como si se creyera aún humano, a pesar de carecer de carne o músculos que le recubrieran los largos huesos blancos. En equilibrio sobre la forma estrellada de sus falanges había una cajita de madera, la cual me entregó. Hube de recurrir a todas mis fuerzas para no retroceder cuando sentí aquellos dedos fríos rozar los míos.

—He aquí lo que buscas —indicó Perséfone—. No debes abrirla tú, eso déjaselo a Afrodita. Y cuando veas a tu marido de nuevo, recuérdale que siempre devuelvo los favores a quienes me los conceden. —Acarició los cabellos de Adonis.

Deslicé los dedos por la madera de grano fino de la caja, grabada con el sello de una granada. El ungüento de belleza de Perséfone.

Me acordé de las palabras de Deméter.

—Una última cosa —dije—. Tu madre desea que te transmita un mensaje. Te manda todo su cariño.

Perséfone se encabritó en el trono, desvanecido del rostro cualquier gesto conciliador.

—Eso no es un mensaje. Es una intrusión.

Me horrorizó la crueldad de su respuesta.

—Ella te quiere.

—Mi madre quiere a quien cree que soy. Si hubiera dependido de Deméter, habría pasado mi existencia eterna colgada de sus faldas, sin descubrir jamás qué podría lograr por mí misma. Sería una florecilla a la sombra de un campo de trigo, una deidad menor asociada a la diosa de la cosecha. Aquí, soy reina. —Perdió la mirada en la distancia.

»Estaba aterrorizada cuando Hades me raptó en aquella pradera, pero me he cerciorado de que las cosas resultaran para bien. Pensé que lo entenderías —añadió la diosa, que volvió a fijar los ojos en mí—, por ser alguien que encarnaba las ambiciones fallidas de sus padres.

Las palabras supusieron un duro golpe. Pensé en Alceo, hijo de un héroe, pero desprovisto de dotes heroicas. En Astidamía, privada a causa de su enfermedad del entrenamiento marcial que le correspondía por derecho. La pena amenazó con engullirme, pero me hice de acero.

—Mis padres no tienen nada que ver con esto.

Ella arqueó una ceja.

—Me figuro que no —dijo—. A diferencia de ti, yo no dejé a unos padres afectuosos para irme a vivir con un marido afectuoso. No hubo para mí un puerto seguro en que refugiarme, conque me tuve que volver terrible, más de lo que soportaba.

Por mi mente desfilaron los rostros de mis padres y de Ifigenia.

—¿Puedo verlos? ¿A mi familia? —pregunté.

—No —contestó Perséfone, sentada en su trono con la espalda recta—. Tus seres queridos están contentos en los Campos de Asfódelos, en la medida en que las sombras pueden estarlo. Sus historias ya no se entretejen con la tuya. Además, si abrigas alguna esperanza de abandonar este lugar, no te conviene hablar con ellos. No sería una visita especialmente satisfactoria. Déjalos en paz.

Me sentí destrozada, como una casa arrasada tras un incendio, lo cual debió de reflejarse en mi cara, porque la temible reina se ablandó.

—Pero hay alguien cuya historia puedo enseñarte —me dijo.

Levantó una mano, describiendo un arco, como si retirara el velo de un espejo, y una escena distinta se manifestó ante mis ojos. Ya no contemplaba a la reina y su amante acollarado, sino que ahora me hallaba flotando muy por encima del familiar camino de cipreses.

Una figura recorría aquel sendero solitario, una figura que reconocí con un sobresalto. Atalanta, el cabello blanco recogido hacia atrás, la columna enderezada, orgullosa, no aquejada de dolencia alguna. Se me atoró la voz en la garganta. Ignoraba si aquello era el pasado o el presente, si estaba presenciando algo que ya había ocurrido o que aún estaba por venir.

Vi a mi mentora cruzar el río Estigia en la barca de Caronte, mediando unas palabras con el barquero, y luego la vi aventurarse en los reinos de más allá. Atalanta caminó a través de las brumas del Inframundo hasta llegar a un prado gris donde holgaban grupos de sombras.

Creo que habría seguido andando (así se las gastaba Atalanta, siempre impaciente por explorar los confines de cualquier región nueva), pero se detuvo a medio paso, con una expresión maravillada en el rostro. Había reconocido a alguien.

Dos sombras emergieron de la niebla para saludarla. Una de ellas era un hombre delgado de cabellos oscuros, con gesto irónico y pícaro. El otro exhibía un porte noble que no podía sino pertenecer a un rey. Supe al punto que debía de ser Meleagro, aquel que había ayudado a Atalanta a matar al jabalí de Calidón y había defendido su honor frente a quienes sostenían que en una partida de caza las mujeres no tenían cabida. Conque el otro hombre, el delgado que estaba junto a él, era Hipómenes, el marido de Atalanta, asesinado por Afrodita hacía tanto tiempo.

Los ojos de mi mentora iban y venían entre los dos hombres. Susurraba sus nombres con una expresión en la cara que yo jamás había observado, de asombro y esperanza imposible, como si viera salir el sol tras la noche más larga del año.

El hombre más alto sonrió y asintió con la cabeza, intercambiando una mirada irónica con Hipómenes.

—Aquí tu marido me ha estado contando lo acontecido en mi ausencia. Parece que adquiriste una gran fama...

Entonces volví a mí, descubriéndome de nuevo en el salón de ónice. Las lágrimas me anegaban los ojos, pero había una ligereza en mi corazón que no había estado allí antes.

Perséfone me miraba con una compasión sobrecogedora. Vi que era cierto lo que había dicho Medusa: que aquí en el Inframundo, más allá de las puertas de la muerte, ella no solo se valía de la crueldad para detentar el poder.

—Debes regresar ya a la tierra de los vivos —dijo Perséfone, con voz suave, inclinando la cabeza—. Este lugar no es tu sitio. Ve con presteza.

Me despidió. Una puerta apareció en los márgenes de mi visión y la franqueé sin mirar atrás.

Caronte me esperaba junto al muelle, enroscadas las manos esqueléticas en torno a los remos. Saqué del morral que aún llevaba cruzado al cuerpo la segunda moneda y se la tendí.

La oscuridad sin fondo de la cogulla se giró a mirarme.

—Di mi palabra de que te transportaría de vuelta —dijo con voz rasposa—. No es necesario que pagues tu cuota dos veces.

No bajé la mano. *Acéptala* —pensé, recordando la prohibición de hablar con quienes me encontrara en el Inframundo, aunque deseé que lo entendiera—. *Que sirva para costear el pasaje de una de aquellas sombras que vagan por la lejana orilla del río Estigia, que murieron sin que nadie les colocara un óbolo en la lengua. Que crucen el río y hallen al fin el descanso.*

Bajo la capucha de Caronte, percibí el destello de sus ojos y deduje que me había entendido. Una mano nervuda arrancó la moneda del aire y la hizo desaparecer en los pliegues de la túnica.

Me apoyé en el costado de la barca, observando como las aguas se dividían quedamente. Nunca había estado tan cansada, ni siquiera cuando hui de las ruinas de la casa del acantilado o de la tumba de Ifigenia. Sentía un dolor fiero en los pies y las rodillas, y me descubrí envidiando a los muertos, que ya no se veían abrumados por las exigencias de la carne viva.

Por fin, arribamos al otro lado del río. Caronte nada dijo cuando puse pie en tierra, pero, al mirar atrás, vi que había alzado una mano en señal de despedida.

Caminé por el sendero sinuoso que cortaba el paisaje yermo como una cicatriz, mis pasos lentos y trabajosos. Me encontré con Cerbero, que ahora parecía más pequeño. En cuanto divisé las orejas asomando por encima de las copas de los árboles, arrojé la última galleta al aire. Me pregunté ociosamente si en esta ocasión se olería el truco y me despedazaría, pero no; de nuevo, las tres cabezas chocaron entre sí, gruñendo y peleándose por las migajas.

Atravesé el claro donde había visto el espectro de un hombre y su burro; ahora se hallaba vacío. No mucho después llegué al puente y casi me sentí decepcionada al no encontrar la familiar forma de Medusa esperándome.

Más allá del puente estaba el camino de cipreses; y aún más allá, el negro túnel que conducía a Eleusis y al mundo de los vivos.

La esperanza me inflamó el ánimo. Eché a correr y los cipreses pasaron zumbando a mi lado. De un salto dejé atrás los árboles y me interné en la oscuridad del túnel, guiada por unos pies que parecían saber en qué puntos del suelo liso pisar. No mucho después, tambaleándome, salí a la luz de la mañana temprana en la tierra de los vivos.

Despuntaba el alba y el sol aún no bañaba las sombras de la cueva que se abría en el centro del anfiteatro. Tragué una bocanada de aire que olía a dulce y escuché el canto de los pájaros, con el corazón tocando una marcha triunfal. Estaba viva; había vencido. Aferré la cajita que Perséfone me había entregado, acariciándola como si fuera un tesoro.

Me detuve por un instante y volví la vista hacia las tinieblas. Yo no era Orfeo, que perdió a su Eurídice por esa insensatez. Solo quería recordar el camino por si en otra ocasión surgían motivos para seguirlo de nuevo. En algún lugar de aquellas tinieblas estaban mis padres, Ifigenia, Atalanta y el adorado Jacinto de Céfiro. Había albergado la esperanza de vislumbrarlos, de tener la oportunidad de darles los adioses que la muerte nos había robado. Sin embargo, Perséfone no se equivocaba: sus historias ya no eran mías.

Las celebraciones prematuras encierran peligro, como el propio Orfeo podría haber atestiguado. Mientras trepaba por las gradas de piedra lisa, cajita de ungüento en mano, resbalé y perdí pie.

En todos los años de mi vida, jamás había tropezado. Ni una sola vez. Siempre había andado con paso firme; sin embargo, aquel día, tropecé. Al caer, en un momento de estupor ingrávido, mientras pugnaba con la cajita de Perséfone, la tapa se deslizó.

La reina del Inframundo me había advertido de que yo no debía abrirla. Sin yo saberlo, había razonado que podría matar dos pájaros de una pedrada, aprovechando la oportunidad de vengarse mezquinamente de Afrodita so capa de cumplir la promesa hecha a Eros.

La cajita no contenía un ungüento de belleza, sino una maldición digna de una diosa. Y yo no era más que una mujer mortal.

41
EROS

l despertar, Hécate estaba sentada al lado de la cama. Me encogí con un escalofrío, preguntándome cuánto tiempo llevaría observándome. Mostraba una expresión sepulcral.

—La he encontrado. A tu esposa Psique.

Se me desbocó el corazón. Traté de incorporarme, pero el brazo de la diosa, dotado de sorprendente fuerza, me obligó a tumbarme de nuevo.

—Está en Eleusis —puntualizó. Titubeando, con vez entrecortada, me expuso la situación. Deméter había encontrado a Psique tirada en las gradas del anfiteatro de Eleusis, inconsciente. Angustiada, Deméter invocó a Hécate, que enseguida fue capaz de establecer dos hechos. El primero, que aún había un pulso trémulo en las muñecas de Psique; estaba viva. El segundo, que no lo seguiría estando mucho tiempo, pues nada de lo que probaba la vieja diosa lograba despertarla.

—¿Ha sido obra de Perséfone? —gruñí. Las palabras sonaron duras y desagradables, arrancadas de las vísceras. Si Perséfone me había traicionado, no me detendría ante nada para cobrarme mi venganza.

—Borra ese tono de tu voz —se mofó Hécate—. Lo que menos nos hace falta ahora es que te enemistes con la reina del infierno. Perséfone fue fiel a su palabra. Se produjo un desafortunado accidente, eso es todo. En este mismo instante, la propia madre de Perséfone está llorando a lágrima viva por Psique. Deméter se ha encariñado con la chica, aunque creo que se debe a que anda buscando otra hija de la que cuidar como una madre.

Enredé las manos en las mantas.

—¿Qué hago? —pregunté—. ¿Cómo la salvo?

A la luz tenue de la lámpara, los ojos de Hécate brillaban como los de un lobo.

—Entiendes la trascendencia de lo que te expliqué acerca de las almas de dioses y mortales, ¿verdad? Una vez que esto se entiende, lo demás resulta fácil. Ya en una ocasión me suplicaste por la solución y, aunque entonces te la negué, ahora te la ofrezco. No tenemos otra alternativa.

Tardé unos momentos en comprender a qué se refería.

—Apoteosis —susurré—. Tenemos que convertirla en diosa.

Acoger a un nuevo miembro en las filas de los dioses no constituye un asunto baladí, de modo que solo mediante asamblea se decide el ejercicio de este poder. Y la potestad de convocar tal asamblea solo la tiene una deidad, la misma que me había abandonado a mi suerte en las garras de Afrodita y que, en cierta ocasión, largo tiempo atrás, me faltó al respeto bebiéndose una copa de ambrosía.

Me infiltré en los aposentos privados de Zeus como una mosca en la brisa. Ocupaba las dependencias superiores del gran palacio del Olimpo, un amplio conjunto de cámaras a través de cuyas ventanas se divisaba una vista panorámica de las montañas. Esperé en el silencio durante horas, con la forma de una araña trepadora. Al oír abrirse y cerrarse la puerta, recuperé mi verdadera apariencia.

—Una vez viniste a mi casa pidiendo ayuda —dije a sus espaldas—. Ahora vengo yo a la tuya solicitando lo mismo.

Zeus giró sobre sus talones, los labios temblorosos bajo la larga barba blanca, los ojos encapotados muy abiertos.

—¿Eros? —dijo, incrédulo. Detecté algo nuevo en el rostro granítico del rey de los dioses: miedo.

—Quizás estés preguntándote cómo he conseguido liberarme de las garras de Afrodita —continué en voz baja, lleno de rabia acumulada. Me satisfizo comprobar que Zeus retrocedía como encogido—. No es de tu incumbencia, aunque no olvidaré fácilmente cómo me vendiste a ella. Mas no temas, no he venido buscando venganza. Lo único que quiero es un favor. Convoca una asamblea para someter a votación la apoteosis de mi esposa, Psique.

El desconcierto, la indignación y por último la desaprobación se sucedieron en las facciones adustas de Zeus. Se mordió el labio barbado un momento antes de contestar.

—Qué ridiculez. Esa muchacha no es nadie. No se le conocen grandes hazañas, ni tiene linaje divino. No cabe concederle la apoteosis a alguien como ella.

Pero no me dejaría disuadir.

—¿Nunca te preguntas —dije con frialdad— cuándo será el día en que uno de tus muchos hijos o hijas espurios te traicionará, igual que tú traicionaste a tu padre? Tal vez una de las muchachas mortales que has tomado por la fuerza críe a su hijo para que vengue su honor, o quizá Hera entable amistad con uno de tus bastardos en lugar de intentar destruirlos. Hace siglos que abandonaste su lecho, bien me consta.

El rostro de Zeus se puso rígido de ira. En torno a su cabeza blanca danzaban chispas eléctricas, parpadeando como luciérnagas. Percibí el olor a ozono de un trueno inminente, pero me mantuve firme, poseedor de un poder que él no alcanzaba a comprender. Yo lograba juntar los opuestos, humillar incluso al mismísimo Tronador. Yo era el dios del deseo. Más aún, había escapado de la prisión en la que Afrodita me había encadenado. ¿De qué más sería capaz? Casi veía trabajar la mente de Zeus tras sus ojos color tormenta.

Al cabo dijo:

—Los mandaré llamar. El concilio se reunirá antes de la puesta del sol.

Los dioses acudieron, en grupos y en solitario, montados en cuadrigas o cabalgando sobre destellos de arco iris, o en forma de una u otra criatura voladora. Tomaron asiento en el gran salón excavado en el corazón del monte Olimpo, murmurando entre ellos sobre el motivo de esta convocatoria.

Observé todo esto desde el estrado donde estaba sentado con Hécate, Deméter y Céfiro. En el otro extremo se encontraban Afrodita, su marido Hefesto y su amante Hermes. El primero daba la impresión de querer fundirse en la piedra, pero el ágil Hermes susurraba algo al oído de Afrodita mientras ella asentía con gravedad.

Maldije para mis adentros. Naturalmente, mi madre adoptiva habría insistido en contar con el consejo del dios de la elocuencia en persona.

Una vez que los asistentes se hubieron acomodado, llegó el momento de los discursos. Afrodita subió en primer lugar al podio dorado, obsequiando con una sonrisa irresistible a la concurrencia. Ofrecía una imagen encantadora, con su larga melena oscura cayéndole alrededor de los hombros suaves, y lo sabía muy bien. Todos los ojos estaban puestos en ella.

—Me presento ante vosotros en este día como la madre afligida de un hijo recalcitrante —empezó diciendo, y su voz resonó en la roca de la ladera—. Mi Eros unió su suerte a la de una muchacha mortal, Psique, a pesar de que era jactanciosa y cobarde, y solo pretendía utilizarlo por sus dones divinos. Pero él la deseaba y, en contra de mi consejo, la acogió en su casa. Y ahora quiere su apoteosis. Sería uno de nosotros, ¡esta muchacha vana y codiciosa que no muestra respeto ninguno a sus superiores! Si permitimos que ascienda a la divinidad cada mortal sin talento que llame la atención de una deidad, pronto nos invadirán como una plaga.

Hubo murmullos de asentimiento; los dioses sabían bien lo que significaba tener hijos malcriados y todos ellos detestaban a los mortales que se creían nuestros iguales. Sin embargo, me percaté de un detalle: los titanes allí presentes, aquellos dioses elementales más antiguos que miraban con recelo la grandiosidad del actual Olimpo, no sonreían. Afrodita era un símbolo del nuevo orden, pero a mí me conocían desde que se creó la Tierra.

Me permití una sonrisilla. Parecía que, después de todo, no me faltaban aliados.

—Además —continuó Afrodita—, Psique juró servirme, mas no completó las tareas que le ordené en el tiempo asignado. No recuperó el ungüento de belleza que le requerí.

—¡Falso! —grité antes de poder contenerme. Céfiro me puso una mano en el hombro y Deméter soltó un siseo de desaprobación, pero en menos de lo que dura un parpadeo me había plantado de pie.

Ahora todos los dioses me miraban. Con una ligereza en la voz que no se correspondía con la malicia en su expresión, Afrodita dijo:

—Cederé la palabra a mi querido hijo Eros, pues veo cuán ansioso está por justificar su acto de rebeldía.

Retornó a su asiento. Al pasar airada junto a mí, bisbiseó:

—Esto es por Adonis.

—¿Y he de perder pues a mi amante mortal para resarcirte? —objeté, pero para entonces ella ya estaba sentada, cruzando sus delicados tobillos.

Ocupé mi puesto y contemplé a la congregación. Mil rostros perfectos me devolvieron la mirada con una mezcla de expectación e indiferencia. Durante un instante de desesperanza, pensé que bien podría haber intentado persuadir a una manada de lobos.

Nunca me había gustado hablar en público. Mis dones los ejercía mejor en privado y el peso de tantos ojos me hacía querer arrastrarme al fondo de un agujero. Pero no salvaría a Psique con mi silencio, de modo que empecé mi alegato.

—Si por algo se me conoce, es por haber sido un incordio. Pocos de vosotros os habéis librado de mis flechazos.

Los asistentes rieron por lo bajo. Les gustaba ser reconocidos; era un buen comienzo.

—Los meses de verano —proseguí— quizá los recordéis como una época en que no molesté demasiado. Era feliz con mi esposa Psique, cuya apoteosis solicito hoy. Podría hablaros de sus muchas y maravillosas cualidades o entreteneros con anécdotas que demuestran su destreza con las armas. Podría hablaros de su gran belleza o de lo melodioso de sus débiles ronquidos cuando cae dormida tras una larga jornada. Sin embargo, quizá la mejor prueba de los dones de Psique radique en el hecho de que me encuentre hoy aquí ante vosotros. Yo no me humillo a la ligera.

Una cascada de risas. Sin embargo, sabía que no me ganaría a los dioses con palabras floridas. Solo les importaba una cosa: salvarse a sí mismos. De modo que continué.

—En ella he hallado serenidad y, si me la arrebatan, entonces ninguno de vosotros jamás volverá a tener paz. Ya no encontraréis placer en los brazos de vuestros maridos, esposas y amantes. Nunca más sentiréis la alegría de vuestras artes cantar bajo los dedos. Conoceréis mi dolor, porque lo sufriréis vosotros mismos.

Al terminar, casi me faltaba el resuello, con mi voz resonando en los altos techos abovedados.

Durante unos momentos reinó un violento silencio. Por fin, alguien de entre la multitud gritó:

—¿Qué dominio gobernaría esta Psique si le concedemos la apoteosis? Una diosa ha de presidir algo.

Hécate se incorporó y se apartó del asiento junto a Deméter.

—El alma humana no tiene ninguna deidad que la gobierne —dijo sin alterarse—. Propongo que se la ofrezcamos a la diosa Psique.

Esto provocó una pequeña conmoción entre los asistentes, que parecieron refunfuñar. ¡Qué cosas, gobernar el alma! Pero sus murmullos no estaban cargados de especial ponzoña, pues nadie se sentía inclinado a reclamar la propiedad de ese territorio. Al final, la congregación accedió a esa condición.

Una vez concluidos los discursos, dio comienzo la votación. Los dioses prefieren decidir así las cosas: es un proceso transparente, público y no conlleva mutilaciones ni derramamientos de sangre, ambos susceptibles de derivar en siglos de consternación entre los inmortales. Las ninfas sirvientes colocaron dos cestas llenas de teselas, negras en una, blancas en otra. Las primeras representaban votos en contra de la apoteosis de Psique; las segundas, votos a favor. A su lado, descansaba una cesta vacía, en la que se recogería el recuento.

Me enfadé, pero no me sorprendí, cuando Afrodita echó una tesela negra en la cesta casi vacía para compensar la mía blanca. Hefesto imitó a su mujer, lo cual me dolió. Hermes, asimismo, eligió una negra, aunque ya me lo esperaba; siempre hacía lo que creía que podría granjearle el afecto de Afrodita.

Hera también dejó caer una tesela negra.

—Pensé que te alegraría ver que he sentado la cabeza —comenté a la majestuosa diosa.

—Lo que has hecho es una burla del matrimonio —resopló con desdén—. Esa chica mortal carece de modales.

Zeus se decantó por una negra, pero al menos tuvo la cortesía de parecer avergonzado.

—Lo siento, querido muchacho —dijo con falsa alegría—. La esposa haría de mi vida un infierno si no votara en contra.

No obstante, hubo otros (muchos otros) que introdujeron teselas blancas. Yo mismo, Deméter, Hécate y Céfiro, naturalmente. También hubo un emisario oscuro, enviado por Perséfone y Hades, que depositó dos piezas blancas en nombre de los votantes ausentes y se marchó sin mediar palabra. Apolo el Luminoso se acercó, lanzando una mirada iracunda a su viejo enemigo Céfiro antes de echar otras dos blancas en la cesta.

—Mi voto y el de mi hermana Artemisa —me dijo Apolo—. Ella no quiere abandonar sus bosques, pero le tiene cariño a la chica.

Después vino un desfile de dioses menores y titanes, deidades de ríos y montañas, que votaron a favor de Psique. Por sus miradas fugaces, creo que agradecieron la oportunidad de ganarles por una vez la partida a los olímpicos.

Aun así, en la cesta predominaban las piezas negras. Empezaron a sudarme las palmas de la mano. Hasta entonces no me había planteado realmente lo que una derrota significaría.

A lo lejos, vislumbré la sonrisa zalamera de Afrodita mientras me observaba con la malicia despreocupada de un gato doméstico que acecha a un pájaro cantor. Hécate murmuraba y Deméter se retorcía las manos. Yo sentía los hombros pesados.

Se me ocurrió una idea. Contaba con una aliada que casi había pasado por alto, una fuente de ayuda que casi había olvidado. Me agaché y posé la mano sobre la tierra, susurrándole.

Un temblor sacudió el suelo bajo nuestros pies.

Las baldosas lisas de mármol se fragmentaron cuando la tierra entró en erupción. Los dioses que se encontraban más cerca gritaron y retrocedieron de un salto, agarrándose los dobladillos de la túnica. La gigantesca ola de tierra creció, alzándose hasta los techos abovedados. Un brazo emergió de la masa turbulenta, luego una pierna. Los escombros tomaron forma como si fueran de arcilla, adoptando la apariencia de una mujer, una diosa, más alta que cualquiera que hubiera visto jamás, con caderas generosas y grandes pechos, los cabellos sueltos derramándose alrededor de los hombros.

Descolló sobre la asamblea. Gaia, madre de nuestro mundo. Mi hermana mayor.

Con una delicadeza notable para ser tan inmensa, la diosa avanzó a zancadas por el salón, sin prisas, haciendo saltar con el trueno de sus pasos las antorchas en los soportes. Las deidades menores se abrazaban unas a otras, mirándola embobadas.

Al pasar a mi lado, Gaia esbozó una sonrisa deslumbrante, los dientes blancos como cumbres montañosas, y su voz resonó en mi cráneo.

—*La tierra y todo cuanto hay sobre su faz se sentirán inspirados a ayudarte* —susurró.

Teniendo la cabeza estirada hacia arriba para mirarla, apenas conseguí hacer un levísimo gesto de agradecimiento, pero mi corazón se regocijó. Gaia había oído mi llamada; recordaba nuestra amistad en el curso de largos eones. O quizá simplemente había considerado que por fin era hora de dar un paseo a medianoche, de ver por sí misma qué habían hecho sus tataranietos con este mundo.

Gaia se dirigió hacia las cestas de votación. Alargó una mano enorme de uñas romas hacia una de las cestas y luego depositó una única tesela blanca en la otra.

Habría dado vítores, pero el estupor reverencial sofocó el grito en mi garganta. Luego la diosa se alejó, su sombra cerniéndose sobre la asamblea como una nube pasajera, hasta que regresó al agujero irregular abierto en el mármol del cual había aflorado su cuerpo improvisado. Gaia inclinó la cabeza hacia atrás, extendió los brazos y volvió a hundirse en la tierra con un estruendo que me hizo vibrar los dientes. El mármol se cerró sobre ella como la superficie del océano y retornó a su estado liso original. No se veían señales de que se hubiera quebrado.

Los moradores del salón se quedaron mirando unos momentos y luego estallaron en un frenesí de susurros sibilantes. Apoyé una mano en la tierra y agradecí a mi hermana el regalo que me había dado.

No obstante, Gaia había emitido un único voto. El contenido de la cesta parecía el ala abigarrada de una urraca, en parte negra y en parte blanca. Atenea, diosa de la justicia, contó las piezas. A pesar de que en cierta ocasión había optado por convertir a una mortal en araña por tener la osadía de ser mejor hilandera que ella, solía arbitrar las disputas entre los dioses.

Al terminar el recuento, se le crispó la boca.

—El bando de Eros se ha quedado corto en votos —anunció a la congregación—. Se rechaza la apoteosis. —Levantó una mano delgada y giró el pulgar hacia abajo, un estrangulador retorciendo el dogal.

Creo que me habría desplomado si Céfiro no hubiera estado allí para sostenerme. Había entregado todo cuanto tenía a la causa y, aun así, había fracasado. Mis siglos me colgaban del cuello como un ancla; mi esencia divina tenía menos valor que una caca de perro. Vería como el sueño de Psique hacía la transición hacia la muerte y su cuerpo se descomponía en polvo.

Se guardaron las cestas. Uno a uno, los dioses empezaron a dispersarse, atraídos por entretenimientos más animados en otros lugares. Fui vagamente consciente de la sonrisa de satisfacción de Afrodita, de los gritos de protesta de Deméter y de los reniegos por lo bajo de Hécate. Zeus me dio una palmada de pésame en el hombro al marcharse y el mismo Apolo me ofreció una sonrisa amistosa.

Pasado un rato, el salón se había vaciado, quedando como al principio, apagado y distante como una tumba. Miré el suelo de mármol y me imaginé a Psique disolviéndose en frío humo en el Inframundo. Ni siquiera el milagro de Gaia había podido salvarla.

Al final solo Céfiro, Hécate, Deméter y yo permanecíamos en el salón desierto y helado. Cuando estuvo claro que no cabía hacer nada más, Hécate se levantó.

—Vayamos a Eleusis, Eros. Ve con tu Psique y acompáñala en el final.

No. La furia se propagó por mis entrañas como un incendio; caí de rodillas y me aferré a su túnica. Era una apuesta arriesgada, pero carecía de opciones.

—¿Cuándo se ha doblegado una diosa ante una autoridad que no sea la suya propia? —pregunté—. ¿Cuándo ha abandonado Hécate Soteira a un suplicante? Dale a Psique el regalo de la apoteosis, con el permiso de los dioses o sin él. Conoces bien la receta.

Céfiro lanzó un aullido de alegría y Deméter murmuró algo, meditabunda. Pero Hécate tan solo se quedó mirándome con unos ojos que ardían como antorchas en su rostro marchito.

Por favor —pensé—. *Si Psique muere, nunca dejaré de llorarla. Puede que yo no la merezca, pero este mundo sí.*

—De acuerdo —accedió Hécate, que se detuvo a sacudirse las faldas—. No saqué a esa pequeña Psique de los límites del Inframundo para que luego se malograra así. Lo hemos intentado de una manera, ahora lo haremos de la otra. Manos a la obra.

42

EROS

O bservé como Hécate preparaba la poción de la apoteosis, moviéndose con la confianza de quien repite una tarea a diario. Una pizca de tela de araña, un toque de hierbas secas, una hebra plateada que ella insistía en que procedía de la crin de un unicornio. Todo ello machacado en un mortero y añadido a un caldero suspendido sobre la lumbre. Me pregunté si Psique o yo seríamos castigados por esta transgresión; aunque, después de que el proceso de apoteosis hubiera fraguado, no nos podrían matar a ninguno de los dos. Zeus y Afrodita se pondrían furiosos, pero probablemente los otros dioses no lo considerarían más que una curiosidad de poca importancia. Ellos solo se preocupaban por sí mismos.

Mientras miraba, caí en la cuenta de que los orígenes de Hécate seguían siendo un misterio para mí. Quizás ella misma hubiera sido mortal de nacimiento, convertida en diosa merced a su propia hechicería. Desde luego, eso explicaría la naturaleza de su magia: medio feral, desbordando sus límites, existiendo en los márgenes del mundo. Normalmente, los dioses se atenían a los dominios que tenían adjudicados y menospreciaban las artimañas de la brujería; solo una mortal poseería conocimientos de disciplinas dispares. No obstante, sabía que no era conveniente preguntar tales cosas.

Hécate me entregó la taza, un líquido lechoso que despedía destellos irisados.

—Llévasela a Psique —me indicó—. Oblígala a bebérsela. Dejaré que te reúnas a solas con ella.

Psique reposaba en una de las habitaciones de Eleusis, tendida sobre una losa de mármol, inmóvil como una lápida. Había lámparas incrustadas en la piedra arrojando una luz parpadeante sobre la escena, la cual me trajo a la memoria la última vez que la había visto en el dormitorio de la casa del acantilado. Su visión fue como si me clavaran una astilla en el corazón; dentro de mí, el terror y la alegría libraban una batalla. Antes, cuando Psique me había amado, había sido en la oscuridad. Ahora no estaba nada seguro de que, en la luz, fuera a quererme.

A su lado estaba Deméter, fiera como un perro guardián. Cuando entré en la habitación, se levantó y me llevó aparte.

—Tus mentiras casi la destruyen —gruñó—. Y luego la dejaste sola. Si después de hoy Psique no quiere volver a verte, no te merecerías otra cosa.

La miré con fijeza.

¿No basta con que estuviera maldito —quise decir—. *¿Ni con que Afrodita me retuviera encadenado, ni con que descendiera al Inframundo para enviarle un mensaje a tu hija? ¿No basta con que la culpa me haya atormentado, exactamente por lo mismo que describes, todos y cada uno de los momentos que he pasado separado de Psique?*

Pero nada de eso importaba en este momento. Deméter tenía razón. Mis mentiras habían provocado esta situación y ahora solo cabía tratar de enmendarla.

—Puede que Psique me odie. Puede que no quiera volver a ver mi rostro nunca más —contesté—. Estoy tomando una decisión por ella de la que no habrá vuelta atrás. Muchas serán las decisiones que se derivarán de esta, pero al menos seguirá viva.

Deméter abandonó la habitación. Me acerqué a Psique, inmóvil como el mármol, y caí de rodillas junto a ella mientras pensaba en las palabras de la diosa. No estaba nada seguro de que la inmortalidad constituyera un regalo. Desde luego, yo no me había adaptado con facilidad a la mía. Pero no existía otra vía para salvar a Psique.

Le llevé la taza a los labios y le masajeé la garganta hasta que tragó. Primero unas gotas, luego unas cuantas más, inclinándole la cabeza para cerciorarme de que no se asfixiara. Entretanto, observaba su rostro en profundidad, buscando un destello de luz o cualquier otro indicio de transformación. El elixir ya corría por su organismo y lo convertía en el cuerpo de una diosa, pero no percibía ninguna prueba externa del proceso, salvo una iluminación tenue y creciente.

Psique abrió los ojos.

Ojos castaños, los cuales solo había visto durante un instante fugaz o a través de las lentes prestadas de las formas animales. Una oleada de euforia me recorrió como el viento primaveral. *Si nada más surge de esto* —pensé—, *al menos habré podido contemplarla por última vez.*

Fuera de esa pequeña sala, la vida continuaba como de costumbre: las sacerdotisas se dedicaban a sus ocupaciones en el templo y los dioses reñían y se apuñalaban por la espalda. Más allá, los mortales cultivaban y luchaban, y las ovejas pacían en mil praderas. El sol y la luna circulaban por el cielo como siempre habían hecho. Mas, dentro de esa sala, en ese mismo instante, el tiempo se detuvo.

Los ojos de Psique se ensancharon. Esperaba, locamente, que la expresión grabada en su rostro fuera de asombro más que de susto o pavor. Las primeras palabras que brotaron de sus labios, con la voz que durante tantas noches había ansiado oír, fueron «Ay, joder».

Un juramento, una declaración, una pregunta. Me clavó los ojos como si yo fuera una aparición.

Las palabras buscaban fluir de mi lengua como una catarata. *Por fin te he encontrado* —quise decir—. *Estás realmente aquí. Creí que te había perdido. Cuánto lo siento.* O una combinación de palabras que nunca había pronunciado en voz alta: *Te quiero.*

—Psique, tienes el pelo distinto —dije en cambio.

Aquellos ojos castaños parpadearon. Se pasó la mano por el campo de rastrojos que era su cabeza.

—Es verdad.

Dejó caer la mano a un costado. Anhelaba tomarla entre las mías, pero era incapaz de moverme. Temía que se desvaneciera si la tocaba, que este momento ganado a pulso se manifestara como una mera ilusión, la cual volvería a mandar a Psique lejos de mí y me quedaría solo para toda la eternidad.

Ella apartó la mirada, con el color subiéndole a las mejillas.

—No imaginé que volvería a verte tan pronto —dijo—. Me... —Alzó la vista por primera vez, asimilando su entorno—. ¿Dónde estoy?

—Estamos en Eleusis, en la casa de Deméter —le aclaré—. Psique, ahora eres una diosa —añadí suavemente. Sonaba absurdo, como si le hubiera dicho: «Psique, ahora eres una sandalia».

Hizo un gesto de asentimiento, tragando con dificultad.

—Entiendo —contestó, trémula la voz. Se echó una ojeada, volteando las manos. La piel le brillaba como si hubiera ingerido una estrella y su belleza se había vuelto ligeramente más angulosa, pero por lo demás no había cambiado nada. Excepto por ser una diosa.

—Será esa la razón de que ya no me duelan los pies —comentó, mirándome.

Se me escapó una carcajada. Una sonrisilla le asomó en el rostro y me permití abrigar la esperanza de que quizá, después de todo, no me despreciara por lo que había hecho.

—¿Tuviste parte en esto? —inquirió.

—Sí —respondí, preguntándome si arremetería contra mí por haber tomado semejante decisión en su nombre.

—¿Tendré que irme a vivir al monte Olimpo ahora que soy una diosa?

El corazón me tamborileó en el pecho, aunque mantuve la voz calmada.

—Podrás vivir en el Olimpo si así lo deseas —le dije—. Pero en verdad... confiaba en que vinieras a vivir conmigo.

Me di cuenta de que estaba temblando. Un dios primordial, sacudiéndose como una hoja en el viento. Sería cómico si no resultara tan angustioso. El anhelo amenazaba con desbordarse, pero me obligué a contenerlo.

Se le transformó el semblante y se me cayó el alma a los pies.

—Eros —dijo despacio—. La casa está en ruinas. Quedó reducida a polvo cuando desapareciste.

—Lo sé —contesté—. Gaia construirá otra. Parece que te tiene cariño, a su manera. —Hice una pausa, esperando a que aceptara mi oferta o la rechazara.

El silencio se dilató entre nosotros. Procuré memorizar cada rasgo de su rostro por si no volvía a verla.

—Perdóname por haber roto mi promesa —dijo de repente—. Llevar la lámpara al dormitorio, mirarte directamente a la cara. Fue un acto desleal y deshonesto, pero tenía que saber. Cuando descubrí que estaba embarazada, tenía que saber quién era el padre de mi hijo. Pero ¿por qué me mentiste y no me dijiste quién eras en realidad? —continuó, atrapada entre la ira y la angustia—. ¿Por qué fingir ser un dios insignificante de los acantilados? ¿Y por qué no me explicaste cuál era la verdadera naturaleza de la maldición?

Sentí el pinchazo del arrepentimiento. Me había planteado esas mismas cuestiones durante los muchos y largos días y noches de mi cautiverio.

—Al principio, pensé que no me creerías y que, en tu escepticismo, podrías hacer alguna tontería y ponerte en peligro. Más tarde, temí que, si descubrías quién era yo, me… me abandonarías.

Esta perspectiva aún me preocupaba, pero intenté ocultar cuán honda era mi agitación.

—Ya ves lo bien que resultó —añadí secamente.

A Psique se le escapó una carcajada. Me embriagué de su visión, la cabeza rapada y los luminosos ojos castaños, el mentón obstinado y el cuello de cisne. Todo ello preservado por los siglos de los siglos. Por vez primera sentí la belleza de la inmortalidad, capaz de asegurar la existencia eterna de la persona a quien amaba.

—Perdóname tú a mí también —dije—. Por haberte mentido y por haberte dejado sola.

Psique alargó una mano para tocarme, acariciándome los contornos de la cara con los dedos. Así era como me había conocido en la oscuridad y así era como de verdad me reconocía ahora. Me dejé llevar por el tacto de sus manos, las manos de una princesa endurecidas por toda una vida de lucha.

—Eres realmente tú —susurró, y percibí una alegría en su voz que reflejaba la mía—. Pero, Cupido... Eros..., Afrodita habló de una maldición. Un hechizo de amor —las palabras tropezaban unas con otras—. ¿Es cierto? ¿Y si no me amas de verdad, si solo estás bajo el influjo de la maldición? Y si no me amas de verdad, si es el maleficio lo que te hacer creer que estás enamorado, ¿qué implicaría eso con respecto a mis sentimientos? ¿Te...?

La estreché entre mis brazos e interrumpí sus palabras con un beso.

Lo había anhelado más que la comida o la bebida, más incluso que la libertad mientras languidecía en las garras de Afrodita. Psique me devolvió el beso con fervor y supe que tenía mi respuesta a la pregunta sobre dónde viviría. Quedaba mucho por hablar, pero habíamos dado los primeros pasos.

—Psique —susurré, y apoyé la frente en la suya—. El maleficio se desintegró en el momento en que llevaste la lámpara al dormitorio. Ha desaparecido y yo sigo aquí.

Los griegos disponen de tres palabras para designar el amor y esa noche las conocimos todas.

43

PSIQUE

Una heroína puede quedar inmortalizada en baladas que perduren mil años, pero la grandeza de una amante no se mide en canciones. Los amantes más famosos viven a menudo vidas infelices, como Helena y Paris descubrieron para su pesar.

Los grandes amantes en verdad no se prodigan en la esfera pública. Están demasiado ocupados el uno con el otro.

Pasado un tiempo, di a luz. Me sentí entonces agradecida por mi divinidad, pues me protegió de los estragos del dolor y preservó la vida del bebé. En contra de toda tradición, Eros insistió en estar presente en el parto y me sostuvo la mano durante lo peor.

Tuvimos una niña. Nunca había visto una criatura tan improbable y preciosa como mi hija recién nacida, con sus deditos diminutos y perfectos en manos y pies. Parecía que las dos hubiéramos superado nuestras respectivas pruebas. Eros y yo nos miramos, asombrados de que juntos hubiéramos creado a esa pequeña diosa.

La noche siguiente al nacimiento de mi hija, mientras yacía en la cama (la niña dormitando sobre mi pecho, mi marido durmiendo a mi lado), repasé mi vida y me pareció digna de mención, principalmente por todos los tipos de amor diferentes que contenía. Estaba Eros, naturalmente, que siempre estaría allí, pero también estaban mi madre y mi padre, mi maestra Atalanta, mi prima Ifigenia e incluso el viejo poeta ciego que tanto me había enseñado. También estaban Hécate y Deméter, que se preocupaban por mí como un par de abuelas, un amor que nunca habría imaginado. Estaba Céfiro, que había sido tan desconsiderado al principio y luego tan leal en los momentos de crisis. Se había autoproclamado tío de nuestra hija recién nacida, jurando que los mismísimos vientos la protegerían. Estaban todos los demás que me habían ayudado a lo largo del camino, desde el grupo de hormigas anónimas en las cercanías de Eleusis hasta Caronte, el barquero. Incluso la inmisericorde Perséfone me había mostrado clemencia. Y ahora estaba mi hija, que me enseñaría un nuevo tipo de amor.

Eros y yo decidimos llamarla Hedoné, que significa Placer.

Un día, cuando Hedoné contaba alrededor de un mes, volvíamos de la playa y nos encontramos a Afrodita sentada ociosamente en la terraza bajo el sol de la tarde.

—¿Qué haces aquí? —demandó Eros, que me puso una mano protectora sobre el brazo. Pude sentir la tensión que le recorría el cuerpo, zumbando como una corriente eléctrica.

Afrodita me miró con la malicia despreocupada de un gato despertado de su siesta.

—He venido a ver a mi nieta, faltaría más —dijo. Fue una pequeña suerte que Hedoné durmiera en mis brazos.

La diosa echó un vistazo a la niña y retrocedió con un gesto de repugnancia.

—Qué chiquitita y arrugada. ¿Qué le has hecho?

—Nada —contesté—. Es un bebé.

Afrodita dio un resoplido.

—Probablemente sea por tu sangre medio mortal. No he olvidado tu argucia después de la votación de la apoteosis, Eros —añadió con ojos depredadores—. La mala estirpe siempre se nota.

Eros abrió la boca, pero le toqué el hombro para hacerlo callar. Le coloqué la forma dormida de Hedoné en los brazos y le rogué que me dejara un momento a solas con Afrodita. Me miró desconcertado, pero accedió a mi petición.

—Afrodita —empecé diciendo—. Ahora todos somos dioses. Finalicé las tareas que me mandaste. Pongamos fin a las rencillas entre nosotras.

El rostro de la diosa se ensombreció.

—Jamás te querré como parecen hacer todos los demás —bisbiseó—. Te adoran, aunque no has hecho nada para merecerlo. Pues yo no. Ya es suficiente con que te permita compartir la divinidad conmigo, pese a todas tus traiciones. No me pidas que lo festeje.

—¿Por qué me odias tanto? —pregunté.

—No malgastaría el odio contigo, campesina ingrata.

Me eché a reír, sin poder evitarlo. No lograba imaginarme estar agobiada por rencores tan triviales en el umbral de la eternidad.

—«Campesina» es un insulto raro; aun siendo mortal, era una princesa. Conque, ¿por qué te desagrado, entonces?

Afrodita me miró torvamente, con su hermoso rostro crispado. La pregunta pareció someterla a presión, hasta que la fuerza necesaria para contener la verdad en su interior superó al miedo que le daba pronunciarla en voz alta.

—Te conserva a su lado —espetó al fin.

Recordé a Adonis, que había sido amante de Afrodita antes que de Perséfone. Y de repente lo comprendí. Todas las criaturas se enamoraban por influencia suya, pero ella jamás había saboreado el amor en todos sus matices. Nadie se quedaba nunca más de una temporada. Atraía a los hombres y a los dioses como polillas a una llama, pero inevitablemente se achicharraban. El amor verdadero significaba preocuparse por el bienestar de otra persona tanto como por el propio, y Afrodita siempre se anteponía a los demás.

Quizá los dioses pudieran cambiar, pero ella tendría que decidirlo por sí misma.

Afrodita se marchó sin mencionar una palabra más, alzando el vuelo en forma de paloma. Eros me miraba desde la puerta de la casa, ladeando la cabeza inquisitivamente.

Levanté las manos en gesto de impotencia. *Lo he intentado*, quise decir. Al parecer, ni siquiera en una existencia divina las cosas eran perfectas.

Hedoné creció deprisa, mucho más rápido que una niña mortal. Era inteligente, poseía tanto la obstinación de su madre como la vena traviesa de su padre.

Al crecer, me condujo de vuelta al mundo humano que había descuidado durante tanto tiempo. A veces desaparecía y Eros o yo la encontrábamos jugando con un grupo de niños mortales o escamoteando dulces a las indulgentes madres humanas. Parecía saber que tenía lazos con el mundo mortal, aunque yo nunca le había contado una palabra sobre mi pasado.

Cuando salía a buscar a mi hija, veía cuánto había cambiado en unos pocos años. Las ciudades de los griegos estaban desiertas y derruidas, sus habitantes huidos. Los grandes mercados que en otro tiempo habían sido el orgullo de nuestro pueblo eran ahora escasos, con solo unas pocas verduras o pescado a la venta. La falta de hombres jóvenes me dejó perpleja al principio, hasta que me di cuenta de que debían de haber sido reclutados para combatir en las llanuras de Troya. El colapso de la Edad de Bronce tardía, lo denominarían los historiadores del futuro.

Las cosas acontecieron como había visto en Áulide. El ejército griego estuvo en guerra con Troya durante diez años y, mientras tanto, las huestes de Agamenón asaltaban otros lugares. Prendían fuego a ciudades enteras, masacraban a los hombres y esclavizaban a las mujeres. Luego vino la caída de Troya y todas las atrocidades que la acompañaron.

Por doquier, el caos.

¿Qué debería hacer por ellos?, me preguntaba, contemplando toda aquella destrucción.

La respuesta me llegó de inmediato, surgiendo de las profundidades de mi mente inconsciente.

Lo que puedas.

Me acordé de Medusa diciendo que el hambre y el frío eran mucho peores que cualquier monstruo. Algunos dioses lucharon del lado de los troyanos y otros en nombre de los griegos. Sin embargo, ninguno de ellos prestó atención a las ancianas y los niños hambrientos que se quedaban en sus casas.

Bueno, Medusa —pensé, mientras el viento me agitaba los cabellos—, *esta vez te buscaré una respuesta mejor.*

Día tras días, elaboré mi respuesta. Solo era la diosa del alma humana y mis poderes no eran gran cosa, pero hice lo que pude. Confié en la energía divina que circulaba a través de mí, como el viento a través de un valle de árboles. Alivié las barrigas de los niños hambrientos y los dolores de los ancianos de pelo gris y estimulé a los cuentacuentos que se sentaban alrededor de las hogueras para que no se olvidaran las viejas historias. Encendía una chispa cuando dos amantes se encontraban. Relajaba las frentes de aquellos con heridas purulentas que morían lejos de casa, troyanos y griegos por igual.

Descubrí una habilidad para saludar al alma en el momento de la muerte, cuando emergía temblorosa e insegura del cuerpo. Aprendí a acogerla y engatusarla para que se aprestara al viaje que le aguardaba, haciéndole compañía hasta que Hermes acudiera a escoltarla al reino de Perséfone. Escuchaba al alma del difunto mientras lloraba sus penas y la consolaba como podía. Sabía lo que se sentía; al fin y al cabo, yo misma había muerto dos veces.

Mediante mis actos, me convertí, supongo, en la heroína que siempre estuve destinada a ser.

Nunca se erigieron templos en mi honor y ningún colegio de sacerdotisas entonó himnos en mi nombre. No me pareció mal. La diosa del alma humana no necesita cosas así. El mármol se resquebraja y los templos caen, pero el alma es eterna.

Además, yo gozaba de algo mejor. Felicidad y una historia. De una muchacha raptada por un monstruo, de un dios que se enamoró de una mortal. Nuestro cuento, el de Psique y Eros, se difundió por distintas tierras, adquiriendo nuevos detalles y perdiendo los antiguos. Eros refunfuñaba las inexactitudes e imprecisiones, pero a mí no me importaban. Que los poetas mortales hicieran suya mi historia. Que vivieran dentro de ella cuando su propia existencia se volviera insoportable.

Eros. La suya es la última cara que veo antes de dormirme y la primera al despertar, y no querría que fuera de otro modo. Nos hemos elegido mutuamente, hemos enlazado nuestras vidas con la fuerza de los nudos que utilizan los marineros para asegurarse de que el viento no se lleve sus velas.

Supongo que esto convierte a nuestra historia en la más extraña de todas: un mito con final feliz. Bueno, algunas chicas se transforman en diosas y algunos dioses llegan a ser más de lo que eran. Todos los días, al atardecer, vemos hundirse el sol en el mar, Eros y yo, contemplando juntos el mundo.

NOTA DE LA AUTORA

La historia de Psique y Eros es extraña. En parte cuento de hadas, en parte alegoría neoplatónica, en parte antigua comedia romántica, no resulta fácil clasificarla y transita con fluidez por la frontera. En su versión más completa, ha llegado hasta nuestros días por la novela romana *Metamorfosis*, de Lucio Apuleyo, también titulada *El asno de oro*, escrita en el del siglo ii de nuestra era.

En dicha novela, una bruja transforma a un joven romano llamado Lucio en un asno, que vive una serie de aventuras antes de que la diosa Isis le devuelva su forma humana. El cuento de Psique y Eros se aloja en medio de la novela, una historia dentro de otra historia, situada después de que Lucio, el asno, sea hecho prisionero por un grupo de bandoleros, los cuales también mantienen cautiva a una joven noble de nombre Charite, que llora de terror porque le han arrebatado a su verdadero amor y teme que la violen. Una anciana cocinera se apiada de la muchacha y, para distraerla, le narra el cuento de Psique y Eros. Hechizado, Lucio agudiza el oído; en ese momento desearía tener manos humanas para poder escribir la historia.*

La novela que tienes en la mano se basa en el relato de Apuleyo, aunque me he apartado del original en ciertos detalles. Por ejemplo, en *El asno de oro*, una profecía establece que Psique se casará con un monstruo; en mi novela, el oráculo predice que Psique conquistará a

---

* Más tarde, Charite es rescatada y se reúne con su verdadero amado, aunque su historia llega a un macabro final que pone de manifiesto la capacidad de la muchacha para la venganza sangrienta.

un monstruo. En la versión de Apuleyo, Afrodita le ordena una cuarta tarea a Psique, que vaya a buscar agua del río Estigia; yo lo adapté para convertirla en el mal planificado intento de Eros de erradicar la maldición.

En el mito anterior, Psique tiene dos hermanas celosas que conspiran contra ella; yo he preferido describir la relación fraternal entre Psique y sus compañeras, Ifigenia y Atalanta. He detestado siempre la representación plana y malintencionada de las hermanas en el relato de Apuleyo. Si raptaran a tu hermana, llevándosela por el cielo, y se la entregaran a un marido al que nunca podría ver, ¿no te preocuparías un poco?

En *El asno de oro*, Eros es el hijo de Afrodita, un joven impertinente, pero opté por recurrir al poeta Hesíodo para convertirlo en una de las deidades primordiales. Basé su personaje en las ideas de la erudita contemporánea Anne Carson y del antiguo filósofo Empédocles; este último veía el universo organizado en torno a dos principios centrales, el Amor y el Odio; es decir, Eros y su hermana gemela, Eris.

Aunque la historia de Psique y Eros podría calificarse de mito romano más que griego, he decidido ambientarla en torno al año 1200 antes de nuestra era, en la Grecia peninsular, por diversas razones: el mito de Apuleyo es sumamente ambiguo al respecto; la novela presenta figuras derivadas de las religiones griegas; y porque quería explorar la relevancia de la guerra de Troya para el *zeitgeist* cultural moderno. Además, intercalé en la historia diversos mitos, como los de Atalanta, Perséfone, Medusa y Hécate, por citar solo algunos.

Aquellos aficionados a la mitología griega con ojos de lince observarán que me he permitido interpretar ciertos detalles a mi manera. En cuanto a los personajes secundarios, me inspiré en una tradición posterior del dramaturgo Eurípides al hacer de Clitemnestra una antigua prisionera de guerra de Agamenón. Ello implicaba que ya no podría ser hermana de Helena, de modo que decidí otorgar ese papel a Penélope. En otros casos, he disfrutado de la prerrogativa del novelista de inventarse cosas sin más. Les di a Agamenón y a Menelao un hermano en el personaje de Alceo, el padre de Psique. Tomé prestado su nombre de un hijo de Perseo y Andrómeda; significa «fuerza», y creo que le pega. También decidí que Alceo y sus hermanos fueran hijos de Perseo y no de Atreo, por razones temáticas y argumentales. Lo siento, Atridas; lo siento, Dios.

Existe cierto debate sobre el número exacto de palabras para designar el amor en griego antiguo y algunas fuentes refieren hasta seis o siete, pero las tres que he nombrado son las que gozan de mayor aceptación y creo que van al meollo del significado.

Estos solo constituyen algunos de los cambios que he introducido; detallarlos todos escaparía al ámbito de esta nota. Los mitos no se hallan escritos en piedra. Son estructuras orgánicas en constante evolución que se adaptan a nuevas circunstancias y culturas. Esta novela no es sino una reinvención del mito de Eros y Psique. Y estoy impaciente por descubrir otras.

AGRADECIMIENTOS

Detrás de cada libro existe toda una comunidad de colaboradores en los cuales se sustenta, y *Psique y Eros* no supone una excepción. Sería imposible dar las gracias a todas las personas que han intervenido en el desarrollo y la publicación de esta novela, de modo que solo nombraré a unas pocas que resultaron esenciales para su creación.

Ante todo, quiero dar las gracias a mis maravillosas agentes literarias, Hattie Grünewald y Clara Foster. Las dos reúnen una rara mezcla de brillantez editorial, calidez personal y sagacidad comercial. Gracias por ayudar a esta novela —¡y a mí!— a alcanzar su forma definitiva. Os pondría por las nubes desde la cima del monte Olimpo si pudiera.

Quiero asimismo dar las gracias a Catherine Drayton y Maria Whelan, de Inkwell Literary Management, que fueron esenciales para asegurar la publicación de *Psique y Eros*. Gracias también al incansable y brillante equipo de derechos de traducción de Blair Partnership: Georgie Mellor, Luke Barnard y Clare Mercer, que consiguieron mucho más de lo previsto.

Gratitud inmensa a mis increíbles editoras, Julia Elliott y Charlotte Mursell, que me proporcionaron una perspectiva tan afilada como una de las flechas de Eros (aunque mucho menos maldita) y me presionaron sin descanso para hacer de esta novela la mejor posible. Me demostraron de lo que podría ser capaz realmente y espero seguir disfrutando muchos largos años de charlas de edición, fotos de animales adorables y memes con vosotras dos.

Extiendo mi profunda gratitud a los equipos editoriales de HarperCollins William Morrow y Orion Books, que hicieron realidad el libro que tienes en la mano.

Mi agradecimiento a mi correctora, Amy Vreeland, que persiguió sin descanso mis cuestionables usos de las comas y consiguió enseñarme cosas que mis profesores de primaria nunca lograron que entendiera.

Gracias también a Shannon Snow, cuyos comentarios me indujeron a reestructurar el manuscrito y crear una historia mejor, más sólida. Tal vez fuéramos como barcos que navegan en la noche, pero dejaste tu impronta.

Le estoy muy agradecida a Ursula DeYoung, que me ayudó a pulir mi propuesta editorial y arrojó luz sobre el proceso, increíblemente opaco, de publicar una novela.

Deseo expresar mi enorme agradecimiento a las muchas personas que leyeron *Psique y Eros* antes de que estuviera lista para el público; perseveraron en señalar un montón de expresiones cliché y cambios del punto de vista cuestionables, ofreciéndome valiosos comentarios. Gracias especialmente a Connor Grenier, Rachel Lesch, Jessie Wright, Norma Heller, Lynn McEnaney y Jenn Marcos.

Hay muchas otras personas por las que me gustaría alzar una copa de vino, o de ambrosía, en señal de gratitud:

A Hannah DiCiccio, cuyos encendidos elogios del primer borrador me impulsaron a continuar cuando quise abandonar.

A Matthew Kirshenblatt, que fue el primero que me dio la idea de convertir un *fanfic* de pacotilla en una novela original.

A Jessica Atanas e Ian Bogart, que me ayudaron a sobrevivir a la pandemia con su buen talante y humor. Gracias también a Larry Bogart, cuyos conocimientos tecnológicos salvaron de una catástrofe informática una primera versión del manuscrito y, con él, mi cordura.

A Scott Albertine, que me ofreció una cálida compañía y un ojo crítico durante las largas horas de edición, así como un magnífico par de auriculares que se han convertido en parte integral de mi proceso de escritura.

A Ben «Books» Schwartz, cuyos años de amistad han enriquecido mi vida y que tan amablemente respondió a mis desesperados mensajes nocturnos sobre el mundo editorial. Y a sus padres, Cathleen y Peter Schwartz, anfitriones del viaje en barco que me proporcionó espacio para empezar a escribir este manuscrito.

A mis padres, Mark y Janine, y a mi hermano Nathan, por su apoyo incondicional.

A Earl Fontainelle, del pódcast *Historia secreta del esoterismo occidental*, quien tuvo la amabilidad de enviarme gratuitamente un episodio solo para suscriptores que trataba del mito de Eros y Psique, lo cual lo distingue como uno de esos raros eruditos del esoterismo que tiene tanta genialidad como bondad.

Al doctor Gerol Petruzella, por ser el mejor profesor de griego con que cabría soñar. Gracias por tu paciencia ante mis continuos tropiezos con las declinaciones.

A las bibliotecas públicas de Brookline, Boston y Cambridge, por brindar un puerto seguro para los libros, el conocimiento y los escritores descarriados.

Un enorme gracias a mi lectora beta Effie L. Craighill-Schwartz, por ser una defensora inquebrantable de mi escritura y, al mismo tiempo, por no tener miedo de criticarme por mis gilipolleces. No exagero al decir que este libro no existiría sin ti.

Y por último, pero no por ello menos importante, gracias a todas las mujeres incómodas de la mitología, la historia y la ficción, las recordadas y las olvidadas. Que seáis estrellas que iluminen nuestro camino en las tinieblas mientras construimos un mundo mejor.